六神磊磊

著

六神磊磊
读金庸

果麦文化 出品

序言

不再心中一荡，谁来怜我世人

金庸小说，有两句纲领性的、灵魂的话。第一句叫作：为国为民，侠之大者。

这话很好懂，是郭靖口里说出来的，讲的是家国。武穆书中教诲，襄阳城头烽烟，蝴蝶谷中烈火，屠龙刀里遗篇，这都是家国。中国人多半有点家国情怀，贩夫走卒、引车卖浆者都有。但是只有这两个字，还不是最一流的文学。

金庸小说的第二句话，叫作：怜我世人，忧患实多。这是《倚天屠龙记》里明教的歌。这一句话，讲的是悲悯。有悲悯的，才是真正第一流的文学。

可以说，"家国"奠定了金庸小说的底色，"悲悯"决定了金庸小说的高度。

金庸的书，常常怜世人。而且越到后期越是这样，无人不冤，有情皆孽，人人可悯。笔下的一切人物，一切个体，都是怜的对象。

他怜那些底层弱者，乱世中命贱如草，承平时亦被践踏，像遇上了金兵被害的叶三姐，襄阳城郊被李莫愁杀死的农妇，长台关被阿紫割舌的店小二，被蒙古兵破城的撒马尔罕的人民。

他怜的世人包括各族，汉、回、契丹、蒙古、女真、高昌……雁门关下被交替"打草谷"的汉人和契丹人，他都怜。他让失去了至亲的契丹民众露出胸口狼头，仰天悲啸。

因为"怜我世人",所以金庸小说骨子里厌恶征服,反感侵略战争。他借丘处机的诗说:天苍苍兮临下土,胡为不救万灵苦!他还借郭靖之口对铁木真说:"杀得人多未必是英雄。"甚至他还一厢情愿地让铁木真纠结至死,去世前还喃喃自语:"英雄,英雄……"

他还借段誉的口,吟诵李白反战的诗:

烽火然不息,征战无已时。
野战格斗死,败马号鸣向天悲。
乌鸢啄人肠,衔飞上挂枯树枝。
士卒涂草莽,将军空尔为。
乃知兵者是凶器,圣人不得已而用之。

他还特意把最光辉的台词,留给了大侠士乔峰:

你可曾见过边关之上、宋辽相互仇杀的惨状?可曾见过宋人辽人妻离子散、家破人亡的情景?宋辽之间好容易罢兵数十年,倘若刀兵再起……你可知将有多少宋人惨遭横死?多少辽人死于非命?

那么多人爱讲天道、王道、霸道,金庸一个写武侠的反而好讲人道。他内里相信所谓"绝对正确的人道主义",他是大仲马的躯壳,雨果的灵魂。

他怜世人,还包括那些企图逃遁的中间派,如刘正风、曲洋、梅庄四友……

这些人对现实心灰意懒,看不到出路,想选择逃避,希冀能够金盆洗手、"笑傲江湖"。金庸也怜他们。他对他们怀抱着好感和同情,为他们精心编织了绿竹巷、桃花岛、百花谷,作为梦想中的乐土。他还想象了《碧霄吟》这样的曲子,形容他们"洋洋然颇有青天一碧、万里无云的气象"。

事实上，谙熟世事如金庸，当然会知道武侠江湖里实无乐土，归隐不是出路，田园终将毁灭。所以像蝴蝶谷、梅庄、琅嬛玉洞，就都毁灭或荒芜了。可是他又心存不忍，又要写蝴蝶谷的新生，写梅庄也搬进了新客人，就是新婚的令狐冲和任盈盈。那是他留给自己的一点童真和善意。

他怜的世人，还包括那些扭曲了的灵魂，就算再可痛可恨，也总是可悯可叹。

有被复仇扭曲了的，比如林平之。有被爱情扭曲了的，比如游坦之、阿紫、何红药。有被权力扭曲了的，比如任我行、东方不败、洪教主。金庸拒绝让他们做天生妖魔，他笔下更多的是一个个有扭曲的原因、有反思的价值、有滑落的轨迹的个体。

他当然也惩罚，也审判。但他的惩罚往往是伴着安魂曲的，他的审判往往是带着慨叹的。

他当然也写平面人物，也给人物打简单的善恶二维标签，但他更乐意烛照人性，洞察幽微。甚至你看岳不群、左冷禅这种野心家最后的狰狞表演，也会有一丝"奈何做贼"的惋惜，有一丝"我最怜君中宵舞"的味道。

而且，因为怜世人，他不会污蔑和嘲弄爱情。金庸写两性关系，那么保守，往往只会"心中一荡"，但他不嘲弄爱情。他嘲弄杨莲亭，嘲弄东方不败，却也不曾嘲弄他们的爱情。哪怕是欧阳克、叶二娘，作恶多端，但金庸对他们爱情的部分也报以了温厚。

现在我们写字的圈子，时兴刁钻和刻薄，我们已经不熟悉因为宽厚而伟大了。

眼下金庸挥手走了，辞别了凡间的光明顶，去了天界的坐忘峰，收走了郭襄的眼泪，挥散了华山的烟云。真的想问问他：绿竹巷和蝴蝶谷在哪里？独孤九剑究竟怎么练成？风清扬真能生存得下去？笑傲江湖的事，到底有没有？

不再"心中一荡"，谁来怜我世人？

目录

关于《射雕英雄传》《神雕侠侣》

从伟大武功到伟大公公 … 003

华山论剑和家族政治 … 009

全真派搞创新 … 019

丘处机的武功为何练不上去 … 027

马钰的尴尬 … 031

五绝的深味 … 035

黄药师的演员型人格 … 038

黄蓉的自卑 … 041

杨康掉队考 … 045

大黄蓉的一天有多难 … 049

江南七怪的一件感人小事 … 053

李萍：笨小孩之母 … 056

郭襄：不爱我，却又不放生我 … 060

想象中的婚礼 … 064

写砸了的金轮法王 … 067

郭芙究竟哪里讨人嫌 … 071

郭芙到底喜欢谁 … 075

一篇精彩的领导讲话 ⋯ 080

赵志敬之锅 ⋯ 087

襄阳饭局 ⋯ 090

武林大会是怎么办难看的 ⋯ 093

关于《倚天屠龙记》

明教潜流 ⋯ 098

张三丰的孤独 ⋯ 105

你的风陵渡，我的铁罗汉 ⋯ 108

武当七侠的派系斗争 ⋯ 113

俞莲舟的魔头潜质 ⋯ 122

朱九真和殷素素：生于豪门的两种活法 ⋯ 126

俞莲舟和殷素素：不动声色的友谊 ⋯ 130

赵敏请饭的本事 ⋯ 134

赵敏郡主要条船 ⋯ 139

如果誓言有用 ⋯ 142

"同舟四女"细论 ⋯ 147

灭绝师太的小卡片 ⋯ 153

范遥之面目 ⋯ 156

元大都街头的几个庸众 ⋯ 160

《九阴真经》和屠龙刀 ⋯ 163

李四摧这个小白脸 ⋯ 166

关于《书剑恩仇录》

张召重的转型 … 173

金庸最偏爱的女性 … 178

关于《雪山飞狐》《飞狐外传》

丐帮的堕落 … 184

程灵素之叹 … 191

胡斐的胡子 … 194

关于《连城诀》《侠客行》

笨人石破天 … 199

岛上悖论 … 202

梅芳姑之问 … 205

关于《天龙八部》

萧峰的真正结局 … 211

尔等凡人，皆不能骄傲 … 214

慕容复的没朋友 … 218

《天龙八部》里的五个前浪 … 224

康敏这女人 … 228

透视阿紫 … 233

阿紫的心态 … 236

《天龙八部》里的一段阴谋论 … 239

星宿派的反思 … 243

曼陀山庄的形式主义 … 247

少林寺的名额 … 250

王语嫣改回表哥身边有无必要 … 253

金庸小说里的五个大诗人 … 256

鸠摩智的原型 … 264

关于《笑傲江湖》

华山派的群弟子 … 268

《笑傲江湖》里的一群瞎子 … 272

五岳剑派不亡，谁亡 … 275

五岳亡于天门道长 … 278

华山派的历史课 … 282

令狐冲的底线 … 286

岳不群启示录 … 289

东方不败这个大吃货 … 298

向问天的十分钟 … 301

职场上，什么人上台都一样 … 307

定静师太的退隐之梦 … 310

美好结局都是骗人的 … 316

普通人莫大 … 319

令狐冲和莫大先生 … 324

嵩山暗战 … 328

五岳迷思 … 335

更无一人谋嵩山 … 340

群众演员是靠不住的 … 343

林平之为什么那么恨令狐冲 … 346

杨莲亭之功过 … 349

为什么留着余孽任盈盈 … 353

最接近友谊的喜欢 … 358

方证大师和定闲师太 … 362

一只胳膊的拒绝 … 368

为什么删掉小师妹的一首诗 … 372

黑木崖叫我去恒山 … 376

做官当学上官云 … 380

《易筋经》怎么不传给师弟 … 383

有多少小酒店破产 … 387

桃谷六仙：易怒体质和易哄体质 … 393

关于《鹿鼎记》

《鹿鼎记》和《红楼梦》… 398

推翻爱情 … 402

宫里的刺客 … 407

康亲王送礼 … 411

夸人要夸到位 … 415

补锅匠陆高轩 … 418

一群冰糖葫芦小贩的集体死亡 … 421

金庸会议学 … 425

如何快速识别草包郑克塽 … 428

少林寺的心态 … 432

总舵主来了 … 435

建宁公主的一句台词 … 441

退休之难 … 444

坏人越来越少，江湖越来越坏 … 447

侠客消亡年 … 451

关于
《射雕英雄传》《神雕侠侣》

> 回看射雕处,千里暮云平
> ——王维

从伟大武功到伟大公公

一

金庸小说,是一部武功的退化史,也是一部武人的缩阳史。这话何意呢?就是随着历史一代代演进,江湖高手们不但武功越来越差,阳刚之气也逐渐褪去,变得越来越内缩和萎靡。

如果不算短篇《越女剑》的话,金庸小说的历史背景大概横跨了七百来年,从《天龙八部》的北宋哲宗元祐年间一直写到了《飞狐外传》的清朝乾隆年间。这七百年里,高手们的武功一代不如一代。早年间的侠客神乎其技,甚至可以凭武功返老还童。可到了后来,神功消失殆尽,连点穴、"铁板桥"都成了不俗的武功了。

不妨从时间最早的《天龙八部》的北宋说起,看看这段七百年的退化和缩阳史是如何发生的。

且说《天龙八部》的时代,是一个武学繁荣、百花齐放的时代。当时最伟大的武功大多被收藏在三个顶尖的图书馆里。第一个叫琅嬛玉洞,是逍遥派开设的;第二个叫还施水阁,是慕容家开设的;第三个叫藏经阁,是少林派开设的。全江湖的高手们都挖空心思,想到这三个最顶级的图书馆里去看书。

开办和经营这三个图书馆的,恰好一个是儒家——慕容氏,一个是道家——逍遥派,一个是佛家——少林派。很长一段时间里,这三座武学圣殿交相辉映,鼎立武林。

声明一下,本书里所谈论的"佛家""道家"等仅仅是个称谓而已,只限于小说里虚构的武术门派,和现实的佛教、道教完全无涉。

先说开办了"还施水阁"的姑苏慕容家。他们的末代领袖慕容博以鲜明的儒生形象纵横江湖——

那男子约莫四十岁上下,相貌俊雅,穿着书生衣巾。

慕容博此人不但外表是个书生,在内心理念上也是个儒家积极用世理念的践行者,志在修齐治平。他家世代梦想兴复早已灭亡的故燕国,哪怕复国的成功率几乎是零,也仍然知其不可而为之。

在当时的江湖,作为儒生的他武学思想也最为桀骜,提倡夫子所谓的"以直报怨",其核心武学精神是一句话——"以彼之道,还施彼身",即"用你的办法来弄死你"。这可以说是当时江湖里最阳刚,甚至是最极端和偏激的武学思想。

可在江湖上,这个慕容家也是衰败最快的。他们轰轰烈烈地存在了一些年,充当了几回武林的风暴眼,然后就无可挽回地没落了。

整个江湖都嫌弃他们。不管是宋、辽还是西夏、大理,乃至武林中一切的势力和存在,都嫌他们太闹腾、太偏激了。他们是众矢之的,是威胁、是麻烦、是刺头,人人似乎都在找姑苏慕容的不痛快。他们的族长慕容博无奈遁入空门,唯一的继承人慕容复发了疯,整个家族迅速地式微。金庸的武学史长河中,儒家武士的一角塌陷,正是从慕容氏的衰败开始的。

这种衰败势难挽回。到了南宋,生于公元1170年前后的黄药师成为了金庸江湖里最后一个武功达到绝顶境界的书生。

让我们记住黄药师的形象——"穿一件青色直裰,头戴方巾,是个文士模样"。这是武侠史上最后一个伟大的文士形象,是传统文士在江湖最高殿堂上的绝唱。自黄药师之后的那些文士高手,无论杨逍、张翠山、陈家洛还是余鱼同,不管他们再如何风流机巧,终究都不是最顶尖的人物了。

二

在儒家武士的一角塌陷沉沦的同时,大约公元1160年,随着一个叫黄裳的人以《万寿道藏》为基础，撰出了一本叫《九阴真经》的巨著，道家的武士迎来了辉煌的时代。

江湖格局为之一变，进入了道家统治的一个世纪。《九阴真经》逐渐被抬到一个极其崇高的地位，甚至被称为"天下武学之总纲"。黄裳的继承者王重阳进一步巩固了这种辉煌，他的武功被时人称为"玄门正宗"，他创立的全真教成为武林第一门派，他本人也成为无可置疑的天下第一高手，于华山论剑时独魁群雄，在"射雕三部曲"中留下一个高不可攀的背影。

哪怕是一贯骄傲、眼高于顶的儒士黄药师，也不得不用诗歌表达对道士王重阳的仰慕和服膺：

重阳起全真，高视仍阔步。
矫矫英雄姿，乘时或割据。
……
於今终南下，殿阁凌烟雾。

或许是吸取了儒家武士衰败的教训，道家的《九阴真经》温和了太多。它一上来就开宗明义——"天之道，损有余而补不足，是故虚胜实，不足胜有余"，充分地认可天道的"不足"，反复强调自身的"知足"与"无求"，表示自己绝不多吃多占，没有野心，不会像慕容家的武术一样动不动就以直报怨，胡乱雄起。

在这种温吞水般的武学思想指导下，道家的武人们特别讲求柔顺，提倡以柔克刚。他们诚惶诚恐地打磨着武功中的棱角，在"知足"和"无求"中小心翼翼地寻找着伟大的可能。

例如王重阳之后的道家武学宗主周伯通。他创造的武学叫作"空明拳"，号称"天下至柔"，已经够萎靡的了。但这还远非极端，再下一任的道家领袖乃是张三丰，发明了比"空明拳"还要更瘘的"太极拳"，把画圈圈、搅浑水、和稀泥的功夫推向另一高峰。

选一段金庸小说，你可以看看"太极"武功是怎样地画圈圈、搅浑水、和稀泥：

> 张无忌……双手成圆形击出……随即左圈右圈，一个圆圈跟着一个圆圈，大圈、小圈、平圈、立圈、正圈、斜圈，一个个太极圆圈发出，登时便套得阿三跌跌撞撞……犹如中酒昏迷。
>
> ——《倚天屠龙记》

用无穷无尽的圈圈来套你、搅你、缠你，直到把你弄得晕头转向，如"中酒昏迷"。

"柔""顺""痿"的作风在这一派的高手身上处处可以体现。有一次，张三丰的徒弟俞莲舟偶然创出了一门峻烈的武功，叫作"虎爪绝户手"，专门抓人的腰部。张三丰知晓后大惊失色，叮嘱徒弟：这门武功太过偏激，千万不要公之于世。这真是一代不如一代。当年同为道家的黄裳还曾研发过专插人头盖的"九阴白骨爪"。而百十年过去，如今连远为温柔的插人腰眼的"虎爪绝户手"都觉得太刺激了。

不过，太极固然是极"柔"、极"痿"，却还远远不是武人阳刚之气退化的终点。新一轮的退化很快来了。随着江湖变迁，道家的《九阴真经》逐渐散佚，下一个称雄江湖的是佛家的《九阳真经》，引领一时风骚。

在"痿"的道路上，金庸的佛家武士比道家走得更远——你道家不是还遮遮掩掩地说什么"虚胜实""不足胜有余"吗？我佛家武学干脆连遮羞布也不要了，干脆挨打不还手、唾面任风干，看你能痿过我？于是便有了《九阳真经》里著名的口诀：

> 他强由他强，清风拂山冈。
> 他横任他横，明月照大江。

这几句话因为太有名，甚至频频被人误栽在了历史名人的头上，拿来炖心灵鸡汤，却不知这其实是金庸小说里的武术口诀，就是要人内心平静地接受一切恶意，任由别人捶打。这几句话其实还不算是《九阳真经》里最萎靡的，更萎靡的是后面一句"他自狠来他自恶，我自一口真气足"，别人打我一拳，我只原地做深呼吸。

每读到这句话，总想起在这之前百年的宋代，中原人民曾经自嘲："金兵有狼牙棒，咱们有天灵盖。"这曾是一句无比辛酸的笑话，正所谓"遗民泪尽胡尘里，南望王师又一年"，听之让人泪下。没想到过了百十年，经过一番包装，一句辛酸的笑话居然摇身一变，成了正统的武学思想。

三

或许你觉得《九阳真经》的"挨打不还手、只做深呼吸"已经是武人退化的极致，已退无可退了。实则不然。即使武学已痿到如此地步，武人们的萎靡之路还没有走完。冥冥之中仍有一种力量，觉得武人们的阳气还是重了一些，还应再往后退。

于是，在武学进化的加拉帕戈斯群岛上，经过伟大的自然选择，一种更神奇的武人终于出现了。他们踏过了狂躁的儒家武士、谦退的道家武士、自虐的佛家武士，登上了武学江湖的王座，他们的名字叫作阉人。金庸武侠史上从此出现了儒、释、道三教之外的第四个教派——阉教。一件本人的生殖工具，是加入这个教的投名状。

翻开腥臊味扑鼻的《笑傲江湖》，我们惊讶地看到，在《天龙八部》江湖的数百年后，一群没有男性特征的人成了武学的最高统治者。

这种事情从无先例。回首过去历史上的那些武圣，从扫地僧到独孤求败，从黄裳到张三丰，不论他们如何修持禁欲，至少身体都是完整的。他们也是有爱欲的，王重阳可以和林朝英"二仙此相遇"，张三丰也可以惦记着明慧潇洒的郭襄，怀揣一份美好向往。

可在明代的《笑傲江湖》里，阉人完全呈压倒性优势，健全人十分无力。你看那个江湖上儒家武士最高成就的代表岳不群，战斗力也就是七十分出头，备受欺辱和压制。为了攀登武学新高峰，岳老师一咬牙，背着老婆交了投名状，变身为超级赛亚阉人，顿时打遍五岳剑派无敌手。

岳老师最大的敌人名叫左冷禅，金庸说他"名字中虽有一个'禅'字，却非佛门弟子，其武功近于道家"。可不论左老师是佛是道，都是过时的明日黄花，一遇到加盟了阉教的岳不群，立刻被戳瞎了狗眼——此处用语绝非夸张，在小说中他是真的被戳瞎了眼。

至于释、道两家的代表人物方证和尚和冲虚道士，只能龟缩于少室山和武当山，避免遭遇阉教的东方教主，以免毁了一世英名。假如真要遇上东方教主，估计这一僧一道也是被爆十条街的下场。还有也算正宗道家高手的余沧海，碰上阉教新秀林平之，居然毫无反击之力，被打得菊花残满地伤，笑容都泛黄。

回望千年，真真恍然一梦。当年的阳刚和雄猛已经随风散去，那个江湖上已经没有了伟大的武功，只剩下一些伟大的公公。

华山论剑和家族政治

一

说金庸，先要说华山论剑。

华山论剑大概是二十五到三十年一期，它代表了南宋末年的武学巅峰，也是整个金庸小说历史上后无来者的盛事。后来江湖上再也没有组织起影响力这样大、品牌这样响亮的顶级峰会了。

华山论剑前后一共举办过三次，每一次都是有主题的，有明的主题，也有暗的主题。

我们从第一次论剑说起。它的大背景是宋金两国相持，一个北伐未举，一个南侵无力。那时的江湖正在进行重组和新生，可谓是山头林立，派系众多。四方豪雄像野草般恣意生长，跑马圈地，重新划分势力范围，充满了一种"榛榛莽莽、天地初辟"的自由气息。

各路派系之中，有一些大的山头，比如全真教山头、桃花岛山头、白驼山山头、大理段氏山头。还有小一点的山头，比如黄河帮沙氏山头、辽东长白山梁氏山头、藏边大手印山头等，各自都蓬勃发展，称雄一方。

甚至一些极弱的小股势力也能在夹缝中生存，比如"江南七怪"之流，没有什么重要战略资源（武功差），也没有依附什么大的势力，却也都能割据一城一寨，扬名立万。

第一次华山论剑，就是这样一种恣意、兴旺的江湖格局的最好体现。从参加论剑的五个高手的名单就能看出，它颇有些五湖四海、不拘一格的味道，东至东海，西达西域，南到大理，北逾黄河，遍布四方。

论剑的过程也基本上是自由公平的竞争，"五人口中谈论，手上比武，在大雪之中直比了七天七夜"，没有以多欺少的情况，而且大家只论武功，不论所谓的道德、是非问题，没有附会任何价值观上的东西。最后大家公推全真教教主王重阳为天下第一。

这第一次论剑,明面上的主题是《九阴真经》,似乎是争夺一部经书,谁的武功高,谁就拿去。而它暗的主题,则是群雄逐鹿,是各大山头第一次直接的实力比拼。就是通过这一次论剑,各大山头初步划定了势力范围,江湖就此形成了一个较为稳固的格局,也就是大家耳熟能详的"东邪西毒、南帝北丐、中神通"。

中神通就是王重阳。在他和他的全真教强大的武力威慑下,各种矛盾暂时被压制住,纷争转为地下。用周伯通的话说,是"武林之中倒也真的安静了一阵子"。

这时候的江湖形势,是典型的"一超多强"。它有几大特点:

五大山头共同承认王重阳的超级地位,认可由他独占最重要的战略资源《九阴真经》。

五大山头之间形成了一定程度上的妥协和默契,互相没有不可调和的矛盾。他们偶尔也有小规模、局部性的摩擦,但绝不挑起全局性的生死决战。

部分山头之间结成了一定的松散联盟。比如北丐和南帝之间,南帝和中神通之间,都有一定的联盟性质,互相频繁示好。

如果不是后来的意外,这个格局还会延续很长一段时间,那么"射雕三部曲"就不会是现在的样子,北方蒙古草原上的小牧民就不会有成长为"大侠郭靖"的机会。

二

然而,仅仅数年之后,这个"东邪西毒、南帝北丐、中神通"的格局就崩塌了,其主要诱因就是王重阳的逝世。

王重阳在五大宗主里最为年长,但年纪并不老迈。他精力旺盛,内功深湛,且对男女之事兴趣不大,长期放任有暧昧关系的女性友人独居。中国的传统观念一般认为清心寡欲有益于长寿,不知道为什么偏偏王重阳没能活得久一点。

金庸告诉我们，王重阳提前感觉到了自己寿数无多，开始着手谋划后事。过去他一直奉行的是大陆均势，几大山头谁也吃不掉谁，好让全真教一家独大。他也早就预料到了风险：一旦自己死去，这一格局将遭到毁灭性冲击，后继无人的全真教可能会倾颓，江湖会陷入纷乱。

因此，在油尽灯枯的最后日子里，王重阳凭着超人的精力和才干，运筹帷幄，做了大量的部署，试图把他生前苦心肇建的江湖格局保持下去。

他抓紧时间，布置了几件大事：

一、他选择了南帝作为盟友，实施"联南克西"，也就是联合南帝克制西毒。为此他不惜亲自率队出访大理，甚至和南帝大搞赤裸裸的军火交易——互相教对方先天功和一阳指。

二、他设计了以装死来诱奸西毒欧阳锋的"斩首行动"，不惜违反"五绝"之间不作殊死格杀的既定方针，要对西毒实行肉体消灭。

三、鉴于徒弟"全真七子"武功不高，他精心研发了大规模杀伤性武器"天罡北斗阵"，争分夺秒地在教中推广。这是一种七个打一个的群殴之法，王重阳希望通过武器和战法的先进来弥补徒弟单兵作战能力的不足，以便在自己死后使全真教继续保有超级地位。

这些安排都很有远见，证明了王重阳雄才大略，实乃一代人杰。然而事与愿违，他的一切努力均告失败。而最先破裂的居然就是他苦心孤诣和南帝建立的联盟。

因为一起非常、非常偶然的桃色事件，这个联盟失败了，这就是他的师弟周伯通和南帝的妃子刘瑛姑私通。私通也就罢了，还生了孩子。

尽管王重阳和南帝双方都努力展示出了政治家的风范，表面上稳妥地处置了这一事件，但这件事的后果其实是非常严重的——南帝身心受创，颓然出家，几乎完全退出了对欧阳锋的压制计划。

此后，全真教和大理段氏两大集团越来越疏远，联盟事实上宣告破裂。读者们不难发现，到了后来的《神雕侠侣》中，这两大集团之间已经很隔膜了，几乎再没有什么实质性的往来，更不可能互相卖军火——你能想象朱子柳把一阳指教给郝大通吗？

王重阳的第二项计划——对西毒的斩首行动——也功败垂成。诚然，他假死躲在棺材里，成功地伏击并重创了欧阳锋，破了他的蛤蟆功，对欧阳锋产生了一定的震慑效果，却未能致命。更可怕的是，这一次斩首行动揭开了潘多拉魔盒——"五绝"之间也可以发动生死决战了。

雪上加霜的是，他精心研发的"天罡北斗阵"终究被证明是个鸡肋，无法和东邪、西毒等大山头抗衡。"天罡北斗阵"的峰值战斗力挺强，但仅仅存在于理论意义上，必须完整凑齐七个徒弟一起发动才可以。它受人员、地域等不确定因素的限制太多，对东邪、西毒等人而言，别说与之并驾齐驱了，连起一点侧面牵制作用都很勉强。

武器和战法的精良，不能弥补单个人员素质的巨大差距，这一点已经在历代江湖搏杀中被证明。

终于，在也许是自嘲、也许是不甘的"一声长笑"之后，巨人王重阳阖眼长逝。江湖上从此留下了巨大的权力真空，武林乱局重启，新的格局呼之欲出。

各大山头之间的冲突开始升级，矛盾逐渐不可调和，巨头们连续爆发生死恶战。其中有：东邪重创并囚禁周伯通，西毒画"割肉饲鹰图"害南帝，西毒重创北丐，西毒打伤古墓派林朝英传人，东邪恶斗全真七子，西毒打死江南五怪嫁祸东邪……江湖上血雨腥风，恶斗连连。

也正是因为这一场乱战，让江湖上的一支新生力量得以悄悄地萌芽、滋长，左右逢源，不断壮大。

以两次"华山论剑"为标尺，这支力量最终一统武林，开启了对整个江湖的家族垄断时代。这就是郭靖、黄蓉的江湖大串联。

三

郭靖和黄蓉的婚姻，不只是一首《一生有意义》那么简单，而是武林中规模空前的一次江湖大串联。

看看这两个人分别代表的势力：郭靖背后的主要势力，是全真教山头，不但周伯通是他的义兄，连"全真七子"中影响力最大的马钰、丘处机、王处一三个也都是他的老师；黄蓉的背后则是桃花岛山头，这无须多言。

郭、黄还共同拉拢了一些强大的资源，包括北丐山头和南帝山头。郭靖和黄蓉一起成为北丐洪七公的徒弟，又一起笼络了南帝一灯大师。五绝之中，郭、黄已得其四，强大的联盟隐隐成形。

所以说，后来的江湖是一个并不精彩的江湖。后来的华山论剑，又哪里还有什么"论剑"？哪里还有什么"华山"？不过是郭黄一家的牌桌而已。

我们于是看到华山论剑的性质渐渐变了。"郭黄联盟"开始给华山论剑设置门槛，用种种理由把敌对的势力排除在外。二十多年前第一次华山论剑"五湖四海、不问来历"的宗旨，到这个时候已经被抛弃了。

比如裘千仞想参加第二次华山论剑就被无厘头地拒绝，理由是他的道德水平低。洪七公对裘千仞说的一番话最有代表性："你上得华山来，妄想争那武功天下第一的荣号……天下英雄能服你这卖国奸徒么？"道德批判取代了公平比武。

要知道，在二十多年前的第一次华山论剑时，裘千仞是被主动邀请的对象。可是到了今天，郭靖、黄蓉的联盟已经高高举起道德大旗，裘千仞因为"人品坏"，连论剑的资格都被稀里糊涂地剥夺了。

而且，二十多年前的第一次华山论剑是公平的一对一比武，根本不可能发生以多打少的群殴围殴。但在郭黄势力主导的这一场华山论剑上，欧阳锋遭到车轮战和围攻，被黄药师、洪七公、郭靖、黄蓉群殴，直到被搞发疯。在原著中说得明白："这是合东邪、北丐二人之力，合拼西毒一人"，华山上已经不是争什么"武功天下第一"，而是一家子人存心搞死另一家子人。

西毒疯掉之后，再也没有什么力量可以阻止郭黄这一家势力的独大。

他们成为一统武林的超级家族。全真教和丐帮是其部属,桃花岛是他们的后花园,南帝是他们的战略同盟,陆家庄等是他们的金库和财源。

比如郭靖、黄蓉开大胜关英雄大会,谁出的钱?陆家庄。书上说,"正厅、前厅、后厅、厢厅、花厅各处一共开了二百余席","这日陆家庄上也不知放翻了多少头猪羊、斟干了多少坛美酒"。

那些不服管束的小鱼小虾,如李莫愁等,无论平时多么凶悍,一听见郭靖、黄蓉的啸声,只有望风而逃。

家族政治的典型特征,就是可以不断复制自己的权力。比如丐帮帮主的位子,在鲁有脚这个傀儡帮主手上过渡了一段时间后,传给了谁?是郭靖的大女婿耶律齐。

有些人不识相地跳出来,想凭本事分一杯羹,搅乱郭靖家族的内部权力交接,比如霍都也来争当丐帮帮主,结果如何?是被各路人马围殴,惨死当场。

这个家族还在继续扩大自己的势力,不断地散枝开叶,巩固老联盟,圈占新资源。比如郭靖把侄儿杨过千里迢迢送到哪里去深造?是全真教。这不但可以巩固和全真教的关系,而且能保证在周伯通、丘处机之后,全真教的第三代、第四代里仍然有郭黄家族的代言人。

又比如郭靖收了谁做徒弟?是武修文、武敦儒兄弟。他们兄弟两人品猥琐、资质平庸,难道郭靖、黄蓉看不出来?郭靖、黄蓉收下他们,大概也是因为两兄弟有南帝的背景,是一灯大师一派的后代亲眷。收他们为徒,不但让郭靖、黄蓉和南帝的关系更密切和牢固,也算是郭黄家族向南帝势力长期支持自己的一种回馈。

家族坐大,鸡犬升天——就连内部那些不争气的成员,也在家族的庇护下快乐地生活着。

比如柯镇恶,过去他过的是什么日子?挣扎在武林的最底层,武功低微,流窜江湖,到处受辱,连自己兄弟的命都保不住。现在摇身一变,成为德高望重的"柯大公公",咸鱼翻身了,到处优哉游哉,东走西晃,无人敢惹。

就算遇上强敌如李莫愁，都不敢对他下杀手，最多微笑着恫吓两句："柯老爷子，赤练神掌拍到你胸口啦！"可她敢发劲吗？敢吗？

还有大小姐郭芙，一个半点生存能力都没有的庸人，武功低微，又乏应变之才，还到处得罪人，如果放在三十年前的江湖上，早不知道死了多少次，也许早就被擒去放上欧阳克的大床了，或是被参仙老怪给双修了。

但在第一家族的势力威慑下，她愣是活得好好的，安安全全、浑浑噩噩地长到三十多岁，没碰到大的危险，和谁说理去？

四

家族垄断的最高层次，是意识形态的垄断。难能可贵的是，经过数十年奋斗，郭黄家族终于做到了这一点。他们树立的主流意识形态是八个字——"为国为民，侠之大者"。

可以说，在这一句口号提出之前，郭靖还只是一位"大侠"，充其量就是江湖上的业务标兵和道德模范。而当这八个字的旗帜高高飘扬在襄阳城上时，郭靖的性质变了，他开始成为整个江湖的思想领袖和精神导师。

不得不佩服这背后的杰出的智囊和文胆——黄蓉。表面上这八个字是从郭靖的口中宣之于众的，但在幕后提炼出它们的，无疑是黄蓉。

这八个字妙不可言。在当时抗蒙的大背景下，它最有号召力，能最广泛地团结江湖人士。它在思想理论的高度上也全面超越了上一代大佬王重阳。

相比之下，尽管王重阳也抵抗外敌，也"为国为民"，但他在理论上还缺乏概括和提炼，他的口号仍然停留在"行侠仗义，救世济人"上。注意这几个字可不是我强行安上的，而是王重阳亲口说的。他批评师弟周伯通时，就说周"少了一副'救世济人'的胸怀"。相比之下，"为国为民，侠之大者"的格局明显宏大得多。

对于郭靖、黄蓉，中原武林中难道就没有异见者吗？有的。有一些势力就一直游离在他们的主流江湖之外，比如古墓派山头。

这是一支历史悠久又十分桀骜难缠的力量。在王重阳坐大时，这个山头的领袖林朝英就选择不合作。当郭靖、黄蓉垄断江湖时，这个古墓派山头的代表人物杨过、小龙女、李莫愁还是选择不合作。尤其杨过，本来是郭靖的嫡系，却反水去投了古墓，十几年来双方龃龉不断。

对于这样一支不合作的力量，决裂吗？消灭吗？最后郭黄家族还是显示出了第一家族的手腕和气度：在外交上，以郭襄作为特别通道，全力修补过去破裂的关系；在价值观上，和古墓派山头互相承认，求同存异。

什么叫互相承认？就是郭靖、黄蓉承认杨过和小龙女的逾越礼法、师徒可婚；而作为回馈，杨过、小龙女也承认郭靖、黄蓉的"侠之大者，为国为民"，杨过公开通电拥郭，大张旗鼓到襄阳参加抗蒙战斗，在名义上正式并入郭黄家族的版图。

杨过不但重新成为郭黄的家族成员，还担任了家族的重要职务——统战总管。江湖上的一些中间人士，比如什么西山一窟鬼、万兽山庄、人厨子、圣因师太、张一氓等，都通过杨过的渠道结成一致的阵线，到襄阳城效力。

最终，两大派系达成合作，襄阳一战击毙蒙哥，取得了辉煌胜利，家族的事业迎来了顶峰。让我们回到金庸原著，看看大战之后欢庆的情景吧，郭靖和杨过之间作为盟友的互动：

> 郭靖携着杨过之手，拿起百姓呈上来的一杯美酒，转敬杨过。

作为大政治家，郭靖的庆功第一杯酒，转呈给了自己最重要的合作者、旗下最重要的领主杨过。这一杯酒中，包含了多少深意。而杨过的一声"郭伯伯"中，又包含着多么复杂的内容。

五

周公吐哺，天下归心，一统江湖，是时候了。于是我们看到，郭靖、黄蓉趁热打铁，率领江湖群雄再上华山。

这一次可以被称为第三次华山论剑。它名义上的主题是祭奠洪七公，而实质上的主题，是郭黄家族的封禅之举，是他们一统江湖的加冕礼。它必须选在武林圣地华山上举行。

这一次论剑没有比武，没有角斗，大家经过其乐融融的内部商量，很快产生了新版本的五绝——东邪、西狂、南僧、北侠、中顽童。

对比一下历史上的旧版本五绝——东邪、西毒、南帝、北丐、中神通，你会发现旧版本可谓实至名归，"东邪"确实在东海，"西毒"也的确在西域，"南帝"的确在南疆大理，"北丐"也是在黄河以北抗金。

再看后一个新版本的五绝，显得很牵强：杨过为什么是"西"？他并不住在西边。郭靖也不完全是"北"，他成名是在华中的湖北襄阳。周伯通也不是"中"，他浪荡天下，四海为家。

事实上，在这个时候，东南西北已经无所谓了。新版本五绝的真正意义是：东邪是父，西狂是侄，南僧是师，北侠是夫，中顽童是兄。都是一家子人在玩，你说东南西北还重要吗？

几十年过去，华山论剑终于从五湖四海的英雄争霸，变成了一家人其乐融融的内部聚会。那东南西北的名号，也从天下英雄誓死争夺的地盘和版图，变成了一家子人内部商量着分的蛋糕。

可叹其他那些足够跻身"五绝"的人，那些和这个家族唱反调的人，如欧阳锋、裘千仞、金轮法王等骸骨朽矣。

如果郭黄家族有纹章，那么一定是这样的：它上面飞舞着双雕，背景是巍峨的华山，映衬着雄伟的襄阳城。

在《神雕侠侣》的结尾，有一段很有寓意的故事：有一群底层草根，武功很差，却还想效仿先贤，跑到华山上来"论剑"，最后在杨过的长笑声里屁滚尿流跑下山。

其实不能怪他们武功低微——他们实在是没地方学。那个时代最好的武功,降龙掌、打狗棒、先天功、一阳指、九阴真经、玉女心经、弹指神通……哪一样不是在郭黄家族的掌握中呢?

连那些郭黄家族过去没有的神功,要么通过种种渠道被收入家族的武库,比如蛤蟆功、铁掌功、玉女心经,就被杨过、完颜萍们输送来了;要么像金轮法王的龙象般若功一样,早已随着主人长眠地下。

所以,当这些底层人从华山上被赶下来以后,肯定很疑惑——俺们倒是想从此发奋,好好练武,但除了山上那一家子人,天下哪里还有剩下的好武功呢?

全真派搞创新

一

全真派的衰落，是金庸小说里一个很重要的事件。

这个门派曾是天下第一大派，武功一度号称"玄门正宗"，创始人王重阳先生天下无敌。让人叹息的是，它也是衰落得最厉害的门派，几乎是直线自由落体，才传到第三代就高手凋零，几乎无足可取了，真可谓兴也勃焉，亡也忽焉。

全真派衰落成了什么样呢？随便举几个例证。它的第二代弟子，七个人加在一起还可以挡住黄药师。可到了第三代弟子，九十八个人加在一起挡不住一个郭靖。甚至金轮法王只派了两个徒弟，再携一帮江湖上拼凑来的乌合之众，就差点把全真派总舵给搞了。

自家武功越练越差，全真派的人知道吗？其实是知道的。重阳宫里的领导团体并非没有危机意识，也会为此心怀愧疚，"五个老道垂头丧气，心下惭愧，自觉一代不如一代，不能承继先师的功业"。

为图振作，全真派也很想创新。硕果仅存的全真五子搞了个创新一号工程，打算闭关静修，"要钻研一门厉害武功出来"。从这个意义上来说，全真教也不能说是不知死活、坐井观天，完全躺在历史功劳簿上抱残守缺。

可是这一搞创新，问题就来了。几个老头闭关许久，创出什么武功来了呢？说起来很有点好笑，只有一招，叫作"七星聚会"。具体就是必须大家凑在一块，同时发力，联手攻击敌人。

这更像是一个妥协的产物，创新成果必须多部门联合使用，每一个部门都要有份。如果只有单一部门在场，比如仅有丘处机在场，或是王处一在场，这个重大创新成果就难以施为。只有大家都在，至少有多人在场，新武功才能施展。

也就是说，一场绝境下的自救式创新，终于还是沦为部门之间的平衡游戏，某种程度上变成了一场被部门利益掣肘了的假创新。

每一个部门壁垒严重的大公司、大团体，都可能面临这样的尴尬。真人们都有各自一大帮团团伙伙，各有各的部门利益。一旦要搞创新，利益就很难平衡。假如研究出来一门新武功，你说算是丘处机系统的，还是王处一、孙不二系统的？再者，如果丘处机搞创新，需要调动刘处玄、郝大通的资源和人手，刘、郝会全力支持吗？

这就是为什么全真派上上下下那么渴望创新，但一到了具体的武功研究上，却必须搞大锅饭，最终搞出来一个不伦不类的"七星聚会"，人人有份，人人能玩，谁也不落空，至于它在江湖上有没有市场，好不好应用，能不能御敌，谁管他呢。

二

你倘若再仔细观察还会发现，全真派表面上渴望创新、高喊创新，管理层也一再呼吁创新，实际上这个门派却对新的思想、新的技术十分抵触排斥。

对待郭靖、周伯通等人的种种举动都是明证。郭靖的武功天下独步，丘处机等和别人打架，一看见郭靖来了就欢欣鼓舞："此人一到，我教无忧矣！"然而诸人只满足于郭靖助拳解围，从不向郭靖求教半点武学。如果全真几子开口，郭靖一定有求必应，大家用心研讨一段时日，好歹能搞出一些成果来。怎奈几位真人毫无此意。

从郭靖一个小辈身上学习，全真教不好意思，尚算可以理解。但另一个大宝藏就在眼前，全真派却长期无视，那便是教中长辈周伯通。周伯通是武学创新的大家，研发出了空明拳、左右互搏等无数神奇武术，可是自全真诸子以下，有一个人想过去向这位了不起的师叔学习请教的吗？一个都没有。

教中人人把周师叔当作不正常人类对待，表面上礼数周到，心里却把他当麻烦、当空气、当成多余的人，从来想不到去向周师叔虚心求教，而非要另起炉灶去搞个什么"创新一号工程"，关起门来研究"七星聚会"。结果是自家的创新成果寥寥，反倒周师叔的一身神奇武功统统教给了"外人"，教了郭靖，教了耶律齐，教了小龙女，始终没有教过一个自己的徒子徒孙。

在金庸小说里，周伯通一说起徒子徒孙们，就表现得颇为不屑，读者平时都觉得他是性格使然。可这种态度的背后是否也有别的原因？在周伯通的内心深处，对本门的徒子徒孙们是不是也有恨铁不成钢，宁教外人、不教不肖子孙的意思呢？

尤其小龙女，被周伯通的徒子徒孙当作头号对手，长期以来都是全真派的主要假想敌。全真诸子闭关研究"七星聚会"，主要目的就是对付古墓派。周伯通却反而给小龙女传授武功，将她培育成一代高手，等于是无意中给敌国送枪炮了。这是何等讽刺。

当全真派的"杂毛"后辈们看着小龙女用师叔的"左右互搏"之术把自己打得一败涂地，再想想那位自己从来没真正当回事、从未认真向之请教过的师叔，不知道是什么心情。

三

倘若横向比较，全真派的衰败恰好和另一个门派少林派形成了鲜明对比。

两家原本有很多相似之处。它们同样都被奉为"天下武学正宗"；两家都有过相似的江湖地位，执掌武林之牛耳；两家都有一个超级英雄般的天才创始人——重阳真人和达摩祖师。

可是这两家的发展轨迹却完全不同。少林派千百年来一直领袖武林，人才兴盛。哪怕有些时候实力相对弱些，风头暂时被一些潮牌门派压过去了，例如逍遥派、东邪西毒之类，但也始终可以保持很强的竞争力，从不会掉出第一集团。相比少林，全真派却像是吃了泻药般急速坠落，反差之大，触目惊心。

我觉得这和两个门派的体质有关，少林派是创新型的体质，而全真派不是。

且看一个两家都有的机构——藏经阁，便能窥见二者的体质不同。少林派和全真派都有藏经阁。要说起来，全真派的藏经阁修得还真不错，"一座小楼倚山而建"，规模颇宏。其装修标准、用材用料也很考究，《神雕侠侣》里专门讲到，阁中放书的箱子都是"樟木所制，箱壁厚达八分，甚是坚固"。连箱子都是樟木的，香樟还是黄樟且不论，总之挺下本钱。阁中的藏品也很丰富，有"历代道藏、王重阳和七弟子的著作"。

门派里上上下下对藏经阁也都很珍视，当作重地、圣地，不敢稍有破坏亵渎。有一次，叛徒杨过躲到阁中去，全派上下数百人只能在阁前"大声呼噪""无人敢上楼去"，此阁之地位超凡神圣可见。

然而这个高级图书馆的实际利用情况怎么样呢？恐怕就要让人不敢恭维了。你细想，藏经阁竟被管理成"无人敢上楼去"，这样正常吗？

有许多迹象表明，这个藏经阁基本是摆设，众多经典统统被束之高阁，借阅流通极为不便。来看一些细节：

> 一只只木箱……只见箱上有铜锁锁着。

一只只书箱都上了大铜锁，里面的经典想要取阅流通，怕是很难，大概有一大套繁冗的程序，需要打申请、报批，再找管理员拿钥匙等等，不走上几个环节办不来。一个全真弟子假如想来阁中自学，翻阅祖师的语录心得、箴言法语，是非常不方便的。

从不少例子中都可窥见这点。比如小杨过加入了全真教，能学到什么武功全要看师父赵志敬的心情，没有地方自行学习。赵志敬倘若不想教他真功夫，只教他背口诀，杨过就无法可想。

再对比一下少林的藏经阁，则是一番完全不同的景象。《天龙八部》

中说，它有一条很好的管理办法——"向来不禁门人弟子翻阅"。所有少林弟子，不论年龄、辈分、职务，只要是获得了学武资格的门人（当然这一点很重要），都可以到藏经阁看书，七十二绝技统统在这里摆着，拈花指法也好，伏魔杖法也好，你想练就可以练，能练成多少门是你的本事。

所以少林的藏经阁管理办法极度灵活便利，武学经典实现了高效的利用，本门弟子有最好的自学环境。老师教得不好，你不愿听他的课，完全可以去泡图书馆自学。

一言以蔽之，全真派办的是中学，而少林派办的是大学。

长此以往，两家的差距就拉开了。少林派历代迭有创新，弟子们屡有著述。所谓的少林七十二绝技，大多是历代高僧一代代接力创新的成果。著名的般若掌，是少林寺第八代方丈元元大师所创。大金刚拳法是少林第十一代"通"字辈的六位高僧，穷三十六年之功共同钻研而成。大名鼎鼎的《九阳真经》甚至是一个不知名的少林和尚异想天开写在佛经字缝里的。

诚然，少林寺也有打压创新、戕害创新的不良现象，也有过逼走张三丰的恶例，但不管怎样，这个门派大的风气是鼓励自学、鼓励创新的，长期如此。而全真派呢？珍贵的武学典籍和笔记被束之高阁，用铜锁锁住，生怕搞坏了。弟子们学武功全靠老师灌输，一代代填鸭下来，当然日渐僵化。至于著述就更别说了，你以为你是谁？马、王、刘、丘真人都还没著述呢，你算老几，你就敢著述？

四

除了藏经阁，少林派还有另一个机构——般若堂。这个机构是做什么的呢？其实就是武学创新研究中心。

创新研武，已经成为少林的内生本能。《鹿鼎记》里说，每一个少林弟子行走江湖，回寺之后，第一去戒律院禀告有无过犯，有没有喝酒吃肉杀生，等等；第二就要到般若堂禀告"经历见闻"。具体是什么"经历见闻"？金庸特意说明了，就是去禀告自己一路上看到的别门别派的武功。只要人家的武功有一招一式可取，般若堂就会笔录下来，研究揣摩，融会创新，如此积累千年，底蕴之浑厚可想而知。

般若堂还有一个异常翔实的数据库，记录了历代高僧练武的数据资料。比如有一次韦小宝想知道"一指禅"的修炼时间问题，般若堂首座立刻给出回答：

> 五代后晋年间，本寺有一位法慧禅师……入寺不过三十六年，就练成了一指禅……

少林派在清代的时候居然可以随时调取五代后晋甚至更早的数据。工作细致到这份上，武功研发又怎能不强？

上文提到的这位般若堂首座，用今天的话说也就是研发中心的主任，叫作澄观大师。这人七十年没出过山门一步，在寺里专门做一件事，就是钻研武功。这是一个典型的"武痴"，武功就是他的生命，就是他的一切。少林派里历代都有这样的"武痴"，高僧们一坐关就是几十年。再看全真派，有这样的研发、创新机构吗？没有！全真七子里面，有哪位真人专门主持武术创新工作吗？没有！

全真派也有过一位"武痴"——周伯通。可是派中重视他吗？前文说了，一点也不。找过他学习交流授课吗？从来没有。掌握实权的全真七子没有一个爱武如痴的，全是一伙社会活动家，忙于各种应酬活动。

说到创新，还必然涉及一个关键问题：重不重视外脑。少林七十二绝技并不全是正规少林弟子创的，许多都是外脑产生的智慧。比如其中一门摩诃指，就是一位在少林寺中挂单的外脑七指头陀所创。

一个门派，人才再多也总是有局限。要成大格局，必须海纳百川，任天下智力而用。像李斯劝秦始皇所说，陛下致昆山之玉，有随和之宝，垂明月之珠，服太阿之剑，没有一样是秦国产的，所以秦国用人也要五湖四海。

看少林派吸纳了多少人才，萧远山、慕容博、谢逊……他们都归隐少林，一身本事都成了少林的武学。放下屠刀，立地成佛，在这里的真实含义是，放下屠刀，你的武功就都成了我的。

其实到了后来，少林弟子们练习的武功都是创新的成果，早已不是当年达摩老祖的武功了。有证据：

> 此三门（般若掌等）全系中土武功，与天竺以意御劲、以劲发力的功夫截然不同。

而看全真教，吸纳外人、借鉴外脑一事，基本阙如。很少看到他们研究学习人家的武功。郝大通被霍都一掌打得半死，吃了大亏，后面大家痛定思痛，专心研究霍都的武功了吗？没有。丘处机当时扬言不出十年就要去寻霍都。后来他去了吗？也没有，假装忘记了。

五

终于，数十年后，襄阳城下。

天下豪杰云集抗蒙，主帅黄药师布下二十八宿大阵，点将派兵。前几支队伍各自都有顶级高手担纲，执掌一队。可当点到最后一队，主帅说出由"全真教教主李志常主军……"时，大家都露出古怪的表情，虽然都没说什么，但所有人都心照不宣——这一队太弱了。

片刻的尴尬之后，已是一头白发、身上还有伤的全真教老人周伯通走出来，嘻嘻哈哈地从徒孙手里抢过了令箭，说："志常，你敢和我争这主将做么？"李志常只得躬身：徒孙不敢。

其实周伯通心里清楚，这是给李志常一个台阶下。本门后继无人了，放眼尽是碌碌之辈，我这把老骨头不上，谁又能上呢？

书读到这里，让人不禁想起当年孔子的慨叹：太山坏乎！梁柱摧乎！哲人萎乎！

感慨之余，让我们重温一句老话吧：创新是一个民族进步的灵魂，是一个国家兴旺发达的不竭动力。

回首全真，诚哉斯言。

丘处机的武功为何练不上去

聊完全真派,顺便再聊一聊丘处机。再次声明,本书中讨论的一切人物都是金庸小说人物,和真实历史人物无涉。

金庸小说里有一种现象,可以叫作"丘处机现象":有些人明明自身条件很好,发展的平台也很不错,但武功练到一定的程度,就像撞到了天花板,怎么也上不去了。

丘处机等几个师兄弟就是这样的典型,师父的武功天下第一,师叔也是出类拔萃,可自己的水平却停滞不前,几十年没有什么进步。

他们的武功,名义上是天下前十、前二十的水平,但实质却是江湖二流。要震慑什么小钻风、奔波儿灞之类的幺魔小鬼固然绰绰有余,可遇到了真正的高手却又天差地远。在牛家村,全真七子遭遇黄药师,一照面就被噼噼啪啪几乎每人抽了一嘴巴,活像大人打孩子。黄蓉曾经讲过一句刻薄的话,说他们"年纪都活在狗身上了"。

这到底是为什么?何以丘处机们资源条件这么好,武功却死也练不上去?

首先肯定有资质、天赋的原因。有些人的天赋你无法比。乔峰生来便是战神,普通的一招一式,到了他手里就有绝大威力。张三丰十几岁的时候就气场不凡,让大侠杨过看了都暗暗称奇。这都是天赋,属于老天赏饭,羡慕不来。

但天赋并不是全部。一个例子明摆着的,郭靖的天赋就并不好。丘处机等的武功老不长进,除了天赋,肯定还有别的原因。

丘处机最可品读的地方在于心态。在《射雕英雄传》一开始,丘处机便说过一句颇为得意扬扬的话:

> 贫道平生所学，稍足自慰的只有三件。第一是医道……第二是做几首歪诗，第三才是这几手三脚猫的武艺。

他这几句话是对牛家村的两位村民讲的。对方并非武林中人，只是普通的民间豪客。换句话说，丘道长在炫耀，并且是在对外行炫耀。什么"做几首歪诗"、什么"三脚猫的武艺"云云，貌似谦虚，实际却是掩不住的沾沾自喜，似乎正等着别人上来追拍一记：哎呀，您这么厉害的武功都才不过是人生第三强，那您的医术、诗文可得多厉害。

这个细节颇能说明问题。过早地自满，放弃了更高的目标，大概是丘处机们停滞不前的致命原因。

丘处机出名出得早，"长春子"很早就蜚声江湖了。普通人听到他的名字往往"扑地便拜"，连江南七怪这样的地头蛇听到他的名字也觉得如雷贯耳，如果不是双方一开始闹了场误会，也多半要追星一把，求合影、求联系方式。他红得太早了、太容易了。

相比之下，黄药师、欧阳锋等绝顶高手在大众层面反而远没有那么知名。你看牛家村里的两个村汉郭啸天、杨铁心都知道丘处机的大名，对"长春子"三字惊为天人，可他们并不知道黄药师。

一个人太过容易地赢得了大众的崇拜，往往就自我感觉良好，失去了下一个目标。很多人都是在这种心态下沦为庸才的。郭靖不成器的徒弟武修文、武敦儒就是典型，他们跟着郭靖，赢在了起跑线上，所学的武功都很上乘，很容易就能超越一般青年，收获普罗大众的褒奖和艳羡。"名师出高徒"之类的话，他们肯定从小都听到耳朵起茧：

> （群雄）均想："郭大侠名震当世……连教出来的徒儿也这般厉害？"

人人都说武修文们"这般厉害"，久而久之，他们也就觉得自己很厉害。如此早早地便自满了，哪里还能有什么进步？

丘处机的武功境界当然远胜武修文、武敦儒，可问题却有点相似。你看他一切行事，表面上豪情万丈到处约架，曾约架梅超风、霍都王子、江南七怪，还吵着要约架黄药师，真是手拿菜刀砍电线，一路火花带闪电。可是几十年来，几乎没看到他埋首过业务，没有钻研创新过什么武功，黄蓉的"年纪都活在狗身上了"一句评语固然有些刻薄，但也不能说完全冤枉。

就不把他和黄药师、周伯通等创新专家比了，只对比一下他的后辈杨过。杨过这个年轻人从来都很有危机感，一直觉得自己武功不行，不断地反思和创新。看到别人将书法化入武功，杨过便根据晋代人的诗，创新了一套剑法出来。

某次，金轮法王提点杨过，指出其武功驳杂不纯，杨过如醍醐灌顶，"苦苦思索，甚是烦恼"，甚至在山顶上不吃不喝地钻研。他立下了如是决心："天下武功，均是由人所创，别人既然创得，我难道就创不得？"那时候的杨过也不过就二十来岁。从这个意义上说，全真七子之流真的是白活了。

除此之外，丘处机们还有一个共同点，便是都生活在一个平庸的集体之中。

在全真七子里，丘处机武功第一，始终是公认的七子之冠。这种平庸集体中的荣誉很容易催生虚幻的成就感：我已经够好了，已经不用再练了，我已经是"七子之冠"了，师兄弟们都没我强，整个门派、整家公司的人都最崇拜我。

我们通常以为，集体中的激烈竞争能够让人更杰出，但这还真不一定。有时候一个平庸的集体反而会让人失去进取心。大家都每月赚两千块，我赚两千一，我好富啊，干吗要和那些赚一万块的比呢？

前文说过的武修文之流就是这样，身边朝夕相处的只有一个平庸的兄弟，外加一个平庸的师妹郭芙，谁也不比谁差。只要自己的武功在这三人中还看得下去，不落下太多，也就心安理得。于是他们便互相充当着对方的按摩剂、遮羞布，一起沦陷在平庸的路上，失去了更高的目标。

这么一想，也幸亏杨过早早地离开了这个班级，没有和他们一起混。

在自家里厉害惯了，出去遇到挫折、遇到高手，也是八个字——只会发火，不会反思。丘处机遇到梅超风，发现不敌，按理说是当头棒喝，该立志回家好好练功吧？可他不，只是发火骂人："好妖妇……"自己和师兄弟们被黄药师噼噼啪啪地打，遭遇生平从所未有的大败，旁边欧阳锋大声嘲笑："王重阳收的好一批脓包徒弟！"是否也是当头棒喝，该深自愧悔？丘处机却不见有什么惭愧，只会大骂黄老邪。

重阳宫一仗输给了霍都王子，丘处机曾扬言不需十年便要寻霍都报仇，可狠话说过便忘，后面再也没见他去找过霍都。之后去围剿李莫愁，闹得灰头土脸，可算又一次棒喝，他却只拍拍身上的土就回来了，未见有什么触动，回来还大剌剌教育师弟"胜败乃兵家常事"。

丘处机等的同时代人文艺评论家严羽写过一本《沧浪诗话》，里面有一句中肯的话："学其上，仅得其中；学其中，斯为下矣。"丘处机所学都是上乘，志向却仅为中，最后求中得中，也是顺理成章。

当然，任何人都有原地踏步的权利，"天下前十"说来也颇威风，不好再要求他更多。只是要撑起全真教玄门正宗的声威，便有些勉为其难了，不得不经常说几句"胜败乃兵家常事"了。

马钰的尴尬

马钰是全真教的掌教,所谓"掌教"就是一把手,"全真七子"里他是大师哥。一般惯常认为大师哥总是最厉害的,风头最劲、说一不二,就比如《西游记》中那样。马钰却不然,他这个掌教和大师哥总是当得有一点尴尬。

作为全真门下的首徒,当年师父在世的时候,马钰一直都是接班的第一人选,相当于王储。这对他的性格产生了很大影响。

储君很不好当,存在感太强了不行,王要忌惮你,疑心你要争权夺位;存在感太弱了也不行,王又会怀疑你没有能力,不能挑起重担。和几个师弟关系太远了不行,将来没有党羽,没有威望;关系太近了也不行,王又会觉得你拉帮结派。

所以当储君的往往小心翼翼、谨小慎微,把真实的自己折叠起来,不能太显露张扬个性。你看《倚天屠龙记》里武当七侠中的宋远桥,也是小心谨慎多年,最后才接班。飞扬跋扈的"大师兄"早晚要出事,比如令狐冲,就和师父闹到水火不容,干脆被革除出门。

说回马钰,正是长期以来等待接班的状态,使他养成了谨慎、温吞的性格。这未必是他真实的性格,而是身份和形势使然,使他做了一个"折叠人",把真实的自己折叠起来了。

观他平时举动,从不刷存在感,一直甘为小透明。书上说他是"闭观静修,极少涉足江湖",名气远远没有几个师弟大。在江南七怪等的眼中就是如此,觉得"丘处机名震南北,他(马钰)却没没无闻"。各种武林里的大事小事,马钰也尽量不掺合,不轻易抛头露面。比如"华山论剑",这样顶级的盛事谁人不想去呢?可最终跟着师父王重阳上华山的却是王处一,不是大师兄马钰。

长年累月保持低调谦逊，从无过失，可说是很不容易的。马钰也因此赢得了师父的好感。书上说，王重阳经常夸马钰谦冲有道，稳重靠谱，而嗔怪丘处机太闹腾、太张牙舞爪。

其实丘处机就一定是天性喜欢张牙舞爪吗？还真未必，某种程度上也是身份和形势使然。作为在接班人序列里排得靠后、形势不利的，当然便需要积极主动作为，努力刷存在感，好歹搏上一把，否则可就连机会也没有了。

这就是为什么丘处机、王处一两个师弟极爱在江湖上搞事，以扬名立万的原因。丘处机不必说了，用今天的话来说就是各种事件营销，把自己刷成了全真第一网红。王处一也一样颇爱搞事。书上便说了他的一番当众表演，"与人赌胜，曾独足跂立，凭临万丈深谷之上，大袖飘飘，前摇后摆，只吓得山东河北数十位英雄好汉目迷神眩，因而得了个'铁脚仙'的名号"。

类似这种秀，王处一做得，马钰就做不得。作为储君，他不能轻易"与人赌胜"，更不能跑到万丈悬崖上去搞金鸡独立，这样太轻浮了。他只能小心翼翼在家里待着练中国蹲。

终于到了那一年，重阳真人去世，马钰接班，成为全真掌教。多年的坚持，使他一直保有师父的好感，并终于承接了大位。可是从上任伊始，老马这个位子就不好坐，面临着比较复杂的局面。

首先是师父固然逝了，却尚有一个师叔周伯通在。按理说，周师叔不常驻重阳宫，个性淘气，无甚魄力，对马钰没有太大的掣肘。然此老不大尊重后辈，没事就对马钰"娃子""牛鼻子"之类的乱叫，颇不利于马钰积累威望、开展工作。

更为尴尬的是，掌教之位虽然传给了马钰，可最要紧的《九阴真经》却未传。也不知道是出于什么考虑，王重阳临终前将真经交给了周伯通保管，未托付马钰。这就相当于一所房子，户主已经明确登记过户给了马钰，可家里保险柜的钥匙却给了周伯通，马钰这个掌教是不是有些别扭？

上有尊叔，秘笈不授，此乃尴尬一也。

马钰的另一个更大尴尬，就是他还有几个难以约束的厉害师弟，特别是丘处机和王处一，给他形成了比较大的钳制和压力。

丘处机和王处一的武功都比马钰为高，这一点全真教上上下下都清楚。周伯通就公开说：马钰的武功不及丘和王。这是有损马钰权威的。武林武林，说到底要靠武功说话。作为掌教却武功不行，怎么说也是个减分项。事实上非但武功略逊，他的才智也不突出，书上说他"向无急智"，综合能力也不如师弟。

还有一点很关键的是，马钰不但个人实力偏弱，教的徒弟也不行。一般来说，掌门人的徒弟叫作"长门弟子"，其实力必须在门派中占绝对强势，门派内部才能稳定。可是马钰的嫡系弟子和丘、王两系相比毫无优势。全真教的第三代弟子里，第一高手疑是赵志敬，是王处一门下；第二高手是尹志平，是丘处机门下。马钰门下没有杰出人才。

尹志平和赵志敬的成长非常迅速。尹志平出道极早，江湖名气颇为响亮，少年时就曾经递补过全真七子之一的谭处端，组过北斗阵大战黄药师。赵志敬也很受重用，负责主持教中的核心创新项目——九十八人的"大北斗阵"，斗过郭靖。在教中年轻一代的竞争和卡位上，丘、王的门人也明显超过了马钰。

如果把马钰和金庸小说里其他几位著名的"大师兄"如宋远桥相比，你会发现马钰的境况都有所不如。宋远桥的武功在师兄弟中排第二，马钰才排第三。宋远桥在武当派势力深厚，他有过代师授艺的经历，而马钰却没有这个资历，师弟里大概只有一个前妻孙不二是他真正的嫡系。此外，宋远桥的门人弟子比较给力，儿子是武当第三代第一高手，马钰却没有这样的优秀传人。

师弟强雄，势力不及，此乃马钰的尴尬二也。

所以我们经常看到，马钰在门派里说话分量有限，奈何不了师弟，干着急没办法。丘处机要和江南七怪打赌，马钰反对。可是他的反对有用吗？一点也没有。原著上说马钰"数次劝告丘处机认输，他却说什么也不答允"。你看，对于掌门、一把手的话，丘处机居然"说什么也不答允"，老马这个掌门是不是当得也蛮不是滋味？

这也许就是为什么丘处机和江南七怪赌赛，马钰要千里迢迢奔赴蒙古，暗中去帮江南七怪，给强势的师弟使绊子。当着七怪的面，马钰公开数落师弟的不是，说道："敝师弟是修道练性之人，却爱与人赌强争胜，大违清净无为的道理，不是出家人份所当为……贫道曾重重数说过他几次。"作为单位的一把手，却在外人面前这样数落班子成员。他自称曾"重重数说"过丘处机几次，其实有点往自己脸上贴金了，明明是在家说了不算，却对外人讲成"重重数说"。

人在江湖飘，谁都有不得已像马钰这样隐藏自己、折叠性情的时候，只有等到合适的时机，才会打开自己，释放真性情。

有的人打开得过早，释放性情过早，还远远没到那个份上就张扬起来，以致罹祸杀身。《笑傲江湖》里嵩山派的费彬，没混到那个份上就开始嘚瑟、狂妄，最终招祸身死。有的人则相反，把性情藏得太深了，折叠得太狠了，一直都没能打开过，就比如马钰。

因为之前的"储"、后来受的"压"，马钰一直是那个温吞谨慎的样子，从来也没有真正打开过自己。我们无从知道他的真面目到底是什么样的，或者说他的真、假性情已经合一了，要释放也无从释放起了。

只有在极偶尔的时刻，他才会显露一下内心深处的凶猛和刚烈，发出一声暗暗的咆哮。当全真诸子激斗黄药师之时，战况紧急，黄药师突然向马钰疾冲而来，满以为小马要躲避。哪知道他却没有退。大敌当前，生死时刻，这个温吞的掌教大师兄忽然刚烈了一把，毫不避让，"左手的剑诀却直取敌人（黄药师）眉心，出手沉稳，劲力浑厚"。

黄药师侧身避过，赞了声："好，不愧全真首徒。"

这就够了。日后，当光阴流转，年华老去，人们也仍然会津津有味地回忆、谈论起这一记剑诀。他可以自豪地说：我叫马钰，那一战，我曾经挡在了黄药师面前，直取他的眉心。

五绝的深味

"东邪西毒、南帝北丐、中神通",这个设定很有趣。这"五绝"不是五个人,而是一个人。他们五位一体,代表了一个凡人撕裂的五面,人人身上都有他们五个存在。

东邪是自由。黄药师的我行我素、傲然不群,正是自由的外在人格化。他代表每个人向往自由的一面。哪怕再老实、再不爱动弹的人,也会想要自由的,被关起来都不舒服。有的人很喜欢关锁别人,但自己一定是要活得很自由的。

西毒是欲望。凡人都有欲望,就像欧阳锋对《九阴真经》那样孜孜以求。欲望驱使人去追求,去占有,乃至不择手段。

南帝是同情。一灯大师代表了恻隐之心。他温厚悲悯,打架的时候少,给人看病的时候多。一灯一灯,同情心正是人类灵魂的明灯。

北丐是责任。人生活于世间,每个人都有天然的责任,无法逃脱,比如赡养父母、哺育孩子、陪伴家人、承担社会责任。大侠洪七公代表一个人"责任"和"担当"的一面。

中神通又是什么呢?是信仰。信仰是一个人的主心骨,所以是"中"。全真教主王重阳正代表着人的信仰。

东邪和西毒有时候臭味相投,还差点结了亲家。因为自由和欲望往往是互相缠绕的。欲望膨胀了,就更想自由;自由过火了,就催生更多的欲望。人性正是如此,每当被关了起来、没了自由的时候,欲望就小。令狐冲被关在黑牢里的时候,所想的就只是一只肥鸡、一壶好酒而已,对他来说这就是世上最好的东西。

可等他被放了出来,有了更多自由,就不满足于肥鸡好酒了,就又想找小师妹了,想撩任盈盈了,还跑到江湖上去乱管闲事。

西毒和北丐都上桃花岛来提亲，黄药师第一反应就是给西毒。这也很好理解。"欲望"和"责任"同时来提亲，"自由"的第一反应是不是会偏向欲望？同理，西毒和北丐会一生死掐，因为欲望和责任天生是矛盾的、背反的，非掐不可。

这五个绝顶高手，就这样各霸一头，在人的内心里互相较量、缠斗、纠结。今天东邪占上风，人就会什么都不管不顾；明天西毒最强势，于是便丧失理智，开始下半身思考；有时候南帝称尊，于是同情心泛滥如圣母；有时候北丐居上，于是责任感爆棚进入贤者时间。

中神通平时没什么存在感，但是没了他不行。在小说里，武林的大乱局就是从中神通王重阳死了开始的。信仰崩塌了，就压制不住欲望，人就混乱成一锅粥。本来和谐的五位一体就会一秒变成乱哄哄的四国交兵，自由我行我素，欲望肆无忌惮，责任拼命阻击，同情徒呼奈何。

不妨再多说几句王重阳。他代表信仰，而信仰的终极奥义就是如何面对死亡。全世界各民族的不同信仰，无一例外都要解决一个如何面对死亡的问题。

所以王重阳的人生对面有古墓。在很长一段时间里，他不知道如何面对古墓中的林朝英，犹疑难断，首鼠两端。他长期无法解决面对死亡的终极难题。

直到最后，他修建了重阳宫，和古墓比邻而居。这大概是想明白了、勘破了，信仰的宏伟殿宇终于建立，可以和死亡坦然比邻了。

再看看他们留下的后人，也很有意思。"自由"往往生下精灵般的女儿。她在凡间蹦蹦跳跳，犹如天使，惹人怜爱，所以桃花岛上诞生了黄蓉。"欲望"则容易产下孽子，所以白驼山有欧阳克，还被安排成是和嫂子私通所生的。而"同情"和"责任"居然绝种无嗣，可想而知江湖会有多么晦暗，所以他们必须找到郭靖，传承火炬。

最耐人寻味的是"中神通"。他留下的全真七子是一群平凡驽钝之辈，没有什么突出成绩，被嘲笑是"一群杂毛""年纪都活在狗身上了"。这说明一个道理：信仰虽然听上去神圣高大，却也容易滋生平庸和愚昧，所谓越傻越信、越信越傻也。如果一个人完全交出了自己的思考，放弃自我，不动脑筋地一味笃信、狂信，最后可能不过是收获愚昧和平庸，得到一堆杂毛。

在金庸小说里，随着时代更迭，老的"五绝"逐渐解体了，江湖上一通大乱，直到过了好多年，新的五绝才诞生，叫作东邪、西狂、南僧、北侠、中顽童。

新五绝里居然是"中顽童"居首。他代表什么呢？代表娱乐。信仰没有了，也无法再找寻了，干脆就娱乐为王，每天嘻嘻哈哈，也很好。

黄药师的演员型人格

在写《射雕英雄传》之前，金庸一直尝试塑造一些高蹈出尘的人物，比如《书剑恩仇录》里的袁士霄，《碧血剑》里的穆人清。这两个人物都不算太成功，他们的面目比较模糊，性格也显得单调寡淡，比二流武侠作家塑造的那些"怪侠"没有高明到哪里去。读者的印象也都不太深。

到了第三部书《射雕英雄传》，金庸抖擞精神，把袁士霄的"怪"和穆人清的"清"拿到一起，捏合成一个新的人物——东邪黄药师。这个角色获得了极大的成功。黄药师成了一个让人印象深刻的王尔德式的人物，才华横溢又离经叛道，有强烈的唯美主义倾向，还创作了华丽而又淫靡的《莎乐美》——《碧海潮生曲》。

这个角色当然很有魅力，但每次读《射雕英雄传》的时候，总觉得他有什么地方不大对劲，和书上其他的人说话做事不太一样，但一时又说不上问题出在哪里。直到某天，我了解到有一种病症，叫作"表演型人格障碍"，才突然想明白了黄药师让人感到奇怪之处：他所说的话，都很像是戏剧的台词。换句话说，他随时都像是在不自觉地演戏。

《射雕英雄传》里有四大宗师，如果问他们从头到尾都在忙些什么，大概北丐为了吃，西毒为了经，南帝为了悔，而东邪为了酷。为了酷，所以随时处于一种表演的状态。

从登场开始，黄药师就一直沉浸在对亡妻深深的怀念之中。这种感情诚然很让人动容且同情。但他处理妻子后事的方式非常奇特，有一种强烈的表演特征：墓室从不固封，人们可以轻易进入。妻子冯蘅的玉棺旁边陈列着昂贵的珠宝，悬挂着她的画像。整个墓室布置得像是一座小型的爱情主题博物馆。

在他居住的桃花岛上，也充满了类似的极富视觉功能的"博物馆式"

布置。从弹指阁、试剑亭，到清音洞、绿竹林，再到那副著名的"桃花影落飞神剑"的对联，都透露出主人微妙而矛盾的心理：他一方面似乎十分抗拒外人闯入，煞费苦心地布下桃花树大阵阻挡来访者；但另一方面，他在内心深处又似乎期待着游客的到来，好欣赏主人的超凡脱俗。

桃花岛的主人总是透露着一种纠结：生怕和凡夫俗子为伍，但又为了没有凡夫俗子的喝彩和崇敬而深感孤独。

黄药师向往的人格是"魏晋风度"，可是在《射雕英雄传》小说里，更具有"魏晋风度"的是洪七公和周伯通，其中前者得其放旷，后者得其率真，和他俩相比，黄药师倒像是只得了个皮毛。有时候他甚至不如欧阳锋看得开——欧阳锋由于目标远大，一心追求练武称霸，所以有时对一些小事反而不太介怀。比如黄药师和欧阳锋都被周伯通泼了尿，"黄药师气极，破口大骂，欧阳锋……却只笑了笑"。

黄老邪充满了矛盾。他声称自己反对礼教，实际上对徒弟的管束却是最严苛的，包括禁止自由恋爱。他声称反对条条框框，结果他在四大宗师里门规最啰唆，条条框框最多——明明已经把徒弟陆乘风打断了腿，赶出了门下，十几年后他却还要狐疑地检查徒弟有没有违反"门规"，把武功私传给儿子。换句话说，都已经不是你的徒弟了，却还要终生受制于你的条条框框。

表演型人格的另一个特点，就是随时觉得自己站在无形的舞台上，下面有许多观众，让自己一刻都不能停止表演，似乎每一帧生活场景截取下来，都必须是一张完美的剧照。

妻子冯衡死了以后，黄药师给自己设计了一个殉情办法：他打造了一艘巨大的花船，准备将妻子遗体放入船中，驾船出海，"当波涌舟碎之际，按玉箫吹起《碧海潮生曲》，与妻子一齐葬身万丈洪涛之中，如此潇洒倜傥以终此一生"。

这是多么富于戏剧性和视觉冲击力的一幅画面。更有趣的是，金庸还不忘写上一笔：黄药师一年又一年地推迟着出海计划，却又把这艘花船"每年油漆，历时常新"，以表明自己不是儿戏。似乎他担心自己不去油漆,就会有无形的观众出来指摘他不诚心。

我们很难猜想:黄药师会不会有完全放松的时候?他在完全休闲放松的时候会是什么样子?

刘国重说黄药师"活得好累",大致属实。他太聪明了,太优秀了,所以十分害怕平庸,处处都要显得与众不同。他太希望自己"潇洒倜傥",说话做事总往这个方向靠,结果在洪七公、周伯通等人面前反而显得很拘谨,有时候既不潇洒也不倜傥。

他其实很羡慕洪七公的放松。《射雕英雄传》小说的最后,洪七公用一种很酷的方式不告而别:

> 榻上洪七公已不知去向,桌面上抹着三个油腻的大字:"我去也"。也不知是用鸡腿还是猪蹄写的。

黄药师叹道:"七兄一生行事,宛似神龙见首不见尾。"看着洪七公用一只猪蹄,就玩出了自己向往的风范,是不是有一点淡淡的自愧不如呢?

黄蓉的自卑

看到题目你大概会觉得奇怪。黄蓉自卑，有没有搞错？金庸笔下的女孩子里不少人固然都自卑过，程灵素自卑过，陆无双自卑过，但是要说黄蓉自卑，多半没人信。

黄蓉的人设，是"海的女儿"与"王的千金"，还要加上"绝顶美貌"和"最强大脑"。家里是著名景区，老爸的高深武功学都学不完，名家字画里差一点的在她家只能糊窗户纸。这样鲜花着锦的人生，岂有自卑的理由？

少女都有心事，但黄蓉好像从来只有娇痴嗔憨、忧喜愁乐，没有妒卑懦丧。闯荡江湖时，她在任何人面前都有天然的优势心理，化装成小叫花子去饭店都有城管的气势。遇到再了不起的人、再大的排场，她也一点都不懂什么叫自卑。

看她在赵王府里的表现，本来明明是做贼，大半夜跑到王府里窃药、偷窥，还被发现了。换了一般人，白天去王府都要缩头缩脑、惴惴不安，何况晚上跑去做贼，还被当场发现了？黄蓉却浑不当回事，完全将王府当成自己家院子，不知窘迫为何物。王府高手梁子翁蹿出来抓贼，她却微微一笑：

这里的梅花开得挺好呀，你折一枝给我好不好？

听这句话，"这里的梅花开得挺好"，这是在给王府的花草打分来着，评头品足。"你折一枝给我好不好"，这是使唤武林高手，把梁子翁当物管老伯伯。梁子翁瞬间被搞蒙了，一看黄蓉的品貌气度"秀美绝伦"，而且"衣饰华贵""笑语如珠""料想必是王府中人，说不定还是王爷的千金小姐",于是老老实实当了一次老伯伯,帮她爬树折梅花。

这非只是机智、善于应变可以做到的,骨子里还是因为气场足,有一种与生俱来的优越,否则梁子翁也不能一秒就信。不然你去赵王府让人给折枝梅花试试,当场打骨折。

以上都是在男人面前的自信。在女人面前,她也是不知自卑为何物。有个好玩的细节,黄蓉和郭靖在赵王府偷药时,无意间听说王妃很漂亮,是个大美人,黄蓉立刻兴致大起,药也不偷了,说:"咱们瞧瞧去,到底是怎么样的美人。"这固然是好奇,但更多还是出于一份自信:再是什么王妃、大美人,也不会美过我。

哪怕岁月流逝,一二十年之后,黄蓉见到了小龙女,眼看小姑娘"容色秀美,清丽绝俗",自己心里有半点压力和惶惑,觉得青春飞逝,感叹皮肤不如、身材不如吗?有马上着急上火要做面膜、做提拉吗?半点也没有。后来她又遇到了江湖当红的赤练仙子李莫愁,直接动手较量。在李莫愁面前,黄蓉完全是优势心理,上位碾压。她以"兰花拂穴手"对赤练仙子的那一拂,如果截成剧照,将是《神雕侠侣》里最美的画面之一:

猛见黄蓉一只雪白的手掌五指分开,拂向自己右手手肘的"小海穴",五指形如兰花,姿态曼妙难言。

李莫愁看见黄蓉"掌来时如落英缤纷,指拂处若春兰葳蕤……丰姿端丽,不由得面若死灰"。能让李莫愁"面若死灰",不只是因为"招招凌厉",也是因为"丰姿端丽"。这是武功上的胜利,也是气质、美貌上的平推。什么赤练仙子,本天后带娃不闯江湖几年,你们就把我忘了?

然而凡事总有例外。像黄蓉这样从来不知道什么是自卑的人,有一次也是忽然有过一丝自卑的。就是对华筝。

"我须得和华筝妹子结亲。"当着黄蓉、华筝两人的面,郭靖说出了这句话,还郑重其事地用汉语、蒙古语各说一遍。

当时的情况,是华筝、拖雷南下寻找郭靖,要他兑现婚约。形势已经成了二选一,郭靖要么选黄蓉,要么选华筝,他义无反顾地倒向了华筝。在那一刻,黄蓉除了痛苦、自怜之外,忽然多了一种人生从未有过的情绪。我相信她真的有一点点自卑了。

看她的举动和心情:

> 黄蓉伤心欲绝,隔了半晌,走上几步,细细打量华筝,见她身子健壮,剑眉大眼,满脸英气,不由得叹了口长气,道:
> "靖哥哥,我懂啦,她和你是一路人。你们俩是大漠上的一对白雕,我只是江南柳枝底下的一只燕儿罢啦。"

当爱人决绝离去的时候,她也像一个普通女孩一样,自以为是地想寻出一个"为什么",想找到个切实的理由。她觉得是自己不如人家"身子健壮",不如人家"剑眉大眼",不如人家"满脸英气"。对方是高大英武的公主,自己却那么瘦小孱弱。

对方的一切优点,都让她羡慕、沮丧;自己和对方的一切不同,都成了她强加给自己的缺陷。在那一瞬间,她觉得自己和郭靖哪儿哪儿都不般配,觉得低到尘埃,一无是处。我们旁观者都知道她美、她出色,她是造物的精灵,是天地灵秀之所钟,是上苍福泽倾注的宠儿。但都没用,那一刻她自认只是江南柳枝底下的一只小燕儿。

爱会让一个人卑微,生出一种"守着窗儿,独自怎生得黑"的患得患失。世上最强大的一种无力感,就是心上人倒向别处。它能给最骄傲的人以重击,让人没来由地自觉卑微下去。人甚至会无厘头地贬损自己的一切,甚至睫毛不如对方弯、鼻孔不如对方圆,都足以自卑。你看段誉是王子,明明挺帅,才貌、人品够可以了。但他既然钟情王语嫣,看到慕容复就一秒自惭形秽,觉得自己哪儿都不如。

黄蓉记得那么多诗词,那一刻,当她忽然卑微起来,觉得自己是只不配草原的小燕儿的时候,不知道会想起哪一首。

我觉得特别像余秀华的一首诗,叫作《我爱你》:

如果给你寄一本书,我不会寄给你诗歌
我要给你一本关于植物,关于庄稼的
告诉你稻子和稗子的区别

告诉你一棵稗子提心吊胆的
春天

杨康掉队考

聊一个问题：少年的杨康和郭靖相比，无论天赋、家境、师资，各方面都要胜过不少，用俗话说就是完全赢在了起跑线上，为什么后来两个人的结局差距那么大？

一些众所周知的原因都不谈了，比如郭靖更为努力且有黄蓉襄助之类都不说了。说一点比较少被谈到的原因。

杨康和郭靖两个人出身原本完全一样，都是普通的杭州远郊农民的后代。但因为一起偶然事件——丘处机路过牛家村，两个孩子拉开了差距，有了不一样的人生起点。

杨康的条件优越。他是大金国小王爷，父亲是大金赵王，物质丰裕自不用说，连私人武术老师都是丘处机、梅超风。这可是顶级的师资，江湖上在"五绝"级别之下就数他的两个老师最狠了，等于除了牛顿、爱因斯坦、麦克斯韦、玻尔、普朗克，物理老师他随便挑。而郭靖呢？一个草原上的小牧民，老师是江南七怪，不会教学生，只会打骂、体罚。两个孩子后来一见面，郭靖的武功比杨康差一大截。

成长条件天差地远的两个人，后来怎么形势完全逆转？先说一点，杨康很机灵。他从小就学会了怎么取悦大人，而郭靖不会。

当杨康还在少年时，就特别会投大人所好，哄大人高兴。他知道母亲富有同情心，喜欢救助小动物，便拿一只兔子来折断了腿，骗母亲说是自己救的。母亲果然甚是开心，连夸他好孩子。这样的事杨康大概不知干了多少。

注意这一句"好孩子"，他杨康得来何等容易。再对比一下郭靖，要得到一句"好孩子"，得付出多少努力？在蒙古，郭靖小小年纪勇救落难英雄哲别，哲别给他一只大金镯子，郭靖不要，哲别这才夸他："好孩子!"如此急人之难、仗义疏财,才得到一句"好孩子"。

郭靖想要在师父江南七怪那里得到一句"好孩子",也是极不容易,不知道练功要吃多少苦、挨多少打,才会被夸一两句。

其实江南七怪是有好哄的一面的。他们很爱听好话、要面子。郭靖假如乖觉一点,嘴甜一些,每天说几句诸如"七位师父义薄云天""我辈以行侠仗义为本"之类的话,师父们一定心花怒放,小郭靖被表扬的次数会多得多,日子也会好过得多。可是郭靖不懂这些取悦大人的捷径,只会咬牙练功,辛辛苦苦当好孩子,不像杨康,在老妈那里做一场戏就成了好孩子。

孩子倘若太早学会取悦和迎合大人,"优秀"得太容易,习惯性地走捷径,往往就不肯再踏踏实实用功,自以为了解了成人世界"成功"的诀窍。杨康就从不好好练功,全真教的武功他不好好练,梅超风的武功也没好好练,一方面当然是吃不得苦,另外一方面就是已经习惯于走捷径。

光阴虚掷,这样的孩子不断地哄着大人,收获着"优秀"。直到某一天,他忽然发现自己成了大人,再没有"大人"可哄了,没人夸他好孩子了,世界露出了残酷的真相,它不再需要你的表演了,也再没有你老妈那样无私而好骗的观众了,杨康才发现自己一无是处。

此时对面的郭靖早已经一身本领,杨康却啥也不会——你再折断兔子腿给谁看呢?你妈都没了。

并且,杨康式的机灵还会带来一个很严重的问题,就是他满以为大人很好哄,哄得多了,长此以往便给他人留下一个滑头的恶劣印象。

杨康口才确实是好的,他的思维早早地就成年人化了,很懂成年人式的语言。哄师叔王处一的时候,左一句"前辈",右一句"恭聆教益",毕恭毕敬,话说得天衣无缝。对杨铁心这种江湖汉子,他也能哄,一口一个"江湖英雄""草莽豪杰",巧舌如簧。

而且他极善于找借口、找说辞,明明是耍赖不肯娶人家闺女,却编了一大套听来很合情理的说辞,上到国情下到事理,总之是各种难处,说得老江湖杨铁心都默默无言，连旁边郭靖都听得连连点头，觉得"很周到"。小杨康大概也很为此自鸣得意，觉得大人都特傻特好哄，都被自己玩弄于股掌之上。

然而他却又没有真的城府，而且很爱炫耀，人前敬人一分，转头便损人十分。谁信任了他，他回头就到处宣扬别人是傻瓜，把别人对他的信任当成别人是傻瓜的证据。

对王处一，一转身，他就口无遮拦地说"那王道士"如何如何，"那王道士"是傻瓜云云。对杨铁心，刚刚哄骗完，一转身便又当众吹牛："把他们（杨铁心和穆念慈）骗回家乡，叫他们死心塌地的等我一辈子。"说着还哈哈大笑。

一个孩子，误认为全世界的大人都很好骗，这便很糟糕了。事实上除了一个老实的娘亲之外，哪个大人看不透他本性？王处一、杨铁心、丘处机等又有哪个不知道郭靖厚道本分，而杨康是个无赖滑头？他早已经懵懵懂懂、稀里糊涂地把很多东西输出去了。

除了这些个人禀性上的缺陷外，杨康还有要命的一点——资源来得太容易。

别人想见一个武林高手都难，他家的客厅里却常常一坐就是一串。所以他一方面不知珍惜，另一方面，当真正重要的顶级资源来了时，他也不知道该怎么争取。

比如遇见欧阳锋，原本是个学习顶尖武功、迈入真正一流的机会，他就错过了。

杨康很想拜欧阳锋为师，酒桌上提出之后，欧阳锋婉言回绝，理由是自己一脉单传，既已有了传人欧阳克，就不能再收杨康。

这个理由只能姑且听之，不可全信。试想，收徒乃是大事，倘若一口就答应下来，让你酒桌上推杯换盏之间便把师给拜了，那我欧阳锋成什么了？作为一代宗师，不要面子的吗？不要矜持一下的吗？洪七公一开始不也坚决不肯收郭靖为徒吗？

何况欧阳锋并没把话说死，而是留了很大余地的，说："拜师是不敢当,但要老朽指点几样功夫,却是不难。"这已经够可以了,洪七公教郭靖不也是从"指点几样功夫"开始?

可是杨康却顿时很不乐意,"好生失望""心中毫不起劲,口头只得称谢",不爽之情溢于言表。欧阳锋一看会作何感想?你小子既然这么不识相,那咱别教了吧。一段罕逢的奇缘就此错过。

对比郭靖,你看洪七公教他武功时,他多么珍惜,每多学一招都满怀感激。杨康却不懂珍惜机会。他索取十分,你若给他七分,他就不满意,甚至当成是侮辱。长期的优越养成了他这种心态,他已经不懂得珍惜机会了。

后来他居然还想出要杀了欧阳克,断了欧阳锋传承的主意,来实现自己当后者徒弟的目的。这可谓是几大臭毛病全犯了。那就是:我真聪明,我还要走最后一次捷径。郭靖,你看我一秒钟玩死自己,你行吗?

综上,杨康的心态是:我是一个天才,别人都是傻蛋,我要什么就必须有什么。而郭靖是:我是一个笨孩子,别人都比我聪明,我必须好好把握每一个机会。于是他俩后来就逆转了,郭靖翻盘了。

当然了,杨康最后混不下去还有一个最根本原因,就是金国不行了,他爸爸也不行了。要是金国还很行,他爸爸也一直很行,杨康再怎么玩,他也还是杨康。

大黄蓉的一天有多难

黄蓉成家生子之后,很多人就讨厌她了,觉得她忙碌、世故、心机重,不像以前那样清透水灵,所谓"黄蓉不可爱了"。

"不可爱"是有原因的。不妨来窥看一下黄蓉生活的一个片段,选取她日常某一天的二十四小时,看看她的生活到底是什么样子,是什么让人产生了"黄蓉不可爱了"的感觉。

我们选择的这一天是十月廿四。当时黄蓉在襄阳,正在主持操办一个大型活动——英雄大会。会程已经进行到了最后,丐帮要比武选帮主。

可以确定,头天晚上黄蓉多半不会睡得太好。乌泱泱几千人开会,事情千头万绪,光是吃喝拉撒就够折腾的了。何况参会的又都是些天南地北的赳赳武夫,纪律性差,难以管理,很耗精力。因此尽管会程已到了最后,黄蓉却没有喘气的机会,一根弦始终绷着不能松。

小说里,这一天她的第一个角色是大会的主持人,作为行业领袖,黄蓉精神抖擞、光鲜靓丽地出了场,"跃上台去,向台下群雄行礼"。一大番场面话是免不了的,什么"承天下各路前辈英雄、少年豪杰与会观礼""至感荣宠""先谢过了",都是必需的程序。

接下来群雄开始比武,主持人黄蓉下台,挨着郭靖就座。眼下她可以喝口水、补个妆了?可以宽心地和郭靖说说话、聊聊天了?当然不行。她立刻切换进了第二个角色——安保总指挥。

黄蓉"坐在郭靖身旁,时时放眼四顾,察看是否有面生之人混进场来",并且要"在大校场四周分布丐帮弟子,吩咐见有异状立即来报"。这很好理解,大会的每一分钟都是敏感特殊时段,万一敌人混进来搞破坏怎么办?

有人大概会说,黄蓉有不少门人徒弟,不能帮她分担一下吗?还真不能。看看书上,男弟子们这时在做什么呢?不是正在台上比武,就是在台下准备比武,要争丐帮帮主。而女眷们又在做什么呢?比如郭芙、完颜萍、耶律燕几个,能不能帮帮黄蓉?也不能,她们在打打闹闹,互相拌嘴,"腋下呵痒""嘻嘻哈哈,兴致不减当年"。没有人能帮她挑担子。

哪怕是这个安保大队长,黄蓉也当不安稳,她很快发现新情况了——二女儿郭襄一直没出现。作为母亲,她想想不放心,立刻又切换到了新的身份——家庭大保姆,起身告诉郭靖:"你在这里照料,我去瞧瞧襄儿。"

郭靖接下来的回答,每次读到都觉得非常搞笑,那岂止是传神,简直就是传神:

"襄儿没来么?"

是的,襄儿没来么?你仿佛能看到郭大侠那呆呆的表情,果然是心胸宽博、专管大事,襄儿来没来,他老人家是注意不到的,只有黄蓉注意得到。

黄蓉火速奔回家去安抚郭襄,然而才离开一会儿,屁股后面便开始冒烟了,会场上传来爆炸性消息——蒙古大军前锋两千人被歼灭。这是天大的喜讯,可以想象现场群雄狂欢呐喊、群魔乱舞、大呼小叫的场景。他们的兴奋需要宣泄,现场需要人把控。

黄蓉闻讯,判断了一下轻重缓急,只得又果断放下女儿,重新当起了大会主持人,"站到台上宣布这个喜讯",命令丐帮梁长老"摆设酒筵,咱们须得好好庆祝一番"。

到现在为止,郭靖一直是郭靖,稳坐台下屁股都不挪的郭大侠。郭襄也一直是郭襄,完全沉湎在春思之中的小女孩。可黄蓉呢?做总裁,做家长,做主持,做总管,几个时辰里已经处理了一大堆任务,扮演了好几个身份。

接下来,突发情况还是一个连着一个,完全没有尿点。比如就在众人喜气洋洋大吃大喝地庆功之时,奇变又生,不速之客霍都王子出现了。他化装成一个丐帮弟子,登台伤人,还公开散布反动言论,要搅乱大会。

黄蓉又必须立刻放下一切事情,启动应急预案,切换成应急小组组长、锄奸队队长,现场组织对敌斗争。事实上她也干得不错,是除了杨过之外现场最先看破霍都身份的。终于,经过一番斗智斗力,局面被控制住了,霍都奸计败露,殒命当场,被黄药师和杨过飞石击死。

敌人死了,难关过了,大会成功结束,多年不见的老爸也出现了。这时的黄蓉大概很想切换到一个女儿的身份,和黄药师多说几句话,给老爹看一下郭襄和郭破虏吧。俩孩子都长到十六岁了,这个当外公的还没见过呢。她试图挽留住老爸:"爹,这一次你可也别走啦,咱们得好好聚一聚。"

可这个奇葩老爹黄药师只拉着小外孙女看了看,"问了几句郭襄的武功",就拍拍屁股头也不回地走了,好像唯恐走慢了一秒就会显得不够帅气。黄蓉的这个女儿角色只当了数分钟。

最后,当一天的大事都忙完,终于尘埃落定的时候,已经是月上中天,夜已经深了。这一天里,黄蓉同时背着无数身份,从领袖到家长、从总裁到管家,放下这件事,又抓起那件事,毫无停歇。

这时候的她总可以卸了妆、补个觉了吧?还是不行,因为最后还有一个小小的突发事件——郭襄在伤心流泪。

襄儿在难过,父亲、姐姐都是注意不到的,只有黄蓉能注意到。她于是要扮演这一天的最后一个角色——母亲。于是:

> 黄蓉已追到她(郭襄)身边,携住了她手,柔声道:"襄儿,怎么啦?今天不快活么?"郭襄道:"不,我快活得很。"……随即低头,满眶泪水。

面对郭襄的满眼泪水,黄蓉的回答证明她完全了解女儿的心思,是一个非常合格的母亲。她答的是:

杨过大哥的事……你若是不累,我便跟你说说。

女儿何以流泪,还不就是因为杨过吗?于是,坐在女儿床边,黄蓉给她仔细讲了杨过的生平和幼时经历,讲了郭家和杨家的渊源,曲曲折折的三世恩怨,还回答了女儿的无数青春懵懂之问,才终于把女儿聊得困了。

她帮郭襄"除去鞋袜外衣,叫她睡下,给她盖上了被",道:"快合上眼睛,妈看你睡着了再去。"直到看着郭襄"鼻息细细,沉沉入梦",这一天才真的结束。

最后黄蓉自己呢?金庸淡淡一笔带过:当下自行回房安睡。安睡,到底能睡得多安呢?往后看就会发现,次日军情又来了——"武氏兄弟派了快马回报",说南阳的大军粮草如何如何。黄蓉几乎就没有多少安睡的时候。

以上这一天的二十四小时,就是黄蓉的日常。我们觉得她"不水灵了""不可爱了",我们移情别恋,觉得郭襄更可爱。郭襄当然可爱,她一门心思想她的大哥哥就好了,就像三十多年前黄蓉也只要一门心思她的靖哥哥就好了。可是黄蓉选择了更强悍的人生,在无数角色中齐头并进,不停地切换来去。谁让她有才呢?谁让她担子重大,偏偏还有能力摆平搞掂呢?她其实已不稀罕我们说她可爱了。

江南七怪的一件感人小事

江南七怪是金庸小说里的几个小人物,武功不好,又爱管闲事。而且他们形象容貌也不太好看,算是正面人物阵营的颜值洼地。老七韩小莹的容貌还是可以的,但是自此往上,颜值逐渐递减,削减幅度还大得惊人。

然而人不可貌相,他们有一些地方很让人佩服,并且是越看书越佩服,可以说是颜值的洼地、道义的高点。最服的自然是不远万里找小郭靖,一诺千金,义薄云天。诚然,郭靖的个人特点比较突出,相对好找,比如他说浙江话,在当时的蒙古,一个满口浙江话的小鬼应该还是比较明显的,但无论如何七怪还是挺不容易。

此处想要说的,是七怪另外一点让人佩服的地方,一个小细节。

众所周知,七怪是郭靖的老师,在蒙古教他学武。七怪自身武功不高,教不了郭靖什么一流功夫,特别是内功。全真教的高手马钰看不下去了,偷偷地跑来传授了郭靖内功。结果小郭靖内功大进,这孩子又老实,不会掩饰,很快被发现了。

问清了孩子的内功来历之后,七怪是什么反应呢?先看老七:

> 韩小莹喜道:"孩子,是这位道长教你本事的吗?你干么不早说?"

注意这个"喜道",七师父的第一反应是喜,为郭靖感到欢慰。其他几怪的反应也差不多,当弄清楚郭靖不是结交了坏人后,都是替孩子高兴。连脾气最怪的大师父也不例外,对郭靖"更增怜爱"——不但不怪郭靖劈腿,反而更加疼孩子。江南七怪往常总给人一个错觉,好像是一伙小气鬼，事儿事儿的很难相处。但至少在这件事上他们相当大度。

这种事发生了不止一次。后来有一次，郭靖和他们相隔数月不见，忽然又武功大进，耍起降龙十八掌来了。几怪先是"面面相觑"，随即"都是又惊又喜：'靖儿从哪里学来这样高的武功？'"待到知道了是洪七公教的，这几位又都是"十分欣喜"。这个"又惊又喜"真真感人，只有一心为郭靖好的师父，才会这样又惊又喜。

接下来的一个细节更让人起敬。他们听说洪七公还没正式收郭靖为徒，"都说可惜"，并且"吩咐他日后如见洪七公露出有收徒之意，可即拜师"，让郭靖赶快拜高人为师，比郭靖本人还着急。

我觉得郭靖当时心里肯定是暖暖的。在当时的江湖上，门户之见是很深的，做徒弟的劈腿跟别人学武功，等于直接打师父的脸。想想岳不群，发现徒弟令狐冲学了别的功夫后，那醋劲之大，整个华山都酸了，把令狐冲嫌弃、防范、排挤成什么样儿了。

其实别说是当时社会，就是现在也一样，你跟别的部门领导走近一点，自己领导搞不好还多心，更何况你还瞒着，还跟着学了功夫？

可以设身处地站在江南七怪的立场上想一下。郭靖这个小子是自己辛辛苦苦从小教育大的，后来却不停地攀高枝，结交的都是大人物，武功也越学越强，自己教的功夫越来越不在他眼下。而且郭靖从没先征求过他们的意见，要么是瞒着师父，要么是来不及事先告知。半个江湖都知道郭靖会降龙十八掌了，七怪还不知道。七怪在江湖市井里混，少不了要被调侃："你们徒弟可瞧不上你们啦""人家飞上高枝啦"。

这和我们今天从小学到中学再到大学的性质完全不一样。如今这是升学，是惯常程序，而那时候这是改换门庭，是脚踩两只船。倘若七怪有一些想不通，或者是心情复杂，也完全可以理解的。换了脾气差点的，郭靖回来叫"师父"，一定遭怨怼：你还认得师父？这里没有你的师父，我教不了你啦！

但七怪却没有。只要孩子长了本事，他们就一心为郭靖高兴，打从心眼里欢喜。他们用心如明烛，我能照亮你多远，就送你多远，唯愿前方圆月皎洁,照你一路光明。

每当看书读到这里,都觉得很温暖。七怪曾给黄药师写信,恭维黄药师说"豪杰之士,胸襟如海"。其实黄药师别的不论,起码在这件事上可没有这个胸襟,当不了这句话。他才受不了徒弟换门庭攀高枝。七怪或许都没有意识到,自己才是真的豪杰之士,胸襟如海。他们完全可以持着麦,对着整个江湖来一句:"我想我是海。"

李萍：笨小孩之母

倘若问《射雕英雄传》里哪一个名字最有力量，大致都会想到铁木真、洪七公、王重阳、欧阳锋，那都是响当当的名字。但也许另一个答案是李萍。

金庸给她取名李萍，是有意取一个最普通的农妇名字。但一部书写下来，这也成了最有力量的名字，足以让人心生仰慕，肃然起敬。李萍堪称金庸笔下最伟大母亲，也是中国文学史上最伟大的母亲形象之一。现当代文学里的母亲，苦难者祥林嫂，变态者曹七巧，挣扎者繁漪，自私者汪母，而伟岸者李萍。

李萍之伟大，是命运逼迫出来的。平凡卑微如她，原本没有任何"伟大"的机会。

如果不是"风雪惊变"，她会在牛家村里继续做一个粗手大脚、貌不惊人的农妇，日复一日地劳作，赶鸡入笼，烧火做饭，并且在自家的屋里经受阵痛，生下孩子，抚养长大，同时年华老去。她的人生将会像一株草，默默地生于土地，死于土地。她的生命不是喜剧，却也不是悲剧，而会是默剧。她没有什么机会去显示超人的勇毅和坚强。她的故事不会流传，更不会催人泪下。

可惜命运残忍地作弄人，吞噬了李萍的家园、丈夫，把她的生活抛出了常轨。就好像荒原之上，忽然天雷坠地，野火烧来，让一株普通的野草有了展示自己强大力量的机会，让她成为了一部庄严悲剧的主角。

李萍之伟大，首先还不在于最后求死，而恰恰在于求生。人有些时候活比死要难。求生、努力活着，反而需要更大的勇毅。

当人生遭遇惨变，家破了人亡了，丈夫被当面斫杀，自己挺着一个大肚子落入歹人之手，救兵又越来越远。这种时刻，真是生比死难，坚持比放弃难。

金庸笔下,为母一向不易,自杀的母亲很多。多少人都在绝大的痛苦里放弃了。殷素素抛下孩子自尽了,刀白凤抛下孩子自尽了,胡一刀夫人也抛下孩子自尽了。李萍也想过自尽,要去和泉下的丈夫相会,可她又很快打消念头,鼓足勇气,野草一样活下来。

因为她根本比不了殷素素、刀白凤。那些母亲都有人可以托付孩子,殷素素的孩子有武当派,胡夫人的孩子有苗人凤,刀白凤的孩子更是有整个大理国供养。她们也便放弃了活下去,选择解脱。像胡夫人说的,有苗大侠养孩子,我就偷个懒不受这些年的罪了。

可是李萍不一样,她连死的条件都没有,她肚里的孩子没人可以托付。托给谁?总不能托给段天德!

她的求生,一小半为了手刃仇人,另一大半原因,是要给肚里的孩子一个生的机会。

李萍的求生历程,可谓壮举。被敌人挟持时,她每到一处就要故意发疯,客店之中,旅途之上,时时大声胡言乱语,扯发撕衣,怪状百出,引人瞩目。这是为何?乃是怕追踪的救兵失了线索,有意要一路留下痕迹。一个农妇,却有这样的智计。

好容易北上到了金国地界,又被金兵抓去挑担做苦力。她挺着大肚子,在沙漠苦寒之地跋涉数十天,疲累欲死,却仗着身子壮,"豁出了性命,勉力支撑"。体格和毅力稍差一点的大概都挺不下来,只能选择躺倒求死,就此放弃。

后来,雪地分娩,生下郭靖。这本来是非死不可的,可她贴肉抱着婴儿,"竟不知如何的生出一股力气",在战场上苦挨了十多天,硬生生活了下来。

杰克伦敦写过一篇《热爱生命》,说一个淘金者在荒原里九死一生活下来的故事,是我最喜欢的短篇小说之一。李萍北上、生子的这一路,是另一个版本的《热爱生命》。一个绝境中的农妇,在几乎失去了一切生的资源、生的依靠、生的可能的时候,仍然以绝大的勇气,和天地相搏,与命运相争，给自己和孩子拼出了一条生路。

二十年后，曾如此勇毅求生的李萍却自尽了。

因为成吉思汗逼迫郭靖带兵攻宋，郭靖不肯。李萍假装劝儿子，突然割断了郭靖的绑缚，自杀身亡。

正因为她二十年前求生的奋勇，所以才更显得后来她求死的壮烈。寻死，并不天然感人。这世界上，动不动寻死的愚夫愚妇多得是。所谓"布衣之怒，亦免冠徒跣，以头抢地尔"，求死有什么伟大的呢。她伟大，是因为明明以无比坚强的勇力求生过，明明知道生的价值，明明无比珍惜生存的机会，明明充满了生的力量，而最后又毅然放弃。

在成吉思汗的面前，李萍最后劝郭靖的话，是这样的：

想我当年忍辱蒙垢，在北国苦寒之地将你养大，所为何来？难道为的是要养大一个卖国奸贼，好叫你父在黄泉之下痛心疾首么？

人生百年，转眼即过，生死又有甚么大不了？只要一生行事无愧于心，也就不枉了在这人世走一遭……孩子，你好好照顾自己罢！

她说完后，凝目向郭靖望了良久，脸上神色极是温柔，多半就像二十年前，她在雪地里望着那个婴儿的样子。

后来，在襄阳城头，烽烟中号角里，郭靖一定经常想起母亲。每一次浴血鏖战之时，母亲都是源源不绝的力量。

郭靖后来的一切成长蜕变，起因都在李萍，这个长眠在北国的农妇。李萍对孩子的爱带有父爱和母爱的双重性质。她没能给孩子半点武功，却奠定了他三观的底色，给了他忠厚的品性与博大胸襟，让他有了通向伟大的可能。

中年之后，郭靖怀念几位师父，尚可以经常宣之于口。但他怀念母亲，却从不向人轻言。

那个雪地里咬断脐带，把我贴肉紧紧抱在怀里的人，再也没有了。

那个用身体帮我挡住如刀的风沙,只求不刮到我小脸上的人,再也没有了。那个亲手搭建茅屋、纺毛织毡,含辛茹苦抚养我长大的人,再也没有了。这样的情感,过了中年的郭靖已无法对人言说。

郭靖最后也壮烈殉国了,金庸没有写他临终前的心事,我猜他多半想到了母亲。大概是:母亲,我做到了,我尽力了。我来了。

郭襄：不爱我，却又不放生我

有一个老问题：杨过是什么时候彻底击倒郭襄的？

有的人说，是在风陵渡口，听到别人吹嘘杨过的英雄事迹的时候。

想象一下，在深夜黄河渡口边的小客栈里，外面寒风呼啸，雪花飞舞，客栈里，天南地北的人们围着火炉，烫着酒，聊着神雕大侠的传说，纷纷讲述他武功高强、行侠仗义的故事。郭襄一个十六岁不到的小女孩，在这样的氛围里听着这些传说，畅想着杨过的风采，是不是立刻满心神往、无比崇拜，不知不觉就把心交出去了？

还有人说，郭襄被彻底击倒，乃是和杨过一起去抓灵狐的时候，杨过牵着她的手，一起展开轻功追逐着小灵狐。风驰电掣之间，姑娘的情感也狂飙突进，那一刻便陷进去了。所以她后来才把一招峨嵋剑法取名叫"黑沼灵狐"。

还有人说是杨过后来给郭襄献礼祝寿，庆贺她十六岁生辰的时候，漫天烟花爆开，小姑娘被彻底击倒了。总之各种说法都有。

但在我看来，上面这些大概都还不是最准确。郭襄真正中弹倒地，被杨过击垮，是在这样一幕下面，就是两个人结伴同闯了几天江湖，快要分别了，杨过忽然摘下面具给郭襄看脸的时候。

在书上，这一幕是这样写的：

> 杨过……左手一起，揭下了脸上的面具。
>
> 郭襄眼前登时现出一张清癯俊秀的脸孔，剑眉入鬓，凤眼生威，只是脸色苍白，颇形憔悴。杨过见她怔怔的瞧着自己，神色间颇显异样，微笑道："怎么？"郭襄俏脸一红，低声道："没甚么。"

就是这一瞬间，在马上要离别的时刻，郭襄被真正击倒了。这是最残忍的击倒，让你倒在离开的门槛上。

此处的这场分别，看似并不特别重要，实际却是两人关系的比较具有决定性的时刻。

在这之前，郭襄还是一个自由人。虽然她已经叫杨过"大哥哥"了，已经把杨过当成特殊的一个了，虽然这几天和杨过一起经历了很多事，一起游历江湖、一起抓灵狐等等，这些经历她大概再也不能轻易从心中抹掉了，可别忘了，人家小姑娘还是有承受力的，各色人物见得多了，不要小看她。

如果他们就这样分手告别，让郭襄云淡风轻地拎着包一步迈出去，她爱杨过还会爱到后面那个地步吗？挺难说。我觉得很有可能不会。可不要低估女孩子的自愈能力，倘若给了郭襄调整的时间和机会，搞不好以后见到，大家也就是暖暖地笑一笑，我说哈喽你说你好而已。

杨过明白这一点吗？特别明白。所以他在潜意识里不答应。他是什么人？情圣。在这一刻他本能地知道，自己还没有得到完全的胜利，这是一种情圣的本能。

他可以察觉到，虽然自己在郭襄面前已经占尽上风、予取予求，虽然面前这个小姑娘已完全处于守势，败相已露了，但却还有一股很柔韧、绵长的抵御之力。

如果等她走掉，回去缓上个把月，一个"马赛回旋"转过身来，一切就都不好说了。人家"小东邪"的阵地，你一次进攻没能占领，以后旗帜就插不上硫磺岛了。她到时候完全可以笑嘻嘻地摊开手，说：我们有什么吗？没有啊。那几天什么都没有发生啊。

所以杨过做了那"多余的一步"——三枚金针。或许并非成心，不是故意，但却在一个情圣的本能驱使下做了出来：在分别之际忽然加戏，给你三枚金针，帮你做三件事，有求必应。这表面上是礼物，是对郭襄的照顾和眷爱，但潜意识里是什么？大概是六个字：不肯好好分手。这是告诉你：你对我很特殊，你对我好重要，我随时等着你找我，我随时等着你提任何要求。

而且"三枚金针"还有一种特别的仪式感，会给郭襄隐隐约约一点定情的暗示，总之男的把贴身的暗器给了你，你怎么理解都行。

郭襄于是立刻拿起第一枚金针，说那让我看看你的脸，瞧瞧你的真面孔。你看小姑娘就上套了。随即杨过手一起，摘了面具，把脸给她看。杨过的脸很要命的，清癯俊秀，剑眉入鬓，凤眼生威，还恰到好处地带着一丝风霜之色，一丝憔悴。

所以书上说郭襄"怔怔的"瞧着他，神色变得"异样"。以前并不异样的，小姑娘心里有点什么原本还可以不挂相的，可是现在异样了，挂相了。这一刻郭襄崩了，之前还可以微笑，现在终于变成海啸了。

她全线溃败，鳞甲纷飞，再没有了还手之力，就像是长平之战，赵括的阵地终于被秦兵冲破，又像是世界杯赛上，穆勒突破了马塞洛和大卫·路易斯。

书上说，杨过还温言笑问："怎么？"这一问可说相当歹毒，"怎么"两个字的潜台词就是"服不服"，这其实是对战果的确认，是把小姑娘往死里逼。

郭襄低声回答"没甚么"，可内心的独白却是另外三个字：完蛋了。她被击倒在分别的门槛上了。本来还可以有最后一丝希望逃生的，但是被杨过的三枚金针，被杨过最后的那一次摘下面具给击倒在门槛上了。她仿佛听见，身后有沉重的铁闸落下，自己一生都将被关在里面。

在感情的世界里，两个人的关系大概是最微妙的事了。有时候多了那么一下，就是残忍。本来可以海阔天空的，多了那一下，就是飓风。

很难说杨过是不是故意的。一方面，杨过确实很谨慎了，不想再惹风流债，行走江湖都戴着面具。他确实也在避免和郭襄过于亲热，郭襄拉住他的手他都要抽开。你不好说他是故意的。

可是另一方面，杨过又有一种情圣的本能，一种超级捕猎者的本能。也许他理智上想放过郭襄，可是本能地，他把郭襄当成了猎物，吞噬了她，就好像匍匐的狮子遇见一只健美的羚羊，忍不住纵身扑了一下。

后来郭襄过生日，杨过完全可以不用把祝寿搞得这么夸张，搞得这么绚丽、浮夸、梦幻，他却又忍不住搞了这么一出，让郭襄永远陷溺在里面。仿佛能看见小姑娘痛苦地说：你不爱我，却又不放生我，你到底要干什么？

想象中的婚礼

十月廿四，郭襄十六岁生日这一天，她没有刻意化妆打扮。

父母从小管得严，她应该不大很会化妆。平时经常戴的几件首饰，最近也都纷纷败掉了。头上的一支珠钗，几个月前在风陵渡口请人喝酒吃肉了。还有一对芙蓉金丝镯子，一支青玉簪，几天前和敌人尼摩星打架的时候当暗器用了。

再说，妆化得太过，姐姐肯定要笑话。郭襄选择了和平时一样，只简单化了化，基本上素面朝天。

本来，这会是一个普通的生日，和所有女孩子十六岁的生日都差不多，和"婚礼"扯不上半点关系。可能老妈下厨做几个菜，烫两壶酒，再叫上几个朋友没大没小地聚一下，半真半假地许上几个愿，就这么过去了。

让这一切变了的，是杨过要来。几个月前，他亲口答应了她的，只是答应得不咸不淡，原话是："我答应了。这又有甚么大不了？"

她反复回味这句话，语气里好像略带不走心，似乎还有一点觉得她幼稚，小题大做。所以这承诺是认真的吗？他会来吗？她完全不确定。一场生日会，就此变成了漫长的、提心吊胆的等待。

任何一场聚会，如果其中有一个人太过重要，性质就会变的。同学会，如果有一个同学太过重要，那就不是同学会了，是抱大腿会了。家长会，如果有一个家长太过重要，那也就不是家长会了，是老师的汇报会了。同样地，女孩子的生日会，如果有一个男宾太过重要，那就不是生日会了。

这一天，还正好和襄阳城"英雄大会"撞车了。到处张灯结彩，宾客们越聚越多，还不停地有五湖四海的豪杰络绎到来。爹妈在忙着迎接客人，笑到脸僵。郭襄一个人躲着人群，这场大会，她本来只是个边缘人。客人不是她的客人，主题也根本和她无关。热闹是他们的，她甚至都不肯去参加。

可现场的喧闹不停传过来，却也让她产生了一种恍惚之感，有了种奇怪的压力。今天，如果那个男主角来了，自己就将会是全场最开心的人。如果那个男主角不来，所有人都会见证她的失意。

坐在芍药亭中，臂倚栏干，眼见红日渐渐西斜。少女的心，也跟着太阳一起缓缓落下去。

忽然，天将黑时，灯火点亮，场记板打响，转折的时候到了。藏身在幕后的杨过一挥手，好戏就此上场。

大头鬼和神雕首先出现，一个像是小丑版的花童，一个像是威猛版的吉祥物，请郭襄进入校场。小姑娘惊喜交集，雀跃着前去，踏入了这闪着梦幻光芒的甬道。一步步地，她将从大会的边缘人，变成今晚的主角。

庆典开始了，先是三份寿礼，被杨过的使者无比高调、大张旗鼓地给她送来了。歼蒙古先锋，烧南阳粮草，夺回丐帮至宝打狗棒，这三份寿礼送完，现场欢声雷动，连做父母的郭靖、黄蓉都看得连连搓手：礼太重，太重。

他的礼物，分量重得让自己爹娘动容了。在小姑娘开心的眼里，这多么像是一场意中人的完美登门。

这时，烟花出现。流星火炮笔直上升，变成十朵烟花，辉煌地炸开，组成一行绚烂缤纷的字：恭祝郭二姑娘多福多寿。字越来越大，每一个笔画都拖曳着星芒，变成璎珞，在夜空中弥散。郭襄站在烟花底下，听着宾客的欢呼喝彩，只觉得时光停滞，美丽如梦，一阵阵地恍惚。

接着，音乐飘扬起来，结彩的巧匠，川菜的大师傅，汉口来的吹打，三湘、湖广、河南的名班……他精心找来的一切热闹玩意都粉墨登场。西南角上演起傀儡戏《八仙贺寿》，西北角上演起《满床笏》，满场上"闹哄哄的全是喜庆之声"，典礼到了高潮。

如果非要说这一幕场景像什么,你会有什么联想?我觉得实在太像一场婚礼。

男主角出场,用他精心设计的方式。在那最高处、离地几丈的旗斗上,两个人从半空降下。杨过穿着蓝衫,身边还伴着白须青袍的黄药师,携着他的手。这样的亮相方式,而且还是由她的外祖父牵着手领出场,感觉是不是也太像长辈拉着新郎?

这已经不是生日了,更不是什么英雄宴了,像是给她一个人编织的海市蜃楼。郭襄成了唯一的女主角。"西山一窟鬼"簇拥着她,像是七个小矮人簇拥着公主。

所有人都知道,郭襄一生没有嫁。四十岁那一年,她削落青丝,在峨嵋出家为尼。但我却有一个大胆的猜想——她其实嫁了。在十六岁生日上,在那烟花一样闪烁也像烟花一样短暂的片刻,她在意念里把自己嫁给了杨过。

那一刻,郭襄理智上明白,这只是自己的生日,可在潜意识里,这是她的婚礼,是一场父母在座、长辈祝福、无数人见证的婚礼。这场虚拟的婚礼,没有人知道,杨过、黄蓉、郭芙都不知道,只有郭襄自己清楚。

后来郭襄一直在找杨过,踏遍了万水千山,终南山、绝情谷、万花坳、风陵渡。所有人的解读都说她是在找心上人。但我觉得,这种解读仍然低估了她的忧伤和惆怅。

她不是在找心上人,而是在找不见了的新郎。你们说我没有嫁,但其实我嫁了。烟花,就是那一场典礼的见证。

写砸了的金轮法王

金庸写人物很厉害。他最后一部《鹿鼎记》，里面已经有大约两百个人物，数量虽然还不能达到《战争与和平》这样近千人的级别，但对于武侠小说来讲已经很多了。金庸仍然写得得心应手，哪怕是跑龙套的，都活灵活现。

这个时期的金庸，技巧炉火纯青，塑造人物已经有点"韩信将兵、多多益善"的意思了，你真要他驾驭五百人、七百人，估计问题也不会太大。

但是高手写人也不能次次都成功。他的人物也有写砸了的，特别是中前期的小说，有些主要人物都写砸了。金轮法王就是一个比较典型的写砸了的人物。

金轮法王这个人，很难写，但又不能不写。为何说不能不写？因为江湖需要一个大反派。前一任大反派欧阳锋已经发了疯，剩下一干小反派像沙通天、彭连虎等也都被惩办了，老虎、苍蝇都已打光，舞台的一半空了。

只剩一群正面人物，没有了矛盾冲突，故事编不下去，总不能让大家天天开会学习郭靖的讲话，互相点赞吧，得有人来当杨过的大对头。于是便有了金轮法王。作者给㕛了个威风的名字，再配上两个徒弟，手里塞一堆奇门兵刃，什么大轮子、金刚杵之类，快上场吧你。

这样的人物，一出场就先天不足，显得没有根，"我来当反派"的标签感太强。要把这种人物立起来写成功，加倍地难。好比在一个班级里，小朋友们本来其乐融融的，氛围很好，忽然进来一个插班生，老师还非指定他做班干部不可，那大家就会比较膈应，接受起他来就有点难。

金庸要写好这个"插班生"，必须得解决两大问题：一是人物的行为动机问题，必须得充分合理；二是人物的性格问题，必须要个性鲜明。可惜这两点在金轮法王身上都没有处理好。

先讲动机问题。金轮法王的一切行为，必须有一个充分的合理的动机。身为一代武学宗师而甘愿为蒙古人做事，鞍前马后，冲锋陷阵，总归是有所图的。他图什么呢？综观《神雕侠侣》整本书，他唯一的动机似乎就是"我在这里做事"，其他更个人化的、更能窥见人性的动机一概欠奉。

他显然不是图更高的武学，不像欧阳锋一样，做坏事主要为了《九阴真经》，进窥武学至道。金轮法王的主要心思似乎并不在钻研武学业务上。他好像也不是图权柄。诚然，许多英雄好汉过不了"权"这一关，可是金轮法王明显不像左冷禅、任我行之辈，其枭雄气息极弱，从未表现出什么极强的权力欲望。能指挥两个徒弟他似乎就很满意了。

他也不是为了践行某种理念和价值观。法王有没有什么个人推崇的理念和价值观？没有。他在精神上似乎是个很空洞的人，明明是一位宗师，而且是宗教、精神领域的领袖，却似乎缺乏更高层次的精神活动，你不知道金轮法王的价值观是什么。对于自己正在参加的这场宏大的战争，他好像也没有什么思考，比如他对时局是怎么看的，他对于生命是什么态度，都没有。

对比一下郭靖，郭靖是一个爱国主义者和人道主义者，他对于自己为什么参加这场战争是非常清楚的，即所谓"郭某满腔热血，是为我神州千万老百姓而洒"，郭靖是为了仁，为了人道，他是一个有高层次的精神活动的人，可是金轮法王没有。

并且他还不是为了报恩。历史上有很多英雄人物，对知遇之恩念念不忘，为此呕心沥血，一生辛劳，就像李白说的，剧辛乐毅感恩分，输肝剖胆效英才。还有诸葛亮之于刘备、王猛之于苻坚，都是为了报恩。《鹿鼎记》里，陈近南为台湾郑家鞠躬尽瘁，很大程度上也是为了报恩。可金轮法王也没有，你看不出他对忽必烈有什么特殊感情，就是个领导而已。

似乎法王行为的唯一动机，就是：我在这里做事。

一部追求卓越的小说，第一号反面人物之所以"反面"，居然完全是因为阵营问题，没有任何更深层的原因，这不能不说是个巨大的遗憾。

其实金庸也意识到了金轮法王的动机问题，于是安排了一个"蒙古第一勇士"的竞聘，让法王和一伙新归附蒙古的武士去争，谁先杀了郭靖，谁就能得到"蒙古第一勇士"的称号。似乎他摸爬滚打、流血流汗，就是为了加上这么个称呼。

这没什么说服力。法王本身已经是国师，是宗教领袖，地位超然，被人奉若神明，居然自降身份去和一群刚入伙的打手争一个"第一勇士"的业务头衔，怎么想都觉得奇怪。就好像一个报社里，总编辑跑去和刚入社的下属竞争什么"领衔记者"，又好比一个单位里，大领导去和刚借调来的员工争"第一笔杆子"，这领导不是有病吗？

所以说，金轮法王，是一个金庸没有考虑清楚、没想明白，就匆忙上马了的人物。

之前讲了动机问题，其实还有性格问题——法王究竟是什么性格，作者显得犹豫不决。

他不像欧阳锋，自有一股宗师气度；又不像鸠摩智，勃勃野心扑面。欲写成大奸大恶，横不下心；要说写成鹿杖客、鹤笔翁那样的官迷，汲汲于功名利禄，作者又舍不得。让你一句话说出金轮法王的性格，说得出来吗？说不出来，"坏人里面武功最高的"而已。明明是一代宗匠，却老去当坦克，爬城墙打群架，恍如是司马懿的设定、许褚的行径，出场时还仙风道骨，一会儿忽然就裸衣斗马超了。

金轮法王被写烟了，以金庸这般大才，自己心里多半也清楚。所以你会发现金庸也在努力地丰富这个人，想多多开掘他的角色厚度，比如强行加了一个桥段：眷爱郭襄。大意是法王对郭襄很喜欢，不忍心杀之，有心传她衣钵。作者希望借此显出法王人情味的一面。

这一段故事在旧版金庸小说里就有了，到了新修版里更又加了不少情节，金庸之苦心可见。有些读者喜欢这个桥段，觉得很感动，我个人却不喜欢，尤其是新修版添加的部分，有种"人性补丁"之感。

如果要概括一下金轮法王这个人物，大致应该是：无雄心，亦无野心；气派卓然，却所谋可笑；不是政治人物，也不是江湖人物，而是一个职场人物，基本上是一个不愿多思考的小职员。他和其他几个身份差不多的金书大宗师、大高手完全不同。乔峰之于大辽，是回家；欧阳锋和金国人混在一起，是互相利用；鸠摩智在吐蕃当国师，是满足野心，施展抱负；玉真子之于满清，是卖身求荣。只有金轮法王一个是认真上班。

话说小说里有这么一段，可以略改一改：在绝情谷里，东邪、南帝、周伯通团团包围住了金轮法王，喝问：奸贼！你还有什么话说？

法王长叹一声，把五个轮子当啷啷一起丢在地上："老金叫我来当反派，老衲有什么办法！"

郭芙究竟哪里讨人嫌

说到郭芙讨厌之处，一般都会想到骄傲、自大，闯了许多祸，还砍断了杨过的胳膊，这种人用重庆话叫作"戳锅漏"。

其实这可能低估了郭芙的讨嫌程度。一个人讨嫌，有时候不看大事，反而是看小事。有人也许捅了大娄子，搞砸了大生意，却偏偏让人恨不起来，甚至还觉得他可爱。另一种人你也许和他不过是吃顿饭，才三分钟你便受不了，凉菜都没上齐就想逃命。这才叫作登峰造极的真讨嫌。

比如说住旅店。郭芙住旅店就极讨嫌。

在风陵渡口那一次，天降大雪，各路商旅都被阻住。旅馆客栈全部爆满，连大堂上、柴房里都塞满了人和行李。郭芙这时跑来要入住。且看她是如何说话做事的。

第一句话倒还正常："掌柜的，给备两间宽敞干净的上房。"掌柜的赔笑道："对不住您老，小店早已住得满满的，委实腾不出地方来啦。"

掌柜的回答，很客气，很职业，没什么问题。而郭芙的回答就看出问题来了，她皱了皱眉，说：

好罢，那么便一间好了。

这一句话特有意思，虽然还并未显得多霸道，却特别与众不同，你一听就知道是郭芙讲的。倘若换作是你我，一般都会说："那么一间房呢？一间房能腾出来么？"或者是："既然没房，有什么地方可以待一晚上？"而郭芙却说的是："好罢，那么便一间好了。"

差别虽然细微，体现出的思路和逻辑却是迥异。从她这句话里我们能读出两层意思。第一层意思是：你没房，我就只要你一间，我这是大大地退让了，我已经特别委屈自己了。第二层意思是：会不会连一间房都没有呢？这种情况，本姑娘从来没考虑过，它绝对不可能发生。只要在这个世界、这个宇宙、这个时空范围里，这种事情压根就不会出现。给一间房，这是别人够不到的上线，在她这儿却当作自己的底线。这就是她的思维方式。

掌柜的只好再次解释，并且加上了奉承："当真对不住，贵客光临，小店便要请也请不到，可是今儿实在是客人都住满了。"郭芙立刻就发火了，挥动马鞭，"啪"的一声，在空中虚击一记，斥道："废话！你开客店的，不备店房，又开甚么店？你叫人家让让不成么？多给你店钱便是了。"

她这样便开骂了。此前郭芙对杨过态度不好，对江湖人物态度不好，倒还并不是最讨嫌的，而此刻她和普通人打交道的方式，才愈发暴露出这人是真讨嫌。尤其那一句"你叫人家让让不成么"，真是糟糕透顶，人家便不是人，不用住店，就你是人，人家便活该让你。

说完，郭芙"便向堂上闯了进来"。也幸而郭芙年轻、美貌，她"向堂上闯了进来"，这幅画面不会让人感觉太难看。如果是换成一脸横肉、腰阔十围的大叔大妈呢？你想想看这是啥场面。是不是觉得很熟悉，在宾馆、酒店、登机口时常上演？

这是住店。再来看郭芙日常说话做事的其他细节。她讲话有个惯常用语，叫作："你敢不敢……""你怎么敢……"

杨过有一次为了澄清误会，对郭芙说："郭姑娘，你妹子安好无恙，我可没拿她去换救命解药。"郭芙的反应是怒道："我妈妈来了，你自然不敢。"

杨过顿时语塞气结。郭芙这冲口而出的一句"你不敢"，实质上是严重高估己方的威慑力，同时又严重贬损别人的善意。对方的好意，在她一句话下就统统变成了怯懦，杨过简直是被逼得非去和黄蓉叫板一下不可了，否则就是坐实了"不敢"。郭芙这是逼着人家去揍她娘。

我们平时也会发现一些人就有这种毛病，将他人的不愿、不肯、不屑统统理解成是不敢。例如"某某专家你敢不敢和我公开辩论，哈哈心虚了吧，谅你也不敢"。其实往往不是人家不敢，而是你不配。

同样的，有一次郭芙带着跟班大武小武一块儿和李莫愁打架。要说武功，李莫愁比他们高到不知哪里去了，杀光他们仨也不难，只是由于顾忌郭靖，不愿缠斗，虚晃一招退走。郭芙却大喊了一嗓子："她怕了咱们，追啊！"

这是典型的讨嫌加作死。李莫愁当时要是心情稍差一点，哪怕为了这口气，也非得回来把郭芙和二武宰了不可。

郭芙之讨嫌还有一处，叫作无差别攻击，就是明明只和甲吵架，但火一上来，能把劝架的乙、旁观的丙、吃瓜的丁都骂了。似乎一人得罪了她，就是全天下人都得罪了她，她就有了向所有人开火和发泄的权利。我们生活中也不鲜见这种人，他和人打架，你好心去劝，他能把你一推："走开，谁要你管！"郭芙就是这种人。

有一次郭芙来寻外出的郭襄回家。姊妹见面，郭襄介绍身边的大头鬼等人说："姊姊，我说这几位都是朋友。"郭芙是何反应？居然是怒道："快跟我回去！谁识得你这些猪朋狗友？"

这是什么古怪思维？你和人家无冤无仇，为什么非要说人是猪朋狗友呢？就算你郭大小姐层次高，看不上大头鬼等人，又兼是在气头上，那么对人不予理会、不打招呼，甚至哪怕翻个白眼都罢了，何苦非要说人是猪朋狗友呢？

拿黄药师做个对比。黄药师算是性格高傲、说话难听的了吧，况且他自身本领的确高强，远远比郭芙更有牛的底气。有一回他寻外出的黄蓉回家，父女见面，黄蓉给他介绍江南七怪，黄药师十分看不上，也只是翻了个白眼，说一句"我不见外人"，也不曾说出"猪朋狗友"的话来。

这就看出黄药师的涵养了，他说话毕竟是有基本底线的。就连"不见外人"这么一句话，都已把江南七怪气得要死，要是黄药师说出"我不见你这些猪朋狗友"，七怪还不当场和他拼命？

再举郭芙一例。有一次郭芙和陆无双吵架，陆无双抢白她说：我表姐程英是黄药师的徒弟，是你师叔。你该把我当长辈叫。

对这句话，郭芙有一百种回应的方法，哪怕说"你少仗别人的势"也行啊，说"你老你有理"也行啊。可是她偏偏搞起了无差别攻击，说了一句相当愚蠢的话：

> 谁知道是真的还是假的？我外公名满天下，也不知有多少无耻之徒，想冒充他老人家的徒子徒孙呢。

明明是和陆无双吵架，却把毫无干系的程英也骂了，说人家是假货。假货便假货吧，还非要加四个字"无耻之徒"。试问程英招你惹你了？这简直是慈禧老佛爷了，一不开心就要向全世界宣战。也不知道金庸对郭芙为什么这么大意见，处处黑她，几乎每一句台词都黑她，把这些最蠢的话都安在她头上。

当然，许多人看小说还是喜欢郭芙的，觉得她泼辣，敢爱敢恨。这都可以。你看小说喜欢谁都可以。我以为，喜欢郭芙的都是暗暗把自己代入杨过了，居高临下，觉得这丫头挺辣挺带感。我却不行，我只会把自己代入客栈里的店小二，或者是其他普通的住店客人。大半夜闯进店来，要我给她让房间，不让就动鞭子抽人，这等姑娘，实在喜欢不起。

郭芙到底喜欢谁

倘若问一句：郭芙到底喜欢谁？答案都说她是喜欢杨过。看电视剧的当然坚信她喜欢杨过，因为电视剧就是这么演的。即便在小说里，郭芙最后自己也信了她喜欢杨过。

"虽然她这一生甚么都不缺少了……但真正要得最热切的，却无法得到。"这是金庸最后给郭芙的判词。那么她最热切想要的到底是什么呢？郭芙最后告诉自己，是杨过。

她最后还认为，自己总是"没来由的生气着恼"，都是因为喜欢杨过；她以为自己时常"想着他，念着他"。

是真的吗？还真不是。

郭芙和杨过，有过两次久别重逢。第一次是杨过从古墓学艺回来，打扮得十足潦倒穷酸，两人久别重见；另一次是十六年后，杨过已经扬名立万，鲜衣怒雕，成了"神雕大侠"，两人再度重逢。

两次见到杨过，郭芙可并不都是"没来由的生气着恼"的。第一次，当她看到潦倒穷酸的杨过的时候，是并不发怒的。不妨翻书，她当时的心态基本是无感，再加上一点点好奇：这个货原来还在啊，他怎么混得这么惨回来啦？那个阶段，她有经常想着杨过、念着杨过吗？有觉得错过这个人很遗憾吗？半点没有。

可是当二人再别十六年，她在风陵渡口重新听到杨过的消息，又亲眼看到这家伙大红大紫，人人对他敬若天神，纷纷传说着他的故事时，她倒是真的"没来由的生气着恼"了，在客栈里大发脾气，打人骂人。

为什么？何以这一次她不痛快了、发怒了？因为她开始强烈地意识到，自己可能看错一个人了，当年错过一块宝了。

这前后两个杨过，要说有什么区别，那最大的区别就是后一个成功了。郭芙喜欢什么人？一言以蔽之，就是喜欢成功的人。

回到当年的大胜关，英雄大会开幕前，郭靖流露出提亲之意，要把女儿嫁给潦倒的杨过。郭芙是什么反应？乃是"她斜眼望着杨过，又是担心，又是气愤，心想：'我怎能嫁给这小叫化？'忍不住要哭了出来"。

那是杨过人生最低落的时候，去终南山没混出名堂，还被全真教所不容，穿得又破破烂烂，还牵着一匹癞皮瘦黄马，来郭家蹭饭，就和刘姥姥、板儿上贾府差不多。郭芙此时对他有没有"要得最热切"？有没有后来自己所以为的"想着他，念着他"？半点也没有。

出人意料的是，一天之后，神奇的转折发生了。杨过在武林大会上大大露脸，挫败了金轮法王，才华崭露。书上说他是"扬眉吐气，为中原武林立下大功，无人不刮目相看"，群豪纷纷向杨过敬酒。

郭靖又提出来嫁女儿。这时候郭芙什么反应？简直是一百八十度大转弯，差点没翻车："郭芙早已羞得满脸通红，将脸蛋儿藏在母亲怀里。"就差一句"全凭爹爹做主"了。

瞧，姑娘乐意了！这时候的杨过，就瞬间变成她"要得最热切"的了。

回顾她的感情经历，很长一段时间里，她都在两个师兄弟大武小武之间犹豫不决，比来比去，拿不定主意："大武哥哥斯文稳重，小武哥哥却能陪我解闷。两个人都是年少英俊，武功了得……当真是哥哥有哥哥的好，弟弟有弟弟的强，可是我一个人，又怎能嫁两个郎？"

表面上看，这两兄弟一样优秀，所以姑娘挑不出来。真是这样吗？大错特错了！事实是：两个人都不优秀，都不成功，或者说谁也不比谁成功，所以她挑不出来。她这一宝，不知道押哪个好。她对自己的眼光没有信心，怕押错了后悔。

书上有一句特别重要的话，很多人看书的时候都没有注意到。在一次半夜幽会时，小武问郭芙："我去刺杀忽必烈，解了襄阳之围，那时你许不许我？"郭芙嫣然一笑，道：

你立了这等大功,我便想不许你,只怕也不能呢。

这一句话,对我们了解郭芙特别有用。你看,她之前那么难以抉择,但是只要有一个人"立大功",她就瞬间可以抉择了;之前她那么反复掂量,只要有一个人"立大功",她就非嫁不可了!

什么斯文稳重啊,什么活泼有趣啊,都是假的干扰项。在她心里,那些其实都不重要,重要的是"立大功"。她喜欢的是立大功的,是成功的、拉风的、有面子的。

郭芙何以会那么渴望成功?"成功"不应该是底层的致幻剂和鸡汤吗?郭芙是小公主,尊荣富贵,见过世面,"成功"对她真有那么大吸引力?我想说,还真有。

因为她生活在一个那么成功的大家族里,自己却最不成功。她貌似时时处处都被人尊重,但其实人们对她最缺乏尊重。她名不副实,德不配位。在江湖上,她表面上享受着尊崇,就像《鹿鼎记》里的郑克塽一样趾高气昂:

说道冯氏兄弟对他好生相敬,请他坐了首席,不住颂扬郑氏在台湾独竖义旗,抗拒满清。

郭芙不也一样吗?出去参加论坛、沙龙、宴会,人家多半请她坐首席,不住颂扬郭大侠独竖义旗,抗拒蒙古兵。可是郭芙的内心深处,一定时常不安地回荡着几个问题,就像《笑傲江湖》里任我行质问属下的一样:

升得好快哪。……你是武功高强呢,还是办事能干?

在郭芙的潜意识里,大概早就已经感觉到,自己的名望和能力并不匹配;自己的武功并不高强,办事也并不精干;自己是这个武林精英家族里的短板，而且短得那么刺眼。

她是我们身边一种典型的女孩子，常常觉得自己挺"优秀"，唧唧瑟瑟的，但又着实说不上哪里优秀，没什么过硬的本事。两百字的表格都填不利索，工作时和人一有分歧就吵架，自己是郭靖的女儿，有急事了却连襄阳的岗哨都过不去，还要老妈出面来疏通卫士。她毕竟不是真的公主，公主可以完全凭身份吃饭，可郭芙混的是武林，说到底还是要凭本事。

所以郭芙渴望一个成功的男人。她的这种渴望，比出身远不如她的陆无双、洪凌波都来得强烈。她从小到大引以为豪的东西——双雕、红马，都不是专属于自己的，到后来连爹娘也不是自己独享的，还有弟弟妹妹。只有男人，是自己的。

这就是为什么丈夫耶律齐去竞选丐帮帮主，郭芙最上心，"这几日尽在盘算丈夫是否能夺得丐帮帮主之位"。这个妈妈当剩下的帮主，她特别瞧得上，一定要自己男人也当了才算。

小说的最后，郭芙在战场上忽然发呆，"想着自己奇异的心事"。我可以逐句地回答她这些奇异的心事。

——"为甚么人人都高兴的时候，自己却会没来由的生气着恼？"

她以为答案是"没得到杨过"。那不对。

其实答案是：因为人人都高兴的时候，大家就都去自拍、聊天、忙自己的了，就都忘记捧你了，显得你很不成功。

——"我为甚么老是这般没来由的恨他（杨过）？"

她以为答案是由爱生恨。那不对。

其实答案是：因为她原先看不上他，后来却发现他越来越优秀、越来越成功，显得自己瞎了眼。

——"（杨过）使齐哥得任丐帮帮主，为甚么我反而暗暗生气？"

她以为答案是：这说明杨过不喜欢自己。那也不对。

其实答案是：她发现，丈夫好不容易当上的这个丐帮帮主，他杨过居然瞧不上。这映衬得她更加不够成功。

——"他（杨过）在襄妹生日那天送了她这三份大礼，我为甚么要恨之切骨？"

她以为答案是：嫉妒妹子有杨过。

其实真实原因是：嫉妒妹子有这样一个成功的人给长脸、撑腰，更加显得自己瞎了眼。

然后就很好懂了，郭芙为什么最后要告诉自己：我原来一直喜欢杨过？原因可能很简单，她不过是需要一个自我暗示：我其实没瞎眼，真的没瞎眼。

当然，也许后来郭芙真是开始渐渐瞧上杨过了。毕竟她也在成熟，也在懂事和学会欣赏。有可能随着年龄渐长，阅历渐渐丰富，她慢慢发现这种人才是男人，这种心跳才够刺激，这种旗鼓相当的感觉才可能产生爱情。但是当她绕了一个圈子回来，他早已经不在那里了。

她和杨过已经是霄壤之别、云泥之判。她连伤害他、激怒他的资格都没有了，遑论获得他的爱。鸟从天空飞过，哪还会在意地上的藩篱？

余光中有首写给哈雷彗星的诗，其中有一句，叫作"下次你路过，人间已无我"。人心如彗，缘分也如彗，是不会等你成长的，错过了也许便永不能再交会。

一篇精彩的领导讲话

金庸小说里，写公开讲话极多。这里来聊金庸笔下的一段精彩的领导讲话。不少人或许会觉得领导讲话哪还分什么精彩不精彩的，不都是一套官样陈词吗？还真不是这样。

先来交代一下讲话背景。讲话的人叫作梁长老，是丐帮的勋臣元老之一，先后辅佐两任帮主多年，乃是资历很深的老同志。梁长老是在什么情况下讲的话呢？是在丐帮的大会上，要推选新帮主。

熟悉金庸小说的都知道，丐帮前前后后经历了几任帮主：洪七公、黄蓉、鲁有脚。不幸的是，鲁有脚帮主被敌人杀害，丐帮几十万人群龙无首，必须召开全国叫花子大会，紧急推举一位新帮主。

经过丐帮领导层内部研究，定下来的选帮主办法是：面向江湖，敞开大门，比武夺帅。而梁长老的任务，就是要代表领导层发表一番公开讲话，向从各地赶来的数以千计的帮众宣布这个新帮主的推举办法、推举流程。这是一个很难、很棘手的活儿，有几方面的挑战。

挑战之一，事情敏感，牵涉重大。有机关工作经验的就知道，历来组织人事工作都是最敏感的，更何况是推举一把手。

倘若是关门研究帮主人选，那还好办一点，定了之后一宣布就完了。但今天是在大庭广众之下推举帮主，不确定的因素很多，梁长老可谓是迎涛而立，手把红旗，需要很强的现场统领和掌控能力。

挑战之二，人员特殊，矛盾复杂。在现场参会的人之中，还有一些身份非常特殊的人。他们的存在，让事情的复杂性和变数都增加了许多。

比如黄蓉，人家可是前任帮主，如今好端端地就在台下。既然现任帮主死了，请不请前帮主回来"复辟"？如果不请，找什么理由？如何措辞？当然，你或许会说黄蓉本来就不想干，可人家想不想干是一回事，你请不请是另外一回事。

此外，在场还有许多丐帮的老同志，各有各的贡献，各有各的势力派系。如果黄蓉不做帮主，论资排辈则该轮到他们做。可现在你要搞比武夺帅，要敞开大门、提拔后进，他们有没有意见？他们的门人弟子有没有意见？怎么才能让他们心平气和地接受？这些都是很不好处理的问题，梁长老这个讲话，一旦有什么表述不当，弄不好就种下了内部不稳定甚至内乱的隐患。

挑战之三，江湖瞩目，不容有差。大会现场不只有丐帮的人，还有许多五湖四海的江湖人士和外帮友人。你丐帮选帮主，大家都眼睁睁看着呢，一个弄不好，内讧起来，会让外人看了笑话。

总而言之，梁长老的这一番讲话，话题敏感，事关重大，很考验功力。

可结果呢？我发现梁长老真乃高手，头脑之清楚，尺度之准确，论述之周到，都是一流的。他的讲话可以说是一番教科书般的精彩讲话。来逐层分析一下。

初上台的时候，他就先亮了一手功夫：

> 梁长老跃上高台，众人见他白发如银，但腰板挺直，精神矍铄，这一跃起落轻捷，更见功夫，人人都喝起彩来。

这一上台可谓先声夺人。注意三个关键词"白发如银""腰板挺直""起落轻捷"，这三个词不是随便写的，它们各自包含着特定信息。"白发如银"表明年龄和资历，"腰板挺直"代表健康状况，"起落轻捷"代表业务能力，梁长老这一下不但显示了武功，还一并显示了自己的健康程度和充沛能量，给讲话增添了分量。

随即的讲话大致可以分为四个部分。其中开头第一部分就是做一番解释：凭什么是我这个老朽在这里讲？

这一点就很值得学习。我们很多人平时就不太注意这一点，有了当众表现的机会就飘飘然，上来就呼呼喝喝，滔滔不绝，完全不顾有没有威望更重、资历更深的人在场。梁长老可不是这样的。他的开头是：

> 黄前帮主神机妙算，说甚么便是甚么，决不能错。但她老人家客气，定要我们……商量决定。

你看梁长老交代得清楚：不是老朽我厚着脸皮要在这里讲，本该由黄前帮主讲的，怎奈她老人家"客气"，信任我们，给我们脸，非要我们来讲，非要我们来拿主意，老朽我这才僭越登台。

如此一来，既给自己今天的讲话加持了合法性，又烘托出黄蓉的气度和风范，黄蓉听了固然乐意，她的门人弟子们听着也顺耳。这叫作未登高人门，先铺脚下砖，铺得齐齐整整、严严实实，让接下来演讲的每一步都走得踏实。

接着，梁长老又进行了第二部分的陈说，更是凸显功力。他集中讲了一点：要重新请回黄蓉做帮主。他是这么讲的：

> 黄前帮主那样百年难见的人物，那是再也遇不上的了……我们想来想去，只有请黄前帮主勉为其难，再来统率这十数万弟子。

一上来就高度评价黄蓉，称为"百年难见""再也遇不上"，随即慷慨陈词，要请黄蓉"勉为其难"，回来再做帮主。

他这话一说，现场是什么反应？注意，乃是"彩声雷动，比先前更加响了"。这满场的彩声和掌声，恰恰说明黄蓉虽然退下来久了，但在丐帮仍然很有人气，很有威望，有大批的支持者。由此亦可反证梁长老之高妙，如果你一上来讲话就抛开黄蓉，他们怕就要不开心了。

在现场，梁长老不但表示要请回黄蓉，还再加上了一句话：

> 黄前帮主倘若不答应，我们只有苦求到底……

瞧，我们对黄前帮主的怀念是真心的，是发自肺腑的，我们想请她回来执掌帮主也是出于至诚的。

话说到这个地步，黄蓉的面子已经给足了，前面是高高捧起，现在该轻轻卸下了。梁长老于是开始阐述第三层意思：黄蓉既然这样英明，为什么不能请回来做帮主？这一层就更考验人了。把人捧起来容易，但要不露痕迹地卸下去，可就难得多。

他是这样开头的："可是眼前却有一件大大的为难处……"究竟是个什么"为难处"，足以妨碍请黄蓉回来呢？这个理由必须堂堂正正，出于公心，大家心服，全体都能接受。梁长老是这样说的：

蒙古鞑子这一次南北大军合攻襄阳，情势实在紧迫。黄前帮主全神贯注，辅佐郭大侠筹思保境退敌的大计，这一件大事非同小可。我们若是不断拿一群叫化儿伙里的小事去麻烦她老人家，天下的老百姓不把我们臭叫化骂死才怪？

梁长老摆出来的这件"大事"足够大——敌军入侵，国家危亡。他把丐帮的事情，说成"叫化儿伙里的小事"；把黄蓉手头的事情，说成非同小可的大事。两相权衡，自然不能用"小事"影响"大事"了。

其中有一句话讲得妙，倘若黄蓉分了心，"天下的老百姓不把我们臭叫化骂死才怪"。不是我们不请回黄帮主，而是"天下的老百姓"不允许我们请回黄帮主，不让我们打搅她，使她分心。试问是我们丐帮大还是天下的老百姓大？当然是百姓大。我们当然要顺应天下百姓的呼声。

这一番话，立论严正，站位极高，无可挑剔，而且进一步抬高了黄蓉——俺们叫花子这点子破事，太破了，太无聊了，实在不配让黄蓉老人家分心。所以几乎人人服气，书上说"这番话只听得台下众人个个点头"。

那么黄蓉自己想不想回来做帮主呢？不想。之前她让位给鲁有脚，就是嫌当帮主杂事儿多，不耐烦管。平时她连乞丐服都不肯穿，到了公开场合，迫不得已，才在身上胡乱打几个补丁了事。现在她年纪也大了，怎么可能再回来挑这一摊子破事呢？

可这些话她无法公开说出口。什么？你嫌我们丐帮事儿多？拜托，我们现在正需要你好不好？十数万弟子眼巴巴看着你好不好？就因为嫌麻烦，你便撂挑子、卸担子吗？你对得起洪七公当年的托付吗？你就不怕帮中兄弟们寒心吗？

梁长老的讲话恰恰帮黄蓉解了围。当他说出"天下老百姓都不让我们返聘黄帮主"的时候，黄蓉大概要想：这个担子卸的，我给满分。

梁长老讲话的第四部分，乃是最关键一环，要当众抛出一个重大决定——敞开大门，公开选拔，比武夺位：

> 眼前只有一条明路，那便是请一位帮外英雄参与本帮，统率这十数万子弟。

这等于是不认资历、不认贡献、不认派系了，大家凭本事打架选帮主。

宣布完这个重大决定后，梁长老忽然偏离主题，追忆起往事来。他说了些什么呢？是这样一大段，大家耐心读一下：

> 想当年本帮君山大会，推举帮主，终于举出了黄前帮主，那时她老人家可也不是丐帮的弟子啊。不瞒各位说，当时兄弟很不服气，还跟她老人家动手过招，结果怎么呢？哈哈，那也不用多说，总之给打得五体投地，心悦诚服。她老人家当了帮主之后，敝帮好生兴旺，说得上风生水起。

为什么忽然说这样一大段历史掌故？难道是梁长老人老话多，喜欢絮叨旧事了？自然不是。他是有深意的。因为这"敞开大门、比武公选"

的方案，帮内极可能有人不服，引发矛盾。凭什么让外帮人也来选？帮里难道就没有元老耆宿了吗？你梁长老风格高，不想做帮主，难道别的长老也不想做？难道我们这么多年的资历、功劳都成了废纸？

何况，就算要提拔任用年轻人，丐帮十几万弟子里就选不出来吗？为什么要搞大比武、要请外援，让不相干的外人来参与？

梁长老所讲的故事，恰恰正是回答这种质疑的：首先，这个办法有先例。谁是先例？正是黄蓉，她就是典型的外帮的年轻人，你莫非还质疑她不成？第二，这个办法有成效。什么成效？就是"敝帮好生兴旺，说得上风生水起"。第三，你们都别不服气，不服气要挨打。当年老子还曾不服气呢，结果是被"打得五体投地"，今天你想做下一个吗？

梁长老这段话，回忆的是当年，却句句说的是当下；调侃的是自己，但句句提示的是别人。他这是用黄蓉的威信和成功，为今天的帮主选拔方案做了最好的背书。

最后，快言快语，敲钉转脚，果断结束讲话：

请各位英雄到台上一显身手，谁强谁弱，大伙儿有目共睹。

他说完之后，台下"彩声四起"，讲话大获成功。

每次我读金庸，读到这一段，都叹服梁长老水平高。方方面面他都照顾到了。对于老领导黄蓉，他抬了轿子、给了面子、卸了担子，让黄蓉充分满意。对于广大的帮众，他既讲明了政策，又讲明白了做决策的背景和考量，句句以理服人，而且语言浅白俚俗、举重若轻，不时"臭叫化"地自我调侃几句，很显生动亲切。

对于在场旁观的江湖友人，梁长老的讲话立论高、站位高，处处以国家兴亡为重，体现了丐帮"第一大帮"的格局和风范。

可以断言，尽管梁长老的武功不是最高的，也没有机会做帮主，但以他的头脑和水平，无论哪个新帮主上台，都离不开他的辅佐，都会对他充分重视和信任。

其实，这说到底不是什么梁长老的水平，而是金庸的水平。写小说这种事，功力常常在看不见的地方。要写一个冷傲的剑客容易，只要白衣飘飘、横眉冷目就行了。但要写一个圆融透彻、世情通达的人可就难了，非得沉凝的笔力和丰厚的人生积淀不可。

有趣的是，就在发表了这番精彩讲话后不久，梁长老还有另外一处临场应变，也让人大为佩服。

当时丐帮的这场帮主选拔赛刚决出了胜负，黄蓉的女婿耶律齐拿了第一名，众人皆无异议，只剩下鼓掌通过、上台就位了。不料枝节横生，大侠杨过忽然闪亮登场，擒拿奸细，大破蒙兵，一下抢走了全场风头。一时间在场的群豪都去恭维杨过，忘了新帮主的事儿了。

唯独保持清醒的是梁长老。他一看席上的郭芙"脸色不豫"，面臭得很，"微一沉吟，已知其理"，赶快登台讲话，引导全场注意力，让大家以热烈的掌声迎接新帮主耶律齐登场。

什么叫功力？这就叫作功力。说白了，不能只是讲话出色，还要会看脸色；不能只会服务主人，还要会哄夫人。

如果问梁长老：您在帮中的最主要工作是什么？公开场合他一定回答：辅佐帮主、杀敌报国。但在他心里，自己的中心工作就是一句话：处理好黄蓉、郭芙和耶律齐之间的关系。

记得曾读一本回忆录，作者沉痛地说：我干了这么多年，才悟到此间的最主要工作就是处理好帮主、夫人和副帮主的关系。此言听了让人慨叹：你才参透啊？梁长老比你早几百年就参透了。

赵志敬之锅

在金庸小说里,最坏的师生关系之一要数杨过和赵志敬。一般人都觉得赵志敬是个王八蛋,打骂未成年徒弟杨过,不教真功夫,只给背口诀,逼得杨过反出全真教,"臭师父"实至名归。

但要仔细看原著,捋一捋这件事的前因后果,就会发现事情也非完全如此,至少一开始的责任不完全在赵志敬。他固然后来大奸大恶,可在杨过的问题上,其实也是背了一口大锅。

杨过和全真教的决裂,第一个埋下祸患的就不是赵志敬,而是丘处机。小杨过刚拜入重阳宫,首先没头没脑骂他一顿的就是丘处机,不是赵志敬。从这个意义上说,丘道长真是搞事王,当年就是他老人家路过牛家村,才引出后来那么多风浪。现在又是他把杨过骂一顿,成了此后一系列破事的导火索。

丘处机训杨过的初衷,是想严格教学,打打杀威棒,免得孩子任性顽皮,重蹈杨康的覆辙,于是就把才第一天入学的杨过叫来,劈头盖脸一顿熊。用他自己的话说,叫作"严师出高弟,棒头出孝子"。

杨过无端被骂,自然很想不通,觉得这所学校简直有病,老子第一天报到,犯了啥错误,你骂我干啥?丘处机一走,他就"放声大哭",嚎了起来。这一哭,就被师父赵志敬给听见了。

赵志敬的第一句话是冷冷的:"怎么?祖师爷说错了你么?"

平心而论,这话虽然不温暖,但也不能说有什么大错。武学门派里都是特别强调师道尊严的,老师骂你是活该,更何况是祖师爷骂,这是思维定式。赵志敬有这么一问,不过是在这个环境里浸淫出来的本能。再者,重阳宫是清修的地方,大哭大嚎确实也不大成体统。

杨过反应也很快,垂手回答说:"不是。"赵志敬便又问了第二句:

"那你为甚么哭泣?"

这话有大问题吗?也没有。可接下来小杨过的回答就很有意思了,很滑头。他说的是:"弟子想起郭伯伯,心中难过。"于是赵志敬"甚是不悦",注意是从这里才开始明确"不悦"的。为什么不悦呢?赵的心理活动有清楚交代:

> 明明听得丘师伯厉声教训,他(杨过)却推说为了思念郭靖。

杨过这就是要滑头了,明明是不忿负气而哭,却狡猾地推说是思念郭靖,小小年纪就在大人面前掉花枪。这是很多"聪明孩子"的习惯,爱耍小心思,自以为能。殊不知站在师长的角度,普遍的心态是更喜欢孩子诚恳老实,不喜欢孩子太"油"。

书上说,赵志敬心里寻思:"这孩子小小年纪就已如此狡猾,若不重重责打,大了如何能改?"你看他此时并未存着多坏的心思,所想的不过是杨过"大了如何能改",目的是希望孩子"改",而非存心虐待。他于是沉着脸喝道:"你胆敢对师父说谎?"

到此我们已经可以基本判断赵志敬这位老师的水平了:思维方式刻板,作风粗暴,不会因材施教,细心和耐心都严重不足。但他的教学方式和师伯丘处机等有什么很大区别吗?并没有,都是那一套下来的。上一辈怎么教他,他就怎么教下一辈。没有任何证据说明赵志敬一开始便是存心要整杨过、迫害杨过。

别忘了,他毕竟是重阳宫同一辈中的佼佼者,针对尹志平搞小动作是没错的,尹志平是竞争者。但要说专门针对杨过一个小孩子,那把他也写得忒小了。

可杨过偏偏受不了这种疾言厉色。滑头的孩子一般分两种:一种是"油而不犟"的,比如韦小宝,很懂得服软认怂,一看形势不对,马上就打脸认错;另一种是"又油又犟"的,杨过就是这一种。师父一严厉,他犟脾气上来,干脆就转头不理。这是明的不给面子,让师父下不来台了,两人这才真的搓上了火。

注意,金庸下笔一直极有分寸。赵志敬后来骂了杨过"小杂种",但那是什么时候呢?是杨过先说"我不跟你学武功啦",在此之后才骂的。这话我们今天听着不觉得有什么,但放在当时的环境里可谓石破天惊。炒掉老师?那大概是闻所未闻。徒儿才刚刚磕头拜师,马上就"不跟你学了",炒师父的鱿鱼,赵志敬肯定气蒙了。全真教创派以来,他成了第一个被徒弟炒鱿鱼的,以后怎么做人?

所以我的看法是,这对师徒的恩怨,一开始并不能完全由赵志敬一方背锅。他和杨过撕破脸,归根结底是双方性格原因,一个简单粗暴,另一个却跳脱桀骜;一个僵化陈腐,另一个却自由刚烈、无所顾忌。

杨过是有情商的,但更有臭脾气和犟骨头,用他自己的话说,是"又不会装矮人侍候师父的亲人,去给买马鞭子、驴鞭子甚么的",这种人在全真派里待不长,甚至在任何类似的体制机构内都待不长。他在全真教的遭遇,总的来说不是"遇到了一个坏人",而是"来到了一个不适合、不该来的地方"。

金庸这样写,避免了把人物写得太过绝对,把赵志敬写得太平面、刻板。这恰恰体现了一流文学家的本事,使小说保持了性格驱动,而不是立场驱动、情节驱动,落了下乘。

要说赵志敬真正的错,是后来记恨、报复杨过,这是极其恶劣的,坐实了"臭师父"名号,那口一百斤的锅也永远背在身上下不来了。所以结论就是:不要和孩子置气。能教就教,不能教赶快送走,别互相耽误,趁早让龙姑姑去教。龙姑姑专会捉小雀雀,你的活儿可没有人家好。

襄阳饭局

在《神雕侠侣》里，有一场很有意思的饭局。

众所周知，《神雕侠侣》的最后一个高潮是在书的快结尾处，杨过打死了蒙古大汗，保住了襄阳城。很多人觉得此后的故事基本就是垃圾时间了，拉拉杂杂，不看也罢。但本文要说的这场有趣的饭局，就发生在所谓的垃圾时间里。

话说，打死大汗蒙哥之后，郭靖、杨过等群雄兴高采烈回到襄阳城。襄阳主官吕文德开庆功大会，摆酒设宴，招待吃饭。既然是饭局，第一件麻烦事就是座位怎么定。你也是大侠，我也是大侠，谁坐首席呢？最后江湖好汉们是这么定的：

> 众人推让良久，终于推一灯大师为首席，其次是周伯通、黄药师、郭靖、黄蓉，然后才是杨过、小龙女。

首席是一灯，次席是周伯通，你我固然觉得理所应当，可是吕文德长官却很不高兴。书上介绍了他的心理活动："一灯老和尚貌不惊人，周老头子疯疯颠颠，怎能位居上座？"

这番心理活动非常有趣。注意，表面上他轻视一灯和周伯通的原因，是两人一个"貌不惊人"，一个"疯疯颠颠"，所以不配坐首席。实则这并非吕大人瞧不起二人的真正原因。真正的关键词乃是另外两个，即"老和尚"和"老头子"。

吕文德轻视二人，因为二人是"老和尚"和"老头子"也。而这两个词的共同意思，就是老同志。一灯和周伯通究竟是不是"貌不惊人"和"疯疯颠颠"，其实并不重要。重要的是，他们在吕文德眼里都是老同志，就是没有实际职务了，是已经退下来的同志。

或许有人要为一灯大师鸣不平：人家是"南帝"，是大理国退位的皇上，比你吕文德一个襄阳主官不知道高到哪里去了。可"南帝"那是过去式了。既然退下来了，不是皇帝了，没有实际职务了，在吕长官的眼里你就是个老同志，一旦坐到吕大人的头上去了，大人就要不高兴。

连退下来的"南帝"都被鄙视，遑论周伯通了。"南帝"毕竟当过皇上，而周伯通呢？他在全真教里辈分倒是挺高，却从来没有任何实际职务，在全真教里说话也基本不算数。严格地说，周伯通连老同志都不算。只有重要岗位上退下来的才算老同志，周老头子什么都没当过，本质上就是个群众，也跑到吕大人头上去一屁股坐着，吕大人能高兴吗？

有趣的是，黄药师也坐到了吕大人的上席，吕大人却没有太多意见。因为书上说吕文德所想的是："黄岛主是郭大侠的岳父，那也罢了。"

黄药师能入吕文德的法眼，"郭大侠岳父"这一身份固然是重要原因，但请注意，他对黄药师的称呼就不是"黄老头子"，而是"黄岛主"。很简单，因为"岛主"好歹是个实职，对一岛的居民、子女、财帛是有生杀予夺大权的。吕长官对他也就留有几分尊重，以"岛主"呼之。

顺带说一下，职场官场，称呼他人的时候一般最好称呼实职，不要称呼虚职。比如当年蒋介石，军官们约定俗成称呼他叫"蒋委员长"，就是选择的最重要的实职——国民政府军事委员会委员长，而不叫蒋主席、蒋院长。要说职务，蒋还是三民主义青年团团长，你叫他蒋团长试试，他一定发火。

至于有军官叫他校长，那是有特殊关系，格外亲切才能叫，一般人不可效仿。比如郭靖才可以叫黄药师岳父，别人只能老老实实叫岛主。你倘若跟着郭靖乱叫，黄药师一定用玉箫插你。

且说，吕文德对座次的意见很大，心中不以为然，估计直接挂相了。群雄也不是傻子，自然也都看得出来。这土官儿如此不给脸，对老同志不尊重，群雄当然要教训他。然而今日是庆功宴，公然撕破脸也不好，怎么办？群雄立刻形成了默契，共同做了一件事——不和吕文德聊天：

群雄纵谈日间战况，无不逸兴横飞，吕文德却哪里插得下口去？

在饭局上，适当主动地找人聊聊天是修养，大家同时不和一个人聊天是非常残忍的。何况吕是东道主，是请客埋单的，又是主要领导，更需要顾及他的面子。群雄本该主动找一些他能聊的话题问问：襄阳发展得怎么样？支柱产业是什么？新引进了什么企业？上了什么项目？这样问，吕长官才有的聊，才插得进话。

然而群雄却故意不谈这些，尽说些专业技术问题：金轮法王那一掌，你怎么接的？对付潇湘子，内力应如何运使？这种专业话题吕书记一窍不通，如何插话？

就好像主要领导请一帮工程师吃饭，这伙客人把领导晾在一边，拼命聊些专业话题，什么桥梁的抗震分析、桥隧检测和加固技术、涵洞的施工工艺……你让领导这饭还吃不吃。

甚至就连一灯大师这么厚道的人都不和吕聊天。按理说一灯当过皇帝，应该是懂经济、懂行政的，是完全可以和吕聊上几句的：小吕啊，园区招商情况咋样？土地够用吗？……但是一灯大师也不和他聊，把吕活活晾了一晚上。

这个局面完全是吕长官自找的。吕长官此人看来政治能力和智慧也有限，襄阳围城十几年，他始终在这里熬，吃苦受累，按理上面怎么也该考虑考虑，把他动一动。但他愣是被钉在这里了，死都走不了，多少与他的能力和人缘有关系。当然了，我们讲的是小说里的吕文德，不是历史上的。

这是金庸告诉我们的，不管在武侠江湖还是商场角逐里都要尊重老同志。他们不一定能帮你上台，但一定能在某些时候让你下不来台。吃饭了连个座位都不舍得给人家坐，还想人家和你谈笑风生吗？

武林大会是怎么办难看的

经常看武侠小说的就知道，在江湖上有一种大聚会叫"武林大会"。

这种聚会人数多、热闹，吸引眼球，但却也很不好办，经常被挑剔一年不如一年。丐帮来办，就容易被责怪品位糟糕，大跳广场舞；少林寺来办，往往就被说是白菜豆腐，寡淡禁欲。于是襄阳城来办，准备充分，精心筹划，可是一办下来却被围观的群豪揶揄：真正最不好看，前面的丐帮和少林寺你们受委屈了，当年怪咱太年轻，不懂你们的美。

事实上这里面怕也有诸多隐情。一场武林大会是怎么办难看的？可以来简要分析分析。

可以想象，在办大会之前，郭靖大侠郑重交代女婿耶律齐：小齐啊，这次就由你来负责办会。你能力强，特别是年轻、思想活，一定能办好。

围观的群豪难免想得过于简单：既然是文艺大聚会，就要以热闹好看为主，应该搞几个精品节目，提高一点档次。比如让小龙女表演个轻功，让一灯大师表演个一阳指，再找一些有绝活的外援，比如会水上漂的、会天罡北斗阵的，都来荟萃一堂。最后请出人见人爱的吉祥物周伯通压场，大家开开心心，岂不是好？

这就是想简单了。对于主持办会的耶律齐来说，"武林大会"不能只给英雄们开，群雄们开不开心并不重要，郭大侠、黄帮主开心才重要。郭大侠一旦开心了，能给前途，能传武功；群雄开心了能给人什么？一帮闲人吃饱喝足看完节目拍屁股走了，顶多说声不错，还能给人耶律齐发红包不成？

耶律齐要考虑的事很多。比如郭大侠刚提出的"为国为民，侠之大者"，大会上要不要体现？黄蓉帮主的指示"和襄阳城共存亡"，是不是也要在节目里讲透、讲到位？还有襄阳城新定的御敌方针，"一次防守、两翼突击、三面合围",节目里也不能漏了吧,不然女婿不想当了?

还有很重要的一块,当前的成绩和战功,要体现。比如襄阳城刚刚取得了一场大胜、两场中胜、九场小胜,在节目里都要提到。耶律齐明白,现在抗敌形势正严峻,蒙古兵还没退,压力很大。困难时期多讲胜利,郭大侠一定高兴。

此外,还有那些跟随郭大侠、黄帮主多年,征战有功的,也都要在节目里体现。劳苦功高的汗血宝马要不要体现一下?双雕要不要体现一下?至于软猬甲,那是死的,没法登台,那也要想办法植入,至少也要在主持人台词里提到。

虽然是在襄阳办会,但倘若只搞襄阳一个会场,怕也不够,声势小了,最好多搞几个分会场,否则不能显得身在襄阳、心系天下。东海桃花岛必须要搞一个分场,原因不用多说。蒙古射雕的草原上也必须搞一个分场,原因也不用说了。西域也要选地方搞上一场,那是金刀驸马当年西征的地方,漏掉这个说不过去。

最后还剩一个分会场,是放在陕西华山呢?还是浙江嘉兴?耶律齐想来想去,觉得还是华山比较好。嘉兴那疙瘩死过一个杨康,不是什么愉快的事,还是别给岳父岳母添堵了。整天要考虑这些,你说耶律齐累不累呢?

办会这种大事,年轻人耶律齐还不能一言堂,知道要多请示。活动初步方案搞出来后,先给鲁有脚看,毕竟是丐帮老同志,追随郭、黄二位多年,把得准二位的口味。结果鲁老伯看后指示:要接地气。

于是认真修改完善,再给二小姐郭襄看,郭襄说不好,不要只顾接地气,要洋气。于是再讨论、再修改,送给大小姐郭芙看,郭芙指示:不能只讲洋气,更要大气。最后精心打磨润色,送给郭靖看,郭大侠说好是好,但还是要接地气。

一切都准备妥当,万事俱备了,最后请总把关人柯镇恶大公公来看彩排,殷勤询问:"大公公,您看怎样?今年我弄得不错吧?"柯镇恶端坐看完,面无表情,淡淡地说:"好是好,就是'为国为民,侠之大者'

还是体现得不够啊。"

毕恭毕敬送走柯大公公，耶律齐困惑不已，回家找妹子商量：怎么还说体现不够？问题到底出在哪？要不我赶快改计划、改节目，推倒重来，围绕"侠之大者"的主题好好做几个文艺精品，把这句话体现得更充分？

妹妹：傻啊你，你还真想春风化雨啊？不是说体现不充分吗？你就让主持人改改词儿，把"为国为民，侠之大者""与襄阳城共存亡""一场大胜、两场中胜、九场小胜"每个说五十遍，不就充分了吗？

耶律齐恍然大悟，马上修改，再请柯镇恶来看。柯老侠这次面露微笑："小齐呀，你这么年轻，就已经这么成熟了，年纪才三十七，办事像七十三的，难得，难得。"

于是最难看的武林大会就这么隆重推出了。外面群雄还在闹，非要送呼声最高的杨过上大会："他们傻啊，杨过怎么不上！"里面耶律齐也很无奈："他们傻啊，杨过怎么上？"杨过自己快哭了：起什么哄啊，我又没说我要上，你行你上！

关于——《倚天屠龙记》

> 倚天持报国，画地取雄名
>
> ——李峤

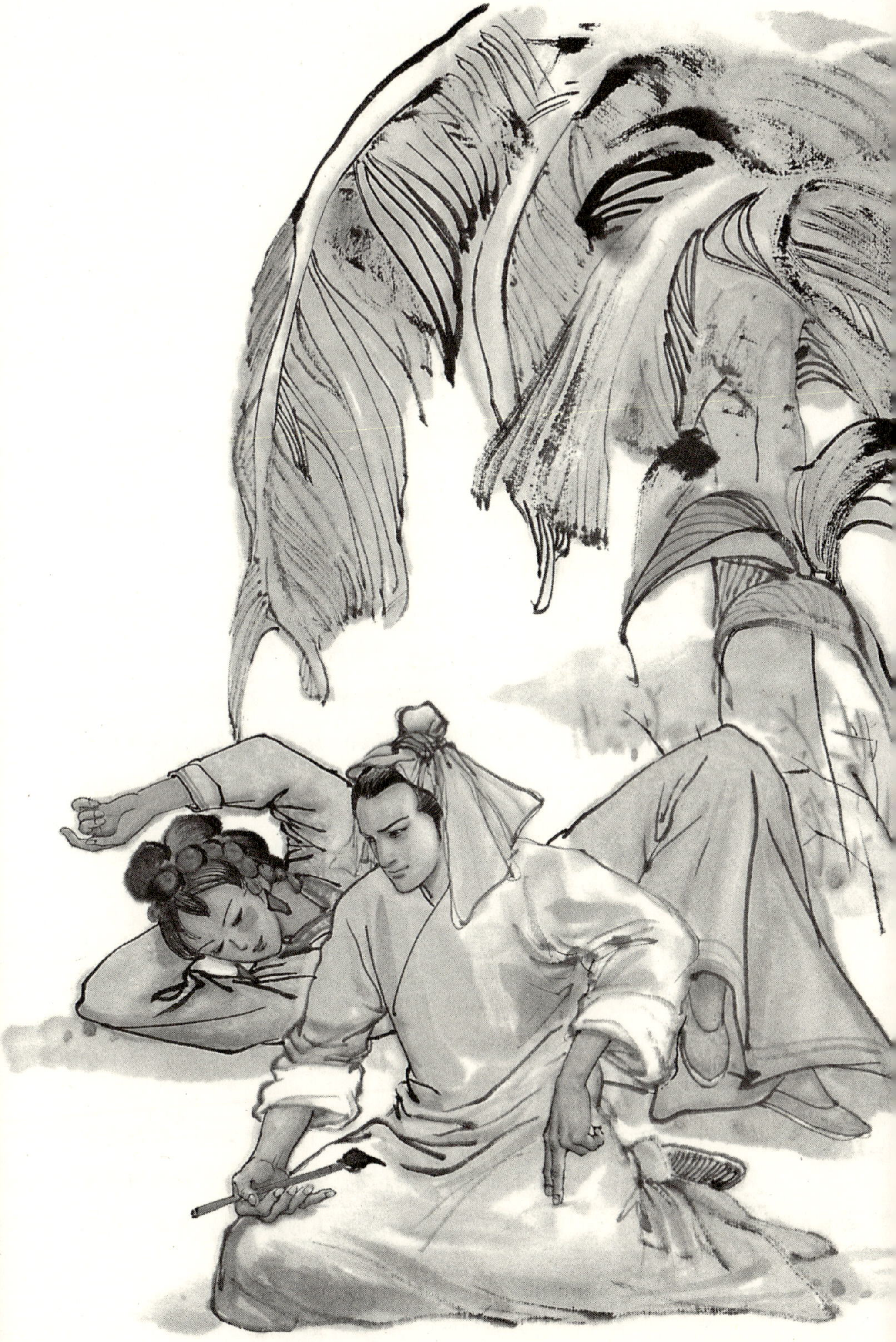

明教潜流

一

熟悉《倚天屠龙记》结尾的就知道，张无忌退位之后，明教发生了一些不可思议的事。

整个光明顶的领导集团很快倒台，朱元璋等地方上的大区域老总上了位，掌控了明教。金庸有一句话是这样说的，杨逍"年老德薄"，万万不能再和朱元璋相争。

一直以来都有不少读者问，杨逍怎么就"年老德薄"了？堂堂光明左使，武功、资历均高，怎么会不能和朱元璋等一帮人相争呢？

这话说来就长了，涉及明教长期隐伏着的一个重大危机，或者说是一股暗中的潜流。教主张无忌没能很好地处理这个危机。或许他也注意到了，但没来得及开展工作就退了，给明教埋下了致命的隐患。

且说当初，六大门派围攻光明顶的时候，各派来势汹汹，倚天长剑飞寒铓，明教几乎只有五行旗与之血战。你仅从六大派之间的谈话就可知端倪，能看得出五行旗抵抗之烈、奋战之勇：

殷梨亭道："曾和魔教的木、火两旗交战三次……七师弟莫声谷受了一点伤。"

"江西鄱阳帮全军覆没，是给魔教巨木旗歼灭的。"

"敌方是锐金、洪水、烈火三旗……我方三派会斗敌方三旗。"

当时，哪怕说是五行旗一个部门抵挡六大门派也不为过。明教四分五裂，已如一盘散沙，只有五行旗保存了完整的建制，还有较强的战斗力，在独撑大局。这一役五行旗也是牺牲最惨重的，尤其锐金旗，几遭全歼，伤重残疾者无算，掌旗使庄铮壮烈战死，被倚天剑断首。副掌旗使吴劲草被擒，遭敌人断臂。如果不是张无忌相救，锐金一旗的番号都可以销了。

这些弟兄甘愿护教牺牲，那也没什么好说的。可问题是教中的那些更高层呢？光明二使、四大法王、五散人在干吗？光明顶之役明教怎么输的？何以一败涂地，落到要上天降下一个张无忌来拯救的地步？

二

事实上，就在五行旗于前线奋力抗敌之时，堂堂光明左使杨逍、法王韦一笑、五散人等几个高层，正在后方老营里内讧。内讧什么呢？争教主！

前线每一分钟都在流血，这几个浑蛋却在后方争教主，还打了起来，你一记寒冰绵掌，我一招乾坤挪移，打得好不热闹，乃至被一个少林和尚圆真溜进来摸了炮楼，七大首脑一股遭擒，整个指挥中枢全部被端。"少林僧独指灭明教，光明顶七魔归西天"，讽刺不讽刺？倘若你是前线五行旗将士，会作何感想？

除了内讧被擒的这七人外，高层里其余那些人呢？

杨逍之下排名第一的是光明右使范遥。此人在关键时刻踪影全无，究其原因，原来是情海生波，追求女同事而不得，痛苦了，毁容了，投靠朝廷去了。后来他给出的解释是去"盯成昆"，可是你盯的成昆呢？成昆来独指灭了你家明教老巢了，范右使你盯的人呢？

再看四法王。排第一的龙王，为了嫁人，叛教了。事发时她虽到了光明顶，却畏敌避战，逡巡不前。排第二的殷天正闹分裂了，自创了一个天鹰教，此次虽然也带队来援，却屡屡游而不击，一度坐视五行旗被屠。排第三的谢逊失心疯了，携屠龙刀远遁海外，再无音信。排第四的蝠王之前已说了，内讧去了。

以上就是光明顶高层的群像，纠缠于男女关系的，别有私心的，发疯发癫的，拉稀跑路的，尽皆不堪至极。

公允地说，鹰王殷天正父子后来倒是出力作战了，也拼到透支，但这样是否就能赢回明教底层的人心？有这样一幕：五行旗被六大派围攻，殷天正的天鹰教却在旁边观战，不肯援手。他们"行列整齐"，粮秣充足，却"始终按兵不动"。

何以如此呢？书上说了：若敌人把五行旗杀光了，天鹰教反而会暗暗欢喜。事实上这一役锐金旗果然几乎被全歼，掌旗使战死，天鹰教该当大乐。试问五行旗弟兄们会作何感想？你若是参加了这一战的锐金旗人，当倚天剑肆虐横行之时，你是否会对苍天、对明尊泣血控诉：我们的法王在哪里？我们的光明使者在哪里？我们的高层在哪里？

有一个标志性的细节，许多读者未曾注意：待到后来张无忌出战六大派，向明教中人借兵刃使用的时候，居然殷天正还拿出一柄"白虹剑"，周颠还摸出一把雕刻精美的宝刀，都是完好无损。这真正好笑了，大伙儿马上都要引颈就戮了，连绝命歌都唱了，上层首脑居然还有完好无损的宝刀宝剑藏品。怎么不早拿出来和倚天剑拼了呢？

所谓明教的重大隐患，很大程度上就是在这里埋下的。在战士们的眼里，光明顶高层失行败德，几乎烂透。

三

幸而天不亡明教，张无忌出手击退六大派，成为教主。这时正是整肃乾坤、赏功罚过的关键时机。

左使、蝠王、周颠玩忽职守，带头内讧，当严厉惩戒；右使、龙王、狮王不赴教难，应公开免官褫职；鹰王有过有功，可以留职温慰；五行旗血战不屈，牺牲巨大，居功至伟，锐金旗吴劲草等都应该大力奖掖，提拔重用，旗下众弟兄都应论功行赏，厚加抚慰。

可是这件关键大事，明教却没有做。新教主一立，鞭炮一放，一片欢天喜地的气氛中，这事就再无人提了，被有意回避了。从此高层还是那些高层，使者还是那些使者，法王还是那些法王，一个人事变动都没有，勋旧们照样呼呼喝喝、耀武扬威。

甚至于，他们拥立张无忌有功，地位反而更稳固了。杨逍自命为岳父，殷天正成了教主外公，殷野王成了教主舅舅，狮王成了教主义父，龙王多了小昭这根通天热线，就连彭莹玉、说不得等也成了教主故人，你是皇亲我是国戚，荣被华衮，气焰更加嚣张。试问，五行旗的兄弟们又会怎么看呢？

其实，多年以来明教的人事制度就是对五行旗不公的。他们干活有份，提拔无望，上面的法王许多都是空降的和外来的，不是从五行旗里出的。比如龙王就是波斯总部空降的，狮王是什么劳什子"混元门"的，乃是外人。

过去就欺负老实人，眼下立了新教主，还是继续欺负老实人。位子轮不到五行旗，可明教一旦要打硬仗、啃硬骨头的时候，还是只能依靠五行旗。明教之后为了"救谢逊"，到少林寺去耀武扬威，杨逍是靠哪支队伍在天下群雄面前展示实力、撑场面的？还是五行旗：

杨逍……左手一挥，一个白衣童子双手奉上一个小小的木架，架上插满了十余面五色小旗。

这是什么？五行旗。其现场演练的效果如何？是业务精良，震惊敌胆：

这一来，明教五行旗大显神威，小加操演，旁观群雄无不骇然失色。

再后来，元兵围困少室山，靠谁打仗？仍然是五行旗：

张无忌道："锐金、洪水两旗，先挡头阵。……"

五行旗兄弟又不是没脑子，提拔没有我们份，怎么冲锋打仗拼命又靠我们了？杨左使，请问你嫡系的"天地风雷"四门呢？怎么不派他们来？

顺带说说这个所谓的"天地风雷"四门，养着大量闲人，占着大量编制，可从头到尾就没见发挥什么关键作用。杨逍的机关平日就靠几个贴身童子跑来跑去，就这么几个小孩，每天值值班、打打电话，搞一点简报，维持日常运转。也不知道那"天地风雷"四门里的人平时都在忙些啥，是否都是用来安插些领导们的大娘子、小娘子的，不然怎么毫无业务能力，没有半点作用？

四

再讲一个问题。这个问题怕是更加严峻。六大门派为何要来围攻光明顶？何以明教得罪了整个武林？归根结底还是明教名声不好，有人为非作歹，招致众怒。那么究竟是谁在为非作歹？五散人中的"说不得"曾经说过一番话，揭示了根本：

> 本教教众之中……滥杀无辜者有之，奸淫掳掠者有之，于是本教声誉便如江河之日下了。

那么请问是谁滥杀无辜？谁奸淫掳掠？至少读者所能知道的，是杨逍奸淫，殷天正掳掠，谢逊滥杀无辜，韦一笑吸血。这样的回答应该是没有违背说不得的本意。事实上杨逍听了说不得的话后立刻问：你是在讲我吗？说不得当场反诘：谁干的事，自己心里有数。

明教的恶名，不说全部，至少有相当大一部分恰恰是缘于这些高层胡作非为。你们胡搞瞎搞引来了外敌，却要包括五行旗在内的众兄弟流血牺牲。换作是你，你服吗？想得通吗？

光明顶潜流,一言以蔽之,就是高层不德、人浮于事、行止败坏,而一线五行旗等业务部门长期被压制,牺牲惨重,却又晋升无路,愤懑而失望。有张无忌在,凭着威望高、武功高,为人宽厚,矛盾暂时被压制了下来。但这样大的暗流早晚要爆发的。

张无忌自己是否意识到了这个隐患呢?我想大概也是有所察觉的。他也在着手调整。后期他就颇为重用锐金旗吴劲草,此人正是五行旗山头的代表。

后来少室山大战,在天下群雄面前,张无忌调度全军,特意重用吴劲草,让他当总军法官,监督全军。这个职务本来即便不是法王担纲,按惯例说也得是刑堂执法冷谦。但张无忌却破格点了吴劲草的将。

吴劲草也是非常振奋,寻思:"教主发令,第一个便差遣到我,实是我莫大荣幸。"

而且张无忌授予他的权柄极大,可以临阵执法,便宜行事,话说得清楚:"哪一位英雄好汉不遵号令,锐金旗长矛短斧齐往他身上招呼。纵然是本教耆宿、武林长辈,俱无例外。"说杀谁就杀谁,连使者、法王也不例外。冷谦这个刑堂执法反而尴尬了。

这本是极大抬升了吴劲草个人的威信,也是大大地给了五行旗面子。在当时的明教高层里,吴劲草颇有冉冉升起之势。也恰好,当时上面空出来不少位子,四大法王空出三个,正是火线提拔人的机会。

可惜,张无忌有心用吴劲草,却没机会用吴劲草了。最佳的时间窗口已然错过,弟兄们没有再给他亡羊补牢的机会。不久,惊天权变发生,张无忌被人算计而倒台退位,明教从此变天。随之而来的,必然是总坛上那一帮老旧勋臣失势,被架空、清洗。

新上台的一帮人是什么人呢?是朱元璋、徐达、常遇春一伙实力派。他们恰恰好是五行旗中人,朱元璋、徐达是洪水旗中弟子,常遇春则归巨木旗辖管。明教的变天,固然是地方实力派的胜利,但不也是五行旗压抑多年后的反扑吗?

这时候你就能理解为何说杨逍"年老德薄"了。弟兄们只要问一句

"光明顶之战，我们流血牺牲之时，你这个左使在干吗"，便足以让杨逍哑口无言。这算不算"德薄"？

感慨之余，回首往事，昔日光明顶大战刚结束时，张无忌曾约法三章，什么和六大门派和好、什么迎回谢逊之类，好鸡毛蒜皮，好小哉相。

真正该约的三章应该是：全面反思明教二十余年内乱；全面反思光明顶之战；全面奖掖功臣，严惩失职败类。说什么迎回谢逊？一个失心疯滥杀无辜的法王，迎回他做甚呢？真正应该迎回的，难道不是兄弟们的心吗？

张三丰的孤独

"我只道三十年前百损道人一死,这阴毒无比的玄冥神掌已然失传。"张三丰喃喃说。

众徒弟沉默着,没人答话。只有年纪最大的徒弟宋远桥接了一句:哦哦,这真的是玄冥神掌啊?

这是一句质量不高的互动,但也只能这样了,因为百损道人是何方神圣,他们都不了然。张三丰的岁数太大了,活了太长的年纪,到这个时候已经一百岁了。他所熟悉的那些人和事,旁人已然都不清楚,哪怕跟了他最久的徒弟也都不清楚。

老张及时打住了,没有再继续"百损道人"的话题。这种感觉,真的好孤独。

翻开《倚天屠龙记》,经常发现张三丰的这种孤独。在小说里,他从九十岁到一百岁,又到一百一十岁,成了仅存的史前巨兽,孤独感也就倍增。同时代的人走了,晚一代的人走了,慢慢地,连晚他两代的人都已成老朽。其他门派的掌门从他的同辈人,渐渐变成了他的下一辈人,又变成了下下辈人。

少林派的"四大神僧",比他晚了足足两辈。峨嵋派的灭绝师太,惯常老气横秋,开口闭口自称"老尼"的,事实上也比他晚了整两辈。杜甫感慨说自己"访旧半为鬼",杜甫才活多少岁数,写诗时不过四五十岁。而老张的故人早统统是鬼了。

所以,张三丰每每说话、想事的时候,所提到的那些人物,都像是久远的史前怪物:

> 这对铁罗汉是百年前郭襄郭女侠赠送于我。你日后送还少林传人……

说这话的时候，郭襄已经去世差不多半个世纪了。

（我）生平所遇人物，只有本师觉远大师、大侠郭靖等寥寥数人，才有这等修为……

说这话的时候，觉远大师已经去世接近一个世纪了。但是他又怎么能不说这些人呢？那都是他少年、青年时活生生的记忆。

武林中人和他聊天，往往说不上几句，很快就会把天聊死。一般都是："张真人，久仰清名，幸何如之！"他则回答"哪里哪里，不敢当"，然后就没有然后了，没法再往下聊。人生记忆少说差了五十年，聊什么呢？

就连殷天正这样的老资格，而且是儿女姻亲，见到了老张都觉得没法聊。大家感受一下：

殷杨二人躬身行礼。

殷天正道："久仰张真人清名，无缘拜见，今日得睹芝颜，三生有幸。"张三丰道："两位均是一代宗师，大驾同临，洵是盛会。"

然后双方便陷入沉默，天已聊死。我四十岁拿"真武剑"横扫江湖的时候，你还在玩溜溜球，咋聊？

但也正因为这样，便更要说一句：张三丰真是一个识趣、有爱的老人。人上了年纪，就爱滔滔不绝地回忆旧事，尤其是过去有一点成绩的，便更喜欢缅怀激情燃烧的岁月，每天讲八遍都不嫌烦的。张三丰却没有。

他是震古烁今的宗师，是一条真正的大鱼。以他的成就，完全有资格讲讲自己"只做了一点微小的工作"的，但即使是这样的话他也从来不讲。小说里，他从来不絮絮叨叨给后辈人讲陈年旧事，当年郭靖如何如何，杨过又如何如何。偶尔无意中提到"三十年前百损道人"之类，后辈们不问，他也就不多啰唆。

他很注意照顾别人的感受，但越是这样也就越孤独。你看书上，他会半夜起来写写字，"武林至尊，宝刀屠龙"，自己向自己倾诉。他经常闭关，号称不再见客，但一听到外面有脚步声就主动开口：呀，哪位少林高僧来看我啦？给人感觉是很缺朋友。

　　有一个好玩的细节，他做寿时，听说崆峒五老来看他，就立刻亲自迎出去。旁人都觉得张三丰礼重了，"崆峒五老这等人物，派个弟子出去迎接一下也就是了"。大家均以为张三丰这是"谦冲"。

　　其实这真的完全是因为谦冲吗？有没有一点老头遇见老头，像《红楼梦》里的老贾母欢迎刘姥姥一样，终于有了个"积古的老人家说说话儿"的欣喜呢？

　　看《倚天屠龙记》，总是有些心疼张三丰。他在武学上太孤独，没有人可以聊天，可以分享，那也罢了，可他在岁月上也那么孤独，没有人可以分享了。时间的洪流早已经带走了他所有同伴，他已经失去了和人共话当年、缅怀青春的可能。

　　可他还是那么知人情，那么有趣。他虽然做不到像周伯通那样彻底变成老小孩，直接和郭靖拜把子，但他也一直在努力成为一个可爱、有趣、不招人烦的老人。金庸也很眷爱他，总写他弟子环绕，热热闹闹，大概是金庸也不忍心，已经夺走了郭襄，再不忍心让他太过孤独。

你的风陵渡，我的铁罗汉

郭襄和张三丰在少林相遇那一年，一个十八，一个十六，都是青春懵懂的年纪。当时张三丰正在少林寺当临时工，做学徒。忽然郭襄来了，是来找杨过的。她穿着淡黄的衣衫，骑着青毛驴，皓齿明眸，像是个松树间的秀丽精灵。

在寺里，她没有打听到杨过的消息，小眼神里的忧伤不免又多了一层。

郭二小姐的身份何等高贵，离开的时候，还有寺里的领导在旁陪同。小临时工张三丰默默地跟在后面，书上说，他不敢和她并肩，却一直跟着，宽阔的少室山道上，他们总是隔着五六步远。

郭襄笑道："张兄弟，你也来送客下山吗？"张君宝脸上一红，应了一声："是！"

郭襄从怀里摸出一对小小的铁罗汉。那是一个小玩具，上了发条后就可以打一套最简单的少林拳。然后，她展颜一笑，把铁罗汉塞到他手里：这个给你玩。

她上了青驴，飘然去了，只剩小三丰握着罗汉站在那里。山道上投射着他长长的影子。他明白：对方只当我是小朋友。

几天后，他的人生遭遇了一场大变。

达摩堂众弟子一齐上前，把这小厮拿下了。

随着寺中首脑一声断喝，十八罗汉同时抢出，向这个少年扑来。不过是由于从玩具铁罗汉上学了几招拳法，一些老同志就震怒了，上纲上线，冤枉他偷学武功，要把他挑筋断脉。

天旋地转之中，他冲杀了出去，那对铁罗汉一直揣在怀里。

追杀声渐远，世界渐渐宁定了下来。荒野之中，他最后一次和郭襄分别。少女打量着走投无路的他，说他可怜，让他去襄阳找自己父母投托安身。

临走时，郭襄留下一句话："咱们便此别过，后会有期。"这很像是数年前，杨过最后一次和她告别时的情景，也是留下了几乎相同的一句话："咱们就此别过。"

从头到尾，她心里只有杨过，从没有注意到比自己还小两岁的张三丰。那时这两个男人天差地远，无法比较。杨过正是人生鼎盛时期，名满江湖，一句话传下来，五湖四海的豪杰都凛遵号令。而那时的张三丰不过是个小小少年，瘦骨棱棱，刚被少林寺开除，所会的武功也只有一套最简单的少林拳。

接下来呢？去襄阳吗？去她父母手下谋生计吗？去了，也许就有安稳饭吃，就有上乘武功学，就没人再敢欺负自己了，而且还能再见到她。可是张三丰莫名地不愿去。男子汉大丈夫，岂可一生托庇于人？更重要的是，在那里会有所成就吗？如果庸庸碌碌，就算天天见到她又怎样呢？

小张三丰都已经走到湖北境内了，可就在离襄阳只有二百里的武当山脚下停住了脚步。他没去找郭靖、黄蓉，而是怀揣着铁罗汉转身上了山，渴饮山泉，饥餐野果，发奋钻研武功。在那里，他开了一个小小的作坊，挂上了块小小的牌子："武当"。

就从这一刻起，武学历史的长河来了个急转弯。它偏离了旧路，开辟了一条全新的河道，浩荡奔流。

一百年。武当山上，孤灯长明，一门又一门神功绝学从张三丰手下诞生：梯云纵、震山掌、绵掌、神门十三剑、绕指柔剑、真武七截阵……每一门功夫创新出来，都把世人对武学的认识刷新了一遍：

> 长剑一颤，呛啷一声，便有一件兵刃落地。……尚未使到一半，三江帮帮众已有十余人手腕中剑，撒下了兵刃。

这是"神门十三剑"问世时的情景。

> 长剑竟似成了一条软带，轻柔曲折，飘忽不定，正是武当派的七十二招"绕指柔剑"。

这是绕指柔剑。

> 双掌飞舞，有若絮飘雪扬，软绵绵不着力气，正是武当派"绵掌"。

这是绵掌。

> 身躯微一转折，轻飘飘的落地……使上了这当世轻功最著名的"梯云纵"。

这是当世第一轻功梯云纵。

过去那个瘦弱的小三丰已成了一代宗师，他的成就，以及他所创新的武学都已不输给杨过了，甚至还有过之。郭襄对此知道吗？也许是知道的。但这个故事的结局仍没有改变：

> 郭女侠走遍天下，找不到杨大侠，在四十岁那年忽然大彻大悟，便出家为尼，后来开创了峨嵋一派。

她和张三丰再也没有重逢。这是金庸借他的弟子俞莲舟之口告诉我们的，少室山一别，两人就再未见过面。

金庸故意安排了这样一段对话，让殷素素问："……郭襄郭女侠，怎地又不嫁给张真人？"她的丈夫张翠山笑斥："你又来胡说八道了。"可出人意料地，一贯严肃古板的俞莲舟，居然认真回答了这个八卦问题：

> 恩师说，郭女侠心中念念不忘于一个人，那便是在襄阳城外飞石击死蒙古大汗的神雕大侠杨过。

十六岁那年遇到杨过之后，她的人生就此定格。她心里仍然只有风陵渡口，没有那对铁罗汉。我现扬名天下，你已青灯古佛，一切都变了，各自心里的人却一直没变。他于是做出了一个安排：武当弟子，永远不得与峨嵋弟子动手。

后来，在武当派创立一百年之际，张三丰忽然闭关。人们很不理解：难道武当的辉煌还不够吗？他还要证明什么呢？张三丰却觉得不够。他要"自开一派武学，与世间所传的各门武功全然不同"。

他闭关的地方，充满跨时代的现代简约风：板桌上一把茶壶，一只茶杯，地下一个蒲团，壁上挂着一柄木剑，此外一无所有。桌上地下，积满灰尘。

这一闭关就是经年，直到有一天，"呀的一声，竹门推开，张三丰缓步而出"。当年那个青涩少年，如今已经须眉俱白。此刻，世间多了一套崭新的武功，叫作"太极拳"。

步入小院之后，张三丰做了一件事：从身边摸出一对铁罗汉来，交给了徒弟俞岱岩。漫长岁月里，他一直把铁罗汉带在身边，哪怕闭关的时候也是一样。终于，这么多年来，他第一次放下了它。此刻他的语气平淡且温柔：

> 这对铁罗汉是百年前郭襄郭女侠赠送于我。你日后送还少林传人。就盼从这对铁罗汉身上，留传少林派的一项绝艺！

语毕,金庸写了十个字,"说着大袖一挥,走出门去。"

那个小小的少年,如今终于走出门去了。从十六岁到四十岁,郭襄看破风陵渡,用了二十四年;而他放下铁罗汉,用了一百年。

而那个明慧潇洒的少女,已是一百年前的事了。

武当七侠的派系斗争

一

武当七侠之斗争，一句话概括，就是一个有儿子的人和一群没儿子的人之间的斗争。

说到七侠之争，首先必须承认七侠的团结。这七个人总体关系是不错的，很有一点所谓"团体即家庭，同志即手足"的意思，这是大前提，所谓的"斗争"都是潜流。不能夸大七侠的矛盾，那绝不是金庸的本意，人家毕竟是武当派，不是星宿派，没有那么多的你死我活、不共戴天。

但话说回来，有人的地方就有派别，就有较劲。兄弟之间也是分亲疏，是有派系和竞争的。特别是围绕着"谁当张三丰的接班人"这个最要紧的权力问题，七侠之间是有一股子暗涌的，个别时候还有点儿小微妙。

武当七侠的名字，按小说分别是宋远桥、俞莲舟、俞岱岩、张松溪、张翠山、殷梨亭、莫声谷。每个人的名字都像一幅山水画。然而现实并不完全那么美丽。师父张三丰有个毛病不大好，就是拖拖拉拉不肯指定接班人。根据原著，他似乎到九十五岁前都没提这事，也不知道是因为恋权，还是对自己的身体太有信心。

历史无数次证明，接班人选的问题拖得越久，越不明确，大家就会越焦虑，越是心神不宁。七侠之间的暗涌就是这么来的。

分析一下七个弟兄的接班顺位。有两个人首先就可以被排除，就是老六殷梨亭和老七莫声谷。一方面是资历弱，这点不用多说了，他俩资历最浅，年纪最小，不够格。原著上说，两人的武功甚至都不是张三丰亲自教的，而是大师兄和二师兄代传的。张三丰压根就没带过他俩。这相当于在一个部门里，别的实习生都是大领导亲自带的，你却是由部门同事带的，和大领导完全不亲，竞争起来就明显吃亏。

除了资历外，另一方面原因是他俩的性格和能力都有比较大的缺陷，一个柔弱，一个莽撞，不适合接班掌位。莫声谷的性子冲动暴躁，不多说。殷梨亭则是"性子随和，不大有自己的主张"。随和倒也罢了，没主张这可要了亲命，做老大怎能没主张？殷梨亭甚至成名之后都可以当众哭鼻子的，而且是扔掉兵器掩面狂奔的那种，作为一个小师叔还挺可爱，可要做堂堂武当的老大就实在太脓包。

刨去了这两位，剩下几个人里接班概率最大、卡位最靠前的有三个人：老大、老二、老五，也就是宋远桥、俞莲舟、张翠山。他们共同构成了接班的第一梯队。

三个人各有各的优势。宋远桥不必多说了，他是大师兄，并且"为人端严""威权甚大"，武功也高，是最有希望接班的。多年来他也都是理论上的储君。

老二俞莲舟紧紧咬住了宋远桥。对这个人可以多说几句，他的存在简直是宋远桥的不幸。他的武功压过了大师兄，在七侠之中第一，这一点可是非常加分。江湖门派中以武力为王，归根结底是拳头决定地位，由功夫第一的弟子接班是完全说得过去的，是有合法性的，大家也都容易服气。此外，俞莲舟的资历也够深，他是除大师兄之外仅有的有"代师传功"经历的，教过几个小师弟功夫，在小师弟们的面前也等于半个师父。

也幸亏宋、俞两人表面上关系还行，从没撕破脸。这是武当之福。否则以他俩的半斤八两、难分轩轾，如果各自拉帮结派，对立起来，甚至玩出一场"剑宗""气宗"的路线斗争，那可够武当派喝一壶的。

二

除了老大、老二，在接班的第一梯队里还有一个老五——张翠山。老五凭什么这么靠前呢？原因很简单，师父最喜欢。你老大老二再优秀，架得住师父喜欢五阿哥吗？

自古以来，立长还是立爱就是一个大问题，多少厉害的君王在这个问题上首鼠两端，甚至闹得局面动荡、王朝倾覆。张三丰应该是多次流露出有立爱之意，宋大和俞二对此也是印象深刻。俞莲舟就曾专门对老五一家提起过这件事，特意问五弟妹：

你可知我恩师在七个弟子之中，最喜欢谁？

一会儿又问：

你说，师父是不是最喜欢五弟？

俞莲舟反复提这码子事时，语气固然是调侃的、轻松的、云淡风轻的，但细品起来，其念兹在兹、无时或忘也可见一斑。

有一个细节很有趣，俞莲舟和张翠山有一次互相恭维，彼此称赞。张翠山说二师兄武功第一，大家不及。俞莲舟则反过来说老五："可是我七兄弟中，文武全才，唯你一人。"

大家可能会觉得俞莲舟这句话是一句好话，俞莲舟自己大概也觉得这是一句好话。其实这话里仍然透着一丝言不由衷，甚至有一丝明褒暗贬。在体制内，尤其是在一个尚武成风的团体内，夸一个人有文才未必是好话，往往是明褒暗贬。

比如在机关单位里，一个人被说成"笔杆子"未必就好，言下之意有可能是你只会写稿子，格局和魄力不足，前途有限。又比如在部队里，夸一个人"是个秀才"，其实暗含意思可能是这人只会涂涂写写和舞文弄墨，不是将才。

俞莲舟如果是全心全意地钦服抬举老五，他大概会这么说："眼下我武功虽然高一些，但练到了天花板，上不去了，成不了绝顶高手。你潜力比我大，以后成就会在我之上。"而不是说什么"文武全才"，总给人感觉是练功不专心,啥都会一点,但啥都是二把刀。

这些暂不细表。话说眼看师父喜爱五弟,老大和老二该采取什么措施呢?两人的路线完全不同。二哥的路线是亲热、拉拢,大哥的路线是疏远、防备。

老大对老五经常显得很苛刻,不甚尊重。举个例子,在武当山上,当着外人的面,宋远桥公然呵斥张翠山:

五弟,你怎地心胸这般狭窄?

这话说得颇重,很有点过头。何谓"心胸狭窄"?老五当时已是江湖成名人物,在外人面前,大师兄有必要这样措辞吗?就如同单位班子里,局长就算和副局长意见不统一,总也不至于当着外人的面公然说:"老张,你怎地心胸这般狭窄?"

接下来,宋远桥居然还对张翠山"喝道":

五弟,对客人不得无礼,你累了半天,快去歇歇罢!

张翠山听他这么一喝,不敢再作声,只好退下。这完全是当众不尊重老五,甚至是有意无意折老五的面皮了。此举实在不妥。除非你是宋江,才可以当众喝李逵说:黑厮,且给我退下!——这是亲热,是当心腹人。但宋江若要这么当众喝吴用、喝公孙胜、喝武松,那就是极不妥当的了,是完全不给面子。

大哥有意无意地打压,二哥就反其道而行之,顺水推舟地拉拢。相比之下俞莲舟对老五就亲热得多。老五失踪十年后从冰火岛携家回归,都是二哥一路出力保护。二哥还和五弟的老婆孩子一家人主动拉近关系,非常热络。一个外冷内热、爱师弟的好二哥跃然于纸上。

而大哥呢?五弟失踪的十年间,他"中年发福",倒是胖了。十年之后忽然听闻五弟回来,按说是天大的喜事,可他作为众人之长,表现却是最平淡的，既不下山迎接，也没安排一个师弟、徒弟之类来接，连让人带句问候的话也没有。

待张翠山到得山上，众兄弟重逢之时，看看别的兄弟是什么态度？老四是一把将老五抱住，表示亲热。老六则是围着老五转，不肯分离。都是一派欢天喜地。而老大呢？中规中矩，礼数周到，却满满都是距离感。是老五先拜倒在地，叫道："大哥，可想煞小弟了。"宋远桥则是"谦恭有礼""恭恭敬敬的拜倒还礼，说道：'五弟，你终于回来了。'"

实在也太客套，太寡淡了，还不如后来张无忌和小道童清风、明月的见面亲热。

再来看另一处细节。武当几侠团聚之后，老五张翠山说出实情：老婆出身黑道，非良善之辈，手上有不少血债，请求各位师兄弟庇护。

老四当即附和，要求大哥支持。而面对老五这个最急切的诉求，大哥二哥的态度完全不一样。老大宋远桥是"一时踌躇难决"，不肯表态。旁边"俞莲舟却点了点头，道：'不错！'"老大没发话呢，老二抢着说"不错"，就此拍了板。

武当七侠的基本形势大致就是：老大是一方，老二、老五是另一方。老四面貌不清，但亦示好老二和老五。而老六、老七太弱，不敢站队。

三

接着讲一个重大问题：张三丰的态度。他似乎对宋远桥并不太感冒。古代历史上，储君这种东西一旦"储"得久了，就好像鱼放得久了，自然而然就会发臭，易遭嫌弃。老王对你会左右看不顺眼。原著里有不少细节都值得品味，能看出老王张三丰对老储君宋远桥的微妙态度。

有一次张三丰过九十岁生日，到处布置一新，点起了红烛，气氛极好。宋远桥主动上去套近乎，书上说他对张三丰"赔笑道"：

> 师父常教训我们要积德行善，今日你老人家千秋大喜，两个师

弟干一件侠义之事，那才是最好不过的寿仪啊。

这可说是很奉承、很亲热了。面对储君的热情示好，张三丰是怎么回的呢？颇有点让人哭笑不得。张三丰一摸长须，笑道：

嗯嗯，我八十岁生日那天，你救了一个投井寡妇的性命，那好得很啊。

你说老张这啥意思？听着是褒奖和鼓励，但又总让人隐约觉得不对味儿。什么叫救了一个投井寡妇的性命呢？堂堂武当七侠之首，江湖上威名赫赫的宋大侠，做过多少善事义举，为何就单提他热情帮扶跳井寡妇？而且说是"一名女子"都不行，还要特意说明是寡妇？然后老张似还不过瘾，又加了一句：

只是每隔十年才做一件好事，未免叫天下人等得心焦。

然后，"五个弟子一齐笑了起来"。张真人当着五个师弟的面公然调侃涮涮大师兄，师弟们居然也"一齐笑了起来"。

那么，张三丰这是故意打压宋远桥吗？倒也不是，堂堂老真人何必花这样的小心思。这只能说是什么？三个字：不贴心。就像公司里，别的小同事一拍马屁领导就笑，你一拍马屁就总是弄得很尴尬，好像格格不入。就是这种感觉。

宋远桥还有一件事，乃是办得最冒失的，就是推出了儿子宋青书。

宋远桥即便不说大肆炒作、过度包装儿子，至少也是默许和纵容了儿子的高调和狂诞。作为武当第三代里的红人，宋青书在江湖上极其高调，身上光环极多，什么"玉面孟尝""第三代弟子中出类拔萃"，一副佼佼者、接班人之势。在江湖中，类似所谓宋青书未来肯定要接班的声音一度甚嚣尘上。

来看一下当时江湖各大门派人士的普遍观感：

看来第三代武当掌门将由这位宋少侠接任。——峨嵋派灭绝师太、静玄

这位宋青书宋少侠……日后武当派的掌门，非他莫属。——丐帮陈友谅

宋青书是我宋大师伯的独生爱子，武当派未来的掌门。——明教张无忌

外界人人都觉得宋青书铁定要接班了。造成这样一种江湖舆论，对宋远桥是非常不利的，显得极为唐突和冒失。自己都还没当稳皇太子呢，这就定了皇太孙了？

宋远桥这个多年的"储君"，原本一直当得很谨慎，赔着小心，平日里低调谦冲，静心修道，姿态很正，可偏偏在儿子的问题上犯了迷糊。大概是儿子的"优秀"让他昏了头，忘记了谦虚、低调，给了趋炎附势之人可乘之机。

你给了别人机会，别人就寻机而入，各种不负责任的阿谀之徒、别有用心的捧杀之辈蜂拥而至，给他宝贝儿子加上种种光环，戴上各种帽子，捧成"武当未来""武当偶像"，甚至是"江湖的希望""人类的曙光"。连你本人都不敢想的名堂这帮人都能给你想出来。

宋远桥有点忽略师父、师弟们的感受了。对师父来说，我看重你是一回事，你自己翘着尾巴自封接班人是另一回事。难道武当提前姓宋不姓张了？草创新王朝了？你司马懿啊？师弟们则会想：大师哥你可以啊，我们完全被你忽略了？接师父的班我们不敢指望，可是接你的班我们也统统没戏了，你要父传子家天下？

而且宋远桥就没想过，自己大肆吹捧儿子，可是一百岁的师父有儿子吗？师父最爱的五师弟有儿子吗？因为当时人人都以为张无忌已殁，"翠山无后"是三丰老人家心中一大痛。宋远桥何故连续戳老人家痛处？最后还有一点别忘了，二师弟俞莲舟有儿子吗？

整个武当派，宋远桥有儿子，而他所有的潜在竞争者几乎都没有儿

子。他纵容炒作儿子，结果是把没儿子的一伙人都撩拨了。由于他的轻率，武当被他给无形中自动划分成了一个有儿子的人和一群没儿子的人。

武当几侠对宋青书的态度很是复杂。在宋青书风光得势的时候，武当几侠对他客客气气，叫他"青书侄儿"。但他一旦有了把柄落在人手上，师叔们下手时却莫名地狠辣无情。

小宋偷窥峨嵋女生宿舍，被七师叔莫声谷发现。莫声谷居然一路追杀。其实偷窥而已，外界又不知道，能是多大的罪呢？比五弟妹屠杀龙门镖局满门还严重吗？五弟妹大家尚且能庇护下来，宋青书这点子事完全可以内部处理一下，至多打一顿、关个禁闭就完了，再严格的话记个大过也行，何至于要杀？

即便像少林派那样讲清规戒律的，虚竹连犯了淫戒、荤戒、酒戒的大套餐，也就是打板子开除而已，武当派的弟子何以偷窥一下就揪住不放，要打要杀？是否有对宋青书平时张扬跋扈的怨念在内呢？

最后，少林屠狮大会上，俞莲舟一记"双风贯耳"，使出十成功力，打得宋青书头骨片片碎裂，重伤倒地，结束了这一场恩怨。下手狠可以理解，这小子有弑叔大罪。可是俞莲舟对宋青书只见嫌恶和憎恨，没见说过一句惋惜、痛惜的话，"青书可惜了"这样的话半句也没说过。阴暗一点去揣测的话，当年宋太宗面对哥哥的儿子赵德昭，大概也很想来这么一记"双风贯耳"吧。

四

当然，不论宋远桥如何失误，他还是波澜不惊地接了班，当了一段时间掌门。有些读者认为他没有正式上位，事实上他上位了。张三丰称他"掌门弟子"，这便是上位了。这个称谓和"掌门师兄""掌门师叔"一样，非掌门是不能用的。

之前说了宋远桥这么多失误之处，怎么又顺利接班了呢？大概是因为武当派奉行的是平和、平稳的内政风格，不喜欢大翻烧饼，搞大起大落。老五早死了，宋远桥又实在没什么公开硬伤。储君多年，也兢兢业业监国了多年，接班也是情理之中。

可是，等到他的孽子东窗事发，一切就变了，臭掉的鱼终究要被端下桌。

终于，一个深夜，已遭人打残、缠得如同木乃伊般的孽徒宋青书被悄然抬上武当，送到张三丰面前，接受最终审判。宋远桥也第二次当众上演负疚自杀，第一次是割脖子，这第二次是刺肚子，也顺理成章被旁人救下。一切流程走完，老人家张三丰亲自出手，毙掉宋青书，革宋远桥掌门，由俞莲舟接任。对宋远桥的安排是让他去"精研太极拳"，专心搞研究，"掌门的俗务，不必再管了"。

这一夜，所有人大概都长出了一口气，估计就连悲伤中的宋远桥也暗暗松了一口气。多年累积的威信被坑爹儿子给败掉了，这个不尴不尬的名义总经理早已没什么当头。就这样吧，一切尘埃落定，也挺好。

下来之后再看兄弟，看俞莲舟，看张松溪，反而觉得格外亲切。原来我们之间一直是很友爱的。一个人离开权力时，才能吐出一口释然的烟圈，体会到贤者时刻的通透。上去似登远桥，离开如乘莲舟，一上一下之间，错失了多少人生的翠山。下来，其实远比想象中的轻松。

俞莲舟的魔头潜质

在《红楼梦》里，作者曾专门用了一大段话，来说人的正邪之分。书上说，"大仁"的人，应运而生，比如尧、舜、禹、汤、文、武、周、召、孔、孟，修治天下。"大恶"的人则应劫而生，比如蚩尤、共工、桀、纣、始皇、王莽、曹操、桓温、安禄山、秦桧等，扰乱天下。

如果按照这个黑白熊猫理论，我觉得还有一种人，既应运，也应劫，有大仁和大恶的双重体质，他们有可能修治天下，也有可能扰乱天下。他们到底会变成什么样的人，全靠后天发育。武当俞二就是这样一个人，是一个有大魔头潜质的人。

俞二是正派大侠，为人做事，几无瑕疵。他在白道的阵营里显得特别"压秤"。因为有他这样的人在，你才会觉得和人才辈出的邪派阵营比起来，正派的一边没有显得特别弱。如果正派都是张翠山这样行事犹豫、好糊弄的，或者都是空闻、空性这样没主意的，早被邪派给灭了。正因为有俞莲舟这样的狠角色在，你才觉得正邪两大阵营有的打。

俞莲舟很有威严。昆仑派的同道见他"眼皮一翻，神光炯炯，有如电闪"，都要"不由得心中打了个突"，心想咱掌门人的目光都没这么厉害。他的武功为武当七侠第一，更兼心机深沉，江湖经验极丰富。此人几乎没有弱点，智、谋、勇、断样样全能，连水性都很好。除非你用超高的武力碾压他，例如正面猝然撞上阳顶天，或是至少撞上玄冥二老之类，否则要让他吃亏可没那么容易。

殷素素和他一起同行，亲眼见证了他的本事，没几天就深自钦佩，感叹"这位二伯名不虚传，当真了得"。不几日，这种佩服又迅速升级，变成了"对这位二伯敬服得五体投地"。殷素素是何等人？乃是黑道大帮会天鹰教的公主，父亲和大哥都是顶级狠角色，什么厉害人物没见过？

能让她敬服得"五体投地",岂是一般人。

俞二最终能成长为正派大侠,可说是武林的幸运,那是张三丰从小熏陶教育的结果。他其实是一个很有魔头潜质的人,一旦发育得不好,扰乱天下也是有可能的。

比方说他的性格。这个人的情感非常细腻丰富,但又极度内向和压抑。这种性格其实蛮有风险的,走到极端搞不好就变疯魔。

五弟张翠山失踪了,他暗中"伤心欲狂,面子上却是忽忽行若无事",这很有隐患。既然已经伤心欲狂了,本该发泄出来才对,换了老六可能便会哭出来,倘若是老七便会冲出去打人,可是俞莲舟却硬憋着,做出一副行若无事的样子,一切创痛都在肚子里。再兼无妻无子,每天回屋,关上了门,没有任何人可以倾诉心事。

假如他感情不那么丰富,只是个粗线条、一根筋的人,那倒也罢了。可是俞莲舟偏偏又内心细腻,极重情义。一旦痛失挚友,遇到情感上的强烈刺激,就可能走极端,变扭曲,成了另一个人。有很多大魔头都是这样瞬间黑化来的。

性格之外,再看他的气质和行事方法。他办事果决明快,够硬够狠,说一不二,这都是魔头的素质。明教的光明右使范遥曾经私下议论教主张无忌:武功既高,为人又极仁义,只是有点婆婆妈妈,未免美中不足。那么放眼江湖,谁是武功既高、为人仁义,又绝不婆婆妈妈呢?就是俞莲舟。

俞莲舟是个能同时折服黑白二道的人。想象一下,如果大师兄宋远桥扭曲了,黑化了,去混黑帮,可能是没有太多人归附的,因为大家实在尿不到一壶。但俞莲舟如果黑化了,搞不好会应者云集、群黑毕至。他的冷、傲、酷都有吸引和折服黑道中人的魅力,殷素素对他的五体投地就是证明。

更何况这个人还孑然一身,无牵无挂,不像大师兄、六师弟那样,或家有爱子,或心系爱妻,俞莲舟一旦扭曲起来可谓无所顾忌。就如同《天龙八部》里的萧远山,老婆死了,孩子失了,他就毫无顾忌地蜕变成魔,大开杀戒了。

俞莲舟身上这种"邪"的潜质,其实偶尔也有显现。他自己原创的武功"虎爪绝户手",听着就不像正派武功,而像是邪派武功,招招插人腰肋,中了就断子绝孙。张三丰看到这一路武功之后,反应特别耐人寻味,只是点了点头,不加可否。几个月后,张三丰才正式对他训诫谈话,语重心长:这门武功固然厉害,但也忒阴损,"难道我教你的正大光明武功还不够"?

听这意思,就是说这武功不光明正大,有邪气。俞莲舟是什么反应呢?是这样的:

>听了师父这番教训,虽在严冬,也不禁汗流浃背,心中栗然,当即认错谢罪。

为什么会直冒冷汗?因为他自感武功有邪气,一路搞下去,搞出九阴白骨爪一类也不是没可能。

除了邪气,俞莲舟骨子里还藏着暴力的一面。偶尔金刚怒目一下,杀神附体,还是蛮吓人的。侄儿宋青书反叛,害了七叔莫声谷,武当上上下下都义愤填膺,高喊清理门户,但出手的却是俞莲舟。

>"今日替七弟报仇!"两臂一合,一招"双风贯耳",双拳击在他的左右两耳。这一招绵劲中蓄,宋青书立时头骨碎裂。

一声大喊,双拳爆头,看得人头皮发麻。金庸没把这一段安排给张松溪,安排给殷梨亭,而是安排给了俞莲舟,说到底就是符合他的气质。

应该庆幸,这样一个孩子,本来是有无数可能性的,但是成长路上有张三丰这样的灯塔指引航道,他的正直、友善的一面才被源源不绝激发出来,占据了主导,邪气才不能滋长了。他叫张三丰的"恩师"两个字,实在有不一般的分量。

这样的人是只能为友，不能为敌的。殷素素多聪明，和他为友，"二伯二伯"地叫，就一直被他袒护、照拂，甚至是包庇。宋青书就缺心眼了，本来有这样一个靠山老叔，却非要和他作对。孩子你惹他干啥？

朱九真和殷素素：生于豪门的两种活法

朱九真和殷素素，这两个女生放在一起比较，会很有意思。或许有人会说不靠谱吧，朱九真和殷素素这俩女人有什么好比？连辈分都不一样。我却认为还真的可以比。

朱九真何许人也？她是张无忌的初恋对象，"雪岭双姝"之一，曾经把小张骗得神魂颠倒。她和殷素素的家世出身其实很有些相似，都是武林豪强家的小姐，而且都偏近黑道。殷素素的父亲白眉鹰王，是黑道大团体天鹰教的创始人。朱九真的父亲也是武林勋旧世家，出身于假白道、真黑道的"朱武连环庄"，虽然在武功上没落了，可毕竟也是当年一灯大师的正宗嫡传。作为昆仑山一霸，她家在方圆百十里内呼风唤雨，想杀哪个杀哪个。

这两个女孩子都是小公主般在优越的环境里长大，早就习惯了财务自由、众星捧月。而且她们两个也都长得很好看，也都很机灵，会骗人。一般来说，生长环境优越的孩子，发展的机会也就多，人生的可能性就会比较多。朱九真和殷素素的人生打开方式就很不一样。她们从很相似的起点出发，却画出了完全不一样的生命轨迹。

先说朱九真。她也学武。作为武林中人和江湖儿女，她倒是也跟着老爸练了一些功夫，日常也总把什么"掌力""一阳指""兰花拂穴手"之类的话挂在嘴边。但实际上她是一个假的江湖人，关起门来，她过的其实是大小姐的日子。她住在奢靡的豪宅里，使用着大批的丫鬟仆从，用素馨花来熏衣服，穿着打扮也极其奢华，今天是"纯白狐裘"，明天是"猩红貂裘"，完全是大观园里林黛玉、薛宝钗的既视感。

她倒也有那么一丁点儿江湖豪情，甚至还颇有一点嗜血。比如煞有介事地养了一大堆恶狗，取名叫什么"征东将军""车骑将军"等等，训狗的地方叫"灵獒营"，她本人拿着鞭子，今天打这只狗，明天打那只狗，威风八面，像是这三十多只狗的女王。

实际上这不过是一个江湖过家家的游戏。她的狗也就能出去咬咬山里的猴子或者附近的良民，和真实的江湖完全没关系，不过是女主人要宣泄一些过剩的精力，满足一下对江湖的意淫和想象而已。

她也没有什么野心，就像一些骄纵的富家女一样，只是爱耍威风，却不是真的爱权力。如果你真的分派一个门派来给她管，她估计管不了几天就会很快地厌烦。在这一点上她有点像是低配版的郭芙。

家里的七八十个用人、"连绵里许"的豪华大房子，就是她全部的世界。她对此表面上若有憾焉，其实乃深喜之，十分满足。对于外面那个真正的风戈霜剑、刀头舐血的江湖，她没什么实际接触，也没有任何兴趣。她对父亲的事业也同样没什么兴趣，只要老爹别来管她的狗、她的时装、她闺阁里的一切玩意儿就好。

这就是所谓"朱九真型"的人生选择。她们的人生是属于向内打开的，世界很小，特别沉迷于小圈子里的优越感。

百无聊赖之时，她们偶尔对外界也会有一点好奇，也想出去折腾点什么事。她们会把这种好奇误认为是自己的潜力，从而高估自己。比如深信自己一旦出手，就可以管好老爸的企业，成为纵横捭阖的女强人之类。但事实是，大概除了一些星座知识之外，她们真的没有什么特长。

和朱九真比，殷素素正好相反。她的人生不是向内打开的，而是向外打开的。类似朱九真那样的小姐生活是不能满足她的。如果把殷素素关在一座豪宅里，整天只能和八九十个仆人打交道，她会疯的。只有真正的险恶江湖才能让她好奇和兴奋。

她是真的有野心，真的贪恋权力。她深度介入了父亲的事业。父亲是天鹰教教主，她则是紫微堂堂主，这个职务在教中排名非常高，是理论上的三把手，是真的有权。

殷素素不屑于养几十条狗来过家家。她手下管的都是真的黑帮悍匪、江洋大盗，一个个杀人如麻。比如常金鹏，比如白龟寿，大江之上说毁船就毁船，说伤人就伤人，没一个省油的灯。但她管得兴致勃勃，不亦乐乎，并且游刃有余。

朱九真所看重的那种小圈子里的优越感，比如当派对场上的明星、当姑娘圈里的女王、当亲戚眼中的公主、当表哥心里的甜心等，对殷素素来说毫无意义。她要攻城略地，纵横四海。她玩的都是大的，例如抢夺屠龙刀，例如主持"扬刀立威"大会。在那场大会上，她是天鹰教在前方的最高总指挥。

和朱九真相比，殷素素的世界要大很多倍，像是水塘和江海的区别。如果放到今天的体制内，你会感到殷素素可以当一个部门的一把手，而朱九真你会觉得让她管打印机都不放心。

在感情问题上，两个人的不同也很明显。朱九真的世界小，什么都是在小圈子里玩，包括爱情。她在身边找男人，看上了表哥卫璧。这个表哥很平庸，但她识别不出来。反正身边的小水塘里就这么一条锦鲤。

每年正月，她就巴巴等着表哥来拜年，好借机向他展示魅力，制造一些亲密的小接触。她还和表哥的师妹争风吃醋，把三人小剧情玩得不亦乐乎，活像是两只小狗在争一碟狗粮。

殷素素的感情则是完全不同的另一种模式。家门口的狗粮满足不了她。她的世界更大，所以她的爱情也发生在更遥远、更广阔的地方，像是开着轮船捕鲸。

她完全由自己掌舵，自己判断航向，不怕遥远，不惧大风大浪。无数的卫璧都对她献过殷勤，她都一路无视，直接碾过，直到相中了张翠山，然后才用尽力气，孤注一掷，把自己全身心像鱼叉一样投出去。

这两个女孩，哪一个的选择是正确的？这个问题其实没有答案。朱九真选择这样活是她的权利。很多人拼命赚钱，积累财富，就是为了让儿女能像朱九真一样生活，待在一个简单快乐的小圈子里，不事劳动，停止思考，养一堆叫"征东将军"的狗，享受着周围人的恭维和奉承，假装自己很优秀。

而殷素素要那样活，也是她的选择。和朱九真比，她生命的质量、层次当然都要高得多，活得远为精彩绚烂，仿佛是一场奇幻漂流，见到了多得多的风景。可她付出的也更多。作为代价，她经历了比朱九真多得多的惊涛骇浪，承受了更多的大起大落、忧惧悲伤。而且她的结局也并没有更好。

总而言之，人活的就是一个选择。你选择什么样的生命模式，就体验什么样的人生，也付出相应的代价。最终两个女孩子的人生都很短暂，殷素素自尽了，朱九真被刺死了。她俩最后一个留下了遗言，一个没有留下片言只语。但至少，都没有提到后悔。姑且认为，她们都没有后悔。

俞莲舟和殷素素：不动声色的友谊

男女之间是否有纯真的友谊，这已经是初级情感沙龙里的必备问题，据说每个人都难免会被问到几遍。我觉得还是有的，既然同性之间都可以有爱情，那么异性之间为什么没有友谊？

金庸小说里对男女之间的友谊着墨不多，但偶尔也有闲笔会写到。比如黄蓉和朱子柳、周伯通和小龙女，他们的友谊都十足纯真。你要说他们谁企图扑倒谁，谁对谁有过非分之想，金庸迷们决不答应。对于黄蓉来说，和朱子柳互相揶揄几句"鬲有长楚""羊牛下括"，然后郭靖在旁傻笑："蓉儿，这又是甚么梵语么？"这段经历肯定十足愉悦和温暖，甚至是她人生中最美好愉快的记忆之一。

然而，金书里另有一对男女，他们之间的友谊常常被人忽略。他们就是《倚天屠龙记》里的俞莲舟和殷素素。

俞莲舟和殷素素这两个人，本来完全不是一类。他们除了名义上的"俞二伯"和"五弟妹"外，两人全身上下找不到半点相近的材料。俞莲舟乃是名门正派中最端方严肃的人物，无妻无女，不怒自威，小一辈的好像都怕他，连武当派的准接班人宋青书平时都"最怕这位俞二叔"。而殷素素作为恶名昭著的天鹰教第三号人物紫薇堂堂主，说她是妖女都轻了，简直该说是魔头。

这两人一正一邪，一冷一热，一个严肃自律，一个任性妄为，本该死都不会有交集。事实上两人从刚一见面就互相严重看不惯。所以有读者可能不服气：我把《倚天屠龙记》读了十遍，也没看出来他们有什么友谊。但我却要告诉你，这是有的。

比如，俞莲舟几乎是江湖上唯一记住了殷素素、怀念着殷素素的人。

殷素素所在的江湖，是一个健忘的江湖。她活着的时候，年轻剑客们为她争风吃醋、打架拼命，如昆仑派的高则成、蒋涛。而她一旦死了，就像彗星入海，没了声音，也没了影子。

人们好像忽然忘了她这个人。除了儿子张无忌，谁也不记得她，谁也不提起她。她死后的三十多回书里，我有印象的明确提起了她名字的只有寥寥两三人，都是小人物，比如峨嵋派静玄，比如围攻明教彭和尚的少林僧，提到她时只有简单而不容置辩的两个字：妖女。

唯一主动地想起了她，并默默怀念着她的竟然是俞莲舟。很奇怪，居然不是父亲殷天正，不是哥哥殷野王，不是侄女殷离，而是那个冷冰冰的俞莲舟。

光明顶上，她父亲殷天正被六大门派围攻，重伤奄奄。崆峒派的宗维侠要趁机将其一拳击毙，是俞莲舟站了出来阻拦。他"拦在宗维侠身前"，一力维护殷天正，不许他乘人之危。最后，俞莲舟实在是迫于大局，无法再阻止宗维侠，却也还撂下一句狠话：眼下且由你，回头再领教你的七伤拳。

俞莲舟和崆峒派无冤无仇，没任何过节。他不惜当众开罪正派同道，去维护一个敌人，其中原因金庸写得很清楚，因为他"想到张翠山与殷素素"。

"与殷素素"这四个字，作者不是胡乱加的，读者要体味到它的分量。须知，在张翠山夫妻死后，武当派基本上再不认殷素素了，完全是把她当害人精看待的，认为她害了老三和老五。她娘家送礼物来，统统都被退回，派来的使者还要被"狠狠打一顿"。

即便是后来，查明了害老三俞岱岩的另有元凶，殷素素的过错并没有那么大，她和张翠山夫妻俩当初似乎也完全犯不着负疚自杀，但老三俞岱岩感叹的只是："可惜了我的好五弟"。注意作者笔下的分寸，老三可惜的只是"五弟"，并没有五弟妹。五弟是"好五弟"，但五弟妹呢？是好还是坏？老三没有明说，恐怕在他心里还是害人精的成分居多。他并没有原谅殷素素。

唯独在老二俞莲舟的心里，有殷素素的位置。不管同门其他人怎么看，那个又邪又坏的五弟妹，他是认了的。

不仅如此，在关键的时候，俞莲舟还是殷素素最大的强援。

殷素素本来是有靠山的，她有强横的老爹和大哥。但你把书读来读去，觉得和亲大哥殷野王相比，冷冰冰的俞莲舟反而更像是她的大哥。自她夫妇俩从冰火岛返乡回中原，不曾有一天安生日子，江湖上各路人马围追堵截，重重杀机，一路上都是俞莲舟"宁可自己性命不在"，也要"保护师弟一家平安周全"。

按理说，殷素素的娘家天鹰教也知道姑娘返乡了，也肯定能预料到她一路上很不安全。但从头到尾仗剑护持的都是俞莲舟，没看见娘家天鹰教派人来保护，连暗地里保护一下都没有。

更难得的是，俞莲舟是少有的能够欣赏殷素素的人。在短暂的互相看不惯之后，他居然很快读出她性格中闪光的一面。

原著中说，俞莲舟对殷素素的态度是"不满之情，已逐日消除，觉得她坦诚率真……反而更具真性情"。金庸想告诉我们，他是懂殷素素的。反过来，眼高于顶的殷素素对俞莲舟也是心服口服。认识了几天之后，殷素素见识了这位武当二侠的能力和手段，立刻发自肺腑地崇拜，"心下好生佩服"，"这位二伯名不虚传，当真了得"。

两人居然还很聊得来。在护送师弟一家的途中，注意俞莲舟和谁聊天说话最多？不是师弟张翠山，也不是侄子张无忌，而是殷素素。翻翻原著一看就知，他一和殷素素聊天，总是大段大段的。

俞莲舟打心眼里关心这个弟妹。自己被玄冥神掌打伤时，他的第一反应是什么？是"低声道：'快叫弟妹回来……'"。张翠山问他伤势，俞莲舟又说了一遍："不碍事，先……先将弟妹叫回来要紧。"

后来在武当山，遭遇各大门派围攻时，又是俞莲舟顾念到殷素素，他说："五弟妹身子恐怕未曾大好，你叫五弟全力照顾她，应敌御侮之事，由我们四人多尽些力。"遍观全书，所有类似的关心殷素素的话，几乎都是出自俞莲舟之口。

在战场上，殷素素和俞莲舟还能够迅速形成默契，因为他们都够狠、够辣、够果断，两人之间有时根本不用语言交流，只一个眼神就能够很好地配合。这种默契甚至超过了她和丈夫张翠山。

曾有一个敌人贺老三挟持了小张无忌，危急之中，殷素素毫无征兆地突然装疯，吸引敌人注意力，与此同时"俞莲舟只一转念间便即明白"，抓住机会飞剑制胜。相比之下，旁边的张翠山居然慢了一拍。

当然，他们的相处时间不长，共同经历还是太少。要说患难与共，他俩的友谊比不上张无忌和杨不悔；要说趣味相投，他俩比不上黄蓉和朱子柳；要说怡然相得，他俩比不上小龙女和周伯通。但他们的友谊另有一种感人，一种不动声色的感人。

俞莲舟和殷素素，就像冰和炭般不同炉，但互知冷热。她死掉以后，我相信俞莲舟肯定不时还会想起她，不只是光明顶上那一次，而且会在平时，在忽然之间。因为记住就是最好的纪念。

赵敏请饭的本事

赵敏有一样别致的长处，就是很会请饭。作为朝廷的绍敏郡主，姑娘阅历很广，自然是什么样的饭局都吃过。见得多了，加上自身情商又高，和人打交道的水平也就高。她请人吃饭，方方面面都很见功夫，很值得深入学习。

赵敏一出场的戏就是请饭，并且是一顿重要的宴请，客人是明教全体高层，包括明教教主、光明使者、两大法王、五散人等等。这顿饭要请得好，赵敏颇有几个难题要解决。

也许有人觉得最大的问题就是在哪里吃，以及吃什么，其实不对。第一个要解决的问题是：你配不配请？也就是对等的问题。公务宴请第一个要解决的一般总是对等的问题。

明教是江湖第一大势力，教主名望之高自不用说，下面的人物也个个是威震江湖的大豪。比如白眉鹰王殷天正，自创天鹰教，和六大门派分庭抗礼多年，是一个连张三丰都说过想要结交的存在。杨逍、韦一笑等也都是了不起的人物。

这样的人平时想要请到一个都不易，何况是整个高层团队一块儿请。试想下，你和人家单位平时没什么来往，素不相识，忽然拿着张名片去敲门，说：我想请你们老总、副总集体一块儿吃饭商量个事。凭啥？和你商量毛线？

所以赵敏必须先解决对等的问题，否则这饭根本请不成。她总不能上去自报家门说：我是汝阳王的郡主，要请你们这些抗元义士喝茶。须得另想办法。

在书中，赵敏把这个对等的问题处理得很好、很自然。一共两步：

一是形成双方在理念上的认同。赵敏先演了一场戏，当着明教群豪的面杀了一批元兵，救了一批被蹂躏的汉人妇女。这使得她在明教眼中的形象立刻亲切和高大了起来。须知江湖上门派虽多，不服朝廷管束的也有，但在阳关大道上公然杀兵杀吏的怕也少见。明教的群雄一看，多半便生出了"原来是我辈中人"之感，过去只晓得我们厉害，原来这里也有厉害的，不自觉就生出敬重和亲近之心。双方在理念上便迅速拉近了。

二是形成实力和阶层上的认同。双方要坐到一起吃饭，光理念接近还不行，还要在实力和身份、地位上接近。赵敏便适时展示了自身实力。她手下的"神箭八雄"射杀元兵，箭无虚发，显露了国内领先、世界一流的射术，为赵敏的身份做了背书。连手下小卒都这么厉害，主人之不凡可想而知。潜台词是：这样的主人有没有资格请你吃顿饭呢？

有了这两步做铺垫，双方的距离感和隔阂感便大大消除，明教群雄对赵敏好奇起来，甚至起了主动结交之心。郡主一张名片没递，一句牛皮都不用吹，这顿饭就请成了。

解决了请客资格的问题，然后才是在哪里吃、吃什么的问题。

有人一提高级宴请，就联想到高档餐厅、豪华酒店之类。其实那样未必好。首先就是嘈杂混乱。像你我普通人等，请客去个豪华酒店、餐馆就觉得不错了。土豪郭靖请黄蓉吃饭，在张家口摆满两大张桌子，观者如堵，那都没问题。可是张无忌、杨逍等群豪身份超然，做的又是反元的秘密工作，一窝蜂跑到人多眼杂的地方去吃饭，很不合适，保密和安保工作也都不好安排。

比如《潜伏》里，天津站请北京站站长吃饭，余则成推荐新开的大运福酒楼，鲜货海味，站长第一反应是一皱眉："会不会太乱？人多眼杂？"这显然就是不满意。天津站真应该把自家的小食堂搞好一点。

除了嘈杂之外，还有一个不便因素，使得明教高层也不合适去豪华餐厅酒楼，那就是会显得奢侈靡费，影响高层整体形象。

明教崇尚生活俭朴，"食菜事魔"，教规很严，按理说连肉都不能吃，更兼要干驱逐鞑子的大业，理应艰苦卓绝才对。前线将士都还在打仗、滚泥坑,高层怎么能公然铺张浪费?再者,明教自己的教歌都唱"怜我世人,忧患实多",言必称要拯救苍生,后天下之乐而乐。现在蒙元治下,世人正在水深火热之中,你作为拯救者却在豪华场所大吃大喝,像话吗?

更微妙的是,如果赵敏只是单请明教一两个人,比如单请杨逍,单请韦一笑,那奢侈铺张一点也罢了。可这次是全部高层一块儿请,倘若集体到豪华场所去大吃大喝,实在太扎眼,领导之间相互看着也尴尬。况且高层之中,相互间很多也是有矛盾的,比如杨逍经理和周颠主任之间就有矛盾。你让他俩坐到一桌上去违反教规,一块儿去奢靡腐化,互相还对看着,合适吗?到时候是谁举报谁啊?

赵敏既然要请客,就必须把这一节考虑到,既要保证请客的档次和水平,又不能铺张得太过刺眼,得让明教的高管们吃得舒心、宽心、放心。

我们来看赵敏选的地方——绿柳山庄,一听这名字就让人拍案叫绝。"绿柳"再加上"山庄",介于雅俗之间,你说它高档也可以,说朴素也没错。要往朴素里说,你甚至可以理解为这就是一个超级大农家乐,完全自家经营的,不上星不挂牌,谈不上奢侈。

况且山庄地方也僻静,由赵敏手下带路,走了一里又一里,"顺着青石板大路来到一所大庄院前……周围小河围绕,河边满是绿柳"。瞧,地方偏,因此也就不扎眼;但又交通便给,"青石板大路",堂皇不寒酸,不至于让贵客颠簸吃苦。

山庄里面,亭廊水榭,大有丘壑,一应餐食器物都精致美丽,连喝的茶都是雨过天青的瓷杯,泡着嫩绿的江南龙井,细微处都透着讲究。如此一来,享受毫不减分,却又绝不落把柄,毕竟名义上不过是一个大农庄子而已,非要严格说起来,群豪不过是吃了一顿农家饭,前线打仗的朱元璋、常遇春们听了,说总部的领导们在一个叫啥啥大柳树的农庄里吃饭,也完全可以接受,不至于生气骂娘。

所以这顿饭众人吃得十分舒心、安心、放心,从教主到高管,大家都没心理负担。书上说是"群豪临清芬，饮美酒，和风送香，甚是畅快"。高，实在是高，赵敏请客的水平，堪称金庸小说之冠。

其实在《倚天屠龙记》里，赵敏请客非止一次。除了此次大规模的高端公务宴请外，赵敏后来又在大都请了一次客，也很体现水平。这一次的性质就不同了，乃是私人宴客，请的是张无忌。这是他俩第一次私下单独吃饭。

这可就微妙了，该去哪里吃？吃什么？按理说，既然是存心勾搭野男人，又是在大都这样的一线繁华城市，第一顿还不得请人吃点好的，起码人均三五百之类。可是她没有。这一次请客的地点是在张无忌住的平价酒店隔壁不远，一家苍蝇馆子里，点小火锅吃涮羊肉：

> 赵敏仍是当先引路，来到离客店五间铺面的一家小酒家。

看，"当先引路"，全场带节奏。酒店是什么样呢？"内堂疏疏摆着几张板桌，桌上插着一筒筒木筷，天时已晚，店中一个客人也无"。

找了这么个小破地方，看似过于随便，不合常理。通常情况下，异性初次请饭勾搭，以常规的中餐或者西餐比较好，不大适合烟熏火燎的平价火锅，一来档次略低，二来显得太过私密。尤其是男的请女的，女孩未必乐意刚认识就吃火锅，暴露饭量，也暴露吃相。别的不说，用过的一大堆纸巾堆在面前，也不大像话。

可赵敏不一样，她这一顿，要的就是平价，就是私密。她是要增强自己在对方心中的"可获得感"。她是朝廷金枝玉叶，张无忌是"山野村夫"，这是横亘在他们之间的老大难题。赵敏需要的就是打消这种距离感，把自己身段放低，大家平价到一起去。

张无忌是不懂这些的。他进了破火锅店，完全不明就里：

> 张无忌满腹疑团，心想她是郡主之尊，却和自己到这家污秽的小酒家来吃涮羊肉，不知安排着甚么诡计。

其实还能有什么诡计？意思无非就是，今儿别把我当"郡主之尊"，只把我当妹子。老娘能陪你吃苍蝇馆子，也就能陪你做别的。别被老娘的身份给吓着。选择吃火锅、涮羊肉，也是有意要营造亲密氛围，打开局面，免得大家都端着没法玩。

当羊肉下锅，滚水咕嘟，赵敏似乎捏着筷子奸笑：一个小锅里分享过口水了，以后看你怎么和我装不熟？

赵敏郡主要条船

《倚天屠龙记》里，有一个赵敏要船的插曲，很有意思。

赵敏是朝廷的郡主。她和别的郡主还不一样，她爸不是一般的王爷，而是汝阳王，天下兵马大元帅，手里有枪的。她这个郡主某种意义上比一般的公主还牛，由此也就衍生出不少有趣的事。

话说有一次，赵敏想要一条船。何以要船呢？乃是因为当时她和张无忌在追踪敌人金花婆婆，事先知道了金花婆婆要雇船出海，便打算设一个圈套，搞一条船，诱使金花婆婆来雇。

赵敏抢先赶到了出海的地点，是北方某个沿海的小县，"骑马直入县城"，掏出汝阳王调动天下兵马的金牌来，要县官去搞船。她提的要求很清楚也很简单，包括以下几点：一条海船，要坚固；船上要有舵工水手、粮食清水、御寒衣物；还要藏点兵刃。县官满脸坚毅，说：懂了！

赵敏便放下心来，她大概以为自己的要求都说清楚了，不会出什么纰漏了。书上说，她放宽了心陪男朋友吃酒，"和张无忌、小昭三人自在县衙门中饮酒等候"。

但现实还是让她震惊了。第二天一大早，县官那张谄媚的脸就出现在她面前，报告船已到位。这速度不可谓不快，赵敏应该也甚满意。可等她来到海边一看，立刻惊呆了，用书上的话说，是"连连顿足，大叫：'糟了！'"因为停在她面前的，是一艘军舰。

她用力揉了揉眼，终于确认那真的就是艘军舰，一艘蒙古海军的军舰。书上说，这艘巨无霸的战舰高有二层，船头甲板、左舷、右舷都装了铁炮，是一艘和蒙古当年打日本时一样规制的大军舰。赵敏心里肯定是一万匹野马奔腾而过，恨不能把县官当场痛打一百次。本小姐只是想要一条民船，你却给我搞了一艘炮船。本小姐是用这船去套路金花婆婆的,不是去打炮的。

话说,县官为什么要异想天开去搞一艘大战船来呢?很简单,在书上就是四个字——"加倍巴结",所以去找水师借了一艘军舰来。一切的错乱都因为"加倍巴结"四个字。

倘若我们换个位置,站在元代这样一个县官的角度,便可以想象,当汝阳王的亲女、朝廷的绍敏郡主降临在这个小小的海滨县城时,会是多么大的震动。县官一定是又喜悦又惶恐的,他平时根本没有机会巴结到这么高的层面。看看小说里,一众蒙古官员说起赵敏,是什么语气吧:

> 绍敏郡主乃我蒙古第一美人,不,乃天下第一美人。……小人怎有福气一见郡主的金面?

是不是美女倒是其次,关键是那是汝阳王的闺女。对于这个小县城来说,赵敏所要的这一条船,就是那一段时期,甚至是那一年里全县城最重要的事,是头号工程。更何况赵敏要办的乃是私事,对于县官来说,大领导让办私事,比办公事更亲密、更荣宠。

毫无疑问地,县官不但要把赵敏的指示妥善落实、完美落实,而且还要加倍地落实,百分之二百地落实。他一定会要求:不但要给郡主搞一条船,而且要搞最好、最牛、最风光的船。郡主吩咐了的事情我们要想到,郡主没有吩咐的事情,我们也要替她想到,甚至连郡主完全想不到的事情,我们也要大开脑洞地想到。

可想而知,就在赵敏和张无忌、小昭云淡风轻地"饮酒等候"的几个时辰里,县衙里各个部门一定在高速运转,每个人都在疯狂地忙碌,所有人脑袋里大概只有一个字:船船船船……随即,一个最石破天惊的方案诞生了——给郡主搞一艘军舰!因为没有比军舰更好、更坚固、更拉风的船了。

这个小县城也体现了强大的执行力,不到一天时间,军舰真的搞来了。船是向水师去借的。地方上找部队借船,多半要折不小的人情,还要花不少钱。当然，对于县官来说，成本对于这件事根本不是问题。

那么，这艘全身是炮的巨无霸大船，对赵敏有用吗？一点用都没有，反而是个大麻烦。这船本来是要诱使金花婆婆来雇的。除非金花婆婆脑子进水了，才会去雇一艘朝廷的军舰。

无奈之下，赵敏只好把军舰一番折腾，搞坏搞残，大炮上挂满渔网，在船上装点鱼虾海鲜之类，假装是老舰退役了，改成了渔船。书上说，她的表情是"苦笑"。像这一类事情，她在王府大概已见得多了吧。这也是金庸小说好看的原因，不经意的一字一句，一个"苦笑"，都有看头。

赵敏寻船的故事说明了一个道理，在她所处的元代那种体制下，官员们做事情总有做过头的冲动。郡主要船，底下就层层加码，最后变成炮船。郡主如果让大家学"乾坤大挪移"呢？那底下就变成加班学、跑着步学、万人签名学、私塾孩童集体学、准妈妈胎教学。

好比《鹿鼎记》里，康熙的大红人韦小宝想要找一个天津"大胡子武官"，兵部尚书明珠就立刻写一道"六百里加急文书"给天津卫总兵，将全天津级别在把总以上的大胡子军官一一摸排出来，不论黑胡子、白胡子、花白胡子，都连夜拉到北京来给韦小宝看。给韦大人办事，不办过头，怎么体现亲热和爱戴呢？

而且，炮船的事，也不能全怪那个县官。他不敢不给炮船，换句话说，在所有人都办事办过头的环境里，他不敢赌上仕途前程不办过头。万一赵小姐心里就喜欢炮船呢？万一你老老实实给了条民船，隔壁县却给了条炮船呢？万一地方上给了民船，水师却鬼精灵地送来了炮船呢？到时候你后不后悔？再者，就算赵小姐自己只想要条普通民船，旁边的男朋友张无忌却阴阳怪气来一句：还是炮船好。你到时候尴不尴尬？因此如果当下一个赵小姐又来要船，县官该怎么办？恐怕今天的你我还是得重复昨天的故事，还是要给她一条炮船。

如果誓言有用

周芷若有个特点,特别喜欢叫张无忌发誓。她和张无忌的拍拖,到后来没法看了,两个人的对话几乎只剩下一个套路,就是要保证、让发誓。

武侠小说里的男女关系,本来是有套路的。男女要在一起,怎么办?比如可以驱毒:"姑娘,在下冒犯了,要解开衣襟,给你驱毒。""谢谢少侠,你真是正人君子。"然后他们就在一起了。本来是这个套路。

但是周芷若改变了玩法。她惯常的套路变成了这样的:

"姑娘,在下冒犯了,要解开衣襟,给你驱毒……"

"你发个誓你一辈子不变心。"

"好,我发了……姑娘我们驱毒吧。"

"你发誓你会杀掉某某某……"

"好,我又发了……咦,你怎么哭起来了?"

"没什么,我觉得自己命苦。"

周芷若的这种迹象,是从一个小岛上开始的。张、周两人当时被困小岛,本来正是培养感情的好时候,可周芷若却把它变成了各种发誓和政治表态的地方。

一开始便是严厉督促张无忌发誓,要他承诺手刃赵敏。张无忌乖乖从了,说:"我对着表妹的尸身发誓,若不手诛妖女,张无忌无颜立于天地之间。"

周芷若给出了肯定的评价,道:"那才是有志气的好男儿。"那口气活像个政委。

自这之后,情况愈演愈烈,周芷若动辄要他发誓。比如驱毒之时,要求张无忌发誓:"你要他……立下一个誓来。"而且以命要挟,"否则我宁可毒发身死"。闹得旁边的义父谢逊也无奈附和："无忌，快立誓！"

张无忌又乖乖立誓，甚至还"双膝跪地"立誓，算得够虔诚了。周芷若却很不满意，认为誓言表述不清，打回重发。张无忌只好又重新起誓："妖女赵敏……害我表妹……张无忌有生之日，不敢忘此大仇，如有违者，天厌之，地厌之。"

这些天，张无忌连发了好多誓，驱毒的时候要发誓，订婚的时候要发誓，等婚订完了，两人谈情说爱、你侬我侬的时候，周芷若又开始索要保证和誓言了："你对我决不变心？决不会杀我么？"

张无忌还试图让沉重的气氛变得轻松一点，想以吻、哄过关。周芷若却不为所动，提出三个条件，勒令张无忌"要亲口答应我""不许嘻嘻哈哈""要正正经经的说"。张无忌只好深呼吸吐纳五次，庄严道："芷若，你是我的爱妻……我今后对你决不变心……"

一座小岛，成了张无忌花式发誓的地方，而且动辄一誓不行还要二誓，此誓不行还要彼誓。这就有点折磨人了。

翻翻书上两人相处的段落，不管人前还是人后，不管是正式谈话还是亲昵聊天，尽是周芷若各种要保证、要发誓、要政治表态，触目皆是"你日后会不会……""将来若是你……""只怕你以后……""我要你亲口答应我……""我要你正正经经的说……""我要你说得清楚些……"。然后，便各种像班主任、教导员一样地督促和诫勉："你是男子汉大丈夫""那才是有志气的好男儿""但愿你大丈夫言而有信"。

张无忌后来都被搞得机械了，成条件反射了，在周芷若面前一言不合就自动发誓："若是我约赵姑娘来此，教我天诛地灭""我若是再瞒了你去见赵姑娘，任你千刀万剐，死而无怨"。他本来就口才一般，词汇量有限，一轮轮的誓发下来，什么千刀万剐、刀山油锅、天厌地厌之类，把肚子里的词都快用光了。

单纯发誓还不是最要命的，更要紧的是它取代了正常交流，除了赌咒发誓之外，张、周两个人几乎没有别的深入的交流沟通。那些真正该聊的东西，比如两个人的感情、内心的想法、对于赵敏的态度、对于日后的打算，都是不开放的，很少谈。誓言倒是越来越多了，道德上也绑得越来越紧，可双方的感情和了解并没有什么增长。说白了，如果誓言有用，还要爱情做什么？

除了发誓，周芷若还有一句习惯性挂在嘴巴边上的话，就是命苦。

"我是个孤苦伶仃的女孩儿家""我是一生一世受定你的欺侮啦""以后无穷岁月之中，给你欺侮，受你的气""我是个最不中用的女子""我是怨自己命苦，不是怪你""只怪我自己命苦"……总之就是我命苦、我惨、我不中用、你以后会欺负我。此外她还上吊过一次，声称要去做尼姑一次。每和她在一起，就是各种负面情绪扑面而来。

周芷若的命苦不苦？当然也苦，从小父母双亡，孤苦伶仃。但问题是张无忌的父母呢？你总不停地对张无忌碎碎念自己命苦，没爹没娘云云，人家张无忌有爹有娘了？她的爹娘是命丧乱世，而张无忌的爹娘是被逼含恨自刎，有好很多吗？

生活在那样一个大乱世，江湖人士，命苦的多了。谢逊不命苦吗？成昆不命苦吗？阳顶天、小昭、杨不悔、范遥、杨逍、纪晓芙不命苦吗？正如张无忌说的"咱们大家命苦"。这些人从不把命苦挂在嘴边，何以唯独周芷若天天爱说自己命苦？

她从未想过自己并不只是命苦，还有命硬的一面。她少年就遇到张三丰搭救，不是命硬吗？乱世中人命如草，几个孩子能遇到张三丰？后来张三丰又亲自致书，推荐她去了峨嵋门下，十多年后又被师父传了掌门之位，这不是命硬吗？

就好比一个小姑娘，十多岁便碰见马云，带去了阿里收养，不久又亲自推荐她去了格力，没几年董明珠又给她铁指环，让她接了班。这不是命硬吗？

再要往深里说的话，她十几岁时认识的一个小男孩玩伴张无忌，居然已经成了谷歌的老大，还屁颠屁颠地念叨小时候的旧情，要和她结婚；更不论宋青书等辈一路猛追，痴情难断。和大多数人比，这叫命苦吗？要真像自己说的这么命苦，丁敏君何以会妒忌呢？总当着别人面念叨命苦,不是矫情吗?

周芷若为何会时刻惴惴难安,这么喜欢要发誓、要保证呢?因为这个人缺乏安全感。她找对象不完全是找爱情,还是找一份安全感,爱情反倒不是她最渴望和亟需的,安全感才是。她不厌其烦要张无忌发誓,就是一种安全感验证,隔几天不验她就慌,似乎自己的东西随时要失去。

可偏偏张无忌自己就是个没安全感的。自己都没有的东西,他怎么提供给周芷若?张无忌他也不是在找女朋友,是找妈来着。他最初念周芷若的好是为什么呢?很有趣,乃是念念不忘于周芷若给他喂过饭,所谓"汉水舟中喂饭之德,永不敢忘"。你看这不是找妈吗?

他和周芷若很像,也是亲情缺失,父母离开得早。父亲没了倒也罢了,武当六侠都充当了他事实上的父亲。再加一个张三丰,老爷子伟力如山,等于父亲的平方,在父爱这一点上他得到了弥补。但母爱就补不上了,张无忌后来一直特别想妈妈。

张无忌和周芷若在一起,你就发现两个人特别地累。都在找爹妈的一对儿凑到一起怎能不累?张无忌后来自己说了,对周姑娘是"又敬又怕"。怕什么?怕她的沉重,怕她的没有安全感,怕她又要发誓。

再看赵敏,你就发现为什么说赵敏和张无忌更搭。赵敏最不缺的就是安全感。她娘家给力,她自己的生命力强悍,所以赵敏不知世上有可畏之事,不知世上有可畏之人。张三丰她都敢派人去揍一下试试。当年几大武林门派为了抢屠龙刀,也曾经围堵过武当,可那么多高手、掌门、神僧在,也没人敢真去打一下张三丰,只有赵敏这个愣子说揍就揍了。

这相当于什么呢?就像是张三丰在演讲,其他掌门、高手只是小声地台下嘘一嘘,忽然赵敏这个愣子上去就给老头兜头倒了一瓶水。

仔细看书你就会发现,赵敏管张无忌要的只是爱情,不要其他。甚至什么承诺、保证、安全感都可以不要的,那些她自己有,她只要爱情。在张无忌面前,赵敏活像一块加血的大水晶,可以源源不绝地给张无忌输出生命能量。张无忌不管多么蔫,碰上赵敏就回血。

她从不频繁找他要各种保证,也不逼他花样翻新地发各种誓。戏剧化的是，赵敏反倒自己发过一个誓：

> 从前我确想杀你，但自从绿柳庄上一会之后，我若再起害你之心，我敏敏特穆尔天诛地灭，死后永沦十八层地狱，万劫不得超生。

所以张无忌乐意和赵敏在一起。和赵敏在一块儿的时候，他轻松、快乐、愉悦；和周芷若在一起的时候，沉重、紧绷，一不小心就说错话。

还有一点非常重要的，张无忌和赵敏在一起的时候，有荷尔蒙的感觉，你能感觉到男女间特有的火花在跳。从一开始两人搭上时就是这样了，绿柳山庄里捏脚，荷尔蒙感便爆棚。张无忌和赵敏一聊天，就可以越聊越骚，比如"今日要你以身相代，赔还我的洞房花烛"云云，这些骚话他和周芷若在一起的时候半句都说不出来，只会说"芷若我敬你爱你"之类，仿佛那不是他女人，而是圣火，是明尊。

男女之间还是要有荷尔蒙的感觉的，不然这种爱情会很麻烦，少了原力。后来，濠州的那一场婚礼上，"新妇素手裂红裳"，张无忌本能地逃离了周芷若，奔向了赵敏。那是一场荷尔蒙的奔跑。我觉得《神雕侠侣》里杨过的台词给他才合适——"我好快活！""我好快活！"那是张无忌的灵魂在欢叫。

"同舟四女"细论

张无忌身边有四个女孩子，大家同舟过的。张无忌还做梦要"同娶四美"。事实上，这四个女孩子之间的关系还蛮复杂的，真要同时在一起了，以张无忌的性格基本搞不掂。

先说殷离。要捋清楚这四女的关系，先要搞懂殷离。四女里面殷离最超脱，何以这么说呢？因为张无忌最不喜欢她。虽然张无忌曾经对殷离说过一些七七八八的要娶你什么的，那不过是一时的场面话，其中同情远多于爱情。当时两人都很潦倒，也就是把殷离当个暖手的炉子，或者说是两人互相取暖吧，暖完了就放下了。

张无忌最不喜欢她，但她的位置偏偏又很稳固。她是表妹，血脉相连，这关系打不断的。何况她殷离杵在那儿，就是张无忌死去的娘亲的代表，是血亲和道统的代表，张无忌不能割舍的。反过来说，殷离也明白自己的情势，一句话，"争宠无望，地位无忧"，所以她就超脱。

这也决定了其他几个女孩子对殷离的态度。一方面是都不会针对她，因为她"争宠无望"嘛，也因为中毒毁容最不好看嘛，都明白，肯定不会是主要对手。赵敏一开始搞不清楚情况，倒是吃了一次殷离的干醋，抱怨张无忌情致缠绵地抱着殷姑娘啥的，后来也就释然了，晓得真正的对手是周芷若。

另一方面是大家反而会团结殷离，争取殷离。因为她地位无忧，还代表张无忌的家族和道统，其他三女反而要团结殷离，至少不会冒犯殷离。看书上，四女之间斗嘴，互相攻击、玩阴的，有谁公然针对过、贬损过殷离一次吗？谁公然说殷离的坏话了吗？基本没有。

殷离的感觉有点像《金瓶梅》里西门庆家的吴月娘，"争宠无望，地位无忧"，她超脱。其他几个女人互相撕，但谁也不去撕吴月娘。西门庆出于尊重，或者是被几个女人闹烦了，反而到月娘房里来。殷离就是这样，光荣孤立，你们几个闹去。

然后说小昭。小昭是张无忌最亲密的人，但自降了半格，以丫鬟自居。她喜欢张无忌一直是打着"忠诚""感恩"的旗号的，最不着痕迹。

小昭这样卡位，可进可退，也有失有得。怎么个可进可退法呢？比如张无忌和四女同舟，别的女孩都觉得气氛尴尬，特别是周芷若，始终"默不作声"，偶尔和张无忌目光一碰都要转头，小昭却是"天真烂漫""言笑晏晏"。谢逊调侃她们，说无忌你一船带四个姑娘是搞什么？另外几个女生听了都不太好意思，特别是周芷若，满脸通红。只有小昭"神色自若"，云淡风轻说自己是小丫头，不算在内。

然而小昭看似天真烂漫，却是四女之中搞挑拨最多的，搞小动作最多的。

她的主要路数，是稳站殷离，团结周芷若，对付赵敏。三个女生里，她对赵敏的观感最不好。比如你看这个情景，是当时船沉了，大家救人的时候：

> 小昭抱着殷离，谢逊抱着赵敏，先后从下层舱中出来。

金庸下笔特别准确，为什么不是"小昭抱着赵敏，谢逊抱着殷离"？因为小昭不喜欢赵敏。女生之间的亲疏是很分明的，看不惯的就很难相容，谁会抱谁，不会抱谁，一目了然。

小昭不时在张无忌面前埋汰赵敏。比如说："那赵姑娘心地歹毒，谁也料不得她会对你怎样。"她明知道张、赵两个互相有意思，却一定要这样说，随时黑赵敏一把，下点眼药。

在同舟的时候，小昭也是"口头上对赵敏竟丝毫不让"。小昭平时不怼人的，但偏就怼赵敏，而且拉拢周芷若来针对赵敏。

她呛赵敏时说：你想要干啥？难道要把我也关进万安寺，斩我的手指头吗？这话是典型的拉拢周芷若、"挑起周芷若敌忾同仇之心"，针对赵敏。小昭故意提"万安寺",因为万安寺是周芷若和师父受辱的地方,被赵敏欺负得厉害。

最绝的是,后来小昭和张无忌分别,东西永隔如参商,临走前小昭搞了一个"离任指定",对张无忌说:

殷姑娘……对你一往情深,是你良配。

你看她不说"赵姑娘是你良配",不说"周姑娘是你良配",而说"殷姑娘是你良配"。一是殷离和她好,常年跟着她母亲生活。自己留下用不着了的东西,当然就愿意给闺蜜。二是这也是故意给赵敏下药,殷姑娘是良配,那赵姑娘是什么配?当然就是不良配了,是劣配、恶配了。

再讲周芷若。

周芷若是最恨赵敏的一个,不是一般的恨,而是"痛恨已极"。如果她会说脏话、会匿名上网,不知道会把多少个"婊""贱人"送给赵敏。她前后两次用九阴白骨爪杀赵敏,婚礼上一次,少室山下一次,总之是我与贱人不共戴天。这一方面当然是感情竞争,赵敏是最强敌手,另一方面也是因为赵敏间接害死了灭绝师太,有杀师之仇。

要再说得玄乎抽象一点的话,两女实际上是三观和人生理念上的冲突。峨嵋表面上是佛门,元人也信佛教,但在此都是假象。实际上周芷若是"儒",赵敏是"法",儒、法两家势同水火,无法相容。后来我们又发现,周芷若原来是"外儒内法",而赵敏恰恰反过来,是"外法内儒",两个人还是无法相容。

这两个姑娘一起在船上,日日夜夜风雨同舟,但周芷若对赵敏是"从来跟她不交一语",打死不和贱人说话。随之,周芷若和小昭也就成了小同盟,两人其实没啥特殊交情,因为都是针对赵敏,慢慢地就有了一种共斗贱人的默契。

周芷若也成了船上最了解小昭的人。后来小昭抛下大伙,自己先上了敌方波斯人的船。人人都觉得小昭叛变了,连谢逊、赵敏甚至张无忌自己都这么觉得，痛心疾首。而一直默不作声的周芷若此刻却忽然说了句话：

> 小昭对张公子情意深重，决不致背叛他。

后来证明周芷若是对的。她认准了小昭的"情意深重"，也看准了她"决不背叛"。一船的人里，居然要数周芷若是小昭的知己。

最后说赵敏。她面临的问题，是作为一个"坏女人"，却必须要加入一个"好女人"的团伙的问题。

女人讨厌女人，尤其讨厌后来居上的女人，更加讨厌后来居上的坏女人，更加更加讨厌不但后来居上，还坏，并且男人还偏偏向着她的女人——赵敏都占齐了，认识张无忌最晚，却后来居上，并且"坏"，张无忌还向着她。

说起来，赵敏在四女之中形势本来最有利，因为张无忌最喜欢她。但张无忌又处处顾及舆论，不敢明目张胆喜欢，反而要摆出"我和妖女虚与委蛇做斗争"的架势。对于赵敏，张无忌是靠不住的，这场战争，张无忌不会帮她打的，这是她自己的战争，她必须自己融入。

所以她就必须做到两个字——心大。周芷若的敌视，小昭的排挤，她不往心里去，也不能往心里去。这是她性格决定的，也是形势决定的。否则一旦大家龃龉起来，势成水火，张无忌就被迫要做二选一的选择题。张无忌这个人搞不好不会选赵敏的。

之前我们拿《金瓶梅》打过比方，这里再比较一下。张无忌和西门庆相反，西门庆是没有道德包袱的，喜欢哪个就往死里宠哪个，不喜欢的就打半死，发配去厨房。所以潘金莲仗着宠爱，上蹿下跳，风头无两，而孙雪娥只能在厨房里当灰姑娘。倘若张无忌是西门庆，赵敏只要倚仗宠爱把其他女的往死里整就行了。

可张无忌不是。他这个人道德包袱很重，属于重仁义而废亲爱的。各位女读者不知道有没有遇见过这样的男人，就是他越喜欢谁，就反而越对谁不好。张无忌就是，搞不好真的为了"大义"就选了殷离、周芷若了。后来他逃婚，完全是靠着"救义父"的名头，父比天大嘛，有了这么一重道德盔甲加持，他才有勇气跑掉，否则是断然不会的。

所以赵敏就心大，就宽宏，当然有时也吃醋，但决不怼人。她的策略是：我当"贱人"可以，至少不当敌人，土地换和平。周芷若不和她说话，她却是决不见外，"将倚天剑交给了周芷若，此刻同舟共济"。

赵敏对小昭也是。她对小昭也醋过，也酸过，也让张无忌不许把珠花送给"俏丫鬟"。但她始终是保持着大小姐的咖位，从不和小昭认真，还夸"好美丽的小姑娘"。小昭和张无忌那么亲密，洗袜子洗内裤，就差给张无忌搓澡了，赵敏却决不当真。同舟之时，小昭老挤对她，她也不反口，仍然是一口一个"小昭妹子"，亲热友善。她这是给自己留空间，也是给张无忌留空间。

从另一个角度来说，这也很好理解。赵敏自己是小姐，给小昭预设的角色是丫鬟。小姐不能和丫鬟认真。就好像薛宝钗可以把林妹妹当对手，却总不能把紫鹃、晴雯当对手吧。在赵敏眼里，主要且唯一的假想敌始终是周芷若，她问张无忌也是：你说我美呢，还是周姑娘美？她不会去问"我美还是殷姑娘美"，也不会问"我美还是小昭美"。

更有趣的是，赵敏能包容小昭，不和小昭认真，那没错，但她心里却也晓得小昭永不是自己人，化敌为友是很难的。张无忌的这一件贴身小马甲，她赵敏固然不能强行去脱，但万一张无忌自己想脱时，她也是绝不吝于上去搭把手的。

你看后来，当张无忌开始怀疑小昭的忠诚时，赵敏就说话了，句句要坐实小昭是叛徒：

> 小昭……被逼得紧了，终于肯（背叛）了，还假惺惺地大哭一场呢。……张公子，咱们和你死在一起倒也干净。小昭阴险狡狯，反倒不能跟咱们一起死。

又是"假惺惺",又是"阴险狡狯",这就叫作帮张无忌脱马甲,你之前心疼这马甲的时候我不强脱,反而夸两句:"好漂亮的绣花马甲呀!"可一旦你自己嫌热、嫌扎,自己要脱时,赵敏就来了:"对的对的,天儿这么热,趁早脱了凉快。这马甲虽好看,却也不中穿的。来我帮你。"

以上,就是张无忌同舟四女之间的关系。赵敏和周芷若是主要矛盾,而其他两女则顺势各自卡位,发挥各自的作用。殷离是光荣孤立,不团结也不斗争;赵敏是团结为主,偶尔斗争;周芷若是团结多数,斗争少数;小昭的策略也是团结多数,斗争少数,并且扶持代理人进行斗争。

波涛汹涌的大海上的那一条小船,其实是四个精明女人的一台大戏。张无忌在船上居然幻想"同娶四美",可能以为自己有九阳神功吧,那真是高看了自己,以他的那个性格和魄力,估计天天都要晕船。到时候就会喊着要下船:这条五个人的船,老子开不动了!

灭绝师太的小卡片

灭绝师太一生，最痛恨的是淫。诸般邪恶，她和"淫"表现得最为势不两立，一生和"淫徒"做坚决斗争，似乎以捍卫无辜女性的清白和尊严为己任。她门派里的戒律，第三戒就赫然写着"戒淫邪放荡"。她为什么恨魔教？原因之一就是魔教"淫"。为什么恨张无忌？原因之一也是认为张无忌"淫"。她骂张无忌，一开口就是："魔教的淫徒！"

在她这类正派人士的眼里，魔教的最大罪愆就是淫，败坏江湖风气。比如他们普遍认为，魔教有一种采花的邪术，专门害人：

"……魔教的邪术，善于迷惑女子，许多青年女子便都堕入了他的彀中。"

"魔教中的淫邪之徒确有这项采花的法门，男女都会。"

言下之意，仿佛张无忌、杨逍等人都揣着一包小卡片，走到哪里就发到哪里。

可是你读《倚天屠龙记》的时候会惊讶地发现，张无忌并没有做过什么真正淫秽不检之事，一生唯一一次进妓院也是误闯，手腕上被姑娘捏了一把，便极不争气地满脸通红跑出来，更没有色诱过谁。反而是最痛恨淫贼的灭绝师太，倒像是搞色诱的行家。她习惯性的斗争手段之一，就是派女弟子去勾引对手，给对手发小卡片。

师太要对付魔教的杨逍，想了一个什么招数呢？她找来女弟子纪晓芙，窃窃私语："我差你去做一件事……"并且开出的价码相当不低："大功告成之后，你回来峨嵋，我便将衣钵和倚天剑都传了于你，立你为本派掌门的继承人。"

到底是何等样的事值得她开出这样大的价码？说白了，就是让徒弟去色诱，打着女朋友的旗号接近杨逍，和他虚与委蛇，趁机刺杀。这就是师太想出来的好主意。无奈纪晓芙坚决不干，这张小卡片师太最终没能成功地塞出去，终致老羞成怒，把纪晓芙当场打死。

如果只此一例，还可以说是偶然，但灭绝师太不改老鸨本性，每到关键时刻就想使色诱这一招。多年之后她又故技重施，要派另外一个女弟子去色诱魔教的教主张无忌。这次小卡片上印着的姑娘是周芷若。

"……我要你以美色相诱而取得宝刀宝剑。"

"……那姓张的淫徒对你心存歹意……你可和他虚与委蛇，乘机夺去倚天剑。"

书上说，周芷若当时"心乱如麻"。当然乱，好端端的大姑娘，头像要被印上小卡片了，岂能不乱？

这就是灭绝师太分裂的地方：她总指责别人"淫"，自己却最钟爱拉皮条塞小卡片；她口口声声说魔教玷污他人清白、擅使情色手段，其实自己对色诱这一套最信奉、最熟稔。

更有趣的是，师太自己也知道色诱不光彩，"原非侠义之人分所当为"，但她却有一套理由：成大事者不顾小节。她派周芷若去，说是"为天下的百姓求你"，送女徒弟入虎口。

牺牲徒弟可以，那牺牲自己行不行呢？假如魔教的魔头居然瞧上了灭绝师太，试问她本人愿不愿为了"天下的百姓"而献身，充当色诱的祭品呢？那却是万万不能的。一句话：女徒弟可以去为了"天下的百姓"而自污，师太自己却必须是高洁的，一尘不染的。别说色诱了，后来魔教的范遥开了个玩笑，说灭绝师太是自己的老情人，师太立刻就什么"天下的百姓"都不顾了，为这一句话萌了死志，和人拼命，白白葬送了有用之身。

很想问师太：你怎么就不和范遥"虚与委蛇"呢？怎么就不趁机麻

痹范遥、接近范遥、伺机杀之呢？范遥是魔教光明右使，也是排位极高的大魔头，杀了他不是也大大有利于天下苍生吗？可师太决不能答应。女弟子可牺牲，自己却要做不粘锅。

说到灭绝师太搞色诱这件事，忽然想起一个人来，就是《三国演义》里的吴国太。吴国太是东吴孙权的老娘。她和灭绝师太一样，都是各自所属的小说里最惹不起的老太太，地位崇高，一言九鼎，越老越辣。

很相似的是，吴国太也遇到了一起色诱事件，她儿子孙权用嫁妹妹当诱饵，想钓刘备上钩，好谋夺荆州。知道这件事之后，吴国太是什么反应？是把孙权和周瑜一顿臭骂："汝做六郡八十一州大都督，直恁无条计策去取荆州，却将我女儿为名，使美人计！""杀了刘备，我女便是望门寡，明日再怎的说亲？须误了我女儿一世！"

看看人家吴国太对闺女是什么态度，再对比一下灭绝师太。谁才是真疼女娃子，谁又是把姑娘当工具，谁是护短的老母鸡，谁又是塞小卡片的老鸨？真是一目了然。只可惜，纪晓芙的父亲金鞭纪老英雄太老实了，他也应该像吴国太一样冲到灭绝师太家去，劈头盖脸臭骂一顿：

"汝做峨嵋派大掌门，直恁无条计策去取魔教，却将我女儿为名，使美人计！"

范遥之面目

范遥其人,是《倚天屠龙记》里的一个谜,他的面目很有点模糊不清。

他的履历就显示着不平凡,先在明教做光明右使,然后在朝廷汝阳王府里做"苦头陀",接着又回到明教继续当光明右使。连续更换阵营,几进几出,毫无滞涩,杨逍、谢逊都没有做到过。

难的还不是跳槽,关键是他不管跳到哪里还都被倚重。之前在明教当光明右使,被倚重不说了,等跑到朝廷去,在毫无根基的情况下成了赵敏身边的亲随高手,很受信任。之后回归明教,又迅速取得了新任教主张无忌的信任,成了股肱之臣,到了后来似乎张无忌对他比对杨逍还亲热些。总之,此人无论身居何处,都适应得飞快,是政坛的微波炉型人物。

此公看上去行事乖张、离经叛道,还有点疯疯癫癫,爱开玩笑,比如在万安寺里说灭绝师太是自己的"老情人"就是一例。但事实上,这人城府颇深,极其有心机。

看他处理人际关系,明明离开了明教,投靠了死对头朝廷,事实上已等于叛教了,可他和教中的任何人都没有翻脸结怨,后来也居然无人追究此事。杨逍见面仍然叫他兄弟,和韦一笑见面也仍然说得上客气话。后来他叛离赵敏团队,走人之前还反手狠狠出卖了赵敏一把,在万安寺放走了赵敏辛辛苦苦搦来的六大派高手,之后却又能依旧和赵敏保持良好关系。

对比一下法王殷天正,离教时和众兄弟闹得不可开交,杨逍则与五散人、韦一笑等打得热窑一样,只有范遥,来来去去都不结怨。

范遥最耐人寻味的,还不是他的游刃有余,而是他面貌之模糊,关于他的真面目，有许多事情自始至终都没彻底揭开。

例如，他是整个明教高层之中把自己的信息藏匿得最好的人，偌大一个江湖上，居然没人知道他是明教的光明右使。就连少林空闻、武当宋远桥这样见识渊博的高手名宿也不知道光明右使是谁。能把个人身份保密成这样，可不是一件简单的事，非长期的苦心孤诣、细致入微不能办到。

他离开明教去投靠王府，这事也耐人寻味。他后来对张无忌信誓旦旦声称，自己加入王府是为了监视本教的大敌成昆。然而事实呢？六大派围攻明教时，人家成昆都跑到光明顶上大杀四方去了，差一点就把明教总坛给一锅端了，所谓"少林僧独指灭明教，光明顶七魔归西天"，然而范右使呢？你监视的成昆呢？

范遥后来还对教中兄弟们述说，他如何如何地追踪成昆，如何奋不顾身地刺杀成昆，又如何武功不敌，身负重伤。可这从头到尾都是他一面之词。倘若他真认定了成昆是本教大敌，就算自己武功不及，不能击杀，却又怎么不邀兄弟们一起干？怎么不邀杨逍一起干？杨逍又焉能不干？

他自毁容貌，绕了一个巨大的弯子去投靠汝阳王府——先是故意跑到花剌子模，去拿了个当地的武术冠军，然后被花剌子模国当成优秀人才进献到汝阳王府，看，造假履历还是他在行，把档案洗得干干净净，不能让人不服。然而，如此大费周章地绕圈子，就是为了瞒住成昆？成昆又不住在王府。这难免让人猜想，到底是为了瞒住成昆呢，还是瞒住明教老兄弟？

有意思的是，在六大派一役中，不见范遥任何作为，仿佛在坐视观望。而当张无忌挫败了六大派，扬威江湖，明教中兴有望之后，范遥便及时现身了，他偷偷推转了赵敏嫁祸给明教的罗汉像，开始暗中为本教出力。

这一个推罗汉像的伏笔埋得好，这事干得既不大也不小，却给自己留了一个大大的后手。日后倘若回归本教，有没有这一个伏笔便大不相同。有这一笔,便有了投名状和忠诚证书,成为自己身在曹营心在汉的铁证。

不久后在大都,范遥终于表明身份,觐见张无忌,叩拜了新主,并且做了一件极狠的事:他当着张无忌的面,挥剑砍掉了自己两根手指,理由是自己"潜伏"期间曾杀过明教的弟兄,犯了重罪,先断两根手指作备案,寄下罪行,日后听凭教主问罪处置云云。

注意这话是极有深意的。范遥所说的自己犯了"重罪",果真就是指杀了教中兄弟吗?未必。会不会更多是指自己投靠了敌营呢?他这番举动的深意,是否在说:苦头陀过去糊涂,革命经历有污,现在迷途知返了,从此效忠教主,希望教主不究过往,权且割两根指头谢罪,以明决心?

再看张无忌的回答是什么,也很有意思:"本人已恕了范右使的过失……范右使,此事不必再提。"

到底是恕了什么"过失"?到底是什么事"不必再提"?表面上指的是杀过教中兄弟,但事实上也许是曾经叛过明教的事不必再提,是你污点履历的事情不必再提。毕竟,范遥不过是叛了明教,叛了阳顶天,却没有背叛张无忌,张无忌何必深究过往?你既然愿意断指为誓、马前效忠,那么我作为新教主,当然是往事不必再提了,大家一起向前看。

事实上两个人也都心照不宣:政治上的事,哪里有绝对的"不再提"的?这个历史问题的把柄一旦被抓住,日后到了必要之时,张无忌还不是随时可以问、可以提?只要掌握了这个,就掌握住了范遥的要害,就掌握住了范遥这个人。

通过这一次投诚,范遥也完成了一次关键的转变。他原本是明教老人,可是这一次投诚归附后,一下子老人变了新人,成了张无忌的人,并且成了张无忌执掌明教后归附的第一员大将,来路比杨逍等人还正,岂不美哉?

改换了阵营后,有一天,当着赵敏、张无忌两人的面,范遥昂然地对赵敏来了一场"辞行",说:郡主,我大丈夫行不更名坐不改姓,"苦头陀"是假的，我乃明教光明右使范遥是也，现在我要回归明教了云云。

好一番慷慨堂皇的辞行。一来是向张无忌再次表明了立场和忠心，二来还有一个关键点，那就是给了赵敏台阶下。

你细品，站在赵敏的角度：老范这狗贼在我这里潜伏多年，把本小姐当猴耍，临走前还反手给我一刀，破坏了我的大计，叫我郡主脸往哪里搁？以后怎么见你？杀你又没法杀，要说和你继续做朋友，我赵敏还要脸不要？

对于范遥而言，这件事最好的处理办法，就是堂堂正正来一次"辞行"，大义凛然地"行不更名坐不改姓"，这样赵敏反而有了台阶下，可以就坡下驴，豁达地挥手送人。如此一来，走的人显得堂堂正正，送的人也显得大大方方，大家都有面子。

对于这件事，我站在范遥的角度想了很多办法，都没有这个"辞行"的办法好。好精明的范右使，人才难得。

元大都街头的几个庸众

金庸的小说有个特点，跑龙套的话都特别多。店小二、茶博士，都很多话。在《倚天屠龙记》里，就写了这么一场街头闲散人员之间的对话，说话的人有个特点，都是典型的庸众。

这场对话的背景，是张无忌潜入元大都，去参观一个重大节庆活动"游皇城"。活动结束后，围观人群意犹未尽，尚自沉浸在兴奋之中。书上说张无忌一路听到众人纷纷谈论，说着今日"游皇城"的热闹豪阔，还顺便聊起了天下局势。话风是这样的：

有人道："南方明教造反，今日关帝菩萨游行时眼中大放煞气，反贼定能扑灭。"

有人道："明教有弥勒菩萨保佑，看来关圣帝君和弥勒佛将有一场大战。"

又有人说："贾鲁大人拉伕掘黄河，挖出一个独眼石人，那石人背上刻有两行字道'莫道石人一只眼，挑动黄河天下反'。这是运数使然，勉强不来的。"

这些对话非常生动、形象，让人感觉似曾相识。事实上这就是典型的庸众之言，倘若仔细分析，能看出三个显著的特点：

第一就是迷信。这一点不用多讲。比如什么"关帝眼中大放煞气，南方反贼定能扑灭"等等。迷信是国人精神的底色，到今天还没有改掉。而且我们的迷信有个特点，不是虔诚地信奉一家，而是一种广泛的浅层次的迷信，也就是"有什么信什么""认为什么能帮助我就信什么""感觉什么更厉害、更狠，就信什么"。

这几个聊天的大都百姓，关帝爷也信，弥勒佛也信，独眼石人也信，反正有什么信什么，神鬼不问出处，感觉哪个神明更厉害，就信谁多一点。关圣的称谓一会儿是"菩萨"，属于佛家系统，一会儿是"帝君"，属于道家系统，而大众对此也不在乎，对他们来说"帝君"和"菩萨"无甚区别，就是个很厉害的头衔而已，随便称呼。

第二，乃是喜谈暴力和争斗。庸众往往都有一个特点，是自身明明很脆弱，抗打击和抗风险能力极低，却又很嗜血，唯恐天下不乱，特别喜欢打打杀杀的东西。

这几个大都街头的围观百姓，津津乐道"看来关圣帝君和弥勒佛将有一场大战"。你细读一读，体味一下，表面上是关心时事，其实是按捺不住好奇和兴奋，他们期待这种"大战"，喜欢这种"大战"，乐此不疲。最好是关圣帝君今天大战弥勒佛，明天大战太上老君，后天又大战王母娘娘，天天大战才好，围观者乏味的生活才会增添几分亮色，可以天天讨论八十二斤青龙偃月刀和三昧真火哪个厉害。

第三，也是庸众的一个思维特点，就是把一切自己搞不懂的问题粗暴地简单化。

南方明教造反的形势如何、前景怎样，是一个很复杂的问题，非掌握大量信息不能研判。庸众便会把它粗暴地简单化，拉到自己的层面来理解，简化成"关圣帝君和弥勒佛谁更厉害"。明教能不能成事，就看弥勒佛厉害不厉害了。所以，庸众都有一项能力，就是可以在不掌握任何信息的情况下热烈讨论很复杂的大事。

当然，倘若他掌握信息，那就不能叫庸众了。比如一个农民谈论养猪，他固然可能文化层次不高，但那能叫庸众吗？不能。他掌握的一手信息比你城里人多。他的发言，你必须认真听才对。可如果是村头的王小二谈论日本的防务、中东的石油、南美与欧洲的关系，他就可能成了庸众了，因为他不掌握任何信息，只能用村里的逻辑来臆想世界，最后就往往降格成"关帝大战弥勒佛"这种讨论水平。

再者，庸众还有一种本能，就是总在有意无意地制造谣言。例如前面引文里第一个说话的大都百姓，张口就是一句"今日关帝菩萨游行时眼中大放煞气"。

这就已经出现谣言的苗头了。试问，这个人围观游皇城时，真的看到关帝菩萨眼里大放煞气了吗？显然没有，"煞气"这种东西谁都瞧不见。可他如是张嘴一说，就释放出了一条被污染的信息，成了一个谣言的源头。传播出来之后，大家就会不断添油加醋，这条关于"煞气"的信息会被污染得越来越厉害。

人们会纷纷说："关帝今天真的大放煞气了，好多人都瞧见了！""是真的，我听大都的亲戚说了，他亲眼看见的，关帝真的在大放煞气！""那个煞气是金色的，像闪电一样，咔嚓咔嚓！""有人看见关帝一边舞青龙刀，一边大放煞气，熏死了好多人！"从此不管关帝本人承认不承认，他都是板上钉钉地大放煞气了。

最后，金庸还不经意地写出了一个规律，就是每三五个扎堆的庸众里，总会有一个爱做总结的、故作高深的庸众。不管别人讨论什么，他都会来总结一下，呵呵冷笑：告诉你们吧，那是一盘很大的棋。或是：呵呵，你们不懂，这些事是有背景的，水深得很云云。

你看元大都的这场街谈巷议，前两个人热烈讨论之时，第三个人就出来总结了：呵呵，这是运数使然，勉强不来的！"运数使然，勉强不来"，显得多么深刻，何等洞悉天机，一抛出来，肯定能收获旁边人一道道欲言又止、不敢多问的敬畏眼神。

书上说，张无忌对这些愚民之言无心多听，翻着白眼，快步离开。可是你张无忌鄙视人家，人家还鄙视你呢。街头大爷多半会中止高谈阔论，盯着张无忌离去的背影，掸掸袖口上的烟灰，说："呵呵，难成大器！"

《九阴真经》和屠龙刀

　　金庸的"射雕三部曲"假如连起来看，会发现一个共同的主题，那就是"夺"，大家你争我夺、巧取豪夺。所有人争夺的又无非就是两样东西，一是《九阴真经》，二是屠龙刀。

　　王重阳、欧阳锋、周伯通、黄药师、梅超风……华山几番论剑，数代人各逞奇能，无数阴谋阳谋，无非就是为了夺《九阴真经》。黄药师的妻子青春早亡，梅超风叛师离岛，周伯通被囚禁多年，欧阳锋发了疯，无数血和泪，也都是因为一部《九阴真经》。

　　夺经之后，又是夺刀，连少林、武当也不惜赤膊下场。武当派的俞岱岩终身残疾，谢逊成为盲人，张翠山和殷素素夫妻罹难，张无忌成了孤儿，种种都是拜夺刀所赐。

　　这两样东西有什么好的，让群雄不惜赌上声誉名节、身家性命来争夺？事实上"经"和"刀"都是有其意义的。它们恰好代表了世人的两种欲望。一句话，经为强技，刀为权柄。它们的本质就是这两样东西。而江湖上的英雄好汉们也分为两类人——爱经者和爱刀者。

　　《九阴真经》属于个体的修炼，拥有了它，就有希望获得单独个体的强绝能力，"摧敌首脑，如穿腐土"。这代表了一种变强的选择，就是通过淬炼自己的个体，让我个人拥有最顶级的技术、最尖端的业务能力，最好是变成欧阳锋念念不忘的"天下第一"，由此来获得最大的自由、尊严和财富，最终做到睥睨世间，纵横无忌。

　　欧阳锋、黄药师、梅超风、李莫愁……这些人都是爱经者。他们更喜欢个体的淬炼，痴迷于修炼自身武功，更高更快更强，以达到纵横世间的目的。

　　而屠龙刀属于权势的代表，所谓"武林至尊，宝刀屠龙，号令天下，莫敢不从"。和《九阴真经》不同,这是另一种变强的选择,就是通过掌握世俗权力,来号令他人,支配他人,主宰他人,做到"莫敢不从",进而实现人生价值,收获最大的满足。

空闻、空智、殷野王、朱长龄,乃至于朱元璋、陈友谅,这些都是爱刀者。他们明显对于练绝顶武功缺乏足够兴趣,而是更痴迷于扩张权柄,把控别人的命运。他们的理念是,哪怕你武功惊人,也敌不过我大权在握。

如果再要归纳的话,"经"代表自卫权和伤害权。有了真经上的武功,就可以保护自身,并且肆意伤害对手。"刀"则代表主宰权和奴役权,有了屠龙刀象征的权力,就可以主宰他人,驱使别人为自己所用。从《射雕英雄传》到《倚天屠龙记》,一百多年间,群雄你争我夺的不过就是这两种权力,或者说为了满足两种欲望:可以随意伤害别人的欲望和随意主宰别人的欲望。

反过来说,"经"和"刀"这两件东西也是相通的,有时候没有什么本质区别。

伤害权的升级,就是主宰权。周芷若练了一点《九阴真经》,本事强大了,立刻把脸一抹,呼呼喝喝、生杀予夺起来,随意主宰和支配他人的命运,对于饶舌的司徒千钟说炸死就炸死,和陈友谅之辈并没有什么两样。

反过来,主宰权的本质就是伤害权。为什么执权柄者如赵敏、朱元璋等能主宰人的命运?本质上就是他们有玄冥二老这样的打手,有明教百万大军,拥有伤害别人的能力。

人心苦不足。有的人有了经,却念念不忘要刀,慕容博是也,任我行是也,左冷禅是也,明明武功高强,但总想执掌权柄。而有的人已经有了刀,却朝思暮想要经,鸠摩智是也,权力极大了,却总想练绝顶武功。

在金庸小说里,除了"经"和"刀"之外,还有第三种欲望,就是大宝藏。在《连城诀》《雪山飞狐》《鹿鼎记》的故事里,大家争夺的就是大宝藏。

大宝藏又代表什么呢？何以大家也要去争抢？可以这么说，在《九阴真经》面前，大宝藏代表租用权。我有了大宝藏，有了巨大的财富，我就可以租用你的超强技艺为我所用，或者说至少不为敌人所用。大金国花大价钱给丐帮送重礼，让他们退到长江以南，就是在行使租用权。

而在屠龙刀面前，大宝藏代表赎买权。也就是说在权力面前，我可以用大宝藏来赎买安全、赎买尊严，通过出钱、投资，以赎买到一定的社会地位和生存空间。

你看金庸小说，有时候有"经"的人，有屠龙刀的人，有大宝藏的人，三家济济一堂，谈笑风生，欢声笑语；有时候又撕破脸皮，拿刀的人斗拿经的人，然后大家又一起去吃有大宝藏的人，势如仇雠。而这三样东西里仍然是大宝藏最不靠谱，毕竟是命交人手，永远要看别人的脸色。

悟透这个道理的就是林平之。他家是巨富，从小就有大宝藏，可是后来小伙子想通了，宁愿自宫都要练《葵花宝典》。他明白，只有大宝藏是不够的，在余沧海等有暴力的人面前就像肥猪，人家过年想杀几头杀几头。

李四摧这个小白脸

李四摧是《倚天屠龙记》里的一个小人物,他的戏份加起来总共也没有几百字,但特别有意思。

这人是赵敏身边的一员打手,专门负责射箭的,和七个同事一起被叫作"神箭八雄"。此外,书上说他还是个"小白脸",应该长得挺帅。

在小说里出场时,李四摧神气活现,耀武扬威。他和几个同事都是作猎户打扮,"腰挎佩刀,背负弓箭,还带着五六头猎鹰,墨羽利爪,模样极是神骏"。

有人大概会说,又不是什么一流高手,嘚瑟什么呢?那可就小看李四摧了。在读者心目中他固然是个小人物,但在社会上却不是。他在汝阳王府做事,汝阳王是天下兵马大元帅,几个人有资格进去他的王府做事?他在王府里贴身跟从的是什么人呢?是王爷的女儿绍敏郡主,也就是赵敏。郡主走到哪里,李四摧等"神箭八雄"兄弟就跟到哪里。郡主不但派他们干公事,还派他们干私事。她老人家第一次给张无忌送小礼物,就是吩咐八雄去干的。

倘若放到社会上,李四摧至少也是《水浒传》里陆谦那样的人物。在那个混乱的时代里,弱肉强食,哪怕是大都市中,有权势、有武力的人见了草民,也是"爱打便打,爱杀便杀,见了标致的娘儿们更一把便抓进寺去"。读者瞧不上李四摧,那是因为我们是读者,眼光高,只习惯盯着张无忌、张三丰之类的大人物看。可如果我们是个元朝的百姓,看到李四摧李哥,怕是大气都不敢出。别说是他本人了,恐怕连李哥的马仔、徒弟都可以横着走。

不过李四摧本人却没有什么劣迹,《倚天屠龙记》全书也没说他如何作恶了。相反,他应该也是很吃苦、很努力的。他这个岗位可不是光靠拍马屁可以得到的,要有真功夫,射箭必须得好。

他既然姓李,很大可能是汉人。书上没提他的出身、家世,但蒙元时汉人政治地位低,受歧视。李四摧出身条件不佳,却靠着天赋和汗水,一步一个脚印往上爬,殊为不易。可以想象,少年时的李四摧大概也是很有梦想,有拼劲的,也一定有很多感人的故事。

终于,他实现了阶层的跃升,成为励志传奇。爹妈多半很以他为骄傲,亲族朋友也一定以他自豪。老家一定传说着他的故事,男孩子们也以李哥为榜样。

而此时此刻,当李四摧骑着高头骏马走在大都街上,佩着王府的腰牌门禁,带着"墨羽利爪"的大猎鹰,一定趾高气昂。微风迎面吹拂,他甚至会有一种微醺的感觉,觉得自己很牛,很是个人物,三街六市上谁不在他面前战战兢兢、瑟瑟发抖?好威风,好霸气!

很有点像是《水浒传》里的陆虞候陆谦的自况:"我乃高太尉心腹人也!"

然而,那一天,威风的、体面的李四摧想吃点狗肉。注意,我们今天吃狗肉的争议颇大,往往被视为残忍。但在当时的社会环境下,李四摧这个爱好可说很平常,很普通,没有什么问题。

他去打了一条狗,炖来吃了。以他的身份,上街打个人来吃也不是不行,可他只是打了一条狗而已。

他其实也根本不用亲手打、亲手炖的,只要放话出去,李哥想吃狗肉,一定会有很多人来巴结,给他送肉炖肉。有的人怕会不惜把自己老爹炖了给李哥吃。谁不想巴结赵敏身边的人,哪怕是个打手?

然而李四摧却没有这样做,而是不嫌麻烦,亲手去炖肉。他甚至是躲在自己院子里吃的肉,关着门吃。为什么呢?他考虑到了住地万安寺毕竟是个和尚庙,公然吃肉影响不好。

你看我们小李,这一天,他没有欺男霸女,没有滥杀无辜,他只是低调地躲在自己房子里,和一个好同事孙三毁一起亲自动手炖了一点狗肉,喝一点小酒,打算度过一个与世无争的美好下午。多么温馨的小确幸。他没有擅离职守，也没有得罪领导和同事，没有伤害到谁，没有影响到谁。

可哪想到，就这样吃顿狗肉也吃出事了。门忽然被推开，本单位的一个高级打手范遥闻着味道来了，大马金刀坐在了小李对面，打算吃肉。

李四摧忍了。在权力的秩序里，范遥是高级打手，他只是低级打手，对方比他更有尊严、更体面。小李脸上堆满笑容，端凳摆碗请范遥吃肉，还筛上一大碗酒。结果呢，范遥嫌弃他的酒不好，"都吐在地上"。

李四摧又忍了，仍然满脸堆欢道：是是，我的酒不好，不配给您老人家喝。

好心好意给人筛酒，却被一口吐掉，这很过分的，要是在有的地区、有的民族同胞面前这样搞，人家要抽刀子的。假使是一个平头百姓敢吐李四摧的酒，他早就一耳光打过去了。可是范遥吐他的酒，他只有赔笑，还要道歉。这一刻他没有什么尊严，也没有什么体面。

更惨的还在后面。范遥此来是有目的的，居然是要借用他李四摧的饭局去给别人下毒。作为王府中的高级武士，范遥和另一派高级武士"玄冥二老"互相倾轧、搞内斗，今天便打算借机下手。

你内斗就内斗，毒人就毒人，凭什么拿我的饭局去毒呢？这只是我下午的一场小确幸而已啊。可人家范遥就这么干了。你小李的心情算个屁。

此时事情已经远远脱离了李四摧的掌控。毒药下了，被对方察觉了，双方争执火并起来。范遥揪住了"玄冥二老"之一的鹿杖客的作风问题攻击对手，声称在鹿杖客的床上发现了王爷的女人，以此要挟，逼鹿杖客就范。

双方斗智斗勇，来往角力，最终是各有所忌，范遥和鹿杖客谁也吃不掉谁。于是两边握手言和，达成妥协。

话说你们妥协就妥协吧，神仙打架关我屁事？可让人震惊的事情发生了，范遥提出了这样一个善后妥协方案：

将她（王爷的女人韩姬）和孙、李二人一并带到冷僻之处，一刀杀了，报知王爷，说她和李四摧这小白脸恋奸情热，私奔出走，被苦头陀（范遥）见到，恼怒之下，将奸夫淫妇当场杀却……

什么意思呢？就是一切乱子都说成是李四摧搞出来的，所有的屎盆子都扣到李四摧头上，说是他拐带王爷女人私奔。如此一来，鹿杖客便可完全脱身事外，洗清了一切干系，而范遥更是摇身一变，成了见义勇为、怒杀奸夫淫妇的英雄。

范遥为何偏偏要选李四摧扣屎盆子，把桃色案栽在他头上呢？很简单，因为他是个小白脸，说出来别人容易信。试问小白脸惹谁了？这天吃个狗肉又惹谁了？

并且他们当着李四摧的面，轻描淡写地商量如何栽赃他、牺牲他，把他"一刀杀了"，就像几个小时前他杀那只狗一样轻松。

将心比心，就能体会李四摧此刻的痛苦和无助。自己不但会无厘头地死掉，还会变成拐带王爷女人私奔的罪人和烂人。一切的待遇、荣誉都会被褫夺，半生奋斗付诸流水，家里人搞不好都要受影响，自己会从乡亲的骄傲变成臭狗屎。

一天之内，突然就沦落到这样的境遇，李四摧做错了什么吗？并没有。他只是错在太渺小。在这个体系里，毁灭你与你无关。书上说，在听见范遥的可怕建议之后，他大惊失色，"要想出言求求"，却由于被点了穴道，"苦于开不得口"。他这时候就像是那一条被打杀的狗，没有尊严，没有体面，甚至连开口哀求的机会都没有。

为虎作伥当人家的打手，自以为进入了什么圈子、有多么牛，别人多么畏惧你，其实一顿狗肉吃下来，真实的身份地位就会原形毕露。你以为的霸气只是你以为而已。

失去了李四摧，赵敏会伤心吗？我们几乎可以肯定，不会的。她曾经失去了更高级的打手阿大、阿二，也没有一点伤心。范遥栽赃李四摧，如果赵敏知道了，会生气吗？会替李四摧委屈、不平吗？恐怕也不会的。

她只会笑笑,"苦大师真调皮""苦大师,你骗得我好苦"。

孩子受了委屈可以到家长处告状,但低级打手受了委屈,却没有资格去告状。谁当你是孩子了?你永远只是你村子里李老实的孩子,不是赵敏的孩子。

说到这里,大家可能有点同情李四摧了。但别急,他还不是最苦的。更苦的是他的同事——孙三毁,一个比李四摧戏份更少、更龙套的小人物。

那天,他不过是陪着李四摧一起吃了那顿狗肉。他更加无辜。可是范遥提出冤杀李四摧的时候,居然轻描淡写随口带了一句:

……还饶上孙三毁一条性命。

孙三毁躺在一旁听见,肯定蒙了:为什么要饶上我的性命?李四摧是小白脸,我孙三毁又不是小白脸,我招谁惹谁了?

关于
——
《书剑恩仇录》

岂知书剑老风尘
——
高适

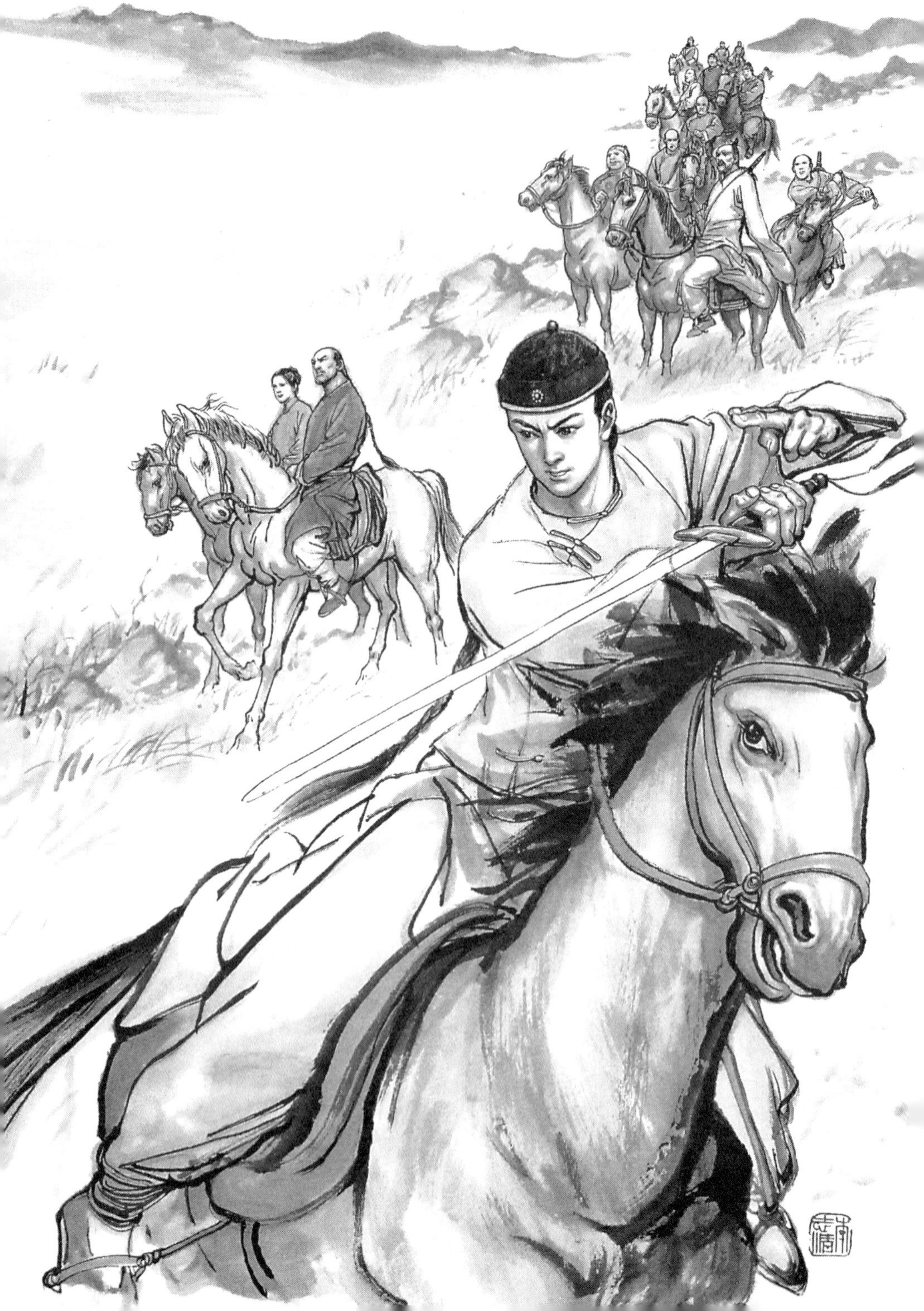

张召重的转型

张召重，外号"火手判官"，是《书剑恩仇录》里的一个大反派。他本来是一个民间武术家，转而入仕做官，最终失败殒命。从他的身上，能看出一个旧时代官员，尤其是技术类官员转型的教训。

张召重本身是个顶级的武术家，这是没有疑问的。他是武当派的第一高手，在武术圈内很有影响力，江湖上说"宁挨三枪，莫遇一张"，这说明了他的专业水准，是真专家、真博士。后来他投靠了朝廷，进体制当官，起初升得也很快，用书上的话说叫作"青云直上"。当了一个什么官呢？是骁骑营的佐领。

这个官不算小了。说来似乎只是四品，不像后来金庸小说的大反派都是"国师""法王"那么拉风，但骁骑营属于禁卫军，拱卫最高权力，颇为核心紧要。张召重作为一个半点关系门路都没有的素人，能做到骁骑营的佐领，也算相当不容易。如果放在《鹿鼎记》里，骁骑营的参领、佐领们也是和韦小宝爵爷都有机会赌几把牌九的了。

这样看来，张召重这个专业技术人员出身的干部，转型得应该是挺成功了。可他后来的结果又颇惨痛，官总是当不上去，甚至各种钻营、挖空心思都无效，还闹了一个含恨身死。这里面就有一些沉痛的教训。

话说，每一个专业技术人员，在他转身踏进官场的第一步就都面临转型。不管过去是体育冠军也好，武当高手也好，名记者也好，大专家也好，都要转型。这个道理谁都懂，张召重自然也懂。

不就是转吗，要转变思路嘛，转变头脑嘛，转变办事方法嘛，对不对？答案是不对，至少是认识不够深刻。"转型"不是转变一下这么简单，而是要彻底脱光光，和过去的一切完全拜拜，把过去能放下的、不能放下的都放下，做到清洁溜溜，光着屁股真正地重新再出发。你穿个旧裤衩去都算转型不成功。

就比如说一点：骄傲。翘着尾巴进体制？没有那样的事。专业人员的傲气要从骨子里戒掉。张召重也明白，表面上他也懂得要戒傲气，平日里也并不在同僚面前吹牛耍横。刚出场时，周边人一口一个张大人无敌、张大人武功高，他也并不接茬自吹自擂。日常他和同僚说话，就算不是十分周至，也还可称妥当，没有大纰漏。

问题是，嘚瑟，那是骨子里的。平时装得再好，再夹起尾巴，关键时候憋不住也没用。张召重就是这个毛病，平时懂得戒骄戒矜，可一到关键时候就按捺不住，动辄声称在座的各位都是垃圾。你看他说的一些话、转的一些念头：

皇上养了这样的人有屁用！

又如：

成璜这脓包死活关我何事？

一到气头上就挂相，就轻慢同僚。别人都是"养了没屁用"，都是"脓包"，就你是英雄好汉，皇上就该养你，你都有资格替皇上心疼钱了还是怎的。你是福康安大帅？你是太后？

一到激动兴奋时，张召重还会冲口跟人吹牛：

阎老弟，你跟我来，你瞧我单枪匹马，将这点子抓了。

这又是炫耀他的专业特长了。你单枪匹马抓人，功劳算谁的？我们办事都要通力协作，就你可以单枪匹马，就你牛，我们都拉你后腿了。

张召重虽然在努力转型，努力低调，可一旦骨子里的那点子骄矜放不下，平时的一切低调、一切做作都是枉然，在同僚眼里仍然是牛烘烘。

大高手呗，了不起呗，武当派呗，牛呗！

再看张召重和江湖旧圈子的关系，也是没处理好。

他当官以后，其实对旧的圈子是有感情的，对武当派也是有香火之情的。见到武当派的人，起初总是主动示好。

他遇见李沅芷、余鱼同，察觉对方是武当派功夫，都手下留情，有所照拂。比如和李沅芷激斗时，认出她是武当传人，立刻高声说道："喂，你这孩子，我问你，你师父姓马还是姓陆？"别人不和他攀亲，他反倒和人攀起亲来了。此后他多次对李手下留情。后来和余鱼同激斗，也是屡次留情，"知有瓜葛，未下杀手"。余鱼同发疯般狠打死斗，张召重反而喝道："你不要命吗？"

做了官、当了领导，却一直挺注意维护和修补与旧圈子的关系，听上去原本不错。可问题是，他对江湖的这一丝情分有用吗？对方认账吗？似乎半点都不认。江湖人眼里是怎么看他的呢？先看不相干者是怎么说的：

> 韩文冲道："在北京见过几次（张召重），咱们贵贱有别，他又自恃武功高强，不大瞧得起我们，谈不上甚么交情。"

看这话说的，和人不熟就不熟，何必酸溜溜呢？张召重武功比你韩文冲高多了，人家和你的老板、总镖头齐名，本你俩就不是一个层次。就算他不当这个官，便该瞧得起你吗？

再看张召重的原来同门师兄陆菲青又是怎么当面说他的：

> 你虽无情，我不能无义，念在当年恩师分上……

这师兄口口声声指斥张召重无情，但我将原著从头看来，并没见着人家如何无情了，反而一开始挺照顾武当派。

这说明什么？在故旧们的眼里，当官必然发达，发达必然瞧不起人，

175

这是定式思维。张召重对旧圈子不痛不痒的示好、不凉不酸的情分、不离不即的羁绊，完全是屁用都不顶。你给武当派划拨地盘了吗？给师兄们分房子了吗？经常请江湖老友吃饭联欢了吗？见到韩文冲这等小字辈热情握手送礼了吗？安排吃请、帮忙办事了吗？既然没有，那就是无情。

正所谓一刀两断，好聚好散；缝缝补补，大家痛苦。张召重何必？这是他转型失败的第二个教训。

由此还衍生了一个话题，张召重忽视了一件事，就是尽快摆脱"技术型官员"这个标签，不要和江湖有所纠缠。官场之上，除了极少数例外情况，"标签"这个东西基本是减分不加分的。凡是带了标签的官员，都不是当官的理想境界，什么技术型干部、明星干部、八〇后干部……无一例外。

一个人只要被打了标签，就会有软肋和破绽，会给人形成刻板印象。比如"技术型"隐含意思是书生气、大局观不行、领导能力差；"明星"可能隐喻爱出风头、不脚踏实地；"年轻"表明坐火箭、蹿升快、欠历练，都不是好事。要当官员，就要当没标签的，要当圆融浑成的。如果是从技术人员转型来的，那么背景色模糊得越快越好，越迅速地官僚化越好。

张召重倒好，反着来，时时刻刻处处提醒大家：我是江湖出身，我是武当派高手。都毅然跳进染缸了，还举着一块红布，何必呢？小说中，他老是以官员之身，跑回江湖上刷存在感。说白了这是一种"双重嘚瑟"，一方面想在官场同僚面前炫耀自己的专业影响力，另一方面又想在江湖故旧面前炫耀自己的官职地位，结果就是两面招恶心。

张还草莽习性不改，动不动约江湖人"决斗"。他先送信给红花会总舵主陈家洛，约陈决斗；后来又受不了别人的激将法，约江湖上的镖头王维扬决斗。这感觉像啥？打个比方，就像一个记者出身的干部，明明已经当官去了，并且都不分管文教领域了，却又跑回报社去和人比赛写稿子。又像一个学计算机出身的干部，跑到互联网公司和人比写代码。这不是搞笑吗？

一会儿约黑社会头目决斗，一会儿约民营企业家决斗，行径是不是也太幼稚？赢了又如何，输了又怎办？真要让上级领导比如福康安大帅知道了，会夸你张召重勇敢呢，还是会撇撇嘴，说土匪终究是土匪？

究竟什么样的官员才可以炫耀专业技术呢？答案是官当得足够大的。乾隆爷说：我本来是个诗人。这可以。张召重不可以。

最后补充一点，张召重还有一个致命缺陷——好色。他居然先想抢走霍青桐，后来又惦记李沅芷。这也是一忌。要知道，乾隆爷可以好色，福大帅可以好色，张召重却不可以。他这种毫无资源、毫无背景的纯素人，在官场上是不可以有任何兴趣爱好的，唯有勇猛精进一条路。

就好像一个家庭里，亲儿子可以成绩不好，可以沉溺游戏，当妈的最多说：孩儿啊，少打游戏，小心伤眼，来吃了这只鸡腿再打。但是你张召重一个干儿子也跟着打游戏，当妈的便要不愉快了，呵呵冷笑：小张，你到我家是来打游戏的吗？

金庸最偏爱的女性

在金庸小说里，女人有几种头衔："魔女""仙女"，以及"妖女"。

他的"魔女"，或者说叫"女魔头"，如李莫愁、梅超风，乃至名气更小一点的孙仲君之类，应该说是艺术上比较成功的，塑造得也都不错。这些女人的标签通常是愤世嫉俗，滥杀无辜，而本人也往往有一段让人恻隐的情史。

金庸对她们的态度无疑是批判，外加一些有限的同情。作为一个男人，他很喜欢她们吗？并不很喜欢。

另一类是所谓"仙女"。这一类角色比较遗憾，在金庸的笔下算是不太成功的，艺术性上来说往往都是二流角色。例如香香公主喀丽丝、王语嫣，甚至还有小龙女。

这些"仙女"都比较单薄和寡淡，性格不够鲜明。香香公主不像是个人物，而像是一个符号，属于橱窗式的人物。她只需要杵在那里，代表美和纯洁就好，当标签和摆设用。许多故事情节都单纯靠她的美貌来驱动，她什么都不必做。金庸写她，有可能是受了《伊利亚特》里海伦的启发，但香香公主比海伦还像符号。

王语嫣也是典型的橱窗式人物，面目很模糊。按理说金庸写到《天龙八部》的时候，艺术上已臻大成了，可王语嫣还是没有灵魂。作者塑造她的时候，很用力地想让她丰富、立体一点，给这个人物加了许多"褶子"，努力地让她更有辨识度。比如让她博闻强识，"熟知天下各门各派的武功"，可以现场指点高手打架；又给她安排了不少苦恋表哥，乃至情断绝望、投井寻死之类的热闹戏份。可这个角色还是立不起来。

小龙女也是一样的，性格不鲜明，本来都立起来了，后面又遗憾地坍塌下去了。

刚出场的那个在古墓里的小龙女，金庸是把住了的，那种冷、决绝、果断写得极其好。她对杨过说：我死之前，会杀了你，不然我就不能照顾你一生一世。这等语出惊人、看淡生死又不走寻常路的范儿，让人印象极其深刻。

接下来，她对杨过从冷到热，爱欲渐渐被唤醒，心防突然崩溃："若是他要来抱我，就让他抱好了"。这一节作者也是把住了的。写到这个时候，小龙女都是一流角色。

可是等小龙女出了古墓，感觉金庸老爷子就把不住这个角色了，没有完全想好怎么写她。天真、冷漠、决绝、独立、耳根子软、敏感体质，到底让她占哪一头？没想好。一流的小说本来应该是性格驱动，让角色的性格去驱动情节发展。但小龙女出古墓后，故事就从性格驱动一步步变成了情节驱动，作者先硬编排好了情节，再赶着小龙女去走流程，她自己的性格被作者牺牲掉了。

所以小龙女出了古墓后，做事就一直有点莫名其妙，后来所有故事就是她跑，杨过找，她再跑，杨过再找。本来如此有主见的一个姑娘，变得耳根子极软，还不会动脑了。别人随便挑拨两句，或是一个小误会，她就丢下杨过跑路。

为了推动"绝情谷"的情节，作者安排她去莫名其妙地嫁一个陌生老男人，还给自己取了个姓氏，姓"柳"，因为"过儿姓杨，我便姓柳"，这明明是敏感体质的文艺女青年才干的事情。

这许多重要的"仙女"主角都塑造得差强人意，只能说"仙女"不是金庸最擅长的类型，或者说，也不是他内心最喜欢的类型。

金庸写得最好的，基本统统是一种类型——妖女，特别是"小妖女"。在他的小说里，一般人是没资格做小妖女的，这是一种冠冕。能被人用这个词称呼的女主角都是艺术上最成功的，是上上人物，比如黄蓉、赵敏、殷素素等等。

她们的特点是智商超高，狡黠，爱骗人，有主见，不按套路出牌。在感情上，对不喜欢的人不假辞色，各种玩弄捶打，甚至是践踏。对喜欢的人则拼命追求，而且特别善于打开木讷男人的心锁。

看金庸小说你能感觉到，他一写到"妖女"，就眉头舒展了，就得心应手了，笔也润开了，行文也滑溜了，自然的文字一波又一波往外涌。即使是一些很平常的女性角色，金庸给她加持一点妖女气，人物一下就活了起来。

《连城诀》里的水笙，作为小说的第二女主，本来特点是不太鲜明的，可是在大雪山一章情节里，金庸安排她骗了男主一把，故意摔一跤：

忽听得她"啊"的一声惊呼……摔倒在地。狄云一跃而起，抢到她身边。

水笙嫣然一笑，站了起来，说道："我骗骗你的。你说从此不要见我，这却不是见了我么？那句话可算不得数了。"

然后，还咯咯娇笑：

"狄大哥，你赶着来救我，谢谢你啦！"

这种灵光一闪的狡黠，骗人后的心满意足，以及打开男主封闭心锁的方式，是否让人立刻想到黄蓉、殷素素、阿紫们？

反过来，只要不是"妖女"，就往往不是写得最成功的。例如任盈盈，金庸投入了大量精力去写，各种铺垫刻画，想要塑造一个害羞、要面子、富于心机但又含蓄的大小姐形象，可任盈盈的轮廓还是不太清晰，在艺术上和黄蓉、阿紫等还是差了一截，不是最一流的。所以说金庸最会写妖女，最喜欢的大概也是"妖女"。

然而从男人的角度看，"妖女"也许还不是他最理想的异性。他梦中最独一无二的"她"，不见得是黄蓉、赵敏或者殷素素那样的。答案仍要从小说里找。我觉得很可能是他第一本书《书剑恩仇录》里的霍青桐那样的。

一个小说家在写第一本书的时候，往往艺术上不太成熟，缺乏克制，喜欢把男主、女主按照自己最理想的路子去写，写成所谓的男神女神。现在许多人写小说就是这样，爱写意淫中的完美人物，男主都是剑眉星目、傲世才情、酷绝天下还带点蔫坏，这就是因为艺术上不成熟，缺乏克制。

所以，一个作者的第一本书，也许反而最能暴露其内心喜好，不像写后来的作品时，他老辣了，成熟了，笔下会遮掩了，你就什么都看不出来了。

金庸的第一个男主陈家洛就是照着自己最理想的模子去写的，倜傥英俊，文武双全，有理想有抱负有文化有纪律，几乎是一个完人般的少年，只不过最后写坍塌了而已。而他的第一个女主角"翠羽黄衫"霍青桐，也是一个近乎女中完人的角色，英武美丽，智商超高，富于主见，并且骄傲、独立、气场强大。偶尔她也调皮一下，但不同于"妖女"们的是，没有那么任性、狡黠爱骗人，总的来说，她是还没有打开的"妖女"，是封闭版的黄蓉、赵敏。这很有可能是金庸现实中最理想的"她"。

从这个角度看，倒是有一点点像夏梦。

关于
《雪山飞狐》《飞狐外传》

> 冰壮飞狐冷
> ——沈佺期

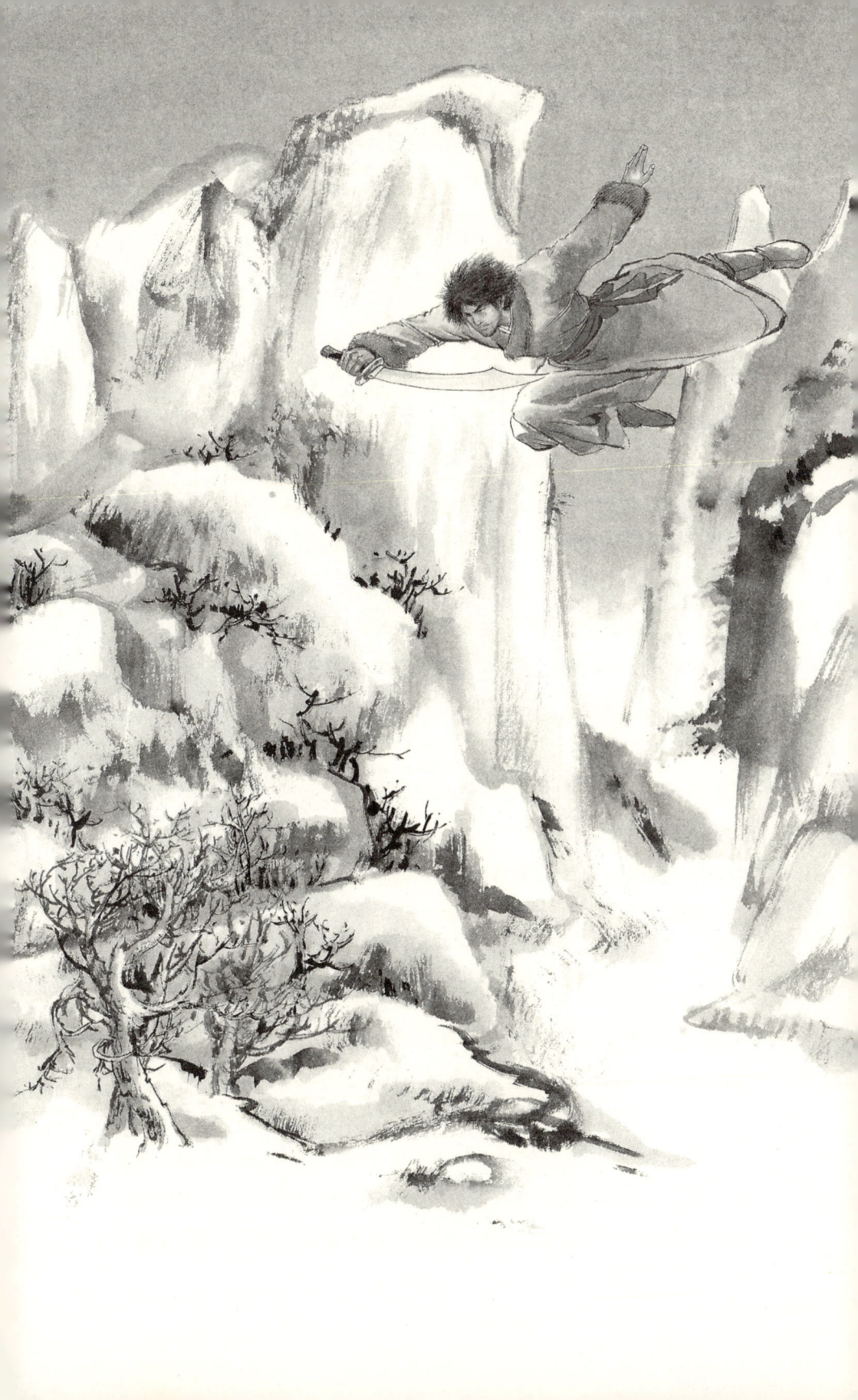

丐帮的堕落

> 数十名黑衣大汉打开携来的箱笼,各人手捧一盘,躬身放在杨康身边,盘中金光灿然,尽是金银珠宝之属。
>
> ——《射雕英雄传》第二十七章

这一笔"金光灿然"的巨额财物,是大金国赵王完颜洪烈送给丐帮的。金国客气地提出了条件:希望丐帮离开北方,撤退到长江以南,不要和金国为难。

利诱与威胁面前,丐帮的领导集体面临着重大选择。

结果,四大长老里有三个经受住了考验。班子里排第一的鲁长老坚决反对,说话掷地有声:"洪老帮主号称'北丐',天下皆闻……礼物决不能收,撤过长江,更是万万不可。"另外,有两位长老虽然反应没有那么激烈,但也都不赞成,觉得此举"颇为不妥"。班子中只有一位彭长老受贿投敌,四分之一,成不了气候。广大丐帮帮众也不赞同彭长老,"一大半鼓噪起来",抵制大金赵王的糖衣炮弹。

这就是南宋嘉定、宝庆年间的丐帮。他们顶住了风浪,保持了"天下第一大帮"的成色。

然而到了五百五十年后的《雪山飞狐》,大金变成了大清,已是乾隆年间。丐帮这时的帮主姓范,以结交朝廷内卫为荣,"把众侍卫都当成了至交好友"。这位范帮主还"对赛总管更是言听计从",所谓赛总管便是清宫的侍卫总管。

一帮清宫侍卫,居然和丐帮帮主称兄道弟,而且还是所谓"至交好友"了。一个侍卫总管便可以驱使堂堂丐帮的帮主,让其言听计从了。你能想象北宋的侍卫头儿驱使乔峰吗?能想象南宋的侍卫头儿驱使洪七公吗？难怪歌儿里唱：五百年，桑田沧海。

早先南宋的时候，丐帮中一大半弟子是"污衣派"，有三条严格的戒律：一不使银钱购物，二不与外人共桌而食，三不得与不会武功之人动手。

关键是这第三条，不得与不会武功之人动手，这便很大程度上杜绝了仗势欺人的可能。所以丐帮受人尊敬，江湖口碑甚好。有一个细节：杨过作弄了几个丐帮弟子，事后立即向他们道歉，称丐帮行侠仗义，不可轻侮，对自己的行为表示歉意。

可是时间过了近百年，到了元末，丐帮便惊人地堕落了，和当年相比可谓天上地下，竟像是两个完全不同的帮会。来看《倚天屠龙记》里所写的元代丐帮，是借张无忌一行人的视角展现出来的：

> （张无忌等）三人走向镇上一处大酒楼，张无忌摸出一锭三两重的银子，交在柜上，说道："待咱们用过酒饭，再行结算。"他怕自己衣衫褴褛，酒楼中不肯送上酒饭。岂知那掌柜恭恭敬敬的站了起来，双手将银两奉还，说道："爷们光顾小店，区区酒水粗饭，算得甚么？由小店作东便是。"

张无忌一行去吃饭，唯恐自己衣衫褴褛，店家不接待，先把银子送上。哪知道掌柜却不敢收。为什么不收呢？答案很快揭晓了，原来是店家误以为他们是丐帮中人，不敢收钱。

很快，真正的丐帮中人来了，情景是这样的：

> 只听楼梯上脚步声响，走上七个人来……都是乞丐的打扮。这七人靠着窗口大模大样的坐定。只见店小二恭恭敬敬的上前招呼，口中爷前爷后，当他们是达官贵人一般。

在老百姓面前，丐帮徒众的做派是"大模大样"，作为普通生意人的掌柜则是"恭恭敬敬",口中"爷前爷后",把他们当作"达官贵人",这岂不是莫大的讽刺?不过是一群乞丐而已,充其量也就是会武功的乞丐,如今却也摇身一变,充起"达官贵人"来了,需要别人"爷前爷后"地巴结了。

金庸大概是怕没写透,继续又写了一段:

> 群丐也已酒醉饭饱,一哄而散。……(张无忌等)三人下楼到柜面付账,掌柜的甚是诧异,说甚么也不肯收。张无忌心想:"丐帮闹得这里的酒馆酒楼都吓怕了,吃喝不用付钱。只此一端,已可知他们平素的横行不法。"

丐帮的人吃完饭不用给钱的,可以直接一哄而散。张无忌去给钱,掌柜的态度居然是"诧异",说什么也不肯收,可见老百姓怕丐帮怕到了何种程度,以至于所有乞丐打扮的人都不敢招惹,所有衣衫褴褛的人来吃饭都不敢收钱了,唯恐触怒了丐帮。

说到恶棍吃饭不给钱这种事,金庸写过非止一回。在《笑傲江湖》里就有一个恶棍军官吴天德,他去住店,把店小二欺辱得够呛。店小二背后诉苦,说这位军爷很横,爱打人,连吃带住,而且"也不知给不给房饭钱呢"。

不妨体会一下,"也不知给不给房饭钱",这里面至少包含两层意思:第一,这位军官仍然有可能是会给钱的。第二,倘若他发善心给了钱,店家也是敢收的。和这位所谓恶棍军官相比,丐帮显然只有更恶,因为他们明确不会给钱,就算给钱,店家也绝对不敢收。当地百姓可谓苦丐帮久矣!

以上是丐帮欺压良善的问题。再来说丐帮腐败的问题。

早期的丐帮诚然也有腐败,甚至也曾一度出现大面积的腐败。

在《天龙八部》故事发生的北宋年间,丐帮高层就爆发了一次"月饼丑闻",事件大致是:副帮主马大元的夫人同时和一位长老、一位舵主私通，共同谋害帮主乔峰。之所以叫"月饼丑闻"，系因这位长老对马夫人说过一句调情的话：你身上有一对月饼，很圆很白。

这一起腐败窝案对丐帮破坏很大，引发了帮内连环的内讧和仇杀，最终帮主乔峰被迫引退，多名高层人员殒命，帮会形象大损。这是一个很大的警示，表明腐败已经蔓延到长老级别了。

但是也应看到，在当时这毕竟只是偶发、个别现象，长老、舵主里的多数仍然是正派的。比如几大长老之中，管执法的白长老虽然腐化掉了，但吴长老、奚长老、陈长老等都是比较正派的。更关键的是帮主绝对靠谱，没有被腐蚀，始终经得住考验。

那时的丐帮，帮主多是英杰。早先的汪剑通帮主便算是条好汉，到了乔峰帮主更不必说了。后来因为极特殊的情况，出了游坦之这样无能的帮主，但也很快纠错，让他下台。等传到第十七代钱帮主，固然又比较暗弱，但到了第十八代洪七公、第十九代黄蓉，又都是英雄豪杰。就拿作风问题来说，从汪剑通、乔峰到黄蓉、耶律齐，几百年来没听说帮主有作风问题的。

可是到了后来，事情慢慢起变化了。到了《笑傲江湖》所写的明代，丐帮帮主叫作解风。此人出场不多，形象不明朗，但管中窥豹，也能见出一些端倪。

有一次魔教教主任我行问手下，解风在世上有甚么舍不得的人啊，属下答称：

> 听说丐帮中的青莲使者、白莲使者两位，虽然不姓解，却都是解帮主的私生儿子。

这不免让人大吃一惊。丐帮居然堕落成这个样子了？帮主不但有严重的作风问题，而且还有两个私生子。你能想象前辈帮主乔峰、洪七公、黄蓉有私生子吗？

当然，就算有私生子，也不一定就代表整个帮会堕落了。少林派掌门也曾经有私生子。真正能反映帮会堕落的是，帮主居然公然给私生子在公司安排工作、做高管，当什么"青莲使者""白莲使者"，并且此事已经成了江湖半公开的秘密，连敌对势力的魔教都掌握了。

这两个"使者"的岗位设置很可疑。丐帮过去的高管序列里，只有长老、龙头、舵主，从来没听过什么"白莲使者"，搞不好就是为了安排俩宝贝儿子专门设置的。如此公然徇私舞弊，丐帮里不见一个长老、龙头来干涉，广大帮众居然也不反对，似乎对这类事情已经见怪不怪了。这便不是个别人的堕落了，而是帮会整体的溃败，套用《红楼梦》的话说，这时候的丐帮大概也只有门口石狮子是干净的了。

除了高层堕落之外，丐帮还丢掉了当年许多好的作风。起初帮中崇尚朴素，一切仪式从简，不搞大操大办。比如悼念洪七公，这么重要的仪式，有没有大操大办？根本没有。整个过程无比朴素：

> （鲁长老）在地下抓起一把湿土，随手捏成一个泥人，当作洪七公的灵像，放在轩辕台边上，伏地大哭。群丐尽皆大放悲声。

捏个泥巴人，大家集体哭一场，就算是送别洪帮主了，这简直是朴素到了极点。按理说，洪七公如此功勋卓著，一旦牺牲，悼念的规格高一点，声势、排场大一点，花钱多一点，大家都是没有意见的，甚至是众人所期盼的。然而丐帮不过是泥土一捏而已，其朴素如此。

可是到了元代，帮内的高管开始讲究奢侈享受了，早丢掉了当初的作风。此时的丐帮把总堂放在哪里呢？你猜都未必能猜到，乃是河北卢龙一个大财主家里。

金庸写这个总堂，说乃是一座"巨宅"，"两扇巨大的朱门紧紧闭着，门上碗口大的铜钉闪闪发光"，进门就是两只大金鱼缸，十分豪华。作为"丐帮"，居然把总舵设在这种奢侈的场所，固然也可以说是为了当时的隐蔽斗争需要，但你能说不是同时为了舒适享受吗？

作风蜕化之余，丐帮做事也越来越猥琐，格局日益狭隘。《天龙》

《射雕》里宋代的丐帮，一心想的是抗敌。到了《倚天》里元代的丐帮就没有那么关心抗敌了，一心想的是争霸，压倒武当、明教。而到了《飞狐》里清朝的丐帮，抗敌争霸都无望了，干脆便一心给朝廷当打手，比如范帮主居然跟着一伙侍卫去暗算苗人凤。

这事可谓丑陋至极。苗人凤于范帮主有恩，曾经为了救他而甘冒大险，孤剑闯天牢。可如今范帮主给人的回报是什么？"（苗人凤）突觉耳后'风池穴'与背心'神道穴'上一麻""这两大要穴被范帮主用龙爪擒拿手拿住，登时全身酸麻"。两记干脆的龙爪手，这就是范帮主对恩公苗人凤的回报。

丐帮如此弃绝道义，迎合朝廷，可他们在官府眼中的地位真的提高了吗？真的受到朝廷尊重了吗？实情正好相反。

对比过去，当年丐帮帮主乔峰跳槽，直接做的是辽国南院大王。后来洪七公做帮主时，大金赵王都遣使来拉拢示好，小王子杨康甚至还觊觎过帮主之位。可见丐帮帮主的位子是有分量、有声誉的，连金国王爷都瞧得上这把交椅。

后来黄蓉做丐帮帮主，在襄阳主持抗元。襄阳主官吕文德是一方统兵大将、京湖制置使，地位很高。黄蓉却对他一点不放在眼里，经常呵斥，战况紧急时甚至持剑威胁吕文德。可吕文德仍然礼遇黄蓉，倚若干城，视为上卿。吃饭宴客的时候，吕文德要让黄药师上座，因为"黄岛主是郭大侠的岳父"。

这是一个发人深思的现象，有时候，办事越是坚持原则，越是出于大义和公心，越不溜须拍马，反而越容易得到别人尊重。

后来的丐帮，帮主亲自去侍奉有司，充当打手，跟着侍卫总管鞍前马后地办事，却反而愈发被人看不起。赛总管是怎么对待范帮主的呢？很让人心酸：

> 赛总管一声冷笑……右肩突然撞将过去……范帮主并未提防，蓬的一声，身子直飞出去，竟将厢房板壁撞穿一个窟窿，破壁而出。

这就是他在总管心目中的实际地位，一言不合就把你撞得墙裂而出。不禁让人想起老电影《唐伯虎点秋香》里的台词，墙外的人说："对不起，我是低等下人，是不能进来的。"墙里面的人说："哎呀，我哪里有把你当低等下人了？我只是把你当狗而已。"

程灵素之叹

金庸小说里的爱情，经常有一个规律：逆取者胜，顺守者败，更主动一点的会赢得胜利。所以温青青胜，阿九败；赵敏胜，周芷若败；杨道胜，殷梨亭败；韦小宝胜，郑克塽败。

程灵素因此败了。这个光彩照人的女子，毒功天下第一，有一身"可惊可怖的本事"，敢于面对一切恶毒的敌人。但唯独在爱情上，她放弃了进攻。

应该感谢金庸，在写了那么多漂亮女性的同时，又以无比的温情，给我们留下了一个丑丑的程灵素。

她不漂亮，而且发育不良，"相貌似乎已有十六七岁，身形却如是个十四五岁的幼女"。在金庸小说里所有的年轻女孩子中，长相不如程灵素的一时只能想起两个，一个是《倚天屠龙记》里的史红石，一个是《笑傲江湖》里的老不死，女主角里不好看的则只有程灵素。

程灵素的缺陷几乎每一点都是要命的。她"肌肤枯黄""脸有菜色"，头发"又黄又稀"，身材也是"双肩如削""身材瘦小"。这样一个丑丑的女孩子，偏偏还在《飞狐外传》这样一本不太重要的书里出场，并且是在全书几乎已经过半的第九章才出场。我想当然地以为，她只是个小旦角儿而已。

结果，她在仅有的十章篇幅里上演了一场弯道超车，发出了最耀眼的光。几章过后，她的光彩就超过男一号胡斐，也超过了女一号袁紫衣。又几章后，我们发现她的气场甚至要盖过书中的大佬苗人凤。

到了第二十章，我们发现她的光芒甚至有可能要威胁黄蓉、赵敏、小龙女、任盈盈、王语嫣这些金书里的著名大青衣。她甚至挽救了《飞狐外传》这本书，因为有了她，才让这本书在金书里也能独树一帜，没显得太过逊色。一开始谁能想到？只能给她三个字：奇女子。

这个奇女子在情场上的失败让人扼腕。在性格和手段上，程灵素其实非常像是"射雕三部曲"里两位名旦黄蓉、赵敏的综合体，她有黄蓉的机智，亦有赵敏的辣手。但她却没得到像黄、赵二女那样圆满的感情。黄、赵都是感情上的积极进取者，而程灵素唯独在爱情上放弃了进攻。

对于潜在的情敌，如穆念慈、华筝、周芷若等，黄、赵二女出手凌厉，绝不给人可乘之机。程灵素恰恰相反。面对江湖上的敌人，她从来都敢于出击：攻破掌门人大会，诛戮叛徒，清理门户，一击制敌，绝不失手。唯独在感情上，她成了一个彻底的防守者，惴惴不安、患得患失，把感情的火种默默埋在灰烬里，直到熄灭。她无限度地付出，却从不敢索取，最后除了一个被惯坏的胡斐，她什么也没有得到。

程灵素输得不值。她在情场上的对手不能算强的，袁紫衣在金书的女角里根本排不上号。有人说得露骨：袁紫衣，不过是一个"云空未必空"的讨厌尼姑而已。她要攻克的男人，也不算太难。胡斐在感情问题上远没有他爹胡一刀那样坚定明确，充其量只是个陈家洛般拖泥带水的龟毛男。

更何况她也没有什么好输的。她本来就只是胡斐的"二妹"，如果为爱情放手一搏，就算输了，也不过还是"二妹"而已。

然而，我们的小程偏偏过早地认输了。当胡斐提出结拜兄妹的时候，程灵素就给自己的爱情判了死刑。

再看看黄蓉和赵敏，她们的爱情也遇到了绝望的关口，郭靖答应要娶华筝，张无忌更是要和周芷若拜堂了，但黄蓉和赵敏有放弃吗？想想赵敏华堂夺夫的勇猛吧——"光明右使范遥眉头一皱，说道：'郡主，世上不如意事十居八九，既已如此，也是勉强不来了。'赵敏道：'我偏要勉强。'"

程灵素的退缩，大概是因为自卑。她可能不知道该拿什么向胡斐进攻。赵敏的进攻方式是："张公子，你说是我美呢，还是周姑娘美？"黄蓉的进攻方式也很相似："你说我好看吗？"程灵素不能用这些招数。她不好看。

在很多读者心里，胡斐配不上她；但在她自己心里，她配不上胡斐，只是个丑丑的贫村穷女。她高估了山外面的那些大家闺秀，低估了自己这个村里的黄毛丫头。面对袁紫衣，她甚至都没敢交手就认怂了。她大概都没有动过哪怕半点念头："她到底哪里比我好？"

就像一个乡下丫头面对阔气小姐，敢比学习成绩，工作业绩，但一说到面对面地抢男人，就立刻心虚认输了。

黄蓉、赵敏为感情而战，即便输了，她们也照样是众星捧月，所以她们反而放得下架子，敢于进攻，也输得起。程灵素却没有这样的底气。作为一个连镜子都不敢照的女孩，如果再输了，她的自信会被彻底摧垮，人生会完全灰暗，大概没有什么东西能支撑她生活下去。

最后她死去了，有一点义无反顾也有一点自暴自弃地为胡斐吸毒，然后自己死去。她像是一个卖火柴的小女孩，在寒风里擦亮了爱情的火焰，以为可以温暖自己，却很快发现这火苗太短暂、太微小，根本不能给自己什么温暖，甚至都焐不热手掌，反而使人愈加寒冷失落。金庸说自己每次写到程灵素都流眼泪，我也有流泪之感。程灵素想必在天堂和毒手药王重逢了，唯愿那是一个不需要爱情的地方，她去了恩师和慈父的怀抱里，在那里得到温暖。

胡斐的胡子

胡斐在《雪山飞狐》中出场的时候，留着一把大胡子，是"满腮虬髯，根根如铁"。在这部书里，金庸没有给出胡斐留须的原因，只是说他外形像父亲，"胡一刀……容貌威严，他生的孩子自也是这般"。

但在一年后写的《飞狐外传》中，金庸似乎给出了胡斐留大胡子的原因，暗示那是因为程灵素。

许多读者包括我在内，读《飞狐》的故事，不自觉地就对程灵素钟爱有加，成了她的娘家人，同时对胡斐怨怼非常，一看到他的尿样儿就想冒火。每当胡斐不爱小程，嫌她黄、瘦、发育不良、不好看，便很想去抓住他肩膀摇晃：你凭什么？你有什么了不起？你胡斐自己也是黄瘦的，一出场的时候就是个"黄瘦小孩"，你有什么资格嫌弃人？

加之金庸树立的女一号袁紫衣又不甚讨喜，用东北话叫拉胯，更让程灵素显得好。在书中，小程的形象越写越光彩——勇敢、执着、仗义、深情；袁紫衣的形象越来越不得人心——矫情、人设混乱，上一秒还在拼命撩胡斐，与之打情骂俏，下一秒又翻脸说自己四大皆空，宝相庄严。此消彼长之下，人们就更加为小程不值，也就更烦胡斐，觉得他浅薄，不懂珍惜，瞎了眼。

他后来为程灵素的死哭泣、流泪，让读者反而更烦了，总感觉这番哭哭啼啼的做作颇有点假惺惺。伊人已去，似乎胡斐再做什么都无法给程灵素在天之灵以慰藉，也无法给执拗地喜欢程灵素的读者以慰藉。

只除了一件事，就是大胡子。

这是金庸有意留下的温暖一笔——程灵素死去很多年之后，在寒冷的辽东玉笔峰上，胡斐重现江湖。当他猛然转身亮相的一刻，你也许会莫名有了一股暖意，觉得心中的某处伤痛稍稍得到安抚，因为他留着一部大胡子。

胡斐本来是不留胡子的。金庸小说的男主几乎都不留胡子,以保持小白脸的形象。郭靖到了三十多岁才只"上唇微留髭须",象征性地有一点点胡子。杨过则到三十六岁都不留胡子。

胡斐过去也不留胡子。他第一次"蓄须"纯粹是化装改扮,为了混进敌人的阵营。那天早晨,给他易容的就是程灵素。

> 程灵素道:"先给你装上胡子,这才放心。"拿起浆硬了的一条条头发,用胶水给他粘在颔下和腮边。
>
> 这一番功夫好不费时,直粘了将近一个时辰,眼见红日当窗,方才粘完。

对自己的这个狂暴扮相,胡斐觉得很新鲜有趣,"揽镜一照,不由得哑然失笑,只见自己脸上一部络腮胡子,虬髯戟张……大增威武,心中很是高兴"。

于是他随口说了一句话:

> 二妹,我这模样儿挺美啊,日后我真的便留上这么一部大胡子。

彼时程灵素想回答说:"只怕你心上人未必答应。"但话到口边终于忍住。她不愿显得自己酸溜溜,也不想让这个美好的早晨变得尴尬。不久之后她便死了,为胡斐吸毒而死。胡斐也真的从此留起了一部络腮胡子。

一部胡子,殊不足道,但这却是胡斐为程灵素做的最能稍稍感动人的事。此前他其实也为程灵素做了许多,其中也不乏决死忘我之举,比如他曾为了救程灵素,冒死出手与敌人相拼,使自己手背上沾了"三大剧毒",险些送命。其中的情分不可谓不深,但不知为什么,读来就是让人无力感动。小程死后,他的流泪痛悼也都是真的,但也照样让人感动不起来。

可是，十年后的一部胡子，偏偏就让人有点莫名的暖意，让人相信他是在怀念着那个上午，红日当窗，在安静的房间里，她一根根地给他细心粘着胡须。

胡斐遇到程灵素，多数人认为时间晚了一点。就在两人认识前不久，他先遇到了袁紫衣，然后一头扎进去不能自拔了。

但也不妨可以说，胡斐遇到程灵素早了一点。此前他动心的人要么是马春花，成熟艳丽，极能吸引初通人事的懵懂少年，要么是袁紫衣，漂亮能干，和她在一起极有面子，年轻男孩很难躲开这种诱惑。

如果等他再晚一些、再成熟一点的时候遇到小程，未必就会完全不喜欢。情场中的酸甜苦辣一路尝下来，他也许会有新的感悟，也许更懂欣赏了，说不定觉得小程更好。可惜程灵素出现得早了，那时胡斐还嫩，欣赏不来，满脑子高大白。

《天龙八部》里，当阿朱死了之后，乔峰实际上就死了，变成了一个躯壳，再没有真正开心过。我大胆地说一句，在程灵素死了之后，胡斐其实也死了，他本人却还意识不到。伊人已逝，伤口固然是会平复的，可有一些东西平复不了。渐渐地，他会发现生命缺了最珍贵的一块，再也不能完整。他会沉浸在长久的失落和忧伤里，就好像一座城市陷入了绵长的雨季。

如果他和程灵素都有自己的门派，他多半会像王重阳和张三丰一样说：我的门人，永远不许和她的门人动手。可是药王谷传承已断，没有传人，他连这种自我安慰的命令都发不了，找不到办法排遣情绪，寄托自己的怀念。于是他想了一个办法，郑重地兑现了一个微不足道的承诺，永远地留了一把大胡子。那是她当初给他设计的样子。

关于 《连城诀》 《侠客行》

大野阴云重，连城杀气浓

杜荀鹤

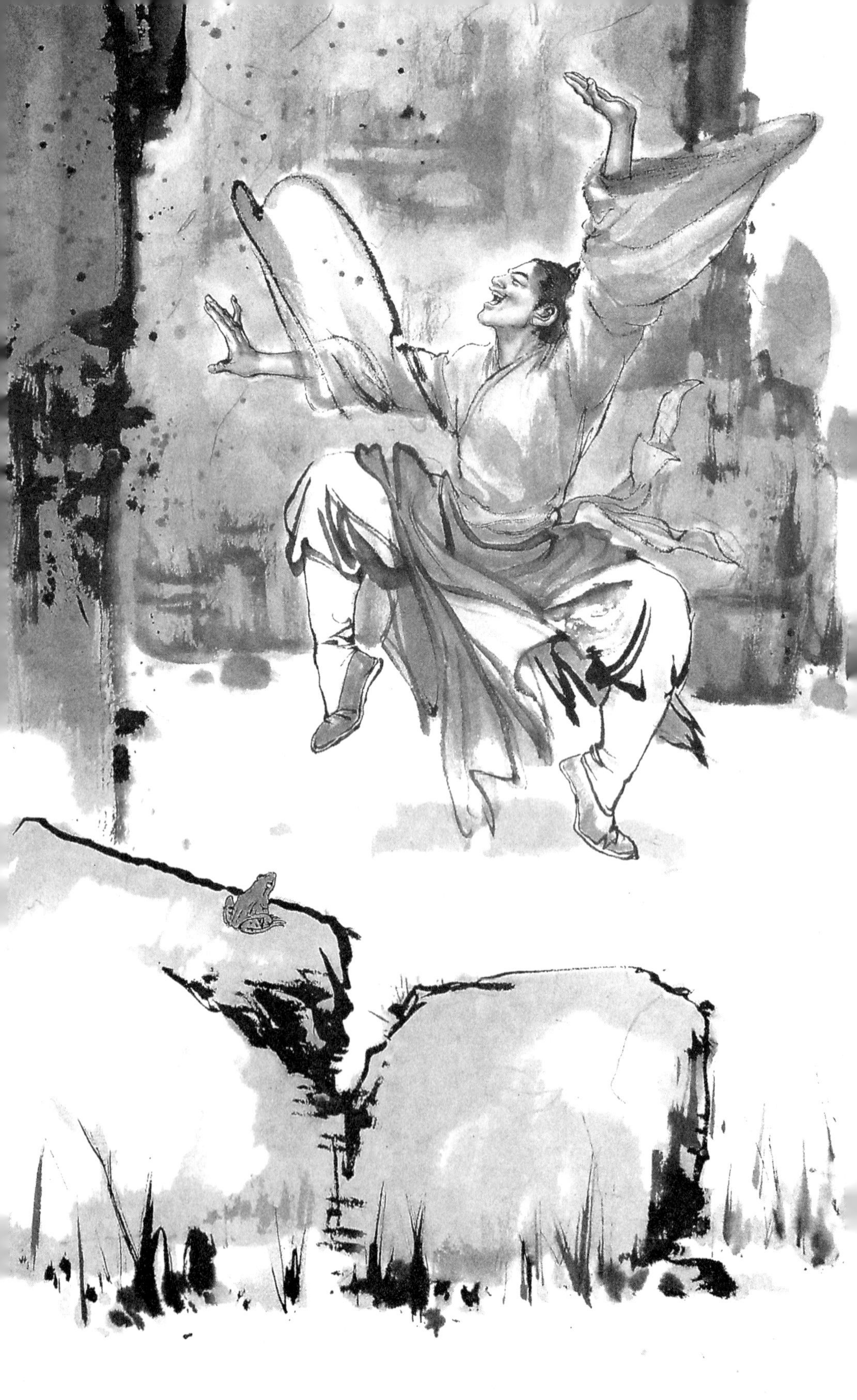

笨人石破天

《侠客行》的主角石破天是一个笨人，而笨人是小说里永恒的题材。一些伟大的小说常常拿笨人当主人公，比如《战争与和平》里的皮埃尔，《巨人传》里的卡冈都亚，《巴黎圣母院》的卡西莫多，《堂·吉诃德》的堂·吉诃德。他们或者是轻微地笨，或是有比较严重的迟钝，都是不同程度上的笨人。

中国小说家里，最钟爱"笨人"、把"笨人"题材写得最好的，金庸算是其中之一。除去傻姑等著名配角，金庸还有三个很成功的笨人主人公，他们是郭靖、狄云、石破天。

三个人的笨各自不一样。郭靖的笨有点先天性质，他有很强的国家责任感和道德使命感，最后成为一个伟大的笨人；狄云的笨是成长环境导致的，在乡村里没受到什么教育，后来又背负了许多仇恨，滋生了许多怨念，最后成了一个愤世嫉俗的笨人。

《侠客行》里的石破天和他们都不同。他没有强烈的道德使命感，虽然世界待他凉薄，但他没有怨念，也没有仇恨，始终愉快地玩耍，最后成为笨人中最让人羡慕的那一种——快乐的笨人。

石破天进入江湖的过程很偶然。他本来是一个小叫花子，流窜到一个叫侯监集的小城镇，觉得饿了，随手捡了地上的一个烧饼。出乎意料的是，烧饼里面藏着一个武林高手们都在抢的大宝贝——玄铁令。就是因为这一捡，石破天同志正式踏入了江湖。

有意思的是，石破天身在江湖中，却从来不知道有"江湖"二字的存在。他有一种基本功，就是能把很复杂的事情看得很简单。

在聪明人的眼里，江湖上到处都是危险，到处都是杀机，有时说错一句话就可能引来杀身之祸。但石破天不是。他不知道什么是江湖规矩，什么是红灯停绿灯行。江湖上那些最阴险最恐怖的地方,他都当成是村庄和田园,傻乎乎乐呵呵地就去了。

比如摩天崖,那可是杀人不眨眼的谢烟客的老巢,听着像是《西游记》里的地名,连贝海石那样的高手都要凑够一堆人才敢摸上去,然而石破天浑浑噩噩地就去了。又比如长乐帮、凌霄城、丁不三家里,这些地方要么住着疯子,要么住着坏人,都是江湖上著名的犯罪窝点,他也傻乎乎地去了。

最恐怖的是侠客岛。在当时江湖上,一说去侠客岛就几乎等于是送命,武林高手们听了就尿裤子,石破天同志居然也主动申请,背上包就去了。就好比在动物园里,你忽然发现有个家伙笨手笨脚地爬进了狮虎山,还在里面到处乱转。你在笼子外面揪心地问他想做什么,他一脸无辜地看着你:"捡帽子啊……"

每次读到石破天,都想起文学史上另外一个有名的笨人——奥匈帝国的好兵帅克。

帅克的一大特点,就是把别人施予他的一切都当作是善意。不管你表扬他、礼遇他,还是骂他、笑话他、虐待他、给他灌肠,他都不当你是坏心。他尊敬生命里的每一个过客,不折不扣地执行他们的吩咐,对他们报以微笑。他像一只快乐的簸箕,把别人所有的恶意都像水一样沥过去。

这多么像我们的石破天。他坦然接受别人给他安排的一切东西,从身份、名字,到爹娘、老婆。他的名字从狗杂种、石破天,到石中玉、史亿刀,别人给他取什么名字,他都接受;一会儿梅芳姑把他当儿子,一会儿闵柔又把他当儿子,他也都认账;他的老婆一会儿是丁珰,一会儿是阿秀,他也不反抗,他跟哪个姑娘在一起的时候都开心。

他在江湖上遇到无数坏人,但他永远把他们当好人,全心全意地尊敬他们。江湖上那些大侠、魔头、妖女、小贼,在他眼里全是叔叔、伯伯、姑姑、哥哥。

比如谢烟客,一个挖空心思想弄死他的暴徒,石破天自始至终把他当好人,一口一个"老伯伯";还有贝海石,一个从来都在利用他的阴谋家,但在石破天眼里,他是值得尊敬的"贝先生";又比如张三、李四,也是对小石同学起过杀心歹意的,但石破天硬是把他俩当成"大哥二哥",掏心掏肺,随时准备为他们两肋插刀。

我一直觉得金庸小说里《侠客行》和《连城诀》这两本书是相反的。这两本书里的江湖同样是魑魅横行,从狄云的眼里看过去,江湖上全是坏人;但从石破天的眼里看过去,江湖上全是好人。

好兵帅克的作者英年早逝了,我们没法知道帅克的结局,但是我们知道石破天的结局——那些想弄死他的人,不论拥有多么强大的武力、阴沉的心机,最后都拿石破天没有办法。他们只能苦笑着,无奈地接受石破天滔滔不绝的尊敬和友谊。谢烟客真的成了他的"老伯伯",而张三、李四真的成了他的结义兄弟。

《侠客行》里有很多聪明人,像石中玉、贝海石、廖自砺、米横野……这些人最后都活得没有石破天好。他们眼睁睁看着石破天成了天下第一高手,就像《格林童话》里那些狡猾而歹毒的配角,最后总是眼睁睁看着一个叫汉斯的笨蛋娶走了公主。

我不知道金庸是在什么心情下写出《侠客行》这本书的。在这本书之前,他的上一本书是《天龙八部》,是浪漫主义的高峰;下一本书是《笑傲江湖》,是讽刺现实的极致。大概在写这两本书的间隙里,作者想舒缓一下心情,就好像在攀登两座高山的途中先游览一片宁静的湖泊,留下一些单纯美好的东西,于是就有了这本童话般的《侠客行》。

这个童话告诉我们,在一个复杂的世界里,做聪明人无疑是好事;但在一个过于复杂的世界里,如果你的天赋、性格实在不适合做聪明人,那么不要勉强去做,做一个笨人或许也是不坏的选择。

岛上悖论

在《侠客行》里，写了一个侠客岛。这个地方蛮有意思的，有两位绝世高人龙、木二岛主在此隐居，参研武学。两位岛主共同发现了一套绝世武功，一门尤其厉害的叫作《太玄经》，据说是上古所传，讲透了武学终极真理，能究天人之际，通古今之变，练成了就天下无敌。

按道理说，好东西你俩自己练就得了，不用传给外人。龙、木二岛主一开始也是这么想的，闷头苦修，练来练去，却发现这玩意儿其实练不成。这里就产生了一个悖论：一门武功明明练不成，但又被认定是完美的、天下无敌的。这可以说是金庸提出的"岛上悖论"。

就好像我说会做一种饼，吃下去就永远不饿，只不过我要的面粉这世上没有。《太玄经》就像这么个饼。

龙、木二岛主非常有斗志。神功练不成，他们并不泄气：我俩这儿练不成，不代表别人也练不成，何不广招弟子，散播星火，说不定弟子就练成了呢。于是二人便广招门徒。两位岛主威望很高，声名在外，吸引了许多弟子前来追随，在书上叫作张三、李四、王二麻子等等，都来学习《太玄经》。

追随他们的弟子成分很复杂。有的是有文化、懂理论的，"或是满腹诗书的儒生，或是诗才敏捷的名士"，有的则是强人盗匪之类，也都跟着学。结果这一学问题更多了，每个弟子理解的《太玄经》都不一样。比如同一句"十步杀一人"，有的人这么解释，有的人那么解释，都说自己有理。像龙岛主回忆的：

> 哪知我的三名徒儿和木兄弟的三名徒儿参研得固然各不相同，甚而同是我收的徒儿之间，三人的想法也是大相径庭，木兄弟的三

名徒儿亦复如此。

大家吵来吵去，都说自己练的是纯正的《太玄经》。这就是金庸提出的"经典困境"：到最后最权威的不是经典，而是对经典的解释。

至此，龙、木二岛主仍然觉得主要问题还是练的人太少，我们岛上的人练不成，不代表整个江湖练不成，应该让整个江湖都练练。只要亲眼看到这世上有一个人练成，他们就将老怀大慰，之前的一切付出都有了意义。

他们先拉着少林派练。人家少林派本来有自己的武功，不想练。侠客岛的人就"堵住了少林寺的大门，直坐了七日七夜，不令寺中僧人出入"，和尚们挑水、逛街、买菜都不行了，连马桶都倒不出去，庙里臭气冲天。你练不练？不练就别想倒马桶。

侠客岛还派了使者，在全武林挨个发铜牌，让每个门派的掌门都来练《太玄经》，哪个门派不肯来练的就打，成了一场轰轰烈烈的练武大实验。

一些门派对此感到很抵触。青城派有一个旭山道长，是"川西武林的领袖"，对侠客岛的行为非常抗拒。他想威慑一下侠客岛，便把两块铜牌抓在手里，运用内力熔成了两团废铜，意思是说《太玄经》不实用，还是打铁比较好谋出路。结果侠客岛使者张三李四上去两掌，把旭山道长给拍死了，会打铁了不起是吧，叫你不听话。

于是江湖各大门派都尿了，不敢再唧歪，都纷纷上岛练功，钻研《太玄经》。渐渐地，使者们不只号称是带大家练武了，而自称是到人间"赏善罚恶"的，取名"赏善罚恶使者"，跟着我上岛练功就是善，否则就是恶，要被灭满门。

这是金庸提出的又一个困境：道德一定会泛化。任何技术选择题，到最后都会变成道德选择题。

然而老问题终究无法避免：每个门派理解的《太玄经》仍然不一样，始终无人练成。少林派理解的和武当派的不一样，武当派理解的和雪山派的又不一样，都说自己练的是正宗，别人的是假的。各个掌门之间打得稀里哗啦，书上说他们"大起争执，甚至……竟尔动起手来"。此刻龙、木二岛主还在世，那倒还好，理论权威还在。倘若这两个高人没了，到底谁的解释才对？恐怕江湖要打成一锅粥。

到最后，《太玄经》谁也练不成，各种努力都失败，反而是一个叫石破天的晚辈异军突起，"咔叉"一声给练成了。这个晚辈的特点就是纯草根、没文化，以前根本就没有人注意他。他练功的路数就是根本不看原经的文句图解，那些都是束缚人的，越有文化越被束缚。

书上说，因为不识字，石破天反而用读图的方法搞懂了经文。他看什么都是"一把小剑"，别人读《太玄经》是一个一个字，在他看来就是一把一把的剑，"有的剑尖朝上，有的向下，有的斜起欲飞，有的横掠欲堕"，全是剑，最后反而神功大成，天下无敌。学富五车的龙、木二岛主都看呆了，原来还能这样操作。

这就是金庸提出的"争论窗口"：当知识分子们还在争论的时候，是最好的成功窗口，实用主义者往往趁机直接摘得了胜利果实。

原著上，龙、木二岛主战战兢兢地问了石破天一个问题：英雄，你是怎么认得这经书上的上古蝌蚪文的？石破天大概呆了：你骂谁是蝌蚪呢？你才是蝌蚪，你全家都是蝌蚪。

梅芳姑之问

《侠客行》里写过一场很虐心的三角恋，一个叫梅芳姑的美丽少女喜欢石清，石清却不喜欢她，而是喜欢师妹闵柔。梅芳姑气得发疯。哪怕近二十年过去了，人家石清孩子都大了，她也想要问个究竟。

在小说的结尾，她几乎是当众揪着石清问：说！我到底哪一点不如她？石清无可回答，只好说：因为你太优秀。

"你那么好，我配不上你"这种对话我们现代人都很熟悉了，也经常使用。其实古代人也早已会玩这种套路，甚至是男人和男人之间也玩。《水浒传》里，林冲、晁盖等要到梁山入伙，创始人王伦却不肯收。林冲等很不解：王头领你为什么不喜欢我？王伦说：我梁山只是一洼之水，安能藏得许多真龙。其实意思就是：对不起，你太优秀了，我配不上你。

在《侠客行》里，梅芳姑揪住石清一口气先问了四个问题，咄咄逼人。第一个问题是：

当年我的容貌，和闵柔到底谁美？

第一问就是问容貌，这说明她对自己的长相是特别自信的。如果不是自身的容貌、气质公认地完胜对方，女孩子是不会这样当众问的。就算要问，也会换一种别的方式，比如赵敏式的：

张公子，你说是我美呢，还是周姑娘美？

这种问题当然很难回答，张无忌的选择是见鬼说鬼话："自然是你美！"相比之下，老实人石清却踌躇了半晌，最后当着太太的面说了实话：

> 内子容貌虽然不恶，却不及你。

听到这样的回答，梅芳姑也忍不住得意，"微微一笑，哼了一声"。在她心目中，这一分大概是稳赢的。接着她又连问了三个问题：

"我的武功和闵柔相比，是谁高强？""文学一途，又是谁高？""想来针线之巧，烹饪之精，我是不及这位闵家妹子了。"

比完容貌，又连续比武功、比文化程度、比家务活。石清老老实实承认：她都不如你，武功没你好，文化程度也不高，识字也有限，不比你 985、211、双一流；做家务活她也不行，一不会补衣二不会裁衫，连炒鸡蛋也炒不好。你赢了，你四比零完胜。

其实梅芳姑问到这里就可以了。她已经证明了对方瞎，这就够了，此时最好的选择是像刚才一样，再"微微一笑"，哼上几声，扭头就走，带着一个四比零骄傲地离开。但她却非要追问最后一句话：那你为什么不喜欢我？这就多余了：

> 那么为甚么你一见我面，始终冷冰冰的没半分好颜色，和你那闵师妹在一起，却是有说有笑？为甚么……为甚么……

石清很无奈。之前的问题好回答，那是客观题。而眼下这是主观题，无法回答。感情的事是没有那么多为什么的，明明没有答案的事情，你何以非逼着我要答案？来看石清的回答：

> 梅姑娘，我不知道……我和你在一起，自惭形秽，配不上你。

这个回答分为两部分。第一部分是"我不知道"，第二部分是"因为你太优秀了"。两部分其实是互相矛盾的，你信哪个？在这里我更愿意相信第一部分——"我不知道"。这大概是石清的真心话。喜欢就是喜欢，你四比零赢了，但我石清还是不喜欢你，有什么道理可讲呢？

你不服气，非要逼着问一个为什么，我只好给你一个为什么，那就是：你太优秀了。不然你让石清怎么回答呢？不喜欢了，你太优秀也是错。

如果这场爱情故事换一个场景、换一个地方发生，例如在公园里的爹妈相亲角，在一些农村地区，大家都结结实实比硬件的地方，梅芳姑的这个问题可以得到答案。这一类爱情和婚姻就好比翻牌比大小，大家凭条件来，赢得更多的就得到爱情，倘若输了你也可以得到一个为什么。

他家没有车，我家有辆小排量；他家的公婆年纪大了不能干活，而我家的婆婆可以在田里翻跟头；他家没兄弟，我家兄弟不多不少正好四个。我家三比零碾压他家，你姑娘却不给我，为什么？在这种情况下，你是能得到准确答案的，比如因为他家县城里有房。目的性越强的两性关系，越可以问出一个为什么。

但石清显然不是这样，他是感情主导的，所以没有为什么。我们往往说不清楚自己为什么喜欢一个人，也许是因为刹那的心情，也许是因为一句话、一个眼神，鬼知道。你看张无忌更喜欢赵敏，周芷若并不问为什么，问也问不出来。小师妹喜欢上林平之，令狐冲也问不出个为什么。想得开的，去前方左转，找到属于你的任盈盈；再不济的像周芷若，去当"宋夫人"，那也算反手给了张无忌一锤。

感情这事，最怕的是非要在无解的问题上求解，在无药可治的问题上吃药。不要总觉得对方是瞎子，不识货。他不喜欢你，总有理由。

作为读者，我们倒可以替石清猜想出一些理由。梅芳姑性格太强势，咄咄逼人，和她相处很压抑，不愉快。而且她好胜心重，你太弱于她，她可能就瞧你不起；假如太强过了她，她又可能气不顺。金庸小说里林朝英、王难姑都有这个毛病。倘若你不喜欢她吧，她又觉得你是个瞎子：我这么好，你凭什么不喜欢我？仿佛连不爱她都还要打份报告，说明理由，让她过审、点头，才能获批通过。

因此石清干脆承认：我就是瞎。他是真的厌恶这个游戏了。而站在梅芳姑的角度，也真的是可以放自己一马。证明了对方瞎就行了，何苦再行纠缠？接下来唯一该做的，就是不和瞎子较劲。

关于《天龙八部》

海天龙战血玄黄

——苏曼殊

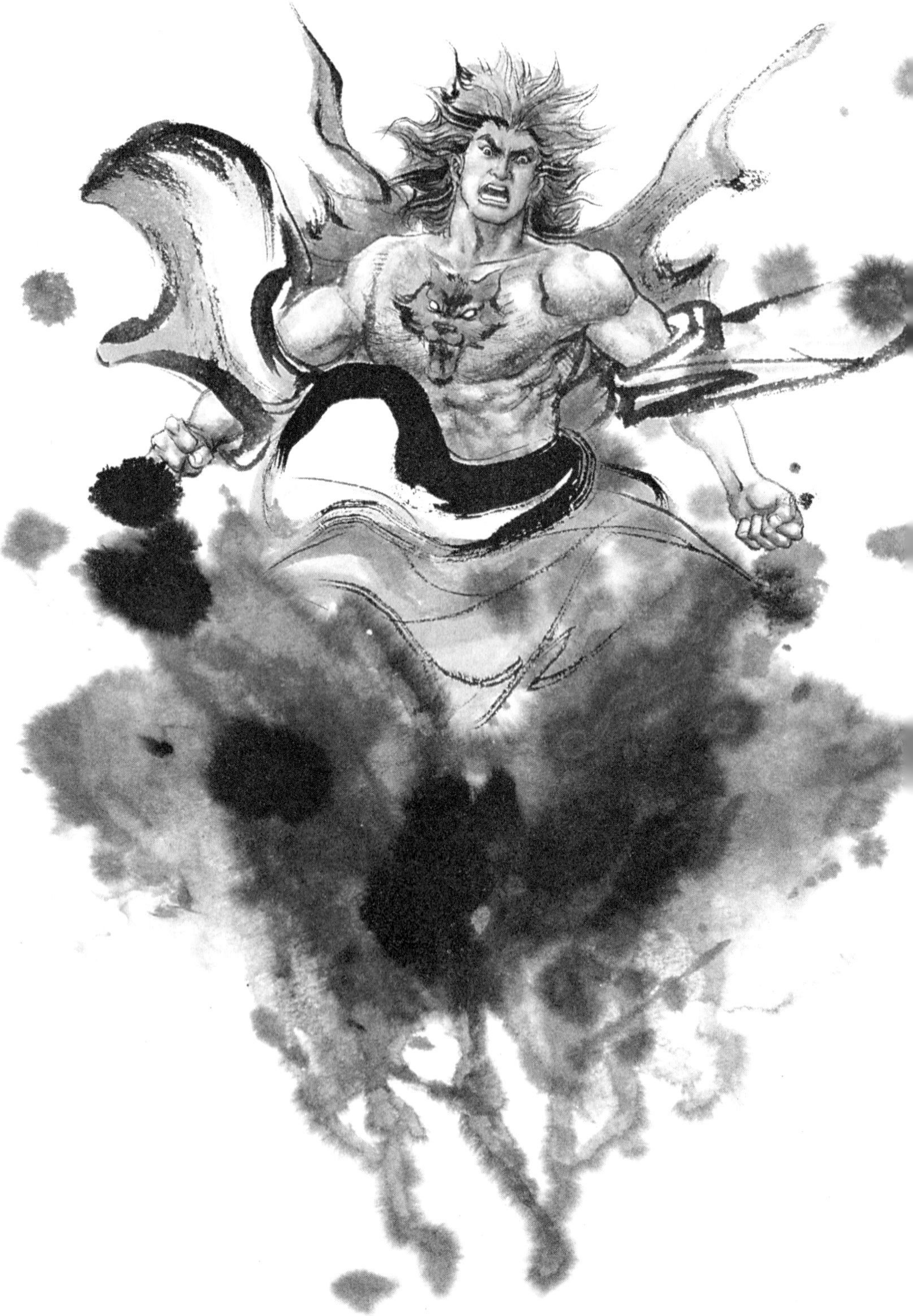

萧峰的真正结局

一般看过几集《天龙八部》的,都知道萧峰的结局是自杀。在雁门关下,他阻止了辽军南侵,将半截断箭插进胸膛,气绝而死。而后阿紫抱着他的遗体跳了崖。

可事实上,这还不是萧峰的真正结局。他死是死了,但还没有得到一个结论:他是忠是奸?是好是歹?他对大宋是有贡献还是有罪过?还没能盖棺定论。

萧峰真正的大结局是什么呢?原著上写清楚了的,是这样的一段话:

> 那镇守雁门关指挥使……修下捷表,快马送到汴梁,说道亲率部下将士,血战数日,力敌辽军十余万,幸陛下洪福齐天,朝中大臣指示机宜,众将士用命,格毙辽国大将南院大王萧峰,杀伤辽军数千,辽主耶律洪基不遑而退。

这话什么意思呢,就是萧峰死了之后,雁门关的守将给朝廷打了一个报告,叙说了萧峰之死的全过程,报告中声称自己率军浴血奋战,大败辽军,而且"格毙辽国大将南院大王萧峰",立了大功。朝廷得表后大喜,重赏,隆重庆贺,人人有功。这才是萧峰一生的真正结局。

雁门关守将的这一份报告,可以看作是对萧峰之死的唯一官方调查报告。萧峰的死亡身份:辽国南院大王;死亡过程:战斗中被格毙。他被坐实了是大宋的叛徒、侵略者,悍然率军入侵雁门关,被我方英勇击毙,可耻地死亡。

朝廷接报之后,没有疑议,全盘接纳。于是这份报告也就成了对萧峰死亡原因、死亡过程、一生功过的最终权威定论。十年之后、百年之后，历史都会以此为据来书写。

或有人说，这不可能！这份报告完全是混淆事实，颠倒黑白。雁门关一事有那么多见证者，在场江湖群豪都目睹了萧峰是如何死的，如此明白的事，难道还会说不清楚？

自然说不清楚。这就涉及了一个认知上的谬误：人们往往以为，历史的真相可以通过亲历者口口相传，保留下来。事实上，这几无可能。

因为谣言会自动传播，而真相不能。当真相和谬误开始赛跑，往往是谬误插上翅膀，而真相举步维艰，最后不知所终。

保存真相，是一项相当专业、相当艰巨的工程，需要有人严肃地去记录、去整理、去证伪、去守护，才有可能成功。只靠庸众口口相传，哪怕亲历者再多，真相也会慢慢被污染、被篡改，最后留下来的只是谣言与谬误。

雁门关现场群雄，固然都是亲历者，但也不过几百人。在关内的千百万人面前，而且是千百万无知无识的大众面前，太少了，太渺小了，简直是泥沙入海，他们的言说力量微不足道。

这些了解情况的群豪里，每出来一个人口述真相，就会有千百个来路不明的人跑出来"口述更震撼真相"；每出来一个人发理性之文，就会有千百个人跑出来发"更深度震撼好文""揭开萧峰和辽国不可不说的秘密"；每当有一个人去雁门关实地走访、考证，就会有千百人咒骂他"洗地""带节奏"。

更何况，了解真相的群豪里，有一部分人会碍于身份原因，不便说话；有一部分人碍于表达能力，不知道该怎么说话；有一部分人被庸众怼得没脾气了，干脆懒得说话；还有一部分人发现说真话不讨好，说假话反而皆大欢喜，不如故意说假话得了，于是胡乱说话。

有了这许多不便说话的、不会说话的、懒得说话的、故意胡乱说话的，试问真相还剩下几许？

随着光阴流逝，岁月消磨，当事人老了、死了，下一辈浑浑噩噩长起来，只看得到雁门关守将的报告，关于萧峰之死的真实情况又还能剩下几许?

当然,对于萧峰之死,段誉见证了,虚竹见证了,辽国人自己也见证了。大理也许会修史,西夏也许会修史,辽国也许会修史,雁门关事件的真相或许会在这些文献里保留下零星印记、吉光片羽。假如能把这些记录相互拼缀、印证,或许能还原一部分真相。

可问题是,底层的宋人,语言不通,文化隔阂,阅读能力也有限,怎么会去读大理史、西夏史、辽国史?他们一生恐怕都接触不到什么有价值的资料,能读啥?只会读《深度好文:燃情雁门关,格毙萧大王》。

当然,萧峰之死的无法说清楚,还有一个更深层的原因,就是《天龙八部》这部小说里,几乎没有人需要雁门关的真相。宋朝不需要,雁门关守将也不需要,否则报告里的"洪福齐天"岂不是不成立了?"指示机宜"岂非也不成立了?"将士用命"也完全谈不上了?这真相要来有何好处?

非但宋朝朝廷不需要,宋朝的底层民众也不需要。对他们而言,"格毙南院大王萧峰"要爽得多,可以欢声雷动,上街庆祝,感觉自己天下无敌、武运久长,谁愿接受宋国是一个辽狗拯救的糟心故事?谁乐意听你苦口婆心地说所谓真相来败兴?

都说《天龙八部》是悲剧,而这出悲剧的顶点,就是萧峰的真正结局。断箭入胸,这个人从此就在历史里消失了,如狂风送沙。什么塞上牛羊空许约,什么剧饮千杯男儿事,什么聚贤庄大战,什么燕云十八飞骑,什么单于折箭、六军辟易、奋英雄怒?都伴随着阿紫一跳,随风而去,从来就没有一段萧峰的故事。

只剩下雁门关一份"格毙南院大王萧峰"的热血报告在,还有无数的宋人喊:

真牛,真牛!

尔等凡人，皆不能骄傲

《天龙八部》有意思。里面的人，都很骄傲。

这里的江湖广大，地域辽阔，各色人物都自诩中产，从一开场起，就人人都扬着骄傲的头颅。

它不像《射雕英雄传》，如舞台剧，来去就几张面孔，普通人走到哪里都撞到"五绝"，你骄傲不得。也不像《倚天屠龙记》，一流高手太多，密密麻麻，中下层的人物喘不过气。《天龙八部》的江湖更为疏松、通透，像是一片广袤的原野，蚁穴遍地，每一个生灵都有更充裕的空间。他们的自我感觉也就都因此比较优越，神情也就都比较倨傲，个个脸上都写着"我很不错"。

刚出场第一个江湖人物左子穆——不熟悉原著的可能根本不知道这人是何方神圣——此人便骄傲极了。不久又出来一个人物司空玄，也是骄傲极了。再到逐一登场的符圣使、木婉清……无人不骄傲，无人不优越。

对他们来说，优越感真的是一种可怕的错觉。因为《天龙八部》这个看似疏松的世界，其实是个铁牢。这片看似自由的位面，其实有主宰。这片天地有神，这个神叫作命运。主宰面前，容不得凡人骄傲。

比如司空玄，一个极小极小的人物。他在故事一开头便出场了，身份是"神农帮帮主"，很骄傲。不妨稍微看仔细一点，看他骄傲的资本是什么，他真实的生存状态是怎么样的。

只见一大堆乱石之中团团坐着二十余人。

段誉走近前去，见人丛中一个瘦小的老者坐在一块高岩之上，高出旁人，颏下一把山羊胡子，神态甚是倨傲。

你看他的处身之地，不过是"一大堆乱石"。身边的随从不过是"二十余人"。自己屁股下能坐着的，不过就是"一块高岩"。可也就这样，也就这么一点家底，他就自我感觉特别不错、特别优越了，"甚是倨傲"。

这是《天龙八部》中人常见的精神面貌，是一种很耐品味的气质。独坐幽篁里，弹琴复长啸，扬着一丛山羊胡子，司空玄如国王般傲对苍穹。哪怕我的国土只是一片乱石，又怎么样呢？

然而主不允许，命运不容许。它容不得你骄傲。蝼蚁不可以骄傲。

残酷的惩罚很快到来。短短几章之后，一群"圣使"降临了。她们在小说里是"天山童姥"派来的，来惩罚司空玄。实际上这些人是命运的上主遣来的，任务就是折辱他的尊严，剥夺他的骄傲。

在书上，司空玄脸如土色，跪倒在地，不住对"圣使"磕头。此时此刻，他所统治的那一片乱石，那二十多个人，那屁股底下坐着的高岩，已然一毛钱都不值。他的骄傲已是片瓦不存，只剩下匍匐、磕头。

甚至当那些"圣使"离开了、下了峰了，他都无法再站起来。书上说了这样一句话：

司空玄一直跪在地下。

跪，在地下，一直。最终，他冲到悬崖边，向底下的澜沧江跳了下去。帮众们冲到崖边大哭，为帮主一哭，也为自己的孱弱和卑微一哭。

这就是命运在展示威能，仿佛在说：不可以骄傲。否则它就会让你们认清楚赤裸裸的真相，打断你们的脊梁，让你们垂下头颅。就像是《利未记》里说的：我必断绝你们因势力而有的骄傲，又要使覆你们的天如铁，载你们的地如铜。

还有那个叫左子穆的。他是所谓的"无量剑东宗掌门"，一出场就很骄傲。此人坐拥着所谓的"剑湖宫"，自诩江湖地位不低、人脉挺广，感觉自己很中产，一举一动都充满了优越感。

所以，他很快就遭到了命运的鞭笞——"圣使"来了。左子穆只得"恭恭敬敬的躬身"；他"惟有苦笑"；他察言观色，唯唯诺诺；他瞬间卑微到尘埃。但命运还不放过他，觉得他还有一点残余的尊严，还不行，要清理。于是"四大恶人"又来了，抢走了他的孩子山山，要弄死。

左子穆几近崩溃，彻底认输，答应了恶人们的一切条件，完全放弃了一切底线。

他在反派人物面前没有了尊严，在正派人物面前也照样没有尊严。很快大理宫廷中的"四大护卫"来了，左子穆上去"团团一揖"，主动行礼打招呼，别人却不理他，当他不存在。紧接着高君侯又来了，左子穆继续上去搭讪打招呼，对方"微笑不答"。

看看他这坏人欺、好人嫌的生活，这进不是、退又不是的尴尬境。骄傲是个什么东西，还能剩几钱？

没有人可以例外。就比如"圣使"，外出巡视的时候那么风光，可她们就能骄傲吗？不能。事实上是她们被天山童姥凌虐，开口骂，随手打，断手折足，一任己意。

一开始就出场的"符圣使"，到了基层多么威风，宛如天神，人人都匍匐跪拜。后来才发现，在上面的灵鹫宫里，她的特长居然是缝衣服，给主人拼布料、缝袍子。

还有那无视左子穆的"四大护卫"，就能骄傲吗？其实不过是主人的家奴，段正淳泡妞时负责放风而已。其中最惨的褚万里，被主人的顽劣女儿阿紫玩弄，恶作剧地将其裹在一张渔网里，缠成粽子。他因不堪折辱而萌了死志，去战场上胡乱拼杀，故意送了性命。哪有什么骄傲？

那么阿紫呢？又可以骄傲吗？一样是奢望。命运让她去爱上了乔峰，爱情这个东西是最摧折尊严的，骨气和原则在它面前就是屁。

为了吸引乔峰的注意，阿紫机关算尽，洋相百出。她对乔峰欲擒故纵过，花式表白过，大喊大叫过，寻死觅活过，最后都是枉费心计。

要是乔峰能给她一点暗示、一点首肯、一点希望，我想她愿意转经筒、磕长头、赴汤蹈火、投身地狱。骄傲？尊严？那是什么玩意儿？

那么最后，乔峰呢？乔峰能骄傲吗？这个拥有极致魅力的人格体，巅峰般的存在，圣山上的巨人，东方史诗里的绝顶英雄，金庸武侠中最伟岸的人物，就可以傲慢吗？就可以战胜命运，至少逼迫着命运和棋吗？照样没有。对于大英雄乔峰，命运一样不放过你，他降雷灾打你，降火灾烧你，降风灾吹你。你不低头，他就摁断你的脖颈。

他蹂躏你，践踏你，羞辱你，让你亲手打死自己的爱人，让你呼吸维艰、进退维谷。他驱赶着你，如同胡同赶猪，让你一步步走到注定的结局。你拐弯就碰壁，回头就被责打。胡同里的猪有什么尊严呢？

最后乔峰被命运驱赶到雁门关下，用断箭插入胸膛。那一刻，兄弟恸哭，英雄流泪，而在苍穹之上，命运之神不过是回味着自己的剧本，微笑鼓掌。

这就是《天龙八部》的真相。一切倔强的脖颈，都被摁下尘埃；所有伟大的头颅，都埋首泥淖。命运通吃，再没有和棋；尔等凡人，都不能骄傲。

慕容复的没朋友

过去我们有一个口号，叫作"四有新人"：有理想、有道德、有文化、有纪律。翻遍金庸全集，称得上"四有新人"的凤毛麟角。郭靖有理想没文化，段誉有文化没理想，狄云是理想和文化都没有，令狐冲不但没理想、没文化，好像还没纪律。韦小宝则更可怕，四个都没有，简直是四有新人。

能算是"四有新人"的，首推慕容复：文武全才，律己严格，不好声色，勤勤恳恳，一心只为兴复大燕国而奋斗。可结果是他的事业却最失败，最后建国不成，下属星散，自己还发了疯。要知道，连金庸主角里混得最差的狄云，好歹最后也还当了个雪谷的谷主。

慕容复的失败原因有很多，比如武功不够登峰造极，缺乏领袖才能，复国的口号缺乏号召力，等等。但我觉得最关键的败因乃是他在一件事上的大大失误，那就是交朋友。

慕容复不懂得要交朋友吗？不是。他其实特别重视交朋友。他所走的复国道路，便是大交朋友，广泛地发动和团结江湖底层侠客，搞"一大片"的外交，让草根群雄都到他的大燕复国公司里来出资入股。

这条路线本身并没有问题，金庸书中至少有两个男一号都用过，而且效果不错。比如杨过，就广泛笼络了西山一窟鬼、万兽山庄、人厨子、圣因师太、烟波钓叟等众多江湖势力，隐隐然成为与郭靖相埒的一方霸主。

又比如令狐冲，纠集群豪攻打少林寺，搞江湖大串联，一路上招兵买马、藏污纳垢，迅速成为武林中炙手可热、举足轻重的一支新兴力量。

这条路杨过可以走，他虽然为人高傲，但小时候是在破窑里长大的，天生有一股底层气质，容易博得底层的认同；令狐冲也可以走，他为人疏懒，很好打交道。慕容复却走不通。

慕容复的性格，太孤傲耿介，在交朋友的时候，他往往想俯就却不肯折节，欲礼贤却不能下士，有计划却不知变通。而且他高富帅的味儿太浓，很难融入江湖底层的圈子——一个使用着妖娆的丫鬟，家里叫作什么"燕子坞"，连丫头住的房子都要叫什么"琴韵小筑""听香水榭"的人，怎么可能和那些抠脚挖鼻的粗鲁汉子打成一片？

每当读到他家的那些房名地名，就让人想起《红楼梦》里贾政骂贾宝玉的套路，一个丫头取名字，随便叫个什么就罢了，怎么取个"袭人"这么刁钻的名字？

慕容复每次去"走基层""交朋友"，费了不少劲，结果都是闹了个不欢而散。他帮所谓的三十六洞洞主、七十二岛岛主攻打灵鹫峰，出了不少力，最后却闹得大家翻脸成仇，快快下山。他在少林寺里出头挑战萧峰，想以此刻意讨好中原群豪，却被打得大败，非但没落上个好，反而成了笑柄。

最为可惜的是，慕容复同学一边辛辛苦苦地"找朋友"，另一边却不断错过送上门的朋友，并且是真正能帮助他谋干大事的好朋友。

萧峰对慕容复，一直倾心仰慕，对"慕容公子"念念于心。在无锡松鹤楼里，萧峰把段誉误认为是"南慕容"，存心结交；后来又在杏子林里帮慕容复分辩冤屈，称赞他的部属个个都是人杰。萧峰实在是无数次向慕容氏抛出了橄榄枝。

慕容复如果投桃报李，顺水推舟，结交了萧峰这个朋友，在萧峰后来落魄的时候声援一下、帮助一把，岂不是得了一个强援？"南慕容"和"北乔峰"订交，岂不是一段佳话？

但慕容复偏要没来由地和萧峰闹翻，甚至明知道他是辽国南院大王，还要出头找人家打架，活活把这天下第一条好汉推向对立面，让萧峰对他的好感迅速转为嫌恶，最后只落得一句"萧某大好男儿，竟和你这种人齐名"。

段誉对慕容复，也一直仰慕尊敬。何况段誉苦恋王语嫣，正好是慕容复结交他的良机。你慕容复自己不是不贪恋女色吗?不是为谋大事不择手段吗?不是一切亲人都可牺牲吗?何不干脆成全了段誉,就让表妹跟了他?《三国演义》里李儒还劝董卓把貂蝉给了吕布呢。如此这个大理国王子岂不是送上门的臂助?

但慕容复就为了"吃醋"这么小儿科的原因,生生把段誉搞成仇人,还没来由地一招"夜叉探海"打伤段誉老爸。

这何其糊涂:你那么辛苦地追求西夏公主,不就是为了依傍权势吗?那又何必那么轻易地得罪大理王储?你后来还去拼命巴结段延庆——宁愿狠狠地得罪一个正当权得势的王储段正淳,却去认一个下野了、被流放的过气太子做干爹,这不是荒诞吗?

虚竹对慕容复,也是礼敬客气的。世界上没有比虚竹再好交朋友的人了,何况虚竹极有实力,乃是逍遥派掌门、灵鹫宫宫主、堂堂江湖一方宗主,大可延揽。灵鹫峰上,虚竹曾诚心挽留慕容复,如果慕容复能够屈尊留下来,和段誉一样与虚竹大醉一场,结为兄弟,还怕他今后不给你出力?但慕容复决不!他非要无端和虚竹闹个脸红脖子粗,摔门下山。

对以上这些有能力的、真心诚意送上门的好朋友,慕容复一个个错过,却非要去土里刨食结交一些不靠谱的下三滥。这是什么原因?我看大概是八个字:只会下交,不会平交。

他固然是十分渴望朋友,表面摆出一副"嘤其鸣矣,求其友声"的姿态,却有个毛病:朋友的本事不能齐平他,更别提超过他。只要别人高过了他,他就不自在,要和人闹别扭。

慕容复能接受的交友模式只有两种:一种是战国时孟尝君、平原君等诸公子般的礼贤下士,居高临下;另一种就是韩信般的忍辱负重,即所谓的承受胯下之耻。换句话说,他要么只会礼贤下士模式,要么只会钻裤裆模式,唯独不会和人正常地、对等地打交道。

在行走江湖时,每当他遇到地位比自己更低、能力比自己更弱的豪杰时,他的战国公子情结就要发作,摆出求贤若渴的姿态来。甚至是面对一些败类和渣滓，他也照收不误，颇能显出几分不唯出身、有"交"无类的胸襟。

他去延揽所谓的"三十六洞洞主、七十二岛岛主"，这群人鱼龙混杂，良莠不齐。对于结交这些人，慕容复的部下是明确反对的。家将里排名第一的邓百川就一力反对，"连使眼色，示意慕容复急速抽身"。但慕容复不为所动，坚持和这些人订交结盟，还说了一些很过头的热乎话，什么"有生之年，始终祸福与共，患难相助，慕容复供各位差遣便了"云云。

明明和人家交情没到这个份上，却说出如此亲密的话来，"简直是结成了生死之交"的口吻。他的这一态度当然大出岛主、洞主们的意料，所以众人纷纷鼓掌叫好。

这种交朋友的场景和状态，是慕容复最喜欢、感觉最舒适的状态——自己高高在上，众星捧月；群豪粥粥在下，受宠若惊。不妨看看全书之中，凡是慕容复能够主动地、愉悦地交朋友的时候，几乎全是类似的场景。

读者往往觉得慕容复心胸较狭，容不得冒犯，其实不完全对。对于地位和能力不如自己的人，他是颇有容人之量的，即便被严重冒犯，甚至人家要强奸他表妹也不以为忤。三十六洞洞主、七十二岛岛主冒犯他可不能算少了，说他是"山中无猛虎，猴儿称大王""乳臭未干的小子""好笑啊好笑，无耻啊无耻"，还要强奸他表妹，慕容复一概可以不往心里去。这算不算是有容人之量呢？

除了这类居高临下的结交，他还能接受的一种交友模式就是忍辱负重，承受"胯下之耻"。他为了复国，跑去巴结大理的废太子段延庆，认人当爹，在众目睽睽之下"双膝一曲，便即跪倒，咚咚咚咚，磕了四个响头"。家将包不同一语道破了他的心事："你只不过想学韩信，暂忍一时胯下之辱，以备他日的飞黄腾达。"

总之就是他当爹也行，认人当爹也行，唯独大家好好地做朋友便不行。每当遇见和自己地位相若、能力相近的人时，他便会本能地犯起轴来，觉得受到了威胁，会失去对双方关系的主导权，继而劣根性发作，再也无法保持良好的心态。

他与萧峰、段誉、虚竹等一流人物的翻脸几乎全是这种情况。比如他和虚竹，两人从没任何过节，虚竹主动想和他交往，"见慕容复等要走，竭诚挽留"。可慕容复的表现是什么？是精神病一般的"双眉一挺，转身过来，朗声道：'阁下是否自负天下无敌，要指点几招么？'"

而且还一连串地犯轴：

> 虚竹连连摇手，道："不敢……"慕容复道："在下不速而至，来得冒昧，阁下真的非留下咱们不可么？"虚竹摇头道："不……不是……是的……唉！"
>
> 慕容复站在门口，傲然瞧着虚竹……袍袖一拂，道："走罢！"昂然跨出大门。

瞧这傻不啦唧的"傲然""昂然"，这乖张而又幼稚的"袍袖一拂"。何以他忽然要犯精神病呢？乃是因为虚竹刺激到他了。虚竹所显露的武功之高、势力之强，都让慕容复感到不自在，逞强好胜的念头刹那间压过了交朋友，把什么"广交群豪""谋干大事，只愁人少，不嫌人多"的初衷都抛到九霄云外去了。

再说深一点，此人内心深处真正关心的，不是什么复国，而是自己"人中龙凤""众星捧月""圣贤英主"的形象。他礼贤下士、接纳鸡鸣狗盗之徒的时候，感觉自己就像平原君、信陵君，所以乐此不疲；他跪拜段延庆的时候，又感觉自己就像韩信，所以即便受辱也可忍受，当儿子也当出了滋味。唯独碰上那些能力和人格都强大者，需要平等交往的人，他就警惕起来，抵触人家，排斥人家，和人闹掰。

这种"慕容复型性格"，在我们生活日常中也总有所体现。生活之中，有的人只喜欢和比自己能力弱的人混，遇上能力强的人便磕磕绊绊处不好关系，始终难以构建一个正常、有序的关系圈子，交不到对等的好朋友。

  最后,我们的慕容复同志既失去了群众,又得罪了精英。他甚至还不如他爹。以其父慕容博之孤傲,还能有鸠摩智做好朋友,而慕容复在高手圈子里却没有一个好朋友,放眼望去,全是仇人。最后他失心疯了,陪伴在身边的是阿碧,阿碧是小丫鬟。底下追随的是一群乡村儿童,只会要糖吃。慕容复这时才获得了安宁,终于和不如自己的人长长久久地做朋友了。

《天龙八部》里的五个前浪

金庸写的《天龙八部》，其实有五个主人公。三个正牌的，就是萧峰、段誉、虚竹。两个杂牌的，就是慕容复、游坦之。这五个青年人都有爹。这五个爹，个个都浪，而且是滔天巨浪，堪称江湖五大前浪。

金庸把这五个爹安排得真是好，让他们各自从不同的侧面，浪出了江湖里整整一辈人的时代风采，把那一代人的毛病展现无遗，可谓大型集体前浪秀。

第一个爹，慕容博。他的致命毛病在什么上呢？权力。他疯狂迷恋权力，代表了那一代人对"权"的极度狂热和痴迷，天好地好不如有点权好，念念不忘祖宗曾经阔过，揣着玉玺到处跑。

其实大燕亡国好几百年了，哪里还有什么玉玺，那就是块石头，早该去潘家园了。可他还当宝贝揣着，日夜藏在胸口深深的护心毛里，紧贴着一代代人的汗水和体液形成的层层包浆，深夜闻上一口，都是权力的味道。

慕容家的孩子，都像是一代又一代复制的小僵尸。慕容复二十七八岁，哪里像个青年人了，活像是三十年前的爹，像是上一辈的复制品，小小年纪就打着官腔，哼哼哈哈，颐指气使，随时准备登大宝接班的模样。所以说慕容家根本就没有年轻人，只有三十年一个轮回的复制品。

第二个爹，萧远山。他迷恋什么呢？斗争。他靠仇恨活着，与天斗与人斗，没有斗争他的生命就无法继续。

平心而论，有的敌人确实可以斗，比如带头大哥；有的敌人却完全是他自个儿脑补出来的，比如乔三槐，人家好好收养你儿子，没坑过你没害过你，却也成了你脑补的敌人，被你活活斗死。

萧远山这朵前浪，代表了一代人对斗争的狂热。在他们眼里世上只有两种人——现在的敌人和潜在的敌人,有敌人就斗敌人,没有敌人就创造敌人,然后再去斗敌人。

他的儿子萧峰是一个人道主义者、和平主义者。可是父亲拒绝为其创造一个好的环境,而是替儿子杀父、杀师,不断给儿子树敌,逼迫儿子去斗争。他的梦想似乎就是和儿子一起露着胸膛学狼叫,让儿子重复自己的命运,直至斗到与全江湖为敌,他便可以满意地对儿子说:看吧看吧,我就说敌人一直想灭亡我们来着,这不是证明么?

第三个爹,是段正淳。他代表什么?淫荡。几乎没有任何证据证明他操心公事,他的时间都忙于搞女人,然后就是处理各种争风吃醋打架。他身边的四大护卫都是公职,可大部分时间都忙于为他搞女人的事灭火擦屁股。

段代表了一大批自己的同龄人,其生命无比贫乏,毫无内容,早就没有了别的精神追求,除了假模假式地写两句歪诗装样子,便只有念兹在兹的两件事——兄弟和女人。其本质就是利用兄弟和玩弄女人。

他们崩溃的早晚,全看底牌的多少。那些穷得叮当响只能靠"魅力"和"才华"的,便在康敏们想要钱的时候崩了;有点钱的勉力靠钱摆平了,却在康敏们想要地位的时候崩了;剩下的有权有势、可以许诺地位的,比如段正淳,给康敏许了镇南王侧妃,却在康敏们连地位都不想要了、只想要疯狂报复的时候崩了。要不是萧峰救命,一百个段正淳都死了。

第四个爹是玄慈。玄慈的特点是避责。什么叫避责?打死不面对过往的责任,不肯承认错误。

他是雁门关事件的"带头大哥",因为年轻冲动,杀了乔峰无辜的娘,这是重大恶行,他却死不承认。后来几十年里他人生顺风顺水,却对这段过往一味回避,拒绝悔过,好像从没发生过一样。

乔峰到处寻找"带头大哥",已经搞成了轰动江湖的连环大血案,无数忠诚小弟为了掩护玄慈的身份而死,智光禅师甚至不惜自杀,玄慈却稳坐在少林寺里,那么长时间连屁也不放一个,决不肯说一句:萧施主,带头大哥就是我,别再连累人了,当年雁门关我做错了,我承担责任,后人不能再犯我这样的错误了。决不肯。弄得金庸老爷子在新修版里怎么洗都洗不圆。

玄慈这个前浪,正是这一拨人习惯性爱遗忘、爱推诿避责的代表。他们没有面对错误的基因。要他们好好地去面对错误,简直比杀了他们还难。只要能避责,他们不惜找尽世上一切借口,直到最后被人当众在少林寺揭破了,无法挽回了,才咳嗽一声,阿弥陀佛,虚竹你过来,然后被迫挨板子以谢天下。

第五个爹,是游坦之的爹——游驹。他是大名鼎鼎的那个聚贤庄的庄主。他的特点是什么呢?是反智。

轰轰烈烈的聚贤庄围剿萧峰大会,他就是总发起人之一。他带着一干热血无脑的江湖人士,围剿一个无辜之人,为了一个"胡汉恩仇"的空头概念打得昏天黑地,自己也死了,还搭进去许多朋友的命,却从头到尾也没有思考一下:萧峰到底是不是有罪?是不是该死?

他代表着这一代人的又一典型特点——不能独立思考,因为从来就不会独立思考。很简单,没有反思的基因,当然也就没有独立思考的基因。

游驹的反智,是有一定代表性的。他的反智,不属于纯粹底层的反智,而是所谓"智力阶层"的反智。他们明明有一定的知识,也有一定的社会身份,自以为是智力阶层,可他们的问题是知识结构严重不合理,思想工具落后,陷入执念和迷信中不能自拔。

就好像明明是一个文字工作者,偏偏科学素养不足,非要打通任督二脉;又或者明明是一名教师,却毫无基本的营养和健康知识,被人忽悠得辟谷到饿出幻觉,还以为是飘飘欲仙。看游驹的"轴",从他的死法就知道了,就因为一句话"盾在人在,盾亡人亡",他的盾被萧峰破了,于是便和兄弟对视一眼,齐齐丢下老婆孩子自尽了。这都哪跟哪儿?

以上,就是《天龙八部》里的五位当爹人,五位前浪。他们各司其职,各有浪法,共同展示了一辈江湖人的底色:狂热崇拜权力,念念不忘斗争，生活贫乏堕落，不善独立思考，而又习惯性推诿避责。

　　他们成了孩子巨大的精神负债。从乔峰到游坦之，每一个年轻人都背负着这些奇葩老爹的沉重包袱前行。都说《天龙八部》的主题是找爸爸，其实另一个主题就是坑孩子。有句话叫：你的孩子身上，有你的所有毛病，就是这个道理。正所谓，上一代浪奔浪流，下一代是喜是愁，都化作滔滔一片潮流。说什么文明的礼物，少浪一点点，少破坏一点文明，就是给下一代最好的礼物。

康敏这女人

康敏这个女人，和郭芙可以做个比较。有人可能不理解：这两个女人全然不同，有什么好比的？事实上是真可以比。

比如她俩都想当丐帮帮主夫人。郭芙的帮主夫人，当得何其容易。整个过程，大致就是她爹妈安排了一场帮主选聘会，让女婿参加竞选，最后众望所归，鼓掌通过，一共也就半天时间。

再看康敏，也想当丐帮帮主夫人，但一条路走得何其艰难。她折腾了半辈子，把老公杀了，把帮主废了，不惜和长老、舵主私通，毒计用尽，乃至把命也送掉，却终于还是差一步没当上。

命运差异如此巨大，首先当然是出身使然，郭芙有一双好爹娘，康敏没有。出身不同，道路也就不同。郭芙学会吃饼，学会如何把爹妈留下来的饼吃好，资源用好就可以了。康敏却无饼可吃，必须平地抠饼。

你不得不佩服她的强悍，贫苦出身，一无所有，却还真的徒手打出了一条命运之路来。她人生的最顶点，是段正淳答应了她做大理镇南王的侧妃：

> 段正淳笑道："你这人忒是厉害，好啦，我投降啦。明儿你跟我一起回大理去，我娶你为镇南王的侧妃。"

这是她最接近世俗意义的成功的时刻，也是拼了半生才等来的最好机会，连旁边窃听的秦红棉和阮星竹都是"一阵妒火攻心"。镇南王侧妃将来就是皇妃，康敏的阶层、地位已经超越了郭芙，这是一场完全的逆袭。

然而她却偏不干，不当侧妃，非要当皇后。命运给了她机会，她拒绝了，毫不犹豫，连认真考虑一下都没有。于是，老天收回了他的馈赠，判康敏出局，最后横死。

说到康敏，人们往往指责她贪婪，索求无度。当侧妃就够了，何必非要做皇后？就算要做皇后，也可以慢慢图谋，何必非要一步到位？我却觉得与其说是贪婪，不如说是赌性重。她太爱孤注一掷，就好像韦小宝所说的，老爱一把下去，杀就通杀，赔就通赔。

康敏一生做事，都有个特点：不论之前赢得了什么，总是可以随时一把全部押出去，追求更刺激的胜利。

她嫁给马大元，当了丐帮副帮主夫人，况且丈夫对她百依百顺，这一成果按说来之不易。作为起步极低的女孩子，多半该挺珍惜这一切。可康敏不在乎，在这个超级赌徒的眼里，任何东西只要已经到手了，便就不在乎了，随时可以下一把全部押出去。

就为了搞掉一个乔峰，她能把一切都堆上赌桌，将老公也害死了，副帮主夫人也不当了，好容易惨淡经营得来的身份地位都押上去，自己的身体也押上去，不惜去陪年迈的长老、猥琐的舵主睡觉，一切统统拿来做赌本，去博这一注。这是一个何等豪迈的赌徒。

康敏只顾赌得上瘾，已然忘了自己的终极目的是什么。你说她在赌桌上的目的是什么？不知道。

她似乎很想博权势、博地位，一心要做人上之人；但她似乎又特别追求爱情，喜欢英雄人物。比如对于乔峰，她到底是贪图乔峰的地位，还是贪图乔峰的爱情？说不清楚。临死之前，她非让乔峰亲自己一下，那肯定不是为了地位，更像是为了情感满足。

所以康敏在赌桌上的操作十分魔幻，一会儿用地位来博爱情，一会儿牺牲了爱情来博地位。她的终极需求是不明确的，像是在做迷惑的布朗运动，永不停息。爱情、金钱、地位、温柔，都无法收买她。

她是真正的富贵不能淫、威武不能屈，说难听点就是狗熊掰棒子，先掰一个夹在左胳膊下，再掰一个又夹在右胳膊下，如是往复地掰，棒子不停地掉，白忙碌了半天，最后生气了，向命运挥拳，于是连一个都没夹住。

康敏没人爱。一个女人难伺候不可怕，就像一个几何体，哪怕形状再刁钻、再古怪，也总会有容器能盛得下。比如郭芙，你杨过不喜欢，自然有耶律齐喜欢。可康敏不行，没有人能够搞懂康敏，《天龙八部》里没有一个男人了解她，无论是段正淳、马大元，还是白世镜、全冠清、乔峰，都不懂她，因此也就没有男人爱她。《天龙八部》里有许多的恶女人，她们都有人爱，连阿紫都有游坦之爱，连叶二娘都有玄慈爱，但是康敏没有人爱。

非要说康敏的终极追求，可能就是一个词——控制。她不完全是为了情爱，也不完全是为了荣华富贵，她就为了控制。

康敏所倚仗的武器，是美貌和风骚。她沉溺于用这两样来控制男人，一生不停地做控制力的测试。她极为享受这种驱使男人、掌控一切的感觉。你听听她说的话，比如描述长老白世镜：

这老贼对着旁人，一脸孔的铁面无私，在老娘跟前，什么丑样少得了？

描述舵主全冠清：

全冠清……老娘只跟他睡了三晚，他什么全听我的了，胸膛拍得老响，说一切包在他身上，必定成功。

说出这种话的时候，她是极度快乐的。这种掌控感让她沉迷，忍不住炫耀，当成人生的极致体验。与此同时她也极度厌恶失控，谁要是让她感到失控了，觉得终极武器失灵了，她就会异常地怨恨和暴怒，非要把对方毁掉。

她要毁掉乔峰，根本原因就是在洛阳百花会上，乔峰毫不理会她的美貌和风骚，让她感觉失控了。在书上她是这样痛骂乔峰的：

"……你这傲慢自大、不将人家瞧在眼里的畜生！你这猪狗不如的契丹胡虏，你死后堕入十八层地狱，天天让恶鬼折磨你……你这狗杂种，王八蛋……"她越骂越狠毒，显然心中积蓄了满腔怨愤，非发泄不可，骂到后来，竟是市井秽语，肮脏龌龊，匪夷所思。

哪里来的这么大的怨毒？就是乔峰无法被她掌控。

同样，她要毒杀丈夫马大元，正是因为马大元原本一向对她百依百顺，受她控制，然而这一次居然拒绝配合她坑害乔峰，让她感觉失控了。失控了就要毁掉。她后来要杀段正淳，也因为段正淳一再和她虚与委蛇，让她觉得失控了。所有失控的人和事，都让她不安、痛恨，必须毁掉。

康敏最后的直接死因，很多人都忽略了。她是照镜子气死的。

阿紫顺手从桌上拿起一面明镜，对准了她，笑道："你自己瞧瞧，美貌不美貌？"

马夫人往镜中看去，只见一张满是血污尘土的脸……种种丑恶之情，尽集于眉目唇鼻之间……她睁大了双目，再也合不拢来。她一生自负美貌，可是在临死之前，却在镜中见到了自己这般丑陋的模样。

萧峰道："阿紫，拿开镜子，别惹恼她。"

阿紫格格一笑，说道："我要叫她知道自己的相貌可有多丑！"

萧峰道："你要是气死了她，那可糟糕！"只觉马夫人的身子已一动不动，呼吸之声也不再听到，忙一探她鼻息，已然气绝。萧峰大惊，叫道："啊哟，不好，她断了气啦！"这声喊叫，直如大祸临头一般。

康敏为什么会被一面镜子气死？正是因为她突然发现自己不美貌了、很丑陋了。她失去了一直以来引以为傲的武器，凭这个丑八怪模样，她再也不可能掌控别人了，从此失控将是常态，所有的男人，乃至整个世界都将脱离她的掌控。她总不可能去毁掉整个世界，所以自己气死了。

欲望不会杀死女人，但前提是你得了解自己的欲望。这个世界上总有一些东西我们是掌控不了的，得学会与之相处，否则自己就把自己气死了。

透视阿紫

随便聊聊阿紫。阿紫这个小姑娘自负聪明狡黠,给人感觉似乎是一个黑化版的小黄蓉。她也一直以歹毒、会用计整人自居。

可事实并非如此。如果我们把她"用计"整过的人列一个名单,你会发现结果令人哭笑不得:

1. 店小二——长台镇小酒店员工
2. 虚竹——当时武功低微的小和尚
3. 褚万里——父亲的下属员工
4. 乔峰——姐夫
5. 游坦之——狂热忠狗
6. 马夫人——已气息奄奄、无法还手

一个个看过去,她"用计"整蛊的不是社会底层的可怜人,就是亲人,要不然就是狂热追求者、家族企业的老员工、无力还手的落水狗。阿紫就用计整了这么一些人。

比如整那个长台镇酒店的店小二。人家无意中得罪了她,她想报复,打算去割人的舌头,于是用了一个"计",大费周章地骗店小二喝下毒酒,趁机割了小二的舌头。这就有点让人无语了。先不说手段残忍,试问要割一个毫无武功的可怜店小二的舌头,何必这样大费周折?星宿派随便一个弟子都可以一秒把店小二摁在地上,把舌头割了,何必用计?比如我"用计"打倒了一个五年级小朋友,很有意思吗?

还有用计整蛊了大理"四大家将"之一的褚万里,害得褚万里羞愤难当,在战场上故意送命。这样欺负老爸公司的员工,跑到人家头上拉屎，算什么本事？好比杨康"用计"整了赵王府一个人，赵敏"用计"整了汝阳王府一个人，很牛吗？

而对那些真正的强人、恶人、奸人，阿紫的计半点用都没有。师父丁春秋弄瞎她眼睛，大师兄摘星子要杀她，她统统束手无策，形如羔羊，全靠姐夫救命。

对比黄蓉，用计收拾过的都是一些什么人？欧阳锋、欧阳克、裘千仞、金轮法王、霍都、李莫愁、裘千尺……历数过去，都是强人、狠人、恶人、猛人。黄蓉的用计才叫用计，阿紫的计，那叫欺负老实人。

有一些阿紫迷，觉得阿紫很有魅力，很喜欢她。这事可谓见仁见智，不多讨论。但如果说她机智伶俐、手段厉害，那就要打个大问号了。她不是什么手段厉害，只不过是发现了一个公开的秘密而已，那就是：伤害老实人，可以不付代价。

她真正最擅长的本事，就是识别谁是老实人，而谁不可忤逆。虚竹是老实人，她便肆无忌惮地去人家碗里加一勺鸡汤，破虚竹的戒，看着他的窘相拍手大笑。而撞见了师父、大师兄摘星子，便只能求饶、恭维。

再说深层次一点，阿紫们时不时去践踏一下虚竹、店小二这种普通人，践踏他们的身体和信仰，乃是一种内心深处的本能。因为她自己实在过得不好，总被强人欺负、追杀，犹如流浪猫狗，其实已经非常底层了。她需要不时去欺侮一下更弱势、更底层的人，来表明自己的"力量"，振作一下精神，向世界证明自己绝不是食物链的底层，下面还有好多人呢！你看店小二不是被我踩在脚下了吗？

如果仔细看书，就会明白阿紫非但不会"用计"，事实上她还总是中计。在成人世界的阴谋面前，在真正的奸恶之徒面前，她一再中计，被人玩得团团转。

在丐帮，她被真正的阴谋家全冠清诓骗了，那是真正的大奸人，把阿紫耍得团团转。在辽国宫廷，她又被穆贵妃骗了，人家骗她去给乔峰喂毒酒，她就真的去喂，也是被耍得团团转。

要知道皇宫乃是一切阴谋的集中地，而穆贵妃这种人才是真的在无数阴谋中杀出一条血路而上位的人。阿紫的小聪明在这些人面前根本不够看。

很多人喜欢阿紫，我表示理解。她的爱情故事也很打动人。但对她的所谓"凌厉狠毒"，我是欣赏不了的。她骗人的境界比向问天差太远了。向问天说要骗人，就得拣件大事，骗得惊天动地，天下皆知。你骗一个店小二喝口毒药算什么呢？对付底层人和老实人，真的不需要用计，直接践踏就可以了。

阿紫的心态

> 阿紫却扁了扁嘴,神色不屑,说道:"……我有天下无敌的师父,这许多师哥,还怕谁来欺侮我?……"
>
> ——《天龙八部》第二十三章

阿紫这个小姑娘,很自信。在书中,她当众说过一句自信心爆棚的话,或者说是一句很骄傲的实力宣言:我有天下无敌的师父,这许多师哥,还怕谁来欺侮我?给人感觉是奶凶奶凶的,又是心虚,又是威风八面。

这一句话其实大有信息量,很耐人寻味。一句话,就把阿紫的性格、见识和心态写得活灵活现,跃然纸上。

比如,她到底有没有天下无敌的师父?这要打个大大的问号。众所周知,她的师父是星宿老怪丁春秋,武功颇高,也很有势力,还善于搞生化武器,算得上江湖一号奸雄。但要说天下无敌那就差得远了,本事排在丁师傅之上的少说也能数满一只手。少林寺派一个扫地的来,他都打不过。

丁师傅自己多半也知道自己不是天下无敌,其他的明白人也知道丁春秋不是天下无敌,可是阿紫不知道。为什么呢?眼界窄,见识少,坐井观天,不知天地之大。从小到大每天在西域混,耳濡目染,听到的都是大家对本门的吹捧,啊呀呀好神奇的化功大法,好厉害的腐尸毒,就真以为师父天下无敌。

其次,就算这位师父当真天下无敌,和阿紫有一毛钱关系吗?完全没有。在她说这句话的时候,已经偷了本门的东西出逃,成了叛徒,师父师兄正在追杀她呢。抓贼的是不是天下无敌,你一个小偷骄傲什么?

何况就算在平时，阿紫在门派里也卑微得很，什么都不是。她的班辈排行叫作"小师妹"，注意不是岳灵珊那种小师妹，而是真的小师妹，最小也最没本事的师妹，既没有一官半职，也没有任何靠山，是门派里最最底层的人。没人把她当人看。只要哪一天没拍好师父的马屁，就要被师父嫌弃，甚至挥手抹杀。

对于这种尴尬又卑微的存在来说，师父天下无敌和你有什么关系呢？师哥们武功高强，又和你有什么关系呢？哪一点改变了你的卑微、你的孱弱？

有趣的是，再来品一品阿紫这句话：我有天下无敌的师父，这许多师兄，谁敢来欺侮我？而事实恰恰是：就是这些师父、师兄在欺侮她。整部书里，从头到尾，我们不曾见到有什么别的门派欺侮了她，因为她实在太弱、太菜、太底层了，别人根本没有机会，也没有动机去欺侮她。

少林会欺侮她吗？天龙寺会欺侮她吗？都不会，根本欺侮不着。绝大多数都是她自己的师父和师兄们在拼命欺侮她。狮吼子、出尘子追杀她，摘星子要烧死她，众师兄挤对她，师父还弄瞎了她的眼睛，大家一起把她变着花样地欺侮、践踏。她绝大多数的苦痛和恐惧都是从本门里来的，都是师父和师兄们施加的。

你说阿紫自己不明白这一点吗？她不知道自己在本门的实际分量和定位吗？大概也知道。可她却仍然跑到江湖上，非要觍着脸喊：我师父天下无敌！我还有这许多师哥！谁敢来欺侮我？喊得那么投入，那么骄傲。

为什么？因为她流落江湖，混迹底层，一无是处。她别无可以自尊的，只能拿这个来自尊，别无可以骄傲的，只能拿这个来骄傲，仿佛对本门多么忠诚热爱一样。实则这不是忠诚热爱，而是别无选择，不得不把自尊心投射到师父和师兄身上，那是唯一能和自己扯上关系的最牛的东西。

一旦弱鸡阿紫有了机会，咸鱼翻身，第一个便当叛徒。她后来忽然有了游坦之这个大靠山，发现游坦之武功高强，感觉腰杆硬了，秒当叛徒，私自搞起一面大旗，自封掌门："星宿派掌门段！"登时天下无敌的师父也不爱了，众位师兄也不爱了。姑奶奶我有姓了，我姓段了，我要当掌门了。

事实上，真有自信的人，反倒不会把"我有天下无敌的……"动辄挂在嘴巴边上。他们的生命别有支柱和寄托。段誉行走江湖，从来不说：我家有好厉害的六脉神剑，我有天下无敌的大哥！只有阿紫才会说：我有天下无敌的师父和师兄，哼哼，他们会像收拾我一样收拾你的！我都怕！就问你怕不怕？

《天龙八部》里的一段阴谋论

《天龙八部》里有一个小人物，名字叫作崔百泉。这位崔老师的兵器很有特点，是一把算盘，他的外号也就叫作"金算盘"。这人各方面能力都平平，长相不好，"形貌猥琐"，武功也不高，基本上可以划为死跑龙套的一类。

可惜造化弄人，弱小的崔老师偏偏摊上了一件大事：江湖传言，强大的姑苏慕容世家杀了他的同门师兄。按照江湖规矩，这就意味着弱小的崔老师必须要去找强大的姑苏慕容报仇，不然他就要被人看不起，被说成软蛋、屎包。

崔老师很仗义，也很勇敢，他真的拎着算盘就去报仇了。背景交代完了。下面是故事正题。

崔老师愤怒地冲到姑苏，好容易找到了一个姑苏慕容家的人。读者不妨猜是谁，是老族长慕容博，还是小少爷慕容复？都不是，而是小丫头阿碧。

阿碧脾气好，人又温柔，并且不会武功，从不好勇斗狠。虽然崔老师恶狠狠地跑来寻衅滋事，阿碧却没太当回事，反而对他很客气。阿碧温和地劝慰说：崔老师，我们不和你打架，姑苏慕容太出名了，每天上门来找碴的好汉太多了，我们早就习惯了。每个都打一场的话，我们实在打不过来。

这一点很像少林派。同样因为名气太大，总有无数江湖好汉来少林派找碴闹事、比武较量，这种架是打不完的，少林弟子早就见怪不怪了。

且说崔百泉老师怒气冲冲，却寻不着正经仇家，陷入两难。他总不能去打杀这么个小丫鬟。阿碧则反把他当客人招待，邀他坐船去家里喝茶。有趣的事就发生在船上。

乘船的一路上，崔老师的心情极为复杂。他陷入了一种无止境的疑惧和恐慌之中，总觉得坐船喝茶这事没这么简单，一定有阴谋。比如刚一上船，他就怀疑这丫头定是想要把船搞翻，将自己淹死，于是决定了一件事：要把桨抢在手上，使阿碧难以实施计划。

计议已定，崔老师想必大大松了口气：我终于挫败了姑苏慕容的一个阴谋。

怎奈他要拿船桨，阿碧却不肯。为什么不肯？很简单，因为他是客人，阿碧是丫鬟，让客人划船不合于礼。阿碧这一不肯，崔百泉老师便更加警觉起来，"疑心更甚"，越发料定这是一个敌人的阴谋。

他的思路是：不肯让出船桨，恰恰证明必有名堂。假若不是有阴谋，她何以不肯？此事已经绝非抢夺船桨那么简单，而是我和姑苏慕容之间针锋相对、你死我活的较量。

崔老师急中生智，对阿碧说：姑娘，不是不让你划船，我们实在是想听你弹奏乐器。听闻你有一个技能，把别人的兵器都能弹奏出乐曲，能否给我们弹一个？我们好想听啊。

他不由分说，把身边同伴的兵器夺来塞给阿碧，用书上的话说是："接过软鞭，交在她手里，道：'你弹，你弹！'"急切之情溢于言表。然后，趁阿碧弹奏之时，一把从她手上抢过了船桨。此时他大概又松了口气：我又挫败了姑苏慕容的一场阴谋。

至此，崔老师就从好端端的坐船的人，变成了呼哧呼哧的划船的人，直划了"两个多时辰"，也就是足足四五个小时，一把年纪了，也当真不容易。

可惜崔老师没高兴多久，变故又发生了。阿碧提出不但要弹崔老师的同伴的兵器，还要弹崔老师自己的兵器："你的金算盘，再借我拨一歇。"为什么呢？也很简单，阿碧多才多艺，只弹一个弦乐没意思，她还要来一个键盘乐。

崔老师心里顿时思绪奔涌，无数念头呼啸而过，他怀疑阿碧又是别有用心："她要将我们两件兵刃都收了去，莫非有甚阴谋？"弹兵器这档子事明明是他自己提出来的,现在他又觉得是人家的阴谋。不仅如此,连阿碧随口说的话,都句句像阴谋。比如崔老师随口夸这湖里的红菱好吃,阿碧一听很开心,拍手说:"在这湖里一辈子勿出去好哉!"

听她说"一辈子勿出去",崔老师吓坏了,"蘧然一惊",老半天都提心吊胆。总之这一路上,阿碧的一切行为在崔老师的眼里都包藏祸心——划船是阴谋,弹曲也是阴谋;听你的话是阴谋,不听你的话也是阴谋。

他还能给这些阴谋以完美的解释:阿碧要船桨,是要牢牢把控小船的控制权;阿碧要弹曲,那是为了用糖衣炮弹麻痹我方;阿碧要兵器,那是要解除我们的武装。至于阿碧扬言"在这湖里一辈子勿出去",更是暴露了姑苏慕容家的叵测居心,充分体现了一个反动买办阶层的家奴的猖狂气焰。

而且,在阴谋论者崔百泉面前,阿碧无法证明自己无辜。如果她解释,那么解释就是掩饰;如果她不解释,那就等于是默认;即便到最后她都没有动手,那也是因为被识破了阴谋,无法下手,但一定是亡我之心不死。

崔百泉这人其实也是有优点的,虽然形貌猥琐,但为人很仗义,为师兄报仇不顾危险。他平时也并不是一个多疑的人,反而挺率性放达,甚至喝酒赌钱,打架杀人,无所不为。可为什么一和姑苏慕容氏打交道,他就变成一个疑神疑鬼的阴谋论者了呢?换句话说,平时好端端的一个人,在什么情况下容易沦为阴谋论者呢?

原因大概有一点,就是当他完全不具备关于对方世界的知识,不了解对方的规则,当他和对方距离太远、差距太大,大到他的一切经验都派不上用场的时候。

崔百泉和姑苏慕容氏,双方的差距实在太大。作为一个江湖中下层人士,要崔老师去揣度一个神秘的武林绝顶高手世家会如何处事、如何待客、如何迎敌,实在是有些为难他了。对于阿碧的一切做法,他都只好拿自己在江湖底层摸爬滚打的经验来套。

打个比方，就好像《西游记》里从孙猴子的眼里看天宫，一会儿觉得玉帝挺疼他，一会儿又觉得玉帝欺负他、迫害他、歧视他，对他搞阴谋。

猴子并不知道天宫很大，成员很多，玉帝要操心的事很繁杂。他也不知道自己其实没有那么重要，不值得别人一天到晚算计和针对。他也不知道就算天宫里要算计人，会是什么套路、什么程序，有什么明规则和潜规则。他都不明白，只好瞎猜。如同我们生活中，连省都没出过几次的人去评点国际政治，连书都没读过几本的人去纵论天下兴亡，他们的论调就总是特别像崔百泉，看什么都像是阴谋。

由于知识有限，他们所揣测的大国博弈，套路总像是街坊吵架；所剖析的政治风云，总像是姑嫂斗气。就像崔百泉总担心姑苏慕容会像什么"飞鱼帮""铁叉会"的蟊贼，偷偷搞翻自己的船。

当然，崔先生有一点也没错：武林高手难道就不骗人不害人？就没有阴谋？就不能提防？诚然，高手们也骗人，也害人，需要提防。但关键是提防的路子对不对。《笑傲江湖》里大高手向问天曾有一句话可为注脚：

> 从不骗人，却也未必。只是像峨嵋派松纹道人这等小脚色，你哥哥可还真不屑骗他。要骗人，就得拣件大事，骗得惊天动地，天下皆知。

姑苏慕容当然也骗人，但他要骗的是整个中原武林，骗的是丐帮帮主、少林方丈，他想挑起的是宋辽纷争，自己好火中取栗，兴复故国，绝无精力去专门针对崔百泉的一条船。所以，崔百泉先生真的大可以放心坐船。

星宿派的反思

星宿派这家公司，成也在公关，毁也在公关。金庸的江湖好比竞争激烈的市场，公关工作是一切工作的生命线，甚至比做产品、做市场还重要，搞不好就要出问题。

有的公司就一直不太重视公关，比如少林，他们的工作模式完全是被动式的，出大事了，酿成重大的负面事件了，众光头才出来危机公关一下，平时完全缺位。

少林派的管理团队里，一个分管公关的都没有。《天龙八部》里，"玄"字辈的高僧一大堆，说起来都是高管，一个抓公关的也没有。《倚天屠龙记》里有四大神僧，有一个抓公关的吗？也没有。

这个门派在机构设置上就比较缺位，一贯地重业务、轻公关。比如达摩堂是管业务的（就是打架），罗汉堂也是管业务的，藏经阁也是管业务的，没有管公关的。唯一有点公关职能的是知客寮——都把公关部和接待办并到一起去办公了，公关工作能不弱化吗？

所以少林派的公关工作才总是那么被动。举个典型的例子，有一次，少林方丈被殷素素给阴了，当着群豪的面，殷素素假装把屠龙刀的秘密告诉了方丈空闻大师，实际上半个字都没说，逗老和尚玩。

不明真相的江湖群豪被蒙蔽了，连续多年一直跑到少林派群访集访，打砸抢闹，暴力索刀，酿成多起流血冲突。可是少林派呢？这个谣言始终辟不下来，"空闻发誓赌咒，说道实在不知""不论空闻如何解说，旁人总是不信"。

堂堂一个大单位，辟谣居然要靠一把手出来"发誓赌咒"，而且大家还不信，少林派的公关能力也真是差得可以。

那么，在金庸的江湖里，最重视公关的公司是哪一家呢？毫无疑问是星宿派。星宿派以公关为立派之本,一把手亲自抓公关,群弟子人人搞公关,遇到任何工作都是公关工作先行。

比如和丐帮的大决战:

> 众人颂声大作:"师父功力,震烁古今,这些叫化儿和咱们作对,那真叫做萤火虫与日月争光!""螳臂挡车,自不量力,可笑啊可笑!""师父你老人家谈笑之间,便将一干幺魔小丑置之死地……真是闻所未闻。"

比如和少林寺的大决战:

> 呼喝之声,随风飘上山来:"星宿老仙今日亲自督战,自然百战百胜!""你们几个幺魔小丑,竟敢顽抗老仙,当真大胆之极!"……"星宿老仙驾临少室山,小指头儿一点,少林寺立即塌倒。"

它还非常注重对员工公关素养的培训。据金庸说,新入星宿派的门人,未学本领,先学谄谀师父之术,一到开战,就可以千余人颂声盈耳,一片歌功颂德,掀起压倒性的强大舆论气势。

除此之外,星宿公司还很重视公关工作的创新和转型,善用新技术、新渠道、新方法,把锣鼓丝竹、箫笛唢呐、歌曲杂技、小品相声都变成了搞公关的武器,十分丰富多彩:

> 千余人依声高唱,更有人取出锣鼓箫笛,或敲或吹,好不热闹。

按道理说,公关抓得这么好,这家公司的公众形象应该很好,人见人爱了?可惜完全不是这样。星宿派越公关越臭,连续荣膺"江湖最臭门派奖",比不搞公关的少林派还臭一百倍。这是为什么?

这就要求我们回到一个本质问题:不管互联网行业还是别的什么行

业，公关的根本目的是什么？是争取认同。归根结底，是要影响别人、改变别人，最后说服别人，让大家认同星宿老仙是个好人，星宿公司是个好公司。可是星宿公司的员工，他们拼命搞公关的目的是什么？是说服吗？明显不是，而是自证——证明自己很忠心。

在这家大公司里，形成了这样一种氛围：谁不搞业务可以，但不搞公关不行。谁不搞公关，谁会显得落后、迟钝、掉队。搞公关不积极，就是对企业不忠心。

如果一不小心在公关上落后了，会怎么样呢？结果可能很不好，比如有几个员工喝彩晚了一点：

> 有三个胆子特别小的……想起自己没喝采，太也落后，忙跟着叫好，但那三个"好"字总是迟了片刻，显得不够整齐。

于是，"众同门射来的眼光中充满责备之意"，那三个人"登时羞愧无地，惊惧不已"。你看，给师父叫好稍微迟了一点，同门就会对你充满责备之意。还好这只是同门，如果是"师父射来的目光充满责备之意"，那你就麻烦了。

在这样的环境下，员工们的公关必然不是做给受众和用户看的，也不是做给竞争对手看的，而是做给师父和同门看的。他们的锣鼓丝竹、唢呐箫笛不是演奏给受众听的，而是给师父和同门听的。他们搞公关的目的，是证明自己在公关；他们创新的目的，是证明自己在创新。一切只为了一点：表明自己忠诚、听话、没有变色。

这样一来，公关的实际效果就被忽略了——只要师父、师兄听见就好，至于江湖上广大的用户信不信，公关效果好不好，谁关心啊。

而且这还会产生一种效应：公关做得越夸张，就越能引起师父的注意和青睐；越是极端的文案，就越能证明自己的忠心，越不会被怀疑变心、变色。于是各种极端的说法就不断抛出来，因为越极端越安全啊。你说师父武功西域第一，我就说他天下第一，其他的弟子就干脆说他太阳系第一、宇宙第一、宇宙大爆炸前都是第一。

所以到后来，这家公司的公关口径就变成了"日月无星宿老仙之明，天地无星宿老仙之大，自盘古氏开天辟地以来，更无第二人能有星宿老仙的威德。周公、孔子、佛祖、老君，以及玉皇大帝、十殿阎王，无不甘拜下风"。

在书上，有人说：星宿老仙放了屁，做弟子的应该连声赞叹，大声呼吸。这种说法本来已经很到位了，很极端了，但马上有其他弟子严肃指出：这话不对，还不够正确，更正确的版本是：师父放了屁，做弟子的应该大声吸、小声呼，否则是嫌师父的屁不够香吗？

这时候，假如有一个清醒老实的人出来说：我觉得以后不宜说师父的武功"宇宙第一"，这样效果不太好，太耸人听闻，还是要客观一点，说"太阳系第一"就可以了。那他肯定会被群起围攻：你什么玩意？你什么居心？你什么后台？谁给你了这样污蔑师父的底气！

因为他们都懂：围攻，是比公关更好的证明自己的机会。所以，当有爱讲实话的二货冒出来的时候，千万不要错过围攻的时机，去晚了就轮不上了。

曼陀山庄的形式主义

在《天龙八部》里，有一个著名的"茶花女"，叫作王夫人，也就是王语嫣的老妈。

书上有这么一个情节：王夫人特别喜欢茶花，搞了一个巨大的茶花示范工程，叫"曼陀山庄"，就是茶花山庄的意思。这个山庄里种了无数茶花，大概有成千上万株。可是因为技术十分落后，种植方法不对，好茶花都给种毁了，把这里搞成了一个大型车祸现场。

明明不能堆那么多肥料，却偏要给猛施肥。明明茶花喜欢阴凉，却偏放到太阳底下去暴晒，搞日光浴。真的茶花专家来了一看，大概要内心滴血，想死的心都有。比如段誉来了就各种看不下去，连呼乱整。

可是，整个山庄里的人却种花种得兴高采烈，好像一点儿都不知道自己在乱来。采购部门的每天疯狂采购，种植部门的每天疯狂种植，肥料部门的每天疯狂做肥料，甚至把活人剁成肥料，上上下下，干劲十足，拼命搞形式。

小时候看书到这里，便觉得好笑，觉得曼陀山庄里的人都好蠢。王夫人不懂茶花就算了，庄子里至少有上百人，难道一个懂一点点种花的都没有吗？去书店里买本种花指南都不会吗？随便提醒一下老板，不就解决问题了？

可到了后来，长大了一点，我才晓得事情根本不是这么简单。曼陀山庄的种花问题古代社会是解决不了的，因为这是一场自上而下的形式主义。这不是一个技术问题，而是一个古代社会制度的问题和人性的问题。

试想一下，如果有一个普通花匠认真提出来，大家每天种的花都是没用的，有什么好处？有好处，可是微乎其微。就算上级采纳了你的建议，大家胡种、乱种少了，或许能减少一点工作量。但能减少多少？还真不好说，太虚无缥缈。

况且，胡干、乱干的工作量少了，精干、实干的工作量就会多了。反正都是干活的命，能让你闲着？干什么不是干？形式主义之风一旦刹住了，考核说不定就要更细致了，要求说不定就更严格了，更不好应付了，对一个基层工作人员有什么好处？

好处不明显，坏处却明显得很，尤其是得罪人。首先就是侮辱了王夫人的智商。本来整个曼陀山庄只有一个茶花专家，就是王夫人。现在你这样一揭发，等于说王夫人根本不懂茶花，而且很好哄，大家都乱种茶花哄她。

其次，这不但侮辱了王夫人的智商，也侮辱了所有人的智商。大家一听，啊哈，我们山庄还出了个神农氏了。原来这么多年我们都不懂茶花，就你懂？我们都在胡种、乱种，就你真种、会种？你怎么不死去？

最后还有一点，这不但侮辱了大家的智商，还可能损害了大家的切实利益。形式主义，往往是附着了大量看不见的利益的，时间越长，利益就越牢固。比如买花，王夫人长年累月用大价钱买劣质茶花，把不入流的"落第秀才"当成高级的"十八学士""十三太保"买来，当冤大头，这里面一切经手的人有多大的利益？还有花肥，还有专门搞的吹风机、紫外灯、营养液……这里面有多少利益？你跳出来说这些东西都没用，你死不死？

说到这里，再谈一点更深层的东西：形式主义的本质是什么？

我们总有一种很表面的印象，就是认为在一个市场主体里，下级总是讨厌形式主义的，是深恶痛绝的，只不过为了应付上级的检查，不得不然。比如曼陀山庄的中层、下层，还有底层的花匠、婢女，都应该是讨厌胡种、乱种茶花的。

可人家真是这样想的吗？未必。这搞不好是一种错觉。

要知道，形式主义的本质，是一种上级对下级的逐级的忠诚检查：我向下布置了一个任务（比如种茶花），这个任务很难，很没谱，甚至我明知道它很傻缺、没啥实际作用，它就是个形式，可是就问你干不干？如果你干，说明你对我忠诚。

反过来说，形式主义也是一种下级对上级的逐级的忠诚输送。夫人你看，你布置的任务这么没谱，这么没溜，咱们都心知肚明它没啥作用，但我还是全力以赴、兴高采烈给你干了，干得跟真的一样。你看我对你多忠诚。

形式主义是一场忠诚度的传销。上线传给下线，下线再传给下下线，一层层传下去，逐级做忠诚测试。茶花到底种成什么样，并不重要。

所以，形式主义对于中层、下层来说有时候反而是个好东西。它是一条捷径，是向上表达忠心的捷径，也是证明自己工作能力的捷径。正儿八经想把茶花种好，多难啊！可是我挂个横幅"一定要把茶花种好"，就容易得多了，对不对？

又或者，买它几千几万盆茶花，胡乱种得漫山遍野都是，也不管能不能活，王夫人让晒太阳我就猛晒，王夫人让多施肥我就猛施，让夫人来了一看，觉得非常满意，不就好了？用这么简单的方式，就证明了自己的忠诚，也证明了自己的工作能力，有什么不好呢？

何况大家要想明白一点：曼陀山庄里所有人应付王夫人，固然是搞形式主义，但其实王夫人自己也是在向上搞形式主义。她种那么多茶花，是给自己看的？拿茶花当饭吃啊？当然不是，那都是给段正淳看的。

段正淳关心她茶花种得好不好？品种优不优？屁咧。王夫人只是要表明：段郎你看我一直爱着你。只要段正淳百忙之中想到这一点，心里微微一感动，王夫人的茶花就算没白种。如果段正淳再想多一点：阿萝对我不错啊，好久不见了，去看看她吧。王夫人就赢了。说到底还是表忠心。

只有段誉这种二子，傻不啦唧跑去说：哎呀呀你们的茶花种得都不对！结果被王夫人命令拖下去，剁了当花肥。这就悲催了。你以为你有技术？其实你就是坨肥料。

少林寺的名额

丁春秋，是《天龙八部》里的一个大坏人。他的最后结局是关在了少林寺的戒律院，被和尚们终生看管，等于被判了个无期徒刑，坐穿牢底。乍一看，似乎也算是恶人恶报，罪有应得，而且判轻了。可是对比另外一个人，你就觉得丁春秋受委屈了，他的结局很不公平。那就是慕容博。

慕容博是另一个大坏人，他的结局却和丁春秋完全不一样，是在少林寺出家，还拜了扫地僧做老师，堂而皇之地成了一位少林高僧。

对比之下，丁春秋简直要吐血，心里恐怕要问一万句凭什么。

两个坏人虽然都是在少林寺，待遇却天地悬隔，一个是阶下囚，一个是座上宾。丁春秋是在押犯人，披枷带镣，挨打受骂，估计还要劳动改造。慕容博却是在寺中清修，地位尊崇，少林高管们见了他多半还要客客气气叫声禅师。说句不夸张的，慕容博每天素斋里吃的白菜，搞不好都是丁春秋劳改时种的。你说丁春秋想不想得通。

不妨再问一句，慕容博和丁春秋，两个人到底谁更坏？谁的罪行更严重？很难说。非要对比的话，恐怕慕容博的罪行还要更恶劣，破坏力要大得多。

丁春秋犯的事，乃是杀人越货、草菅人命，他所领导的星宿派不过是一个流窜作案的黑恶团伙，充其量有点邪教组织的色彩而已。要说祸国殃民，他还谈不上。

慕容博却是不折不扣的祸国殃民，其行径已接近于反人类。此人挑动辽国和宋国相争，后来还谋划"五国瓜分大宋"，要引辽国、吐蕃、西夏、大理的兵马进来，把大宋给灭了。这是何等的罪行？用乔峰的话说，假如他奸计得逞，那便是尸骨成山、血流成河，天下不知多少人要死于非命。这样的罪过，某种程度上说不比丁春秋大吗？

就算单纯从少林寺的私仇角度上来说，慕容博的罪也更大。少林和尚里，丁春秋杀了玄难，慕容博杀了玄悲，算是打个平手。可慕容博当年还假传讯息坑了带头大哥呢，给少林寺挖了天大的坑，这笔账怎么算？不比丁春秋恶劣吗？

可最后，一个劳改种菜，一个当大爷吃菜，公平吗？罪刑相当的原则何在？这让人忍不住进一步要问，少林派处置这些大恶人，到底是依据的什么标准？

恐怕真相是，丁春秋作恶固然多，却"不过"是杀人者，而慕容博是窃国者。丁春秋诛人，是诛百人；慕容博诛人，是诛千万人。诛百人者为盗为匪，而诛千万人者为圣为雄。所谓"放下屠刀，立地成佛"也是要资格认证的，那就是你的屠刀要足够大，哪怕做反动派，也要做大反动派。慕容博的屠刀比丁春秋的大，所以结局反而好，反而受到优待。

金庸小说里，历代以来少林派分发这种"优待""清修"的名额，无一例外都是给大屠户。《笑傲江湖》里，少林派前后开出过两个优待指标，一个是给的任盈盈，一个是给的任我行，一个是"圣姑"，一个是魔教教主，正是两个江湖上最大的魔头，手握最大屠刀的人物。

少林方丈方证大师亲口款留任我行，语气何等谦卑、真诚。他力邀任我行"在少室山上隐居，大家化敌为友"，"从此乐享清净，岂不是皆大欢喜"，好不亲热。

讽刺的是，就在大师发出邀请之前几分钟，任我行还当着他的面屠戮了八名少林弟子，下手之残忍，场面之血腥，遇害者们"双目圆睁，神情可怖"，可怜啊！这八人何辜！但那又如何呢？因为人家的屠刀够大，这血债便即一笔勾销。

还有《倚天屠龙记》里的谢逊，明明血债累累，最后一转念，要"放下屠刀"，少林派便赶紧特批指标，准许立地成佛，接纳谢逊成为少林弟子，辈分还给得特别高，和方丈同辈。这还不是因为谢逊的屠刀够大，尤其还有一个刀剑双全的干儿子张无忌？

假如再往细里分析，要得到少林派的指标，无非两种：

第一种，你的屠刀要大到可以和少林谈交易。任我行手中之刀，便是大到了可以和方证大师谈交易的地步，所以方丈亲批指标，热烈欢迎入寺。

第二种，你虽然手上已经没有屠刀了，但你的影响力大到了一定的程度，少林收容了你能给他自家产生正面的影响。

慕容博就是这样，入寺的时候他其实已没有什么党羽，也没什么反抗能力了，可是他的影响力足够大。少林寺招抚了他，可以产生很好的影响，围观群众会纷纷说：哙！一代枭雄，放下屠刀，洗心革面，终老少林，美谈！美谈！

换了丁春秋就不行了，少林要是收纳了丁春秋，就要被群众骂，说少林藏污纳垢。所以丁春秋就只能当犯人种白菜。可见江湖群众只能识别普通恶人，是识别不出大恶人的，除非中小学课本告诉他们。

而那些数量众多的底层的恶贼，像什么田伯光、云中鹤之流，还有什么"白板煞星"之类，他们就只能被名门正派们降魔卫道，追杀到底。普通人哪怕是和田伯光聊了天、喝了酒都是死罪。他们能享受慕容博、任我行的待遇，有机会去少林"放下屠刀"吗？对不起，你想放都没有资格，肯定是被少林子弟大喝一声：

咄！快把你的屠刀捡起来，我们要降魔卫道！

王语嫣改回表哥身边有无必要

新修版《天龙八部》做了一处很重大的改动：王语嫣最终离开了段誉，又回到表哥身边了。

打个比方，就好像她先是换下爆了胎的表哥，换上了段誉这个备胎，勉强开了几百公里，仍然心有不甘，发现不是全尺寸的，便又把表哥这个老胎换将回去。可怜段誉又抓了瞎。

这样改有必要吗？是改好了还是改坏了？首先必须说，作者爱怎么改是他的权利，就算他把王语嫣改成了玉像变的人工智能，那也是他的权利。不过作者有改的权利，我们也有讨论的权利，热烈讨论金庸的作品，是对老人家最好的怀念和尊重。我认为对王语嫣的修改没有必要，好处不明显，弊端却很大，改坏了。

先说好处不明显。有没有好处呢？有，会让一些读者觉得合理、解气，特别是不看好王段恋的觉得解气。有人会认为王语嫣本来就不爱段誉，表哥才是真爱。回到真爱身边，难道不对？是不是改得特别合理？

问题是，这样的叫好是娱乐视角的叫好，是围观偶像剧式的叫好，不是文学层面的叫好。倘若是一部流行偶像剧，观众特别喜欢哪一对，编剧便成全哪一对；观众特别反感哪一对，编剧权衡之后便拆散哪一对。这种"民意"有意义。但对金庸则毫无意义。金庸晚年辛辛苦苦改书，是为了让围观群众来挺这对情侣、站那对情侣的吗？肯定不是。除非能提升作品的文学价值，其他的对金庸而言都可以忽略不计。

段誉和王姑娘不是真爱，所以王姑娘应该离开，这是一种很贫乏的审美，用这种框框来衡量金庸小说，实在是把标准定得低了。金庸的武侠，何须人人有"真爱"？换句话说，一流的文学怎么能被"真爱"给框住？阿珂的"真爱"是谁？方怡的"真爱"又是谁？再多说几个的话，包惜弱、何铁手、完颜萍、耶律燕们的"真爱"又是谁？

金庸写小说好在哪里？其中之一正是三个字——丰富性。不同的人爱情模式不同。木婉清爱得深刻，钟灵爱得清浅，那么王语嫣爱得世俗一点有什么不行？何必非要人人搞一个"真爱"的套子装进去？何必非要把主角都打发回到"心中真爱"的身边？大家看看身边人包括自己谈恋爱，不都是有所权衡、有所考量的吗？感情不都是会变化、会流动的吗？这才是生活的真相。何必容不下一个世俗版本的王段之恋？

有人说，当初让王语嫣跟了段誉，本来就是写错了，是"漏洞"，人家根本就不爱。照这么说，阿珂跟了韦小宝是不是同样的漏洞，同样要改一下《鹿鼎记》，让阿珂回到郑克塽身边，让方怡回到刘一舟身边，上帝的归上帝、凯撒的归凯撒？

揣度一下金庸的心思，应该是他觉得这样一改，让王语嫣在结尾处回心转意，小说会显得更深刻，更能写出生活的真相。他在受访中也多次讲到，感情是易变的，时间长了往往会变心，一成不变是很难的，所以要改。这是他的真正动因。

我倒以为，这种改法不是真的深刻，而是一种伪深刻。比如童话《白雪公主》结尾是王子和公主过上了幸福的生活，倘若硬加上一句"三年后他们变心了离婚了"，这篇东西就深刻了吗？并没有，这是一种伪深刻。须知《天龙八部》是部一百二十多万字的体量巨大的长篇小说，如果作者真想表现爱情是脆弱的、易变的，那很好，请用整部小说来告诉我们，而不是靠涂改一个结尾告诉我们。文学想要深刻，是不能这样走捷径的。

王语嫣的结局改了，段誉的结局也相应改了，他似乎"悟透"了，发现自己对王语嫣不痴了，发觉那样痴缠苦恋不值得。猛一看主题似乎是"深刻"了，更通透了，更有启示意义了。可是你再仔细品味，是不是多了一丝什么味道？一种很熟悉但又说不出来的味道？没错，鸡汤的味道。

段誉不痴了、想明白了，作品并没有真的更深刻，反而肤浅了，多了一股村俗说教气息。就像倘若贾宝玉忽然不痴了、想明白了，发现他爱的并不是林妹妹而只是一种幻觉，《红楼梦》也并不会更深刻一样。再推而广之，宋江倘若到了最后忽然想明白了，不忠心朝廷了，诸葛亮在五丈原忽然想明白了，觉得为蜀汉打工没意义了，作品变深刻了吗？没有，都是伪深刻。

还有一点尤其重要，不知道金庸意识到没有，把王语嫣改回慕容复的身边，会给全书造成一处重大破坏，那就是会吃掉一个重要人物——阿碧。王语嫣回去，就把阿碧吃掉了。

阿碧的设计本来相当精彩，体现了金庸大宗匠的功力。作为一个小丫头，她只是在早前燕子坞一场戏里亮过相，此后便很少出场，看似是被遗忘了，实则是作者埋下的千里伏线。到了全书末尾，惊鸿一瞥之间，你发现居然是阿碧陪在发疯了的慕容复身边。她一边给小孩子们发糖，一边痴痴望着公子，脸上全是安宁和满足。

初登场时，她划着小船唱："为谁归去为谁来？主人恩重珠帘卷。"好一个"主人恩重珠帘卷"，金庸早已埋下这一笔，阿朱、阿碧两个，阿朱用浓墨，阿碧用淡墨，阿朱大篇幅，阿碧小篇幅，结果最后一个偕同北乔峰于地下，一个陪伴南慕容于潦倒，各有悲欢又各得其所，这样的调度让人拍案叫绝。

你看《神雕侠侣》的最后结尾，不是主角杨过和小龙女，而是郭襄夺眶而出的眼泪。《天龙八部》的最后结尾也不是主角，而是阿碧痴痴望着疯公子的喜悦和满足。这一悲一喜，都把"情"的销魂、"情"的深刻与复杂写到了极致，使人浩叹。阿碧为什么满足？为可以陪伴疯了的公子而满足，为了珍惜此时此刻而满足。就像段誉领会到的：别人觉得他们可怜，可焉知阿碧心中不是平安喜乐？

然而，老爷子不知为何偏要一改，一声令下，让王语嫣回去。到底哪个写"情"更深刻呢？让王语嫣跑回去更深刻，还是让阿碧独自留守更深刻？她这一回去，还不就把阿碧这个角色吃掉了？本来"主人恩重珠帘卷"，一下又变成卷帘大将了。

金庸小说里的五个大诗人

经常听到一种说法：金庸的"文笔烂"，没有古龙、温瑞安的文笔好。这些读者认为：古龙、温瑞安们经常有"诗一样的语言"，让人沉醉，并且警句迭出，很有哲理。

我很理解这样的读者。他们喜欢的比如：

你有没有听见过雪花飘落在屋顶上的声音？你能不能感觉到花蕾在春风里慢慢开放时那种美妙的生命力？——《陆小凤》

冷风如刀，以大地为砧板，视众生为鱼肉；万里飞雪，将苍穹作洪炉，熔万物为白银。——《多情剑客无情剑》

不多举例了。如果你觉得小说里出现这样的句子就是美呆了、美极了，那么你大概还不明白一个道理：中文小说写到一定的境界之后，往往就没有"文笔"这个东西了。它会融化掉，像水浸润到了字里行间。这种小说很容易被人说成"文笔烂"。比如刘慈欣，就特别容易被说成"文笔烂"。

金庸是不是没有"诗的语言"？不是的，它到处都是诗的语言，只是读者不一定读得出来而已。比如我列举他小说里几个最没文化的大老粗，他们只要感情到位了，随便一开口，就都是很棒的诗的语言。

第一位诗人，胡一刀。

他的外貌大约就是一个字——丑。"从哪里钻出来的恶鬼""生得当真凶恶，一张黑漆脸皮，满腮浓髯，头发却又不结辫子，蓬蓬松松的堆在头上"。可是看了《雪山飞狐》，你会发现胡一刀老师是个深藏不露的现代诗人，张嘴就是很美的诗句，到当地的诗歌协会混个职务头衔一点问题都没有。

举一首他的代表作,叫作《死是很容易的》。

这首诗的创作背景,是胡一刀即将和苗人凤决斗,临战前夜,胡一刀百感交集,对老婆说了一番依依不舍的话,倘若逐句分成段,就是一首很动人的小诗:

死是很容易的

妹子,
刀剑一割,
颈中一痛,
甚么都完事啦。

死是很容易的,
你活着可就难了。

我死了之后,
无知无觉,
你却要日日夜夜的伤心难过。

唉,
我心中
真是舍不得你!

是不是情真意切,感人肺腑?

不但胡一刀会作诗,他的夫人也不赖。胡夫人这晚回答丈夫的一番话,拿出来逐句分段,也是一首挺不错的诗,题目不妨叫《孩子》:

孩子

我瞧着

孩子，

就如

瞧着你一般。

等他长大了，

我叫他

学你的样，

什么贪官污吏、

土豪恶霸，

见了

就是一刀。

胡夫人这一首小诗，是不是也酣畅痛快，让人印象深刻？

若以为这只是金庸笔下的妙手偶得，那么让我们请出第二位大诗人——周伯通。在多数人印象里，周老爷子疯疯癫癫，哪里会写什么诗。这便错了，他的佳作数不胜数。比如有一次，他苦劝郭靖不要找老婆，这一番话拿出来分成段，就是一首好诗：

若是有女人缠上了你

若是有

女人

缠上了你，

你练不好武功，

固然不好，

还要对不起朋友，

得罪了师哥。
而且你自是
忘不了她。

总而言之,
女人的面,
是见不得的,
她身子
更加碰不得!

读完感觉如何?是不是特别缠绵悱恻?有没有让你想起年少轻狂的往事,那些失去的爱和错过的人?尤其是周伯通老爷子深入浅出的"女人的面,是见不得的,她身子更加碰不得",很富哲理,发人深思,颇有点当年"人生派"新诗的味道。

周伯通这样的好诗很多,简直出口成章。后来他再一次力劝郭靖不要结婚,这一番话又是一首好诗,题为《岳甚么父》:

岳甚么父

岳甚么父?
你怎地不听我劝?
黄老邪刁钻古怪,
他女儿
会是好相与的么?
你这一生一世之中,
苦头是有得吃的了。

好兄弟,

> 我跟你说，
>
> 天下甚么事都干得，
>
> 头上天天给人淋几罐臭尿，
>
> 也不打紧，
>
> 就是媳妇儿娶不得。

有没有感觉特别棒呢？接下来我们有请金庸小说里第三位诗人——东方不败。无须惊奇，此公不但武艺高强，而且也会写诗。他的作品既有灵性诗派的调调，有时又兼具一点九叶诗派注重现实的味道。我们来举一首读一读。

比如这一首《很羡慕你》，是他在闺房里对任盈盈讲的一段话，整理出来就是一首很有特点的诗：

很羡慕你

> 我一直
>
> 很羡慕你。
>
> 一个人，
>
> 生而为女子，
>
> 已比臭男子幸运百倍。
>
> 何况你这般
>
> 千娇百媚，
>
> 青春年少。
>
> 我若得能和你易地而处，
>
> 别说是日月神教的教主，
>
> 就算是皇帝老子，
>
> 我也不做。

这是东方不败的性灵的控诉，是欲望的呐喊，是对自己性别不满和叛逆的狂暴宣言，"皇帝老子我也不做"，充满了骚动的力量。顺便说一句，东方不败一生的死对头任我行也是一位杰出的诗人。他的代表作《及得上我》，可谓是开了后世天狗流、狂吠流的先声。

及得上我

诸葛亮
武功固然
非我敌手，
他六出祁山，
未建尺寸之功，
说到智谋，
难道又
及得上我了？
关云长
过五关、斩六将，
固是神勇，
可是若和我
单打独斗，
又怎能
胜得我的"吸星大法"？

接下来出场的一位诗人作品更别具一格，就是郭芙。人人都以为这姑娘粗鲁没文化，连亲妈黄蓉也称"芙儿是个草包"，但她也是一个自带诗魂的人。

在《神雕侠侣》的结尾，她和杨过并肩抵抗蒙古大军，生死之间，她忽地心有所动，开始胡思乱想，回忆起了自己和杨过的种种，想了一段奇怪的心事。这一段心理活动从原著上一字不改地扒下来，就是一首经典的诗，可以题为《嫉妒》：

嫉妒

我难道
讨厌他么？
当真
恨他么？
武氏兄弟
一直拼命的想讨我欢喜，
可是他却
从来不理我。

只要他稍微
顺着我一点儿，
我便为他死了，
也所甘愿。

郭芙啊郭芙，
你是在
妒忌自己的亲妹子！

　　郭芙这首诗已经很优秀了，但却还不是金庸小说里最好的一首。在金庸十四部书里，我认为可以出场夺魁的诗，出自一位纯粹意义上的粗人，就是《天龙八部》里的完颜阿骨打。此人乃是女真人，那时女真部落连自己的文字都没有，用今天的标准看真是没文化到家了。

　　但在全书的结尾，当完颜阿骨打和他最亲爱的好朋友萧峰短暂相聚，又要分别时，这条女真汉子的诗才便不可抑制地爆发了。

面对萧峰，他分别时说了一番感人的话，一字不改地搬过来，就是一首催人泪下的好诗，叫作《喝酒》：

喝酒

哥哥，
喝酒。
不如便和兄弟
共去长白山边，
打猎喝酒，
逍遥快活。

中原蛮子，
啰里啰唆，
多半不是好人，
我也不愿
和他们相见。

你被感动了吗？是否也想起了自己曾经失约的兄弟？是否也想冲到大雪之中，痛饮一碗？

这就是大师的所谓"文笔"。它们不需要浮夸的辞藻、美文、警句——那些是学生的习作游戏。更高级的东西，乃是文字上的顿挫、节奏、分寸和准确。就像金庸，他会把最不起眼的对白都写成诗，悄悄地对着你万箭齐发，然后深藏功名。你被吸引了、被感动了，却连为什么都不知道，有时候还以为他"文笔不好"。

鸠摩智的原型

鸠摩智的一小部分人物原型,可能是近代一位大名鼎鼎的人物康有为。当然这里绝非把康公比作大奸大恶的大轮明王,只是说此公有一些逸事,还真的是挺像鸠摩智,其中主要是搞书。

康老师是出了名的喜欢搞古董,其中就包括搞书。梁漱溟、章立凡等对此言之凿凿。怎么搞呢?有一招就是朋友死了之后,他便去祭拜,稀里哗啦大哭一场,然后跟死者家属说:我和你们老爷生前是好友,老爷曾答应过我的,要送给我他的啥啥书。康老师的这等打法,是不是和《天龙八部》里的鸠摩智非常像?

蔡登山在《多少往事堪重数》中便说到一例,清末的大词人郑大鹤去世了,康有为知道郑藏了不少珍贵的宋版书,又打听到郑的儿子恰好不在家,其余亲属皆不懂行,于是便跑到郑家灵前去吊祭,哭得一把鼻涕一把眼泪,恰恰就和鸠摩智哭慕容博一个套路:

> 鸠摩智凝视着这三本(遗)书,忽然间泪水滴滴而下,溅湿衣襟,神情哀切,悲不自胜。本因等(旁观者)无不诧异。

康有为哭罢,一抹眼泪,转头对郑的姨太太说了番话,大意是:我和老郑乃多年老友,生前他答应过送我几部书,骗你是小狗。现在他去世了,我特地来拿书,用来纪念我最尊敬的老朋友云云。可怜这个姨太太啥也不懂,根本不晓得宋版书价值连城,一张纸敢比一张金叶子还贵的,而且看康有为这样的大人物都一把鼻涕一把眼泪跑来吊祭了,哭都哭了,拿走几本旧书算什么,何况亡夫生前又答应了。于是就把藏书笼箧打开,任由康有为挑选一番,满载而归。

金庸写《天龙八部》时，就让鸠摩智多次用这一手段来搞书。鸠摩智先来到大理天龙寺，哭天抹泪，说自己的老朋友慕容博死了，十分伤心云云。待哭完之后，把脸一抹，说老友生前最爱你们家的《六脉神剑》，请务必给我拿走，替老朋友焚化。

好在天龙寺的和尚们毕竟不是郑家姨太太，都还不蠢，想明白了对方这是在遛傻子呢，于是誓死抵抗，保护剑经，鸠摩智才没有得逞。

然后这家伙一心不死，又跑到姑苏慕容家去演了一遍，同样是一番哭天抹泪、痛彻心扉，先是死皮赖活要到灵前祭拜老友，然后又称：慕容老先生生前曾经答允，让我在你家"还施水阁"看几天书。速速带我去，小僧对知识如饥似渴。

当时慕容氏家中空虚，缺乏高手值守，也亏得看家的丫头阿朱、阿碧见识不逊于天龙寺中人，不是郑家姨太太，识破了番僧的伎俩，未予应允，否则家里的图书馆可要被鸠摩智搬空了。那时可是北宋，一本本可都是宋版书。真的很想问问金庸老爷子，写鸠摩智故事的灵感是不是打康有为这儿来的？

说到康有为先生搞书，的确战绩非凡，还闹过轰动一时的"盗经事件"。有一次康有为去西安讲学，看中了寺庙里一部南宋平江府延胜院摹刻的碛砂版《大藏经》，然后就设法给装车盗走了，拉回了家，舆论一时哗然。

章立凡黑他，说他是"挟宝出关，谋勇兼备，卒告成功"，和每次揩油都失败的鸠摩智相比，不知道高到哪里去了。

关于

——

《笑傲江湖》

落魄江湖上,人疑是谪仙

——

傅梦得

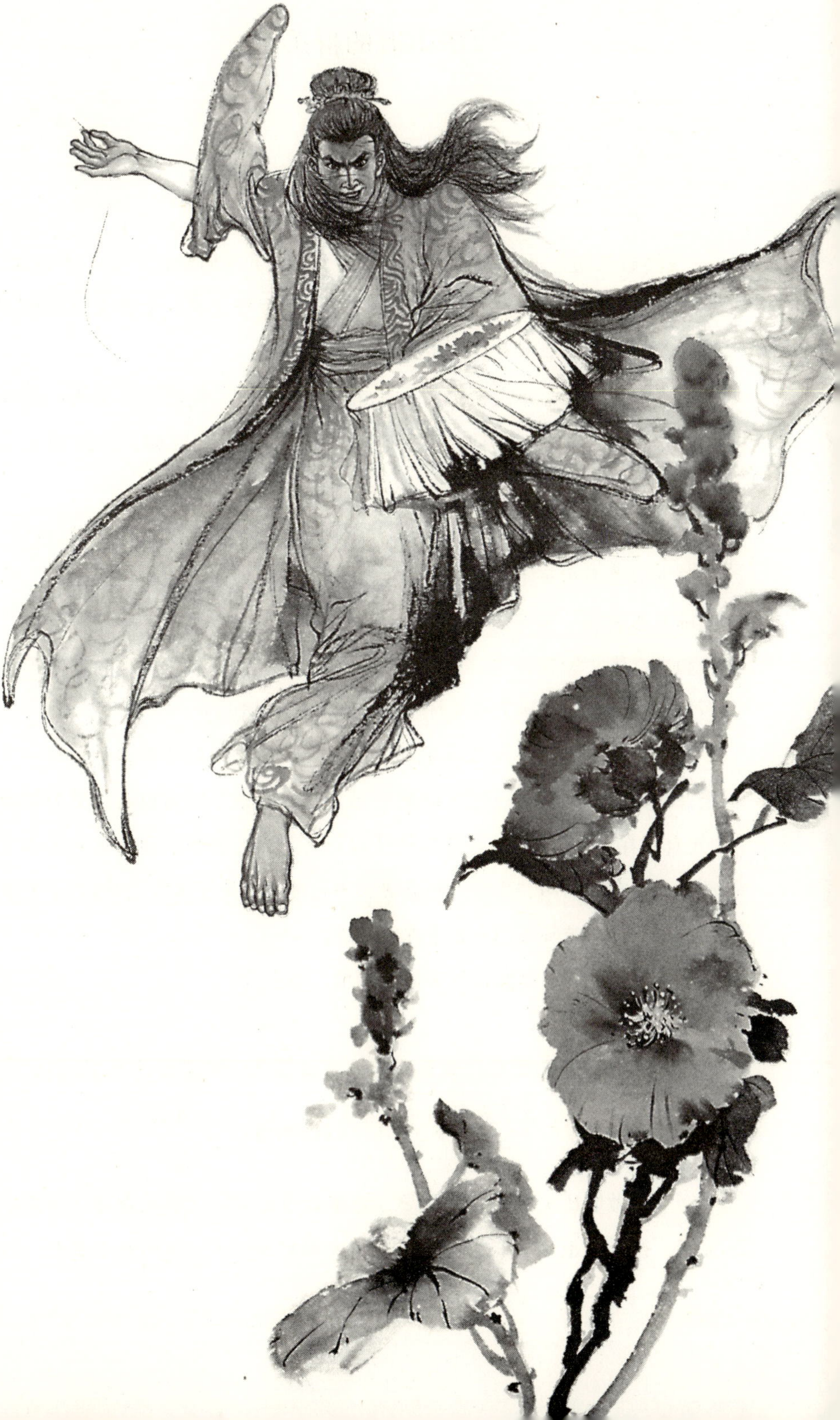

华山派的群弟子

《笑傲江湖》里有一个华山派。这个门派和《西游记》有一点很像，唯一能打的人是大师兄。遇到了敌人、妖魔鬼怪之类，全靠大师兄出面打发，其余弟子基本只会打酱油。

药王庙一战，华山派遭敌人伏击，力战不敌，全派二十多人上到师父师娘，下到临时工实习生，都被生擒活捉。危急时刻，是大师兄用"独孤九剑"打跑了敌人，救了大家的命，使华山免于倾覆。

可是真正的好戏这时才开始。按理说，大家的命都是大师兄救的，此时本应该表示一下感激和关怀才对，至少该问问大师兄伤势如何，给大师兄裹裹伤、搽搽药、来碗泡面等等。这点做人的道理，连猪八戒、沙和尚都懂。影视剧里，大师兄力拼红孩儿后昏死了，沙和尚都晓得哭一场，猪八戒都晓得上去关怀一下，给猴哥掐掐人中。

可是华山派这一大群师弟师妹，眼看大师兄拼到抽筋虚脱，却一个个像死人一样，没有一点实际的表示。只有一个老五高根明，见令狐冲"兀自躺在泥泞之中"，过去将他扶起。其余一大群师弟师妹自始至终无动于衷。有句话叫"为众人抱薪者，不可使其冻毙于风雪"，可救了大家命的令狐冲却被师弟们一直撂在泥浆里。

看看这些师弟师妹接下来做的事情，书上说：

> 众弟子有的生火做饭，有的就地掘坑，将梁发的尸首掩埋了。用过早饭后，各人从行李中取出干衣，换了身上湿衣。

生火做饭比关心大师兄重要，吃早饭也比关心大师兄重要，等饭吃完了，换衣服也比关心大师兄重要。大师兄累瘫了，他的脏衣服有没有人关心给换一下呢？没有的。注意细节，直到好几天之后，"岳不群等众人都换了干净衣衫"，令狐冲穿的那件泥泞长衫始终没换，后来还是岳灵珊想到了，过来问了一下。此前令狐冲穿的都是脏衣服。

华山派这一群弟子如此冷遇令狐冲，是他们情商低、不懂得感恩图报吗？不是的。药王庙刚打完架时，人人均道"幸亏大师哥救命"，都不是傻子。可为什么却又对大师哥一路冷淡呢？很简单，因为师父嫌弃大师哥：

> 别的师弟们见师父对我（令狐冲）神色不善，便不敢来跟我多说话。

你看这群华山派弟子，他们是没有自己的主见和态度的。他们的态度全看师父的态度。师父讨厌大师哥，他们就跟着冷淡大师哥、孤立大师哥。一切跟着师父的脸色来。他们不是傻，而是太精明了。

师父怀疑令狐冲偷了《辟邪剑谱》，让大家监视令狐冲，大家就都一丝不苟，套上红袖套，卖力地执行起来。二师弟劳德诺、小师弟舒奇兢兢业业地监视着救命恩人令狐冲，阴魂不散地围着令狐冲转。还有"两名年轻师弟"伏在院子之中监看，随时防备大师兄逃走。

这群卖力监视令狐冲的人里，劳德诺本来就是老油子，坏一点、凉薄一点也罢了。让人感叹的是舒奇和那些"年轻师弟"，明明都还是小孩子，却没有一点少年人的纯真和热血，反学了一身的世故，监视得十分起劲。

这群弟子的健忘是全方位的，并不只是对大师哥令狐冲。药王庙一役，他们明明才遭遇大败，差点全军覆没，三师哥梁发惨死。眼看门派前途暗淡，岌岌可危，大家也短暂地难过了一下子，也都"潸然落泪"，几名女弟子更是一度放声大哭。可是没几分钟，他们的伤痛就好像治愈了，开心地聊起了去福建旅游、游山玩水的话题：

众弟子听得师父答应去福建游玩，无不兴高采烈。林平之和岳灵珊相视而笑，都是心花怒放。

这是一种神奇的健忘本领。只要去旅游一趟，逛吃逛吃一下，关注一下小师妹和林师弟的情感八卦，昨夜的鲜血和创痛就算过去了，大家也就可以毫无窒碍地"兴高采烈"了，门派的前途、华山的命运就都抛诸脑后了。

所以令狐冲想不通。书上说，看着众师弟、师妹个个"笑逐颜开"，他十分不理解这种金鱼脑子。

还有一个特别有趣的细节。群弟子固然都冷落大师兄，不搭理大师兄，但个别时候也有例外。比如领导偶尔对大师兄假以辞色的时候。

有一次在船上，大家聊起了"杀人名医"平一指，此公每医一人就要杀一人。小师妹心情甚好，主动找令狐冲搭讪，开起了玩笑，说：看来大师哥你是不能找他治伤了。令狐冲也就回了一句玩笑，说：是啊，怕这位医生治好了我，却叫我来杀你。

于是，"华山群弟子都笑了起来"。

这真是有趣。小师妹主动搭理大师哥了，于是群弟子也就短暂地搭理大师哥了，于是大师哥说的笑话也好笑了，众人"都笑了起来"，船上充满了快活的空气。就好像一个单位里，有个犯了错、靠边站了的家伙，平时早就成了大家眼里的透明人，被当作不存在的对象。忽然有一天老板心情好，对他假以辞色，开他玩笑了，于是大家也就立刻响应，"都笑了起来"，他好像又短暂地成了集体的一员。

这就是令狐冲所在的集体。但凡上面的态度温和一点、松动一点，群弟子就会一秒变成温暖、包容的群体，对你"笑了起来"；上面的态度冷峻一点、严厉一点，群弟子又一秒变成了冰冷、肃杀的集体，当你是空气。

令狐冲居然还傻乎乎地老想回归这个集体，老想向大家证明自己的正直和清白，幻想大家重新接纳他。他不晓得，想要这样的师父和集体接纳你，正直清白是没什么用的，唯一有用的是站队。你是否正直其实无所谓，关键得让师父相信你是他线上的人，和他是一头的，师父才会接纳你。

令狐冲唯一能做的事，是立刻半夜跑到师父房间里去，砰砰地磕头，然后一脸媚笑，积极出谋划策：

"师父，那个剑宗余孽、死老头儿风清扬出现啦，就在后山！他还傻了吧唧地教了徒儿剑法呢！我带路，咱们一起抓他去！"

《笑傲江湖》里的一群瞎子

《笑傲江湖》里有一伙很特别的人,他们是一群瞎子,一共十五个。这是特别耐人寻味的一群人。我用"瞎子"这个词,不是歧视残障人士。原著里就是说瞎子。

他们之所以会瞎,起因是帮大佬左冷禅办坏事,跑去围攻华山派,以夺取《辟邪剑谱》。这一仗打得非常惨烈,十五个人有的断手折足,有的被打得吐血,最后眼睛被令狐冲尽数戳瞎。

我对于这些瞎子很不理解:莫名死拼华山派,图什么?

他们本来是一伙小镇高手,与华山无冤无仇,双方毫无交道与过节。甚至两边在药王庙直打到最后,大家都到了互相插眼睛、咬耳朵、满地打滚的地步了,华山的岳不群都还是一头雾水,死活想不起这些人的名字:这伙人哪儿来的?我不认识啊!可见大家真的是没有半点交集。

围攻华山,对于他们也没有好处。有多大的利益能比命重要?就算全歼了华山一伙,抢了《辟邪剑谱》,那也不过是入了左冷禅的私囊,轮不到他们。若说是为了立功讨好左冷禅,那也是千难万难,左冷禅自有他嵩山的嫡系,光是同门的"太保"就有十三个。日后五岳剑派合并,也没有什么好处能给瞎子们的,左冷禅尚有一大帮五岳的高手耆宿要安置,他毕竟要执掌五岳,这些旧人总还得用,还得靠他们出力。等圈里的人分完了蛋糕,几个小镇打手还能轮到什么,值得豁出命去死拼?

更要命的是,帮大佬干这种见不得光的事,流了血流了汗,非但无甚好处,最后可能还要背黑锅当替死鬼。

岳不群是"君子剑",在武林中形象好、口碑好,暗害他是一件极损口碑的事。为什么左掌门要找一群小镇蒙面人来害岳不群?不就是怕沾血、好甩锅?日后左掌门执掌五岳,第一件事怕就是大张旗鼓为岳先生

报仇,把十五个替死鬼拿来祭旗。到时嵩山传下话来,怕就是这个画风:

"左掌门高度重视岳先生被害事件,亲自督办,专门成立了以丁勉、陆柏为首的工作组,昼夜工作,缜密调查,终于将十五名凶手查获,明正典刑,以告慰岳先生在天之灵……并向岳夫人宁女侠、灵珊小姐致以深切慰问……"

这种背锅的故事,江湖上屡见不鲜。比如岳不群,亲手谋害了恒山两位师太,却公开扬言要"查明真凶……把他砍成肉泥"。"三年之内,岳某人若不能为三位师太报仇,武林同道便可说我是无耻之徒,卑鄙小人",反正到时候找个替罪羊来砍成肉泥便是。这十五只傻鸟亦是同理,听左冷禅之命去屠戮华山,最后多半还不是要被左冷禅"查明真凶""砍成肉泥"?

可惜这十五个傻鸟想不明白,结果药王庙一役,眼睛全瞎,快乐的小镇高手当不了了,就此沦为废人,一步都不能再离开嵩山。这些瞎子从此陷入了仇恨之中。注意,不是恨左冷禅利用自己,也不是恨本人脑筋秀逗、任人摆布。他们反倒是恨上了令狐冲——你为什么不乖乖被我们灭掉?干吗要反抗?

这些瞎子活得很痛苦,却不知道自己痛苦的根源。他们感到自己被强暴了,却不明白谁在真正对自己施暴。他们到处找机会死磕令狐冲,好像干掉了令狐冲,他们就会不再痛苦,能得到解脱。金庸写他们是瞎子,真是很有寓意的,他们并不是眼睛瞎,而是心瞎了。

最后,在华山思过崖的黑暗洞穴里,十五个瞎子和令狐冲相遇了。左冷禅在背后大吼一声:

你们的眼珠是谁刺瞎的,难道忘了吗?

这就是典型的煽动。驱使这种没有思考能力的人,不需要利益,只需要灌输仇恨就好。孔夫子说"君子喻于义,小人喻于利",其实这话有时候正好该反过来:使唤脑筋好的人,往往需要实打实的利益;而驱使没脑子的人，只要制造一些虚幻的概念就可以了。

果然，瞎子们听了左冷禅的话，像打了鸡血一样，"齐声大吼，跃起来挥剑乱刺"。在他们蒙昧的灵台里从来没有想过：令狐冲这个人，和我们本来的生活有什么关系？我们现在像二百五一样地仇视他，敌视他，我们反令狐冲、反任盈盈、反华山、反恒山……是谁教我们的？是图个什么？是谁得好处？

小说后来有个非常好的隐喻：在漆黑的山洞里，令狐冲举起了一根魔教长老的遗骨，闪耀的磷火照亮了黑黢黢的蒙昧世界。他和盈盈也借着这一点火光杀出重围。

令狐冲是盗火者，但他点亮的火光，瞎子们看不见。瞎子们只会惊慌乱窜，问："有火把？有火把？"然后被独孤九剑一个一个干掉。心瞎了的人是看不见光的，你把火举到他面前，他们也只会翻着白眼，像小说里一样骂："拿开点！滚你奶奶的！"

五岳剑派不亡，谁亡

　　五岳剑派，基本上是亡了。到《笑傲江湖》的最后，五派已日薄西山，走到了穷途末路。

　　他们自相残杀，凋零殆尽，书上说，"好手十九都已战死"。朝阳峰上最后一次清点，华山、泰山、衡山、嵩山四派，居然只剩三十三个活人，而且"个个身上带伤"。任我行要召见，他们居然都凑不够人来开会。可以预见，这几派的式微、消亡已成定局，他们注定将成为历史的过往陈迹。

　　小时候看书，对五派还充满好感和同情，可后来读到这里，就想说一声：该！五岳剑派这几个门派，该亡。

　　回想几年之前，五岳剑派在衡山集会。在大佬刘正风的客厅里，五岳高手济济一堂。泰山掌门到了，华山掌门到了，恒山的高层也到了。

　　他们个个自居侠义之道，满脸正气，口口声声以行侠仗义、胸怀天下为念，仿佛有了他们这几把剑，天下的正义就可以得到伸张。

　　然而，他们的聚会却请了什么客人，把什么人延为贵宾呢？是青城掌门余沧海。余沧海刚刚干了什么事呢？灭门。福威镖局满门老小一百多口，全部惨死于青城派之手。镖局全部财产，被青城派席卷而空。这是光天化日之下的大抢劫、大屠杀，人间惨剧，而余沧海就是罪魁祸首。

　　五岳剑派中，人人都知道这桩惊天血案，华山派甚至就是直接现场目击者。可他们是如何对待这个双手刚刚沾满鲜血的余沧海的呢？

　　华山岳不群是："余观主，多年不见，越发的清健了。"

　　是，他清健，刚刚在福州杀人杀得清健。

　　衡山的刘正风则是："……光临刘某舍下，都是在下的贵客。"

　　一个屠夫、残害无辜的刽子手，居然也成了你刘正风的贵客。

不是号称侠义为怀吗？不是号称匡扶正义吗？一个众所周知的大恶人就在你们中间，怎么不去行侠仗义？怎么不去匡扶正义？五岳剑派这么多高手在场，正邪力量对比悬殊，怎么不当场拿下余沧海？福威镖局那一百多具血淋淋的无辜者尸首你们没看见吗？何以还和余沧海谈笑风生？

当然了，人家五岳剑派毕竟只是几个武术团体，又不是衙门，凭什么人家就该管？谁说有凶手就非拿人家不可？可讽刺的是，他们放着天大的血案不查纠，放着罪魁余沧海不拿，却又总打着名门正派、行侠仗义的旗号，到处宣扬要抓恶人，动不动就说要取人首级。

比如一听说采花大盗田伯光的名字，立刻一个个情绪高涨，义愤填膺，仿佛一秒钟又记起了自己是侠义道。一听说令狐冲和田伯光喝酒了，顿时怒不可遏，高喊要取令狐冲首级。泰山的天门道人就怒喝："清理门户，取其首级！"你们这下怎么又有资格取人家首级了呢？

田伯光诚然有罪，田伯光诚然万恶，可罪也未必大过余沧海。别人和田伯光喝酒，你们就要取其首级。你们现在正和更残忍、更凶恶的余沧海喝酒，你天门道人怎么不取自己的首级？

在衡山金盆洗手的聚会上，我们只看到现场呈现出一种无比丑陋的默契。五派人人心照不宣，无一人质问一声余沧海，无一人谴责半句青城派。"福威镖局的事，你干得也太过分了！"连这么说一句的都没有。天门道人没有，岳不群没有，定逸师太没有，刘正风也没有。陆柏、费彬、丁勉、莫大先生，也都没有。再小一辈的劳德诺、梁发、向大年……也都没有。对于那一场惨案，他们甚至连议论一下、感叹一下都没有，连对罹难失踪的林家后人林平之表达一下同情都没有。福州血已凉，衡山酒尚温。

可与此同时，他们又不住口地高谈阔论道德话题，对别人例如令狐冲的各种道德细节问题纠缠不放，热烈讨论怎么严惩淫贼。

那么，五岳剑派为什么和余沧海称兄道弟、虚与委蛇？因为他们是一个圈子。为什么他们又表现得那么痛恨田伯光？因为他们和田伯光不是一个圈子。是一个圈子的，就默契地回避、照拂。不是一个圈子的，就不妨声讨、屠戮。五派的一切正义和道德，不过是个圈子的游戏。

他们声讨田伯光，以标示自己的道德感；他们纵容余沧海，以维护自己圈子的协同默契。他们伸张正义的时候充满了选择性。好办、易办、顺手可办的事，他们就积极得很。比如抓淫贼，特别积极。谁一逛群玉院，仿佛就犯了弥天大罪。令狐冲无意中进了群玉院，师父岳不群就怒喝："倘若你真在妓院中宿娼，我早已取下你项上人头！"而难办、不好办、容易破坏圈子氛围的事，哪怕再极端、再残忍，他们也视而不见。岳不群就转头对余沧海说：多年不见，越发的清健了！

试问，嵩山、华山、泰山等等这几个门派的人整天都在忙什么？要么就是忙于五派内讧、党同伐异，比如嵩山杀衡山，华山阴嵩山，不亦乐乎；要么到闲下来时就忙于抓别人的道德小辫子，啊哈，你又逛群玉院了！你又和田伯光喝酒了！取你首级！真乃是集虚假、伪善、无良于一身了。

事实上，整个江湖都伪善，少林伪善，武当亦伪善，都是明知余沧海万恶却毫不作为的。而五岳剑派尤其伪善。天门道人等的表演尤其让人恶心。这样的几个门派，有何颜面自居名门正派？五岳剑派哥儿几个不亡，谁亡？

五岳亡于天门道长

天门道人站起身来,大踏步走到左首,更不向刘正风瞧上一眼。

这是"金盆洗手"血案中的关键一幕。金盆洗手会上,左冷禅的锄奸队突袭衡山,先取衡山高手刘正风。屠刀之前,所有旁观者被要求站队。站到左首还是右首?是该顺从还是反抗?天门道人不假思索,在全场上千人里第一个表态,站到左边去了。

不但去了,而且"大踏步"。不但"大踏步",而且更不向屠刀下的刘正风瞧上一眼。

刘国重说,这是天门给自己的棺材钉下的第一根钉子。诚哉斯言,其实何止是自己的棺材,也是为其余四岳的棺材钉下的第一根钉子。诸岳之败,亦首败于天门道人。

来回顾一下"金盆洗手"事件。这一役,左冷禅点杀刘正风,残酷的表象背后,究竟是什么战略意图?这一役的实质究竟是什么?其实不过是两个字,"试刀"耳。这是左冷禅砍向几个山头的实验性的第一刀,是以血腥手段并吞五岳的第一步试探。

试探,试的究竟是什么?第一,试自己的权威。自己作为五岳"盟主",到底多大程度上能做"主"?我说刘正风是马,有没有人敢说他是鹿?那一面珠光宝气的盟主令旗,能不能行得了屠杀之令、诛灭之令?能不能令行禁止、言出法随,尚方剑到,人头落地?所以说这乃是试他自己的权威。

第二,试其他四岳的底线。自己点杀刘正风,衡山会不会反抗?会在多大程度上反抗?其余几大山头又会不会反抗?会在多大程度上反抗?江湖围观人士又会作何反应?会形成何样的舆论?

有理由相信，在郑重派出锄奸队前，左冷禅一定做了两手打算，最好的和最坏的。最好的打算，大概便是刘正风束手待毙，其余掌门噤若寒蝉。最坏的后果，便是捅了马蜂窝，泰山、华山、恒山等群起反抗，锄奸队铩羽而归。

因此，那一刻他举起屠刀时，尽管貌似狰狞，其实心下是多少有些惴惴的，所以才不惜一举出动了嵩山第二、第三、第四号人物——大太保丁勉，二太保陆柏，三太保费彬，齐到衡山现场压阵。

看上去，这是声势浩大、势在必得，其实乃是心虚。倘若不心虚，倘若对自己的权威有足够自信，何必最高层尽出？皇帝赐死一个藩属大臣，需要宰执齐出吗？须知，此后嵩山的所有行动，哪怕是更大得多的灭派行动，灭华山，灭恒山，都没有出动到整体如此高的级别和规格。

当此之时，现场四岳人士完全还有能力抵抗，有本钱抵抗。左冷禅碾压之势还未成，血腥吞并之局面还未现，还属于"我就蹭蹭不进去"的阶段。当嵩山的费彬、丁勉举起屠刀时，表面上目光恶狠狠地盯着刘正风，但一多半心思，估计还得放在现场天门道人、岳不群、定逸师太的身上。嵩山也是麻秆打狼，心里怕。

而在场诸岳之中，位望和实力最尊的，便是天门道人。书中言道，"依照武林中的地位声望，泰山派掌门天门道人该坐首席"，说得明明白白，他的地位声望在岳不群、定逸师太之上。而泰山派的综合实力亦是其余四派之中最强，光说有生力量，泰山现存的四代人就有四百余众，比华山、恒山等不知强到哪里去了。

你既然"该坐首席"，就该有首席的眼光、洞察、睿智和决断。不然干脆让仪琳坐首席算了，好歹养眼。关键时刻天门道人该如何决断？能不能准确看破这一事件的性质：这是左冷禅斩向四岳的试探性第一刀，是他实现庞大野心的关键第一步？能不能看得出自己现在的最大敌人是嵩山、是左冷禅，而非魔教？

滑稽的是，当嵩山让众人站队表态时，天门道人想也不想，一头倒向嵩山这边，傻乎乎地"大踏步"走到左边去了。你能想象秦军将出函谷关，楚国首先把赵国给票死了？

好玩的是，他对危机浑然不觉，全场一个劲地指斥令狐冲、刘正风等无公害人士。什么？你和淫贼喝酒？杀了杀了！什么？你和魔教交朋友？杀了杀了！仿佛他们才是自己的真正敌人。

天门的选择，极大地影响了其他人的选择。岳不群的表态就是在天门之后的，也在一番言辞掩饰之后，走到了左边。或有人说，这也赖天门？没错！谁让你位望最高，综合实力最强呢？谁让你第一个抢先表态呢？应该说，在这个关键节点上，当时在场者天门、岳不群、定逸、刘正风等的认识都不到位，而天门的认识尤其不到位。这件事上，岳不群该落得借口：天门尚如此，我何能为？

唯独只有恒山一个反抗了，这时嵩山反而高兴了。此时此刻，他倒怕你不反抗了。一个反抗的都没有，我如何杀鸡儆猴？东岳西岳都认怂服软了，北岳单独一家反抗，并且是最弱者，正好杀鸡。于是：

> 双掌相交，定逸师太……一口鲜血涌到了嘴中……丁勉微微一笑，道："承让！"

何等无奈！定逸师太的一口鲜血。何等得意！嵩山丁勉的微微一笑。

"金盆洗手"一役后，魔盒开启了。左冷禅权势大涨，积威更盛，更重要的是他试探出了四岳的孱弱，心里有底了，开始血腥强推并派。

反过来，四岳从此战战兢兢，并且愈发丧失了互信，失去了联手的基础。试想，站在刘正风满门老小的尸体面前，衡山还敢信泰山、华山吗？而现场唯一反抗了的恒山，又还敢再相信泰山、华山吗？于是"五岳剑派，同气连枝"彻底成了一句鬼都不信的屁话。

局面随即急转直下，嵩山兵锋所指，四岳一盘散沙，各自为政，节节败退。药王庙一役诛华山，铸剑谷一役诛恒山，其势直如破竹。这天地之覆、大厦之倾，谁有过？诸岳都有过。但追究起来，罪愆第一人，不是天门道人是谁？

明白人都在捶胸顿足。鸡鸣镇小酒店里,莫大先生一声哀叹:"左冷禅下一步棋子,当是去对付泰山派天门道长了。"只可惜天门道长兀自不醒!

不多久,嵩山大会上,预言果然成真,天门道长饮恨而亡。事发前不久他还发誓:

泰山派……三百多年的基业,说甚么也不能自贫道手中断绝!

晚了!自从你当初抢先"大踏步"倒向嵩山的时候,泰山三百多年的基业,就已经开始在你手上断绝。一切因果,都在"金盆洗手"之时注定。

当时,如果现场有记者提问,天门多半是这样回答的:
"天门道长,眼下到底谁是你的敌人,谁是你的朋友?"
"我不知道!"
"你为什么只会冲着令狐冲、刘正风等佛系人群发狠?"
"我不知道!"
"你第一个倒向嵩山,可你既不是投机,又不是惑敌,也没得嵩山的任何好处,你到底是为什么?"
"我……我就是傻!"

华山派的历史课

> 这位风清扬是谁？多半是本派的一位前辈，曾被罚在这里面壁的。

在华山思过崖上，令狐冲看到"风清扬"的名讳，满脸茫然，对这个名字一无所知。

风清扬是华山派的高手名宿，甚至是门派肇建以来最杰出的人物。他活跃的年代也并不算太过遥远，而令狐冲作为本门的大弟子，却半点也不知道。

究其原因，是华山派从来不给弟子们讲本门的历史。你看书就会发现，这个门派开剑法课，开气功课，但有一门课是不大开的，就是历史课。掌门人岳不群满腹经纶，却不大给弟子们讲历史。外门的历史不讲，本门的历史也不讲。令狐冲从小在华山长大，对山上一草一木都十分熟悉，按理说他本该对本门本派的历史如数家珍才对。但实际情况恰好相反，他在华山长到二十六岁了，对本门的历史尚一无所知。

华山过去发生的很多惊天动地的大事，比如二三十年前发生了剑宗和气宗之争，同门死伤惨重；又比如魔教十长老曾经攻打华山。这些极其重要的史实，岳不群从没给令狐冲他们讲过。老师不讲，令狐冲自然就不知道了。

有趣的是，令狐冲不但对本门的历史一无所知，他对敌人比如魔教的历史也毫无了解。魔教是正教的死敌，所谓知己知彼方能百战不殆，对于敌方的主要人物、历史沿革、发展源流，本该让令狐冲们了解一点才对。可是令狐冲也完全不了解。

他到西湖底下坐牢，无意中摸到一个名字——"老夫任我行"，心里想的是:"老夫任我行!……原来这人也姓任。"你看他居然无知至此,连魔教的前任教主都不知道。须知任我行坐牢并不是很多年前的事,也不过十二年而已,江湖就已经抹掉了关于任我行的一切。

在什么情况下,华山派才会给徒弟们讲一点点历史呢?就是形势所迫,逼不得已的时候。

例如思过崖上,令狐冲偶然学到一招邪派的剑法,以之打败了师娘,同门震骇。师父重责他之余,感到不得不对徒弟进行一点历史教育了,于是才现场开了第一堂历史课:

> 岳不群在石上坐下,缓缓的道:"二十五年之前,本门功夫本来分为正、邪两途……"

看,到这时才开始给弟子讲一点点历史,并且讲得非常简略,大量的事实还是回避了,对风清扬这个人根本不提,魔教十长老攻华山这样的大事也不提,剑宗、气宗是怎么来的也不提。

师父不讲,令狐冲自己却又无法自学。他不爱读书,没有文化,不懂主动去找什么《武林史》《五岳剑派源流考》等著作来读。何况华山根本也没有什么历史著作可读,令狐冲没有别的渠道去学习,无法更新自己的知识,师父教什么,他就只知道什么。

王小波说过一句话:"在中国,历史以三十年为极限,我们不可能知道三十年以前的事。"金庸江湖恰如此,知道的历史往往以三十年为限。

你看风清扬活跃的时间距离令狐冲恰好大约三十年,令狐冲便不知道了。剑宗、气宗之争距令狐冲也是大致三十年,岳不群的话可以为证:"你这句话如在三十年前说了出来,只怕过不了半天,便已身首异处了。"令狐冲也就不知道了。

还可以随便举出很多类似的例子,比如《倚天屠龙记》中:

> 静玄问道:"师父,(谢逊、殷天正)这两人也都在魔教?"

峨嵋派的大弟子静玄提了一个非常初级的问题。作为本门资历最深的门人，她对魔教的无知到了惊人的程度，连关于敌方"四大护教法王"的基本知识都没有，连谢逊、殷天正是明教的法王都不知道。

而灭绝师太作为唯一了解三十年前魔教历史的人，似乎也从来不和徒弟们讲述。直到必须和魔教决战了，形势所迫，才在西域临时补了一课，给徒弟们讲了一点三十年前的知识，之前所有门人对此都是稀里糊涂。

又比如元代的张三丰给徒弟们讲解故事："我只道三十年前百损道人一死……"徒弟们也是一片茫然，包括年纪最长的大师兄宋远桥在内，都不知道这个三十年前的人物。

不明历史，没有知识，会带来一系列不好的后果，比如浅薄易怒。令狐冲起初就是这样。

有一次令狐冲忽然在思过崖后洞看到一行字：

张乘云张乘风尽破华山剑法。

令狐冲的反应就像是被人踩到尾巴一样——"勃然大怒"，骂道："无耻鼠辈，大胆狂妄已极！华山剑法精微奥妙，天下能挡得住的已屈指可数，有谁胆敢说得上一个'破'字？更有谁胆敢说是'尽破'？"甚至气得拿起剑，要去砍掉这行字。

这一段心理活动非常生动，惟妙惟肖，活画出令狐冲一度浅薄易怒的模样。

他压根不认识这写字的人，亦完全不知这所谓的"张乘云张乘风"是何方神圣，武功究竟如何。可他看到这行字的第一反应，就是想都不想，立刻开骂，"无耻鼠辈、大胆狂妄"地喷过去。

再者，令狐冲当时压根就没见识过天底下真正第一流的武功。别说葵花宝典、独孤九剑、吸星大法没见过，就连次一流的诸如黄钟公、桃谷六仙的功夫等都还没见过，完全不知天地之大。可当时的他偏就有一股莫名其妙的自信，坚定认为"华山剑法精微奥妙""天下能挡得住的已屈指可数"。

能挡住他家华山剑法的真是屈指可数吗？显然不是。我们读到后面便会发现，且不论那些顶尖高手了，就连桃谷六仙都个个挡得住华山剑法；嵩山十三太保也个个都挡得住华山剑法；任我行上华山，一下就带了八个长老，恐怕也个个都挡得住华山剑法……这哪是什么"屈指可数"，已经两手两脚都数不过来了。

但如果你遇到当时愤激之中的令狐冲，去和他分辩这些，大概没说两句，就要被他"无耻鼠辈、大胆狂妄"地喷一脸口水了。

当然，凡事也有例外。在武侠小说里，历史课虽然开得少，但如果你达到了江湖上某种层级，历史就是向你开放的。

后来令狐冲成了恒山掌门，身份、地位不同了，少林方证和尚、武当冲虚道士这两个江湖最高的管理者便主动找来，和他谈话。

方丈大师，其中原委，请你向令狐老弟解说罢。

注意冲虚道长这称呼，令狐冲变成了"老弟"，成为同一层级了。他们要向令狐冲解说什么原委呢？原来就是三十年前的历史，并且是"武林中的重大隐秘之事"，都是一般人绝少知闻的机密大事，包括《葵花宝典》《辟邪剑谱》的来历等等。

成了恒山掌门，跻身更高的阶层，你就有了真正的阶层认同，就有了共享历史的资格。令狐冲一定感到暖洋洋的，因为这才是真正的接受，才是真正的阶级认同。所以说在江湖武林中，该用什么来划分人的层次？我认为不是用武功，也不是用门派，而是用历史知识。拥有同样历史知识的人可以被视为同一个阶层，而一无所知的小白则永远是江湖的底层。

令狐冲的底线

底线是什么？乃是一个人说话、做事的最低限度。《笑傲江湖》里令狐冲的诸多烦恼，往往都是从"底线"二字上来的。

令狐冲对自我的认知是一个"无行浪子"，自诩潇洒不羁，但在门派里却处处碰壁，事事掣肘，因为他骨子里往往并不是那么潇洒，亦很难称不羁。他说话做事的底线其实挺高。

比如对于师父。令狐冲极其尊重师父，从人品到武功，他对岳不群都十分仰慕，甚至可以说他是这个世界上最真心崇拜岳不群的人。无奈他对师父却有个底线，就是从不肯违心恭维。

当他在人前说到岳不群武功的时候，是这样说的：

站着打，我师父排名第八。

听到这句话，我第一反应就觉得令狐冲没前途，这人没戏，太老实了。师父排名第八，这是什么蠢话？

当然了，在原著中这本是令狐冲的一句玩笑，可玩笑之中却有他郑重的态度，从中能窥出令狐冲对师父真实武功的判断，认为大致是天下第八。这就叫老实人底线太高。他或许还自觉已经挺恭维师父了，为此还沾沾自喜，暗想"天下第八"多荣耀，多不容易啊。假如你读过《笑傲江湖》，就知道岳不群其实够呛能天下第八。

可实际上，领导武功排天下第几要你多嘴？你要么说领导天下第一，要么就闭上嘴什么都不要说。你觉得师父才第八，那你找第七、第六的去做师父嘛，我岳不群才智平庸教不了你。

两相对比，不妨看看别人是怎么夸岳不群的：

有不少趋炎附势之徒……大声欢呼："岳先生当五岳派掌门，岳先生当五岳派掌门！"华山派的一门弟子自是叫喊得更加起劲。
　　……
　　数丈外有数百人等着，待岳不群走近，纷纷围拢，大赞他武功高强，为人仁义，处事得体，一片谀谀奉承声中，簇拥着下峰。

　　这才叫夸赞上级。既然要夸，就要脱离实际，就要不知廉耻，就不能要底线。令狐冲只会老老实实地闷头爱戴师父，殊不知别人的底线比你低，夸得比你猛，更脱离实际、更不知廉耻，就衬托得令狐冲对师父特别不够爱戴，分外不够忠诚。
　　令狐冲一直很困惑、很尴尬：为何我这么真心实意爱师父，师父却总觉得我不贴心，反而越来越讨厌我？原因之一就是你爱师父，可你却还要坚持底线。
　　再来横向做一个对比，来看看别的门派对待上级是什么姿态。某次，嵩山派了一个工作组到衡山公干。工作组里有一个人叫费彬，是嵩山的四号人物。此人来到衡山一开口讲话，就让人佩服得五体投地，因为里面全是上级领导的名字。
　　他露面开口的第一句话就是："奉盟主号令……"开头五个字，就把我是谁、我为什么来、我奉谁的指示而来说得清清楚楚。一切工作的出发点，就是上级的号令。
　　接下来，费彬可以说是句句不离左盟主："左盟主言道""左盟主吩咐了下来""左盟主定下两条路""左盟主吩咐兄弟"……我简单统计了一下，费彬在衡山的发言，共提了九次"左盟主"，其中"左盟主言道"说了两次，"左盟主吩咐"说了两次。此外还不计别的提领导的方式，比如"俺师哥"，更是亲切加亲热。如此开口闭口不离上级领导，试问令狐冲做得到吗？
　　和嵩山比不了，和魔教就更比不了。且看魔教是怎么夸赞上级领导任我行的：

> 又有一人道："古往今来的大英雄、大豪杰、大圣贤中，没一个能及得上圣教主的。孔夫子的武功哪有圣教主高强？关王爷是匹夫之勇，哪有圣教主的智谋？诸葛壳计策虽高，叫他提一把剑来，跟咱们圣教主比比剑法看？"

说任我行居然胜过关云长，胜过孔夫子。相比之下，你令狐冲和任我行虽然关系也很好，也一度由衷地钦佩任我行，可是上面这样的话令狐冲说得出口吗？他最尊重任我行之时，也不过是拱手叫大哥而已。后来愿意给任我行磕头，乃是因为对方是准岳父，对岳父可以磕头，这是他做人的底线。

想要令狐冲去卑躬屈膝、奴颜谄媚，他是做不来的。正如他自己讲的："男子汉大丈夫整日价说这些无耻的言语，当真玷污了英雄豪杰的清白！"所以令狐冲才到处碰壁。你有底线，可别人没底线；你想坚守底线，可是江湖不允许你坚守底线；你一再调低底线，适应环境，却发现还是不行。

许多痛苦，都是底线过高带来的痛苦。江湖上最愉快的人就是没底线的人，他们如鱼得水，时刻提醒着你是多么不合时宜且孤独。

岳不群启示录

一

看《笑傲江湖》，常有一个问题：岳不群为什么要排挤他的亲信令狐冲？

有的读者认为曲在令狐冲。作为弟子，令狐冲不忠不信，背师学艺，还结交匪类，岳不群无法容忍，才导致两人关系破裂。

有一位读者写了这样一段话，认为令狐冲难辞其咎。这段话比较长，在此节选其中一些关键段落。他用了一个比喻，意指令狐冲行为不妥：

"我是岳不群，某一线城市的公安局局长。我与妻子以及一众干警不慎被黑社会所擒，我妻子几近受辱，这时候我的这位好徒弟忽地从腰间掏出一把他原本并没有的手枪，打伤了一众黑社会。

"我让他把这帮人抓起来带到公安局去，他却不听，全然不顾我的颜面。我问他枪支是从哪里来的他也不说。

"令狐冲能称得上好人吗？他身为华山大弟子，不谋其事，是为不忠。欺瞒师尊，发现武学，隐瞒不报，是为不孝。未经师父同意，私学他人武艺，是为无礼。好一个令狐大侠！好一个令狐冲！呸！看看铁中棠，看看郭靖，他也配是侠？"

这个见解颇为独特，能够站在岳不群的角度去思考，并且言之有据。这也代表了一部分读者的看法。

但这里面却有一个极其关键的问题没有说清楚。这个问题是不能含糊带过的，它对于岳不群和令狐冲后来的离心离德、分道扬镳关系很大。那就是岳不群真的是"我问他枪支是从哪里来的他也不说"吗？令狐冲一剑退敌后,岳不群询问了独孤九剑的来历吗?事实是根本没有。

回到当时的事发现场:华山派被蒙面敌人围攻,眼看要全军覆没,师娘都要受辱。危急之中令狐冲使出"独孤九剑",刺伤了敌人。

敌人负伤遁走,包括令狐冲在内的所有华山弟子都死里逃生,瘫倒于地,喘息不定。这时作为首脑的岳不群第一句说的是什么话呢?是"忽然冷冷的道":

> 令狐冲令狐大侠,你还不解开我的穴道,当真要大伙儿向你哀求不成?

这是一句尖酸刻薄的话,或者说是一句怪话。听这语气像谁的口吻?倒是有点像柯镇恶,而不像是岳不群这样一派宗师、一方宗主该说的话。

令狐冲听了大吃一惊,没料到师父如此猜忌自己,赶紧强打精神要给师父解穴。岳不群却"怒道:'不用你费心了!'"然后自己运气冲穴,结果冲了半天又冲不开。

岳不群此时的言行是非常不妥当的,也真的挺没水平的。至少有三点明显不妥:

第一,作为华山的最高首脑,大伙儿刚刚一败涂地,有的弟兄还遇害牺牲了,目下又人人躺在泥泞里淋雨,狼狈万状。岳不群此时必须振作士气、凝聚人心才对,不宜说这种阴阳怪气的分裂之言。

你岳不群和令狐冲名是师徒,恩如父子,现在怪腔怪调叫"令狐冲令狐大侠",不伦不类。就算是存心要撕破脸,也早了一点,场合也不恰当。全体员工都在场,大家听了会做何感想?意思是华山派要闹分裂了?

第二,作为领导,要赏罚分明,不能功过不分捣糨糊。令狐冲一剑退敌,拯救了华山派,否则大家统统都要完蛋,你老婆和闺女要受辱,华山派要从江湖除名。这首先是功,是不容置疑的大功。

有功者赏，岳不群作为华山之主，首先要充分肯定令狐冲的大功。"今晚多亏了冲儿"，这句话总会说吧。至于令狐冲的武功来历固然也很要紧，必须调查，却是另外一回事，一码归一码。

且看《神雕侠侣》里的忽必烈是如何赏罚分明的。他临阵处置一名百夫长鄂尔多，先将其斩了，然后宣布以阵亡之例抚恤，赏给鄂尔多妻子大笔黄金、奴隶、牲口。诸将都不明其意，忽必烈说：此人跪拜郭靖，夸说郭靖厉害，动摇军心，当斩。但他奋勇先登，力战至最后一人，当赏。这便是赏罚分明。诸将尽皆拜伏。

现在令狐冲明明刚立下大功，该赏还是该罚？如果该赏，你就先痛快表彰鼓励。如果该罚，你就干脆宣布把令狐冲抓起来，调查处理，都行。可你岳不群却不表态，反而抛一些酸不啦唧的话来噎人，这叫什么领导？

第三，也是最最关键的，既然怀疑令狐冲的武功来历，那么你作为领导，有堂堂正正地问过他没有？答案是从来没有。

何谓堂堂正正？就是岳不群应该对令狐冲说：冲儿你过来，我问你，这门奇怪剑法是从哪里学来的？你是不是私吞了《辟邪剑谱》？我华山派的门规你懂的，从实说来。倘若岳不群这样问，那就是堂堂正正、磊磊落落，走到哪里都说得过去。至于令狐冲是否撒谎，那是令狐冲的事。倘若因撒谎而被严处，那么令狐冲不该有怨气，也多半不会有怨气。

可是岳不群从头到尾都不问，把对令狐冲的所有怀疑、猜忌、嫌恶都装在肚子里，用女儿岳灵珊的话说就是："就只管肚子里做功夫，嘴上却一句不提。"

他还先入为主地大搞有罪推定，派人日夜监视令狐冲，防贼一般，当面却又不明讲，只是拿尖酸刻薄的片汤话去甩人家。令狐冲可是人才，什么人才受得了这个？

岳不群作为一个领导，如此举止暴露了什么？我觉得是暴露了没有信心：一是对自己的威望没有信心，所以不敢正面公开询问。二是对公司的规则没有信心，所以要鬼鬼祟祟，他没有信心在规则的范围内解决问题。

至于说令狐冲未经师父同意，私学外人武艺，此举无礼，并让令狐冲去学学郭靖怎么当大侠云云，这些指责并不成立。很多大侠，包括郭靖都在师父之外另学武功，也未必都先报告师父。郭靖自己就先跟着外人马钰学内功，一直没报告江南七怪。后来他跟着洪七公学武功，攀了高枝，事先也没经江南七怪点头。相比之下，令狐冲是跟着本门师叔祖风清扬学武功，师叔祖亲口命他不可吐露。听本门老祖宗的话，没多大问题吧？至少不比郭靖情节严重吧？

所以，和岳不群之间的龃龉，此事实在不能太过苛责令狐冲，至少他不该负主要责任。真正要怪的是岳不群的领导水平，注意我说的不是领导风格，而是领导水平。作为一个老板，领导风格是一回事，领导水平是另一回事。王重阳当教主当得庄重，洪七公当帮主当得随便，这都是领导风格问题。可岳不群却是水平问题。

本文所谓的"岳不群启示录"，这便是第一条启示，那便是当领导、当老板的，说话要堂堂正正，不要阴阳怪气。对于人才，可以笼络之，可以打熬之，可以批评之，可以训诫之，甚至不排除可以果决清除之，但是一定不要阴阳怪气讽刺之。这起不到任何作用，反而暴露了自己的格局，还露怯。

你能否想象洪七公阴阳怪气地对鲁有脚说："鲁有脚鲁大侠，你还不踢开我的穴道，当真要大伙儿向你哀求不成？"鲁有脚肯定崩溃了：七公，你拿错剧本了，快把剧本还给那个阉人。

二

再说岳不群的第二条启示，不妨概括为：少把一切事情都政治化。

再回头审视岳不群和令狐冲二人的矛盾，会发现两人关系的第一道裂痕出现在思过崖上。

当时，令狐冲在思过崖上面壁，无意间新学了一招剑法。后来师徒比武,他稀里糊涂地用这一招打败了师娘。

对这个突然发生的事件,师父岳不群该怎么处理?它原本可以只是一个技术上、业务上的事情,岳不群可以当成一件业务上的事处理就完了。令狐冲"自创新招",是否违规?应该鼓励还是应该批评教育?按规定来办就是。又或者,组织大家研讨一下这个新招行不行、好不好,有没有漏洞,该不该推广,这才是最佳的应对思路。如此一来,此事便不着痕迹地消解了。

可是岳不群的应对方式,却是把它作为一个严肃的政治事件:

> 岳不群抢到令狐冲面前,伸出右掌,啪啪连声,接连打了他两个耳光,怒声喝道:"小畜生,干甚么来着?"

来看岳的处理:先定性——"小畜生"。接着开始连番质问:

> 岳不群恼怒已极,喝道:"这半年之中,你在思过崖上思甚么过?练甚么功?"

这一句问得很严重:思的甚么过?练的甚么功?问题所指皆是政治,言下之意就是你思的是邪门的事、练的是邪门的功,把事情的性质一下就拔高了,变成练功路线正确与否的问题了。令狐冲被吓坏了,头昏脑涨跪倒在地,连说弟子该死。

这就是典型的把一个技术上的事情处理成了政治上的事情。岳不群的做法是不妥当的,他和令狐冲无谓地对立了。不要小看这一段小插曲,正是它造成了师徒关系的裂痕。二人后来离心离德就是从这一件小事情开始的。

那么,岳不群明明很精明,很有头脑,怎么会出现这样的失误呢?大概是因为他长年累月做事情的习惯、套路使然。他看问题的角度总是一个政治的角度,他做事情的思路也总是一个政治的思路。

比如一件更小的事——桃谷六仙跑到华山上来，大声喧哗，随地吐痰。岳不群对此严重误判，在他看来，这是一个严峻的挑战，认定是关乎华山生死存亡的大事，于是先调动一切资源，强力弹压，发现不敌，便带着满山老小逃跑避祸，鸡飞狗跳。

其实完全没这个必要。桃谷六仙是一坛酒、一顿火锅就能搞掂的事，何须以你死我活的套路弹压？他们大声喧哗，说华山上几处风景不好之类，矛头未必对着华山派。岳不群稀里糊涂地一开始就站到桃谷六仙的对立面，以全派之力与之对抗，又是拔高了事情的性质，也让自身承受了不必要的火力。

江湖上许多事情，你用什么思路去应对，它就会真的变成什么事件。聪明的处置者应该把事情降格，能以盒饭解决的不用火锅，能以火锅解决的不用法餐，哪怕真是和政治沾边的事件，也尽量降格到民事、俗事的层面应对掉。

相反地，常年太沉迷政治套路的，就爱把什么事都搞成政治，令狐冲练新剑法也是政治，桃谷六仙在华山道上吐痰也是政治。而且还有一点很不好的是，不但不戒断和改正这种思路，反而还提倡、鼓励这种思路，认为这种思路是站位高、有敏感性、大局意识强的体现。

于是就兜了很多无谓的底，树了很多无谓的敌，明明不用你死我活的大弟子也给斗争跑了，小事搞大，大事搞炸，最后闹得像扫地僧说的那样："不如天下的罪业都归我吧。"

是为岳不群的第二条教训。

三

除了以上两点之外，岳不群错失令狐冲，最终霸业功败垂成，还有第三条教训可以总结。这一点可能触及更深层次了，那就是：岳不群何以自始至终一直没有得力帮手？明明是一代枭雄，最后为什么会成了孤家寡人，身边无人可用呢？

倘若对比一下他和左冷禅，便会发现明显不同。两人同样都是大野心家、大阴谋家，可是两人的人缘不一样，尤其是在自己团伙里的人缘不一样。左冷禅始终有死党追随，而岳不群却是光杆司令，无人可用。他是一个真正的孤家寡人，落魄时众叛亲离，老婆、女儿、徒弟都不追随他，连一个真心帮手都没有。

更让人难以理解的是，左冷禅作风霸道，杀伐心很重，本该是个难伺候的老板。岳不群为人隐忍，杀伐较少，更像是个好共事的老板。可到头来大家还是宁愿跟左，不愿跟岳。左的手下没几个反左、倒左的，而岳的手下却拼命反岳、倒岳。

有两个徒弟是最典型的，一个是劳德诺，一个是林平之。劳德诺是打入华山的奸细，跟随岳不群多年，却始终未被笼络感化，最后弃了处于事业巅峰的岳不群，跑去追随瞎了眼的、失了势的左冷禅，宁跟老左流窜，不跟老岳封禅。

林平之则本来就是岳不群的人，还是亲女婿，最后却也跑去跟了左冷禅，一门心思反岳、倒岳。这是为什么？

首先当然是岳不群爱猜忌人。令狐冲正是一例。他是岳不群的大弟子，本来是绝对死党，打都打不走的忠犬，连命都是师父的。却架不住岳不群从始至终怀疑多多，试探多多，还有前文说的阴阳怪气，生生把忠犬逼成野狗。

跟了岳这种老板，十分之累。他目光尖、观察细、心眼小、人格脆，对自己的把控能力和魅力不自信，很爱搞忠诚测试。一两件小事未顺他的心，就会触其之怒。你需要耗费大量的时间和精力来表忠心。有能耐的人和他耗不起。

后来在嵩山上，岳不群对令狐冲说："我身边也没甚么得力之人匡扶。"当然没有得力之人了，有令狐冲前车之鉴，任谁都会多想想：连令狐冲这样从小跟他的都跟不住，咱就算了吧，别往跟前凑了。

说尖刻一点，岳不群，也就是个开夫妻店的料。

相比之下，左冷禅用人不疑，待手下信任得多，十三太保都能委以信用，很好地合作。他还比较能宽容手下的过错。劳德诺对林平之说了一番话：

> 我恩师十分明白事理，虽然给我坏了大事，却无一言一语责怪于我……

左冷禅是否赏罚分明先不论，单说这一份信任不疑，你说劳德诺能不感激涕零吗？

岳不群待人还喜算计，一切都以绝对的利用价值为导向。有利用价值的时候是女婿，没了利用价值就是小贼，一剑杀了了事。

当老板，不能不算计，但也不能完全只讲算计，这很危险。你算计部下，部下也就算计你，大家互相算计，事业顺利时来的都是投机揩油之徒，等事业崩溃时就抱着算盘一哄而散。而且算计太重，就会让人感觉冷血。岳不群连女儿都算计，最后连女儿都不帮他。老爸和林平之结仇，女儿说"我是两不相帮"，连女儿也知道他冷血。

左冷禅却不纯粹是算计。他下手狠辣，动不动灭人家满门，像秋风扫落叶一样无情，江湖上也是骂名滚滚，结仇无数。但他对自己人却不唯算计，似乎并不因为你没了利用价值就弃如敝履。那十五个眼睛被令狐冲刺瞎的黑道高手，嵩山派也养起来了，一直就跟在左冷禅身边，最后便都成了左的死忠。

此外，岳不群还藏私。

一本《紫霞神功》当成宝贝，敝帚自珍，迟迟舍不得拿出来教徒弟。好不容易下了决心，磨磨蹭蹭掏出来，又寻了个徒弟的过错掖回去。就像历史上韩信总结项羽的为人，平时似乎很爱下属，老摸你的头、拍你的背，可一旦到了要赏功臣的时候，却把印拿在手上反复摩挲，磨平了也不舍得给人。跟着你，心又累、命又悬，又不舍得给好处，那我死心塌地做甚？

综上，岳不群此人有心机，却无心胸，游戏越玩越大，队伍却越玩越小，最后便把自己玩成独狼了。

当然，嵩山、华山两个团队会有这么大的区别，原因还不能完全归结在岳不群个人的品性上，还有华山和嵩山的历史原因。左冷禅的嵩山只是一个黑帮团队。黑帮固然残酷，但对内管理往往也要讲"义气"、讲人情。它以实打实的利益为向心力，以哥们兄弟义气为纽带，当然它也有很虚伪的一面，比如经常说：我们收保护费是为了保护街坊们的安全等等。但相比华山，嵩山显得更"真诚"。

而岳不群的华山，却是背负了沉重的历史的负资产的。华山爆发过"剑宗""气宗"之争，上演过残酷的内部清洗和屠杀，同门可以为仇，兄弟可以互斫，情义荡尽，人伦扫地。但凡稍微对人性有一点美好期待的人，在这个环境里都生存不下来。

岳不群是从那一片尸山血海里爬过来的人，他身体上的剑伤愈合了，心理上的却没有愈合，他也养成了完全利己主义的性情，什么都不相信，什么都是工具，连老婆、女儿、亲儿子般的大徒弟都是工具。

并且他还固执地以己度人，相信别人也是这样的，否认一切温暖的东西存在。他不相信这个世界上有更崇高一点的追求，不相信世界上有更温暖的情感，必须由他自己一个人玩所有人才安全。

所以令狐冲和岳不群怎么都聊不来。令狐冲说：师父，我真的爱戴你。岳不群就会说：呸，少来了，世界上哪有爱这回事？

东方不败这个大吃货

传统侠义小说里，武林高手一般都是饭桶，都很能吃。比如郭靖，饭量惊人，第一次进城下饭馆，就要了一盘牛肉、两斤面饼，"一把把往口中塞去"。

但郭靖比起武松，又是小巫见大巫了。武松打那只华南虎前，吃了四斤牛肉、一碟热菜、十八碗酒。他喝酒的实数书上说是十五碗，但实算是十八碗，堪称大胃王。

可是武松先生和鲁智深一比又还稍逊。鲁智深在打小霸王周通前，就在桃花村大吃了一顿，总计是一盘牛肉、一只熟鹅、三四样菜蔬、三四十碗酒，已经接近于超级饭桶。

不过鲁智深却又不如另一个前辈大饭桶——大名鼎鼎的唐朝好汉白袍薛仁贵。此人一顿饭要吃斗米斗面。有一次在山里遇见仙姑，薛仁贵一口气吃了人家九头面牛、两只面虎、一条大面龙，才有了九牛二虎一龙之力。

可惜天外有天，薛仁贵还比不上另外一个绝世吃货，那就是金庸武侠小说里的东方不败。

众所周知，东方不败是魔教教主、权势熏天，每个教徒当面背后提起他来，都要喊"千秋万载，一统江湖"。但后来一个不小心，老同志任我行突然发难，造反夺权，把东方不败打倒了，还亲自主持召开了一场批判大会。

大会上，长期被蒙蔽、被迷惑的教徒们纷纷站出来，揭发批判东方不败阿姨的罪行：

说他如何忠言逆耳……如何滥杀无辜，赏罚有私，祸乱神教……有人说他见识肤浅，愚蠢胡涂；另有一人说他武功低微，全仗装腔作势吓人，其实没半分真实本领。

以上这些都没什么，最让人惊讶的是有教徒愤怒地站出来，揭发东方不败是个大饭桶：

> 有一人说他饮食穷侈极欲，吃一餐饭往往宰三头牛、五口猪、十口羊。

一顿饭要宰五头猪、十头羊、三头牛，比什么薛仁贵、鲁达、武松都能吃多了，东方不败真是十足的中国小说人物中第一大饭桶。连令狐冲在旁边听到都惊得呆了，心想："一个人食量再大，又怎食得三头牛、五口猪、十口羊？"

然而，东方不败真是隐藏得这么深的大饭桶吗？好像又不是。曾有不少人以前都和他吃过饭的，并没发现他在吃猪吃牛上有特殊能力。比如任盈盈，每年魔教高管人员端午节聚餐，她都和东方不败一桌吃饭，从来没提过"东方阿姨一顿饭能吃三头牛、五头猪"。

看来，东方不败在位的时候，是没有那么大饭量的。当他被打倒之后，就一秒变吃货，突然间成了尽人皆知的超级大饭桶，一顿饭吃三头牛、五头猪、十头羊。

类似东方不败阿姨这样倒台之后"一秒变吃货"的遭遇，远不是个例。真实历史上就发生过不少。明代大名鼎鼎的张居正先生，当他在位当红之时，其显赫程度和东方不败颇有一拼，都是一言九鼎、望重江湖。那时候非但从来没有人说张居正先生是吃货，而且大明董事会还鼓励张先生全家当吃货。

张居正刚去世的时候，门楣还很风光，还没有倒台，大明公司的董事长明神宗先生就特意赐给张家大米二百担，唯恐张家不够吃；两宫皇太后又赐给张家大米二百担，似也不怕把张家人撑死。皇上的母弟、宗室璐王等又送了香油一千斤、薪柴一万斤，生怕张家没燃料烧饭吃。

可惜风云突变，没几年，尸骨未寒的张居正先生突然被打倒，成了臭狗屎。于是墙倒众人推，批判大会一个接一个，说张居正是人渣、垃圾、败类，其中就有愤怒的群众出来揭发，说他是个不知廉耻的大吃货，不但吃国家的油，吃国家的米，还吃各种恶心东西，比如同僚送的"海狗肾"，甚至揭发他还丧心病狂地把春药都当饭吃。

根据揭发，张居正有四十多个姬妾，为此不得不天天大吃春药。文艺界里一位叫王世贞的先生就说张居正"日饵房中药"，吃到浑身发燥，只好又吃清热的东西发泄，直到吃出痔疮，吃坏了脾胃，活活吃死了。瞧，张先生和一顿饭吃五头猪的东方不败阿姨一样，也是倒台后一秒变吃货的典型。

当然，历史人物毕竟不能和武侠小说里的人物相比。无论张居正还是谁，都没被揭发一顿饭宰三头牛五头猪十头羊。我粗略算了一下，东方不败统治魔教十年，要吃三万二千头牛、五万四千头猪、十万八千头羊。

众所周知，在金庸的小说里畜牧业比较发达的是辽国，牲畜可谓众多。大辽国的皇帝耶律洪基被乔峰抓了，想要赎命，拿了多少牲口来赎呢？是肥牛一千头、肥羊五千头、骏马三千匹，已经堪称大手笔了。可这点牲畜却还不够东方不败一个人半年吃的。他一个人，就可以把整个大辽国活活吃垮。

幸亏金庸写小说的时候考虑周到，把魔教总部安排在河北，那是中原粮食大省，才能养活东方不败这样的饮食狂魔。后来香港导演拍《笑傲江湖》就欠考虑，把魔教安排在贵州。他也不想想明代的贵州有几斤米、几头猪给东方不败吃啊。

向问天的十分钟

前文里说过黄蓉的二十四小时,这里来聊向问天的十分钟。

向问天是《笑傲江湖》里一位惊天动地的大人物。此人的身份是日月神教的元老、巨头,有时候是教中第二人,有时候是第三人。读者可能有些糊涂,他到底是第二人还是第三人?这要看教主任我行的安排了。任我行有时候提拔年轻人,比如设了个副教主,让令狐冲去当,那向问天就是第三人。万一令狐冲不识好歹,失势了,副教主没当成,那他就又是第二人。不管如何,向问天这根顶梁柱,教主是一直倚重的。

众所周知,任我行乃是一代雄主,在这种人身边做事很难。不妨根据《笑傲江湖》的原著来看一看向问天工作中的日常,只选取很短暂的十分钟片段,看他在这短短的时间里都做了些什么工作,有哪些极精彩的表演,又有哪些不足为人道的难处。

总的来说,向问天做的工作无非是两样:保人和整人。无论哪一样都相当考验人。

故事的场景是在华山上,任我行办了一场盛会,声势隆重,许多门派都被招来参加。向问天的精彩表现就从这里开始。

他的第一项工作乃是接客,首先接的是两位贵客——令狐冲和任大小姐。

迎接这两人时,向问天的表情是四个字"满脸堆欢"。书上说,他早早迎了下来,纵声长笑,朗声说道:"大小姐,令狐兄弟,教主等候你们多时了。"说着,"迈步近前,满脸堆欢,握住了令狐冲的双手"。

很热情,很慈祥,让你感觉到如沐春风,那热情仿佛要溢出纸外。他之所以如此热情,原因自不难懂,令狐冲和任大小姐一个是教主的女儿,一个是教主的准女婿,都是教主喜爱之人。另外,向问天和令狐冲私交也深，看见了自然开心。所以他便要"满脸堆欢"，早早健步迎接下来，爽朗的笑声飘飞在山道上。而且他打招呼的次序也严谨得很，先叫大小姐，再叫令狐兄弟，先后亲疏分得清清楚楚，绝无差池。

接完这两位贵客，向问天开始迎接下一拨客人了，乃是泰山、衡山、嵩山等派的门人弟子。此时他的态度便截然不同了。

按理说，这些人分属五岳剑派，其中还有掌门、管事，和令狐冲这个恒山掌门身份相当，层级相类。但向问天对他们是如何接法呢？乃是把脸一抹，自己都不亲自开口了，只"左手一挥"，八个下属站出来一列排开，对着山谷大喊："泰山、衡山、华山、嵩山四派上下人等，速速上朝阳峰来相会！"听这措辞，"上下人等""速速上来"，意思无非四个字：都滚上来。

这便是向问天的工作方式，朋友就给好脸，其余人等就给冷脸，乃至给臭脸。给冷脸时严肃矜持，给好脸时则又热情洋溢，精准到位，切换自如。

或许有人觉得这不难嘛，亲亲疏疏，小孩子都懂，这份工作有什么不容易的？殊不知这便是想简单了，因为事情有时候瞬息万变，敌人忽然可能变朋友，朋友忽然可能变敌人，很考验水平。

书中突发情况说来就来。不多时，令狐冲的一批手下——恒山派众尼姑——上了山，立刻制造了一场摩擦。她们不肯向任我行教主磕头跪拜，且口出不逊之辞。其中尼姑仪清还朗声道："出家人拜佛、拜菩萨、拜师父，不拜凡人！"旁边还有些围观群众，嘻嘻哈哈，起哄看热闹。

气氛顿时紧张起来。台上老人家的脸色想必很难看了，所有日月神教教众的目光大概都立即投向向问天，等待这位现场总指挥指示处置。向问天陷入两难：一方面，教主的威严，你要不要维护？另一方面，令狐冲的脸面，你要不要顾及？

若是换作一般人，无非两种选择，要么向教主解释，恳求通融；要么呵斥恒山派的尼姑们，逼她们服软。但这都得罪人，也都不是善策。

关键时刻，向问天展现了高超的策略，不对教主老人家说话，也不对倔强尼姑们说话，而是把头转向发笑的围观群众——倒霉催的不戒大师，"怒道"："你是哪一门哪一派的？到这里来干甚么？"

这便是转移视线，回避主要矛盾，行李代桃僵之法。教主的威严损不得，恒山的倔强尼姑又迫不得，所以便把矛盾引到他处去，甚至将这和尚当场击毙，只要有人流血，教主的威严便维护了，令狐冲的面子也顾到了，就像书上说的，"以分任我行之心，将磕头之事混过去便是"。

可见整人是门学问。什么人该整，什么人不该整，什么人要立刻整，什么人可以暂且不忙整，都有讲究。就像不戒和尚，本来罪不至此，但谁让你不该笑的时候笑呢？眼下整死你一个人，能保护更多人哪。大不了等时过境迁，握住令狐冲的手道个歉：怪我呀兄弟，我没能护住他。

顿时，华山顶上，不戒和尚莫名其妙地成了出头鸟、头号坏分子，被魔教群起围攻，眼看就要立毙当场。

这时事情又起了变化，令狐冲亲自出面向任我行陈说，替不戒和尚求情。女婿的话是管用的，任我行龙颜稍霁，吩咐对和尚网开一面。这一开金口，向问天必须马上调整策略，整人要变成保人了，要保不戒和尚了。

倘若换了你是向问天，此刻会怎么做？是不是吩咐一句"好罢，饶他不杀"便完？假如这样，他就不是向左使了，人家办事岂会如此粗糙？向问天是当场下令：来八个人，把不戒和尚和他的家属背下峰去！

你看，既然是奉旨保人，那就要保得彻底，保得细致，给"背"下峰去；不但把不戒和尚本人背下峰去，还考虑到了将家属也一起背下峰去，妥善安置。这样一来可以显得周到，二来也好尽快让不戒和尚离开现场，免得此人还杵在原地，让教主老人家看着碍眼，同时亦可避免他继续疯疯癫癫，再旁生枝节，多惹事端。这就是舞台调度的能力。

这还不算，向问天吩咐完毕之后，八个男的教众走出来便要背人，却被向问天止住了，又进一步吩咐：不要八个男的背，要四个男的、四个女的来背。

读书至此，真是忍不住击节称赞，佩服向左使心细如发。为什么要换四个女的呢？因为被背的人里有不戒和尚的老婆，用女子背女子，岂不是更妥当？向左使办事实在滴水不漏，让人无比放心。

然而向问天所做的还不止于此。接下来他还做了一个举动，对手下"低声嘱咐：是令狐掌门的朋友，不得无礼。"那八人应道："是！"

好一句"低声嘱咐"。虽然是"低声"，但你以为旁边的令狐冲、任盈盈听不到？听到了能不感激？之后能不齐声说向问天好人？这就叫作顺水推舟，将人情做足。整人之时，雷霆严办；一旦要保，马上病号饭，番茄炒鸡蛋。

眼下这一场风波算是平息了，可是莫着急，更大的风暴还在后面，不给向左使半点喘息的机会。短短几分钟后，全场分量最重的两个人物令狐冲和任我行起了冲突。任我行要劝令狐冲入教，令狐冲却死活不答应，还用甩袖子不干，要下峰去。局势又成僵局。

对于令狐冲，向问天是有感情的。事实上，他是个感情细腻而丰富的人，只不过平日里韬略太甚、城府太深，掩盖了而已。他当众做了一件事——向令狐冲敬酒送行。

一直以来，向问天都是极端理性的，处处小心谨慎。但你切莫以为他是一个百分之百的政治动物，在这个当口，他感性了一回，给令狐冲敬了酒。在任我行的身边，他似乎整个人都是折叠起来的，个性非常不明朗，只有这偶尔的时刻，他才会打开一点自己，流露出一丝真性情。

这个敬酒的举动引发了连锁反应，数十名和令狐冲有交情的日月神教教徒也来跟风，向令狐冲敬酒。场面滑向了失控的边缘。

目睹这一场面，教主任我行是什么表情？书上的话十分耐人寻味，六个字，"只是微笑不语"。面上固然微笑，心里着实记恨，觉得敬酒的人都是当众拂他面子，是给令狐冲搞挽留会、欢送会，当自己不存在。金庸写明了，任我行心道："今日向令狐冲敬酒之人，一个个都没好下场。"他可是锱铢必较的，是恩仇分明的。

这时候向问天出来说话了。何以他敢敬酒？因为他有收拾局面的底气和本事。他数十年如一日地追随任我行，深知对方的性格，对他的心事洞若观火。适才自己感性了一回,现在该消除影响、解决问题了。

向问天神采飞扬、精神饱满地当众讲了这样一段话:

> 大家听了:圣教主明知令狐冲倔强顽固,不受抬举,却仍然好言相劝……

看这段话,无形之中,向问天已经给令狐冲的行为定了个性,是八个字,"倔强顽固""不受抬举"。这八个字好,因为"倔强"根本就不是罪,至于"顽固""不受抬举"也不是什么大过,最多便是不识相而已。向问天这样定性,无非就是说令狐冲任性、不懂事,是个钢铁公司,分明是罚酒三杯、明贬暗保的意思。

接着他继续说道,圣教主爱惜人才,劝令狐冲入教乃是另有深意云云,最后还说:

> 他老人家算定令狐冲不肯入教,果然是不肯入教。大家向令狐冲敬酒,便是出于圣教主事先嘱咐!

这话极照顾任我行的脸面。如此一来,令狐冲的不识抬举,以及一伙教众公然敬酒送行,就统统在任我行的算中了,更显得教主算无遗策,料事如神。果然任我行"心下甚喜",向问天就凭一句话,便让老人家从"一个个都没好下场",到"心下甚喜",一场大风波又消弭于无形。

上面所有这些情节,都是在华山之上短短十分钟里发生的事。十分钟之中,无数次随机应变,无数次心念电转,始终滴水不漏。也难怪他能在任我行身边那么多年,不管顺境逆境,总是千磨万击还坚韧,手把红旗旗不湿。

向问天也难。他外号"天王老子",要说履历、说能耐,确实当得起。可是在任我行身边,他简直一分钟"天王老子"也没当过,只把自己看成兢兢业业、仔仔细细的老向。他每时每刻都不能放松,老人家每一次"微笑不语",都要揣摩准了心意。

所以读者们对向问天有许多揣测,甚至结论截然相反。有的人认为他义气、热血,有的人则认为他深沉多变。这恰恰反映了向问天的面貌模糊,你甚至不知道他是哪一头的,究竟是任我行那一头,还是令狐冲那一头?不知道。你甚至也不知道该怎么看待他,是应该多一点佩服,还是多一点同情。整部《笑傲江湖》里,他是形象最鲜明的一个人物,也是形象最不鲜明的一个人物。倘若没有向问天,任我行的杀伐会更重;但假如不是向问天,任我行威风的时间也不至于这么长,至少在西湖底下便没有转机了。

重重参不透,谜哉向问天。

职场上，什么人上台都一样

从《笑傲江湖》里也可以看职场。这本书没有明确历史背景，有人猜测是明代，亦有人说是清代，从金庸本人多年后的陈述来看是明代。你看书会发现一个问题，当时广大的明代草根群豪生存状态是不太好的，总是战战兢兢、朝不保夕。他们总有一个愿望，就是改朝换代，指望新的山大王上台，日子便会好起来。

有一回，令狐冲从黑木崖出差回来，开了一个小型的新闻发布会。他召集江湖群豪，宣布了一件事：日月神教总部发生了重大人事变动，旧老板东方不败下台了，新老板任我行上台了。

台下的群豪大多数都是受魔教管辖的，相当于各种业务员、分销员。一听这个消息，大家是什么反应？那真可谓是人人喜出望外，欢呼雀跃，用书上的话说，是"群豪欢声雷动，叫嚷声响彻山谷"，比中了大奖还高兴，就差放鞭炮了。

为什么高兴呢？因为"大家都想：任教主夺回大位，圣姑自然权重。大伙儿今后的日子一定好过得多"。

一句"大伙儿今后的日子一定好过得多"，读来让人感慨。它至少说明一点，过去的日子实在太难过了。过去的东方老板又昏庸又暴虐，业绩考核又严，类似于今天员工一犯错就拖到电梯里打，打完还扣全年奖金。许多员工还被强制喂毒药，今年表现不好解药就不给发，让你在家里犯病抽风。所以大家"听到'东方教主'四字便即心惊胆战"。

这样朝不保夕，生活哪里还有什么乐趣可言。故此人人都想，任老板上台了，再差也不会比过去差吧？考核会人性化一点吧？管理会宽松一点吧？

可是，短短几个月之后：

数千人一齐跪倒，齐声说道："江湖后进参见神教文成武德、泽被苍生圣教主！圣教主千秋万载，一统江湖！"

书上说，新老板作威作福，排场居然比皇帝还气派些。广大群豪的日子真像他们当时以为的一样好过多了吗？令狐冲看得清清楚楚："任教主当了教主，竟然变本加厉""这等奴隶般的日子……将普天下英雄折辱得人不像人"。

公司之前的东方老板是昏聩的、暴躁的，那么现在的任老板呢？脾气有更好一点吗？得罪了他又是什么结果？

（任我行）便即喝道："将这疯僧毙了！"八名黄衣长老齐声应道："遵命！"八人拳掌齐施，便向不戒攻了过去。

只要稍微忤逆了他，你就变成了"疯僧"，就有人过来对你"拳掌齐施"，和过去没有什么区别。也不知道广大群豪当时还记不记得，就在几个月前，自己还曾经"欢声雷动，叫嚷声响彻山谷"？还记不记得曾真心以为好日子要来了？

更有意思的是后面。不久，任老板又宣布了一个大新闻：令狐冲要进入公司高层，担任副老板了。群豪是什么反应？书上说他们"都是一呆，随即欢声雷动"。瞧这帮健忘的家伙，几个月前才欢声雷动，现在又欢声雷动起来了，"四面八方都叫了起来：'令狐大侠出任我教副教主，真是好极了！''恭喜圣教主得个好帮手！'……'圣教主万岁，副教主九千岁！'"

他们的欢声雷动，不是假装的，而是发自肺腑的。大家都是一个心思：副老板早晚要接班，到时候好日子可就来了——"他（令狐冲）为人随和，日后各人多半不必再像目前这般日夕惴惴，唯恐大祸临头"。

过去东方不败在位的时候，他们就日夕惴惴，唯恐大祸临头；等欢呼雀跃迎来了任我行，仍然是日夕惴惴，唯恐大祸临头；如今他们又欢呼令狐冲、期盼令狐冲、指望再行改朝换代，便一定可以不用日夕惴惴，不用再担心大祸临头。这些明代也好清代也罢的群豪就在这样的欢呼、受虐，又复欢呼，又复受虐的套路里周而复始地循环。

小说里，令狐冲最终是没有做这个副老板。但不妨猜想一下，倘若他接了这个位子，真的上台了，会更好吗？群豪的好日子真的就来了吗？

很多人都要说：会的，一定会的！令狐冲那么好说话，又没有野心，想必会给大家好日子过。可却有一个最有发言权的人说：不一定。

这个人就是任盈盈。她比我们更了解令狐冲，对令狐冲当老板后是否会变质这个问题，可谓半点信心也没有。

她说："一个人武功越练越高，在武林中名气越来越大，往往性子会变。""大权在手，生杀予夺，自然而然的会狂妄自大起来。"

这是人性，并不为令狐冲而例外。这就是为什么任盈盈从来不让令狐冲去魔教任职——"我从来没劝过你一句（加入神教）""如果你入了神教，将来做了教主，一天到晚听这种恭维肉麻话，那就……那就不会是现在这样子了"。

不会是现在这个样子，那会是什么样子？很简单，搞不好也会变成她东方叔叔、她爹爹那个样子。

这就是金庸告诉我们古代的职场道理：什么人上台都一样。身处职场，鼓掌这事难免是要鼓的，巴掌拍肿也可，但心里不用太当真。事实证明，群豪所有的高兴，都是高兴得太早。把过好日子的希望寄托在别人的身上，就没有所谓的好日子。

定静师太的退隐之梦

> "菩萨保佑，让我恒山派诸弟子此次得能全身而退。弟子定静若能复归恒山，从此青灯礼佛，再也不动刀剑了。"
>
> ——《笑傲江湖》第二十三章

那一晚，在距离恒山千里之外的福建廿八铺，看着天上的月亮，定静师太默默祝祷着。

她知道，眼前这个黑沉沉的小镇里，到处都埋伏着敌人，大战一触即发。自己本来就不很善于临敌指挥，何况屁股后还拖着几十个武功差劲的女弟子。定静师太感到很疲惫。她萌生了退意，把心事告诉了菩萨，希望以后"青灯礼佛，不动刀剑"。

这实在是一个看起来毫不过分的要求。我想放下刀剑，难道还不可以吗？

可是一天之后，她死了。

这位师太，是书上一个很容易被忽略的角色。恒山剑派本来就比较弱，而在剑派的几位高管里，定静的存在感还是最小的。

金庸在字里行间告诉我们，此人没有半点权力欲望，不爱管事。自己本是大师姐，是恒山派法定的接班人，用她本人的话说，"定静倘若要做掌门，当年早就做了"。可是她主动把位子让给了师妹定闲。

这一让，让得并不轻松，师父和师妹两边都要做工作。她一边"向先师力求"，争取领导的同意，另一边对师妹"竭力劝说"，好打消师妹的顾虑，方才成功地推掉了掌门的位子。

不难理解她的选择。一个人如果不喜欢做官，那么权力和职位对她来说就会是一种折磨。

除了不爱权，她也不爱管闲事。"贫尼……乃是闲人，素来不理事。"此言也应该不虚。

这乱世之中，一个人没有半点野心，不爱权，又不爱掺乎事，那是什么？良民啊！如此一位良民，一个与世无争的师太，按照我们的想象，和人吵架红脸怕都没有机会，她哪能有什么仇家呢？又能开罪谁呢？

何况她还想要"青灯礼佛，再也不动刀剑"，她的武功对人家也没有半点威胁和伤害了。这样一点小愿望，也不能达成吗？

然而事实是，不能。她没有野心，可是别人有野心。你不想接近权力，权力却要来撩拨你。

左冷禅想要称霸武林，合并五岳剑派，当五个山头的总掌门。这位老大哥没有忘记定静师太，专门派来了工作组，做她的工作。

这个工作组规格很高，光一流高手就有三个："九曲剑"钟镇，"神鞭"邓八公，"锦毛狮"高克新。此外还有十多个办事员，都拿刀带剑，荷枪实弹。

他们追着她表态：

> 左师哥他老人家有个心愿……不知师太意下如何？

意思说来说去就是一句话：我大哥要称霸，你支持不支持？

师太不愿得罪人。她反复声明：自己在公司里是个闲人，没有职务，说话不管用，你们问我老板定闲师太去。可是工作组不答应：不行，这可是大事，"此事有关中原武林气运，牵连我五岳剑派的盛衰，实是非同小可之举"！你要么拥护，要么反对，不允许中立打马虎眼。

之前说了，定静师太没有权力欲望，不爱做掌门。可是你不爱做，别人偏要撺掇你做、拥戴你做。工作组对定静师太先是挑拨离间：

> 师太论德行、论武功、论入门先后，原当执掌恒山派门户才是……

然后是封官许愿：

> 师太倘若……肯毅然挑起重担，促成我嵩山、恒山、泰山、华山、衡山五派合并，则我嵩山派必定力举师太出任'五岳派'掌门……

你想青灯古佛，不动刀剑？对不起，老大哥相中你了，要你站出来。

如果她就不答应呢？就不合作呢？比如换了我，多半会一把鼻涕一把眼泪，跪地哭求："左盟主，你饶了我吧，我只是个写字儿的，我实在不是这块料……"定静师太也反复言说：我不是这块料，这事儿别找老尼。

对此，嵩山派工作组的回答很委婉，很客气：

> 倘若定静师太只顾一人享清闲之福，不顾正教中数千人的生死安危，那是武林的大劫难逃，却也无可如何了。

这话看着轻描淡写，其实语气凶险，暗藏杀机——如果你对左盟主的称霸大业不明确表态，不明确支持，不肯站出来，那就是"只顾一人享清闲之福，不顾正教中数千人的生死安危"。这个罪名，好大。不禁让人想起武昌起义，革命军非让黎元洪出来做都督，黎元洪胆小不干，大叫："莫害我！"革命党人大怒，举枪顶着黎元洪：你只顾一人享清闲之福，不顾天下民众生死安危？

革命党人李翊东就怒斥："我们不杀你，举你做都督，你还不愿意！我枪毙你，另选都督。"

不久，定静师太果然就被毙了。不肯合作的她，很快迎来了最后的结局：

（嵩山派的人）圈着定静师太，诸般兵刃往她身上招呼。

在小说里，令狐冲望着她的遗体，很想不通："她是个与人无争的出家老尼，魔教（其实是嵩山）却何以总是放她不过？"这江湖之大，难道还容不下一个与世无争的蒲团吗？可是嵩山说了，不可以。

认为定静师太与世无争，对人没有威胁，那是令狐冲还不懂事。事实上，她不合作的态度就是一种威胁。别人都大声拥戴嵩山，你却坐在家里敲木鱼，那不是威胁是什么呢？你采菊东篱下，你装清高，显得大家都很贱吗？

《笑傲江湖》里，就有许多人像定静师太一样，看了太多的纷乱杀伐与人间丑态，他们厌倦了党同伐异，腻味了口是心非，不想再参与这个游戏了，想退出。正教的人想退出，魔教的人也想退出。可答案是对不起，没有这一条出路。这个游戏如同永不停歇的绞肉机，玩家们没有退出的机制，你只要玩了，就要玩到底。

全书故事一开始不久，就是著名的"金盆洗手"。洗手者叫刘正风，是正教中衡山剑派的一位名宿。他和魔教的长老曲洋结为好友，两人约定退出江湖，不再问杀伐之事。去干吗呢？玩音乐。

刘正风的退隐之辞说得很恳切：

刘某只盼退出这腥风血雨的斗殴，从此归老林泉，吹箫课子，做一个安分守己的良民……

可是恳切无用，打动不了牌局的庄家。嵩山派的费彬便喝问他：

如果人人都如你一般，危难之际，临阵脱逃，岂不是便任由魔教横行江湖，为害人间？你要置身事外，那姓曲的魔头却又如何不置身事外？

这语气和措辞，便和后来对定静师太说的话一模一样。语毕，嵩山派立刻扣押了刘家满门，强迫他当场表态站队：要么你把朋友曲洋一刀杀了，走正道，大家重新做朋友；要么你继续走邪道，那便杀你全家。没有中间路线。刘正风不愿屈服，全家被屠，以死亡作为游戏的结束。

除了刘正风，想退出游戏的还大有人在。魔教里有四个资深人士，叫"江南四友"。他们也厌倦了纷争，讨了一个闲职，到远离黑木崖总部的杭州西湖梅庄值守，每天琴棋书画，逃避现实，后来成功了吗？也没有，被逼吞了"三尸脑神丹"。任我行还让他们选择站队：支持东方教主还是支持我？没有中间路线。

以上这些人都是武林高手，他们身居高位，因果缠身，无法全身而退，还可理解。那么广大的江湖草根可以不选边、不站队，走中间路线吗？也不行，一样要站队。

费彬将令旗一展，朗声道："……自来正邪不两立……接令者请站到左首。"

在场之人必须表态，要么站到左边来，要么站到右边去，你说我站中间，这不行的。那些大有身份之人固然要站队，如在场的泰山派掌门、华山派掌门要站队，而其余那些宾客、亲友也要站队，不能退出，也不许中立和稀泥。

江湖上，有一些年轻人对此不太理解，参不透"没有中间路线"的道理。例如华山派，一向分为剑宗和气宗，要么便选剑宗，以剑术为主；要么便选气宗，以气功为主，不能搞调和。小师妹岳灵珊便想不通，对父亲岳不群说了一句话：

岳灵珊道："最好是气功剑术，两者都是主。"

岳不群大吃一惊，狠狠训斥了女儿一顿。他是这样说的：

岳不群怒道："单是这句话，便已近魔道……""……气宗固然要杀你，剑宗也要杀你。……气宗自然认为你抬高了剑宗的身分，剑宗则说你混淆纲目，一般的大逆不道。"

在那样的江湖上，你不能中立和退出，每个人都像胡同里的猪，两头被堵，没有第三条路。《笑傲江湖》这本书，有人便说它的真意是"笑傲江湖而不可得"，在左冷禅等的野心面前，归隐浑如一梦，宁静的梅庄只存在于隐士的幻想之中，江湖上只有刀光剑影的廿八铺。

江湖人该如何自我救赎，冲破这种牢笼？《笑傲江湖》里给出的答案是独孤九剑。那基本是扯淡。有几个人能运气那么好，拥有独孤九剑这样的强大能力？真正的答案在金庸的下一本书《鹿鼎记》里。韦小宝就绝对不会说"两个都是主"，而是谁得势就说谁是主，看到康熙就"陛下圣明，鸟生鱼汤"，回头看见洪教主又大喊："仙福永享，寿与天齐。"

美好结局都是骗人的

《笑傲江湖》的大结局,是"琴瑟和谐,笑傲江湖",浪子和公主从此过上了幸福的生活。

令狐冲转过身来,轻轻揭开罩在盈盈脸上的霞帔。盈盈嫣然一笑,红烛照映之下,当真是人美如玉。

可是我总感觉有点什么不对,觉得这喜庆祥和的一幕很虚幻,很不真实。把这部书的结尾横着读、竖着读几遍,才发现这根本就是骗人的。

刘国重写过《如果任我行不死》,这个假设说得好。《笑傲江湖》此书真正的结果,应该是另外八个字:

天涯何处,可避暴秦?

仅仅把令狐冲甜蜜新婚的情节往前翻几页,就会发现武林还是一片肃杀,还是和魔教的大决战前夜。

任我行统率魔教,睥睨天下,所到处滔滔一片"文成武德,泽被苍生""千秋万载,一统江湖"的颂声。

任教主还要把"扫荡宵小"的大业进行到底,掷下话来,要大开杀戒,鸡犬不留:

恒山之上若能留下一条狗、一只鸡,算是我姓任的没种。

那时候,江湖上有三种人已经到了必死的边缘。

一是"正教的狗崽子",也就是所有妄想抵抗的顽固分子,少林、武当、五岳剑派、峨嵋、丐帮……转瞬就是灭顶之灾。

二是"本教的逆贼",就是本门之中所有同情令狐冲、立场不坚定的动摇分子。比如,在他和令狐冲撕破脸之后,本门中居然公开向令狐冲敬酒的人。

"这些家伙当着我面,竟敢向令狐冲小子敬酒,这笔账慢慢再算……今日向令狐冲敬酒之人,一个个都没好下场。"

任我行心里既然已存了这个念头,这些人的脑袋,可以说已经不属于他们自己,只等秋后来摘了。

三是江湖上所有消极逃避、幻想"惹不起躲得起"的中立分子。他们不愿,也不敢和任我行作对,只是实在不想加入"千秋万载,一统江湖"的大合唱,想避退自保、独善其身。就比如恒山上的小鸡和小狗们,招谁惹谁了,但是也要杀。

那么,热爱和平的人有希望抵抗吗?金庸明显告诉了我们,没有希望。

令狐冲倒是牵头搞了一个抵抗小组,拉了少林方丈、武当掌门等高手入伙。他们不服输,不信命,要组织恒山大决战,挽狂澜于既倒。书上写到,他们开动了脑筋,联络了群雄,铺开了地图,紧急制订了一份作战计划,要干掉任我行。黑暗中,似乎又有了一丝希望的火光闪现。

可是,作者越是写他们周密谋划,越是写他们看到了希望,你就会觉得越悲哀。因为他们的一切谋划都落入了任我行的彀中——魔教不过是想佯攻恒山,引得少林、武当救援,然后沿途伏击,一鼓扫平。原来,令狐冲们所看到的希望,压根就不是什么希望。

他们注定要通通灭亡。作者故意不厌其烦地写他们如何如何费劲心思地筹划抵抗,实际上却像在写一群虫子,面对着凶猛的洪水,还卖力搬着沙石,企图救护巢穴。金庸仿佛是在上空俯视着他们,目光悲悯而同情。

可后来的结局呢?所有人都意想不到:任我行突然发病,死了。

于是魔教的屠杀计划风流云散,江湖转危为安,皆大欢喜。虫子们相拥而泣，令狐冲和任盈盈也得成眷属。读者被派发了一个美满结局。

这是金庸的写作技巧，也是金庸的善意和不忍。我们在享受这个大团圆结局的时候，可别忘了：这个结局是骗人的。其实根本就没有什么喜庆婚礼，根本就没有什么琴瑟和谐。江湖沦陷、鸡犬不留才是真的。令狐冲洞房温暖的烛光，不过是作者点来宽慰人的鬼火。

非只《笑傲江湖》是这样，金庸小说其他的故事基本上也一样。由于武侠小说天生排斥悲剧，所以作者总是好心地给出喜剧的结尾。

《连城诀》的结尾，善良老实的主人公居然能全身而退，回到雪谷，而且那里还有漂亮姑娘在等他，现实中这可能吗？那个雪谷不过是金庸给我们造的幻境。

《神雕侠侣》的结尾，杨过、小龙女等在华山观风啸月，真实吗？按照常理，杨过应该跳崖死了，和小龙女同谷而葬。至于外面的世界，早沦于蒙古铁蹄之下，"山河风景元无异，城郭人民半已非"才是真的。

《倚天屠龙记》里，张无忌让出教主的位子，就做逍遥寓公、安心给女朋友画眉去了。这可能吗？朱元璋睥睨之下，哪里有你这个前任教主画眉的三尺之地？

所以说，金庸故事的结局，都是平行的双结局。我们少年时在纸上读到的，是一个美好版的结局。但随着时间推移，你会慢慢读到作者藏在另一个时空里的现实版的结局。它就是：任我行一统江湖，抵抗者靡有孑遗，令狐冲骸骨已朽，苟活者匍匐脚下。

因为它太苍凉、太沉重，所以金庸宅心仁厚，给了你冲盈团聚，给了你烛影摇红，给了你一曲《凤求凰》，送你一个桃花源。

像王维《桃花源诗》说的那样：

> 当时只记入山深，
> 青溪几度到云林。
> 春来遍是桃花水，
> 不辨仙源何处寻。

普通人莫大

莫大先生是一个普通人。虽然他贵为堂堂衡山派的掌门,也算是坐镇一方的大人物,衡山城下的小茶馆里都是关于他的传说,就好像北京咖啡厅里一度都是些商业大佬的名字一样。他还会武功,"衡山五神剑"虽然没学全,但"百变千幻衡山云雾十三式"耍得还是出神入化。他还懂音乐,能拉胡琴。

但这些都没用,改变不了他的本质,他仍然是一个普通人。

他很容易害怕。普通人的一大特点就是容易害怕,因为他们力量有限,世上往往有许多人他们招惹不起。在小说里,不时出现莫大先生害怕的字眼,比如"心中一凛""惊惧惶惑"……看其他那些大枭雄、大人物如风清扬、任我行等会"惊惧""惶惑"吗?基本不会的,可莫大先生会。

当那些强大、暴虐的人当面质问他的时候,莫大像一个凡夫俗子一样害怕。在嵩山,当左冷禅质问他是否杀了嵩山门人的时候,他便很不争气地"心中一凛":

莫大先生心中一凛:"我杀这姓费的……难道令狐冲酒后失言……走漏风声?"

等他意识到左冷禅并没有确凿证据,自己尚算安全的时候,他又很不争气地"心中一宽":

莫大先生心中一宽,摇头道:"你妄加猜测,又如何作得准?"

和普通人一样，莫大先生还喜欢打小算盘。他也会在"面子"和"利害"之间权衡，还会看人下菜碟。五岳剑派掌门人大比剑，出手还是不出手？莫大从一早就打起了小算盘，自己既不能"自始至终龟缩不出"，丢了一派掌门的面子，却又万万不能以卵击石，自找没趣，挑战左冷禅、令狐冲等强人。

他默默地评估着每个人的实力，暗中挑选着最合适的对手，打算稀里糊涂打上一架，场面上说得过去，也就是了。他先是挑中了泰山的老道玉磬子，"拟和这道人一拼"，后来又挑了华山的岳不群，觉得自己不会输给他。这就是莫大先生的小心思。瞧这算盘打的，完全和你我普通人一样犹疑、怯懦、爱面子，又谨小慎微。

他遇事不愿做出头鸟，懂得明哲保身，基本不肯当众太过忤逆强权。左冷禅横行无忌时，他不愿公然作对，最多顶撞几句，被左冷禅一威胁，便"哼了一声"，选择了沉默。

当沉默都不行的时候，他会干脆选择消失。嵩山派来杀他师弟刘正风满门，老幼妇孺都不留，连门人弟子也一起杀了，可莫大却选择了消失。当此时候，他甚至连面子都不顾了。按理说这可是在衡山，是在你莫大的地盘，满地流的都是衡山弟子的血，堂堂一派掌门岂能坐视？可是莫大却于大屠杀中隐身了，从头到尾，踪影全无。

对比一下作为客人的恒山派定逸师太，一介女流，仍激于义愤，向刽子手们拍出了愤怒的一掌。再对比一下华山女侠宁中则，后来在药王庙遭遇嵩山党徒的埋伏，明知不敌，亦有决死一战的勇毅。莫大先生诚然是相形见绌。衡山派托庇于此人，可谓有点不幸。

甚至金庸说他的外表都颇不堪，"猥琐平庸，似是个市井小人"，其实"似"字都多了，有些方面，他实实在在就是个市井小人。可奇怪的是：为什么那么多人又偏偏喜欢莫大呢，甚至包括金庸自己？

先有一点，莫大此人有头脑，不会人云亦云。别人说的话他是不肯盲信的，非要自己琢磨了、查证了才行。可别小看这一点，这不容易的。

人人都说令狐冲是败类、淫贼，结交匪类，把恒山派的尼姑们都变成了女朋友，拐带了到处跑。连令狐冲的师父都发了公开信，宣布划清界线，可谓是言之凿凿、铁证如山。莫大却偏偏不信，非要亲眼瞧瞧令狐冲，并且很快认定：令狐冲并非败类，反而是个好人。

那么，他会力排众议，以尊长身份站出来公开帮令狐冲说话吗？倒也不会的。他是莫大，不会做这样冒天下之大不韪的事。但他却能在汉水之畔的冷酒铺中对令狐冲说一句："来来来，我莫大敬你一杯。"所谓世人皆欲杀，吾意独怜才。

须知，他认可令狐冲，和向问天、任盈盈等认可令狐冲的意义不同。那些都是来自敌方阵营的善意，而莫大代表着己方阵营的温暖。莫大是五岳剑派的尊长，有他对令狐冲点头，就代表着五岳剑派没有完全否定、抛弃令狐冲。

事实上，莫大正是唯一一个和令狐冲单独喝过酒的五岳派尊长。当天下物议汹汹、故旧相疑之际，正教人士对令狐冲都是避之不及，唯独莫大主动来和他结交。人人都说令狐冲是淫贼，莫大却来了一句："哼，人家都羡慕你艳福齐天，那又有甚么不好了？"当时的名门正派里，大家都爱装出一副道貌岸然、正人君子的模样，只有莫大说：自己要是年轻二十岁，教我晚晚陪着这许多姑娘，要像你这般守身如玉，那就办不到。

所以书上才说，令狐冲"一见到莫大瘦瘦小小的身子，胸中登时感到一阵温暖"。鬼域般的江湖里，能给人温暖的感觉，不容易。

莫大还会杀人。人人习惯了他有一把琴，却忘了琴里藏着剑。嵩山派的人杀了他师弟满门老少，他躲了，躲得颇为猥琐。但在大屠杀的当夜，刽子手之一的费彬落了单。这个嵩山派的四号人物杀了一天的人，如屠猪羊，杀得太轻松了，太容易了，于是把天下英雄都瞧得小了，以为衡山城里全是猪羊了。

此时窥伺在侧的莫大来了。他步出了藏身的丛林，缓缓接近了猎物。费彬看见了他，却毫不在意，只把他当成一个怯懦的掌门。费彬以为自己代表了强权和上意，无人敢忤逆。别人难道不是只能屈服和战栗吗？

可他忘记了那是白天的游戏规则，不是夜里的。当费彬信心满满、骄傲至极地问莫大该如何处置刘正风时，莫大答了两个字："该杀。"然后掣出琴中的剑，直取费彬。

琴中藏剑，剑发琴音。这是《笑傲江湖》里最诡异又最惊心动魄的场景之一。暗夜下，貌似怯懦之人，忽然现出了狰狞面目；形如猥琐之辈，猛地显露了金刚形象；看似绝望的黑沉沉大地，竟然有熔岩从缝隙中汹涌迸发。

瞬间战罢，莫大还剑入琴，转身而去，只剩下费彬躺在地上，胸口血箭如喷泉射向天空。有本署名古龙的书，叫《那一剑的风情》，这个名字可以转赠给莫大。那一剑尚不足以让他顶天立地，但已经可以为他正名。

莫大其人，是怯懦、算计和倔强、勇悍交杂的一个人。他只有在无人时才敢大放厥词，在黑夜下才敢拔剑相向。但他却还是守护住了一条底线，所谓"侠"的底线。在金庸小说里，此人是一个刚刚及格的"侠"，恰好踏在了线上，假如再往下降一降，便够不上"侠"这个字了，但要再往上升一升，又需要付出太多的勇毅和担当，他也不会干的。喜欢莫大者，便是喜欢他这份像我们但又不是我们的气质。他是一个有着庸人气息的侠客，或者说，是有着侠客底色的庸人。

最后，他有个优点，就是说话算话。他承诺要喝令狐冲的喜酒：

> 别人不来喝你的喜酒，我莫大偏来喝你三杯。他妈的，怕他个鸟？

数年之后，西湖梅庄，在令狐冲和任盈盈新婚之时，果然静夜中响起了胡琴曲《凤求凰》。他一向只奏《潇湘夜雨》，今天破例奏了一曲《凤求凰》，也算是兑现了一个长辈对小辈的"喝喜酒"承诺。在《笑傲江湖》最初的连载版里是没有这一幕的，后来作者在修订小说时给加进去了。这一曲《凤求凰》，与其说是莫大对令狐冲偏爱，倒不如说是金庸对莫大的偏爱：老小子，我还是给你加戏了。

这幽咽曲声，让人想起当年汉水之畔，令狐冲和莫大先生深宵饮酒后告别的场景，这是《笑傲江湖》里最美的文字：

（令狐冲）一凝步，向江中望去，只见坐船的窗中透出灯光，倒映在汉水之中，一条黄光，缓缓闪动。身后小酒店中，莫大先生的琴声渐趋低沉，静夜听来，甚是凄清。

令狐冲和莫大先生

令狐冲和莫大先生是忘年交。他们年纪相差很大，至少有二三十岁。两人兴趣相差也很大，一个玩音乐，一个只爱喝酒。庄子说君子之交淡若水，令狐冲和莫大先生真的是淡如水。

很多友谊是要靠吃吃喝喝维系的。这种友情的浓度，会随着酒精浓度上升而上升，又会随着喝酒次数的减少而快速下降，两个月不喝就要亮红灯。

但令狐冲和莫大自始至终在一起只喝过一次酒，是在汉水边上鸡鸣渡的小酒店里，人均消费也就二三十块，连下酒菜都没有，只有一点咸水花生。除此之外，他们再也没有觥筹交错过。连令狐冲的喜酒，莫大都没现身来真喝。

相比之下，令狐冲和田伯光、桃谷六仙，以及江湖上不三不四的群豪喝酒次数多得多，他们从湖北到河南少室山一路喝过去，喝得酒家"桌椅皆碎"。可不知为何，令狐冲和莫大喝得这么少，却总让人觉得他们是朋友。这难道不奇怪吗？他们甚至都没有抢着买单。

这两个人还互相欣赏。许多朋友是靠互相利用维系着，很少有朋友是靠互相欣赏维系着。莫大先生并不利用令狐冲，他从不希图让令狐冲办什么事，纯粹是一种欣赏。他总共只用了两眼，就认定了令狐冲是一条好汉。

第一眼是，"你助我刘正风师弟，我心中对你生了好感"。光这一句，其中所含的对刘师弟的眷爱、关心，溢于言表，仿佛有一腔热血，欲喷薄而出。第二眼，他看见令狐冲仗义帮助恒山派的尼姑们，立刻便认定了这个人值得结交，说："男子汉、大丈夫，当真是古今罕有，我莫大好生佩服。"大拇指一翘，右手握拳，在桌上重重一击，"来来来，我莫大敬你一杯。"

两个人这时候的地位是有差距的。莫大是领导，是前辈，令狐冲是无业青年，是晚辈。莫大这一杯酒，让五岳剑派里多少鄙视令狐冲的人、自居老子的人侧目、汗颜。

反过来，令狐冲也是最能欣赏莫大先生的人。莫大平时其实是挺孤独寂寥的，是不太被人理解的。庸人们都不理解他。在衡山城的小茶馆里，吃瓜群众们兴奋传播着的都是关于他的各种谣言，"剑法不如师弟""嫉妒师弟""一剑只能刺三头雁"之类。

精英们也不待见他。左冷禅、岳不群等实力派枭雄固然不看重他，就连文艺青年也排斥他。刘正风、曲洋这样玩音乐的都瞧不上他，说他的二胡不够"乐而不淫，哀而不伤""俗气"。

刘正风，这个一直被他默默关心着的师弟，也说什么"一听到他的胡琴，就想避而远之"，说白了，不愿带人家一起玩。偌大江湖，唯独能欣赏莫大先生的，居然是小辈令狐冲。

在旁人眼里猥琐、市井的莫大，在令狐冲眼中看来却是个英雄人物："偶尔眼光一扫，锋锐如刀，但这霸悍之色一露即隐。"在此之前，谁见到莫大这一面了？

他还发现莫大先生是"几碗酒一下肚，一个寒酸落拓的莫大先生突然显得逸兴遄飞，连连呼酒"。这不活脱是阮籍、嵇康一样的魏晋名士吗？在刘正风等人看来"市井""俗气"的莫大，到了令狐冲的眼里，一举一动就忽然焕发了光彩。

相比之下，刘正风去刨嵇康的墓，想学人家魏晋名士的琴技，殊不知莫大却学到了魏晋风度的里子。令狐冲给莫大的评语是八个字——"武功识见，俱皆非凡"，英雄识英雄，惺惺惜惺惺。

他们之间没有道德绑架。他们不是什么攻守同盟，没有谁必须帮谁的义务。"你这都不帮我！你还是兄弟么？"桃谷六兄弟之间会这么说，但莫大和令狐冲之间互相不说这样的话。

莫大有过对令狐冲的事袖手旁观。令狐冲和盈盈在少林寺被正派高手们围困，莫大也在其中，但自始至终保持着沉默，没为他们说过什么话。

反过来，令狐冲也有顾不上莫大的时候。在华山思过崖的黑洞里，大家同时被人围攻，令狐冲一门心思只记着盈盈，顾不上救莫大。

他们却没有因此而产生什么芥蒂，没有苛责对方。一句话，你出手相助，我固然无比感激；你若没有行动，我也理解你身不由己。

然而，在条件允许的时候，他们却又都义不容辞，挺身相助。令狐冲被困汉水，屁股后面带着一大群累赘的恒山派女尼，却又急着要去救任盈盈，分身无计间，莫大先生现身相助，让令狐冲尽管前去。

关键是，莫大先生帮了这个忙，连人情都不领。令狐冲道谢，莫大却说："五岳剑派，同气连枝。我帮恒山派的忙，要你来谢甚么？"

这就是为什么令狐冲一看见莫大，胸中便会产生一股温暖。天地不仁，世途艰险，江湖水深，有这样一个朋友在，谁会不感到温暖呢？

这两个人，明明意气相投，却又并行不悖。明明是好朋友，却又不占朋友的名额。你和他一句话也不说，也不会觉得尴尬。反过来，如果和他推心置腹，什么秘密都讲，也不会显得交浅言深。

这真的是最让人向往的友谊。杜甫诗里所谓"由来意气合，直取性情真。浪迹同生死，无心耻贱贫"，正是令狐冲和莫大这样。

后来，令狐冲功成名就，成了大侠，办个喜事，各路群豪都来道喜。书上说，"前来贺喜的江湖豪士挤满了梅庄"。这难怪，冲着他和盈盈两个人的名势熏天，谁会不来？当然是要挤满梅庄了。这里面，趋炎附势的，抱大腿的，混脸熟的，怕也不少。

按理说，莫大先生完全是可以来的。他来了，和令狐冲谈笑风生，谁也不会说他是趋炎附势，折了身份。令狐冲的长辈都死绝了，他作为五岳剑派的老资格，出来当个主婚证婚什么的，也完全当得起。

可是莫大没有。他不现身，不吃喜酒，也不包红包。这一份锦上添花的热闹，他老人家不稀罕，不爱凑。直等到大家都闹完了，安静了，笙歌归院落，灯火下楼台，他才在墙外，拉了一段《凤求凰》。这就算是贺喜了。

　　有一个读者说得很好：莫大先生，其实就是没有奇遇的令狐冲。他们互相欣赏的就是另一个自己。没有奇遇又怎样，你我绝大多数人都注定是没有奇遇的。谁谓琴中之剑，不是自由的剑？谁言潇湘夜雨，不能笑傲江湖？

嵩山暗战

一

之前文章说过武当七侠之争，今天来聊嵩山暗战。

嵩山这个门派在《笑傲江湖》里很著名，属于超级大反派，给人的印象是团结一心干坏事，众志成城去害人的。但其实有团体就有纷争，好人、坏人都不可能是铁板一块。在嵩山派的内部，就有一场复杂的争权斗争。

先简单讲一下形势：嵩山派这家公司的大首领叫作左冷禅。这是一个非常强势的领导。你从他身边成员的称号就能看出来，他的十三个师弟，被叫作"十三太保"。

这个称号是比较强势和倨傲的。"十三太保"在历史上一般指的都是儿子，最有名的是唐末大军阀李克用的一群孩儿，所谓"风云帐下奇儿在"，都是儿子。拿太保来称师弟，属于强行当爹，何况师弟们年纪都不小了，原本是不甚妥当的。从这里也能看出来左冷禅说一不二，如君如父，并且公然默许门派的黑帮化。当然这是题外话。

嵩山主要的夺权斗争，就在这十三个名为师弟、实为孩儿的太保之间展开。这十三个人里，第一梯队是三个人：二把手丁勉、三把手陆柏、四把手费彬。这三人资历老，武功也高，按道理说左冷禅选接班人应该优先考虑这三个老弟。

在小说里，嵩山派办的第一件大事——破坏衡山派刘正风"金盆洗手"，就是派这三人去靠前指挥的。哥仨来了一次集体亮相。而这一次亮相，戏真是无比多。

到了衡山，按理说，这种重大公开场合，惯例是大领导多讲话，小领导少讲话或者不讲话。老二丁勉本来理应多讲话。可大家注意，这一次老四费彬却最积极，上蹿下跳，话也最多。

甫一亮相，他就搞行为艺术，一脚踩扁了刘正风的金盆。此后更是各种出头表现，在群雄面前侃侃而谈的是他，冲到最前面去痛批刘正风的也是他。我粗略统计了一下，这一次费彬一个人喋喋不休讲了约一千一百字，比二哥丁勉、三哥陆柏说的话加起来还多几倍，而且句句要提领导，口口声声"左盟主言道""左盟主盼咐"，把老人家不离嘴边。

为什么如此卖力呢？求表现，上位心切。他是嵩山老四，老四这个位子在公司里是微妙、尴尬的，说他是主要领导也行，说不算也可以。如果主席台上放四把椅子，费彬可以上去坐一把。如果放三把椅子呢？费彬就只能坐台下鼓掌了。

费彬对此大概颇不满意。别看他貌不惊人——两撇鼠须，瘦小猥琐，实际上确实有能力，口才很好，办事干练又狠辣，胜过两位师兄。莫大先生也说过他的性格是"飞扬跋扈、不可一世"，自视很高，这种人肯定不愿居于人下。

所以他得拼，要压倒丁勉、陆柏。今番阻止刘正风金盆洗手，是左大哥交代的大事，也就成了费彬的一场表忠心大戏，他屁颠屁颠、冲锋在前就不难理解了。

他后来死就死在这股子劲头上。在衡山当天，明明事情已经办得差不多了，"金盆洗手"被阻止了，刘家满门也杀了，在场的华山、恒山等几派也都弹压住了，未出乱子。丁勉、陆柏都觉得能交差了，大概都去城里找乐子了，唯独费彬意犹未尽，还要连夜巡山，将落跑的刘正风赶尽杀绝，要将大哥的指示落实到百分之二百。结果不幸撞上了莫大先生，被戮。

他的死早有伏笔。大概是因为野心太明显，争权太急迫，老四似乎不大招同门待见，人人都窃欲除之。在刘府，他一度被刘正风偷袭擒住，挟为人质，刀子都顶在脖子上了。可老二丁勉、老三陆柏居然毫不顾肉票的安危，照样下令杀刘家人。

倘若不是刘正风手软，一百个费彬都死了。此公在嵩山的人缘可知。

最终殒命，也不意外。

二

说罢费彬，再来看丁勉。他是嵩山第二人，位份仅次于左冷禅。这人的形象是一个大胖子，武功甚高，但口才平平。在老四咄咄逼人的攻势面前，他处于守势，韬光养晦，不抢风头。注意在刘府办事时的一个细节：

> 胖子丁勉自进厅后从未出过一句声。

他一声不吭，只当闷葫芦。

这一次出使衡山的任务中，丁勉其实颇受冷落和冒犯。注意看，整个过程中，那面象征最高权力的五岳盟主令旗从来就不在丁勉手上。一开始，令旗是拿在左冷禅的亲信徒弟"千丈松"史登达手上，然后又转交到费彬手上。前者是炙手可热的师侄，后者是野心勃勃的师弟，自始至终就没经过丁勉的手。

这个前线的"最高领导"似乎颇有点尴尬。

丁勉办事的风格和费彬比也是不同的。他够稳，但是不够"过"。何意呢？就是不够激进，办事不肯办过头。在刘正风家里，他也算是贯彻了左大哥的指示，参与阻止了金盆洗手，喝问了刘正风，屠杀了刘的家人，不可谓不尽力、不狠毒。可他就是没有费彬抢眼、风头劲，因为他办事没有费彬"过"。对大哥的指示，他办到百分之百，费彬却要办到百分之二百。

并非是说丁勉就有什么仁侠心肠，他一样是个恶人、歹人，但他有个特点：要面子，做事多多少少还讲那么一丝底线，还要一点点作为高手的体面。

一个典型例子是后来暗算华山派，岳不群的老婆被绑住了，要遭凌辱，岳夫人如何求救的呢？是大喊丁勉的名字："嵩山派丁师兄！"

当时嵩山在场的人甚多，岳夫人却唯独向丁勉求救，并且义正辞严一通质问，责问嵩山何以坐视女人被辱。

丁勉果然进退失据，犯难说："这个……"又复沉吟不语，而后居然把岳夫人放了。

他的"犯难"和"沉吟"，还有那一句犹疑的"这个……"，便是一点残存的做人底线在起作用。倘若换了费彬，要落实左大哥的指示时会"犯难"吗？会"沉吟"吗？会"这个那个"地犹疑吗？决计不会。大哥让办个事，痛快办了就是，犹豫个什么？沉吟个什么？

因此我严重怀疑左冷禅不会太喜欢丁老二，他会认为丁老二不如费老四果决忠诚，对自己跟得紧。须知，在嵩山这种江湖黑帮性质、老大乾纲独断的体系里，一个人只要略微有一点点残存的道德底线，只要在执行上级的指示时有一点点的犹疑，就都是不够忠诚的表现，在左冷禅的眼里都是可疑的骑墙派，都是要被驱逐的"良币"。

左冷禅应该不会太属意丁勉接班。我猜测他们之间还会发生这样的对话："老二，咱俩年纪都大了，嵩山这副担子，你看以后师弟里谁最合适挑啊？"

这种对话在金庸小说里就曾出现过。好比《射雕英雄传》里成吉思汗问术赤："你是我的长子，你说我该当立谁？"这种对话的核心意思便是："你没戏我就不直说了哈。"

说完丁勉，顺便也讲一下陆柏。他是三把手，夹在老二和老四中间。此人的特点是"细声细语"，阴柔处事。你想想，老四拼命拱老二，谁伤谁残都是好事，自己乐得祸水东引，坐山观虎斗，当然就"细声细语"了。

三

嵩山公司的二、三、四号各怀心事，结果谁占上风呢？答案是这三人都没戏了，靠边站了。左冷禅对他们是深深失望，因为他们办事一再屁胡。

他们先后牵头办的几件大事，一件比一件失败。第一次是针对衡山，破坏刘正风金盆洗手，负责人正是丁勉、陆柏、费彬。结果是办了一锅夹生饭，刘正风虽然伏诛，却把老四费彬的命送在了衡山。这样惨痛的兑子，左冷禅当然不能满意，肝极痛。

第二次是针对华山，扶植了一帮剑宗的反对派去推翻岳不群，负责人又是丁勉、陆柏，等于给了两人再一次证明自己的机会。结果半路杀出一个令狐冲，把众人打得稀里哗啦，灰头土脸下山。左冷禅估计要直骂饭桶了。

第三次还是给了他们机会，让其在药王庙设局全歼华山。只不过这次多了个监军——老七汤英鹗。这个人我们接下来另外说。这已经是不信任丁勉、陆柏了。这一次的行动，计划周密，调动了大量人手，连编外的雇佣兵也用上了，可谓志在必得，没想到又被令狐冲给搅黄了。

屡屡办事不成，试问左冷禅对丁勉、陆柏是何观感？怕是想好也难。注意，从此左冷禅再也不派他俩出门办事。后来剿灭恒山派，如此大的一场硬仗，嵩山全力以赴，几路出击，所派的前敌指挥官却是疑似老八的"九曲剑"钟镇，以及排名更低的高克新、邓八公，还有非领导职务的人员张某、赵某、司马某等，轮不到丁勉、陆柏了。

还有到福州抢《辟邪剑谱》，也是极其关键的一次行动，委派的人员却是属于旁枝的卜沉、沙天江，没有丁勉、陆柏的份。左冷禅已经把他俩当成透明人。

说到这都有点同情左老板了。几场大行动，每次都铩羽而归，派出的太保一次比一次排名低，自己不停检验队伍，却没有一个靠谱好用的，也是累。

那么，这场夺权斗争里有没有真正的赢家和狠人呢？有的，答案是老七汤英鹗。

此人很少外出办事，也极少出手显示武功，却很得左冷禅信任。书上说他"长期来做左冷禅的副手"，比丁勉、陆柏等更加亲信，有点掌印太监的味道。

但凡首脑，身边都需要两种人——重臣和近臣。汤英鹗走的是近臣路线。古人所谓"朝廷宠近臣"，这类人不用外出干办大事，也自然就不会出大的纰漏。整天绕在官长身边，天然和官长亲近，也容易不断积累好感。从长远看，十三太保里以汤英鹗的接班希望最大，如果是买股票，我一定重仓他这一只。

不过，宠臣汤英鹗也面临着残酷的竞争。他的主要对手倒不是师弟们，而是师侄们，主要是老板的几个亲信徒弟，比如狄修、史登达。

汤英鹗岁数不小了，书上的人叫他"汤老英雄"，年龄可见。如果说他是头老狮，那些师侄便是一群小鬣狗，残暴狡黠过之，精力体力也过之，对汤英鹗虎视眈眈。

传位给师弟，还是传位给徒弟，左冷禅一定考虑过这问题。以人性而论，师弟亲，可毕竟没有徒弟亲。要是再过个十年八年，等史登达这伙小鬣狗的爪子硬了，完全有可能直接接班。到时候汤英鹗就是"先皇旧物"，日子会比陆柏他们还要难过。往坏里说，慈禧身后的李莲英，就算是汤英鹗不错的下场了。

可能也正因为此，《笑傲江湖》里最诡异、最阴险、最引人联想的场景之一出现了。

那是在嵩山大比剑上，左冷禅惨败，还被刺瞎了眼睛。左冷禅心性已失，在台上拿剑狂舞乱挥，陷入癫狂状态。台下的汤英鹗转头对两个师侄史登达、狄修说了一句话：

你们去扶师父下来。

好阴险。如果史登达、狄修机灵一点，应该立刻就地躺下："啊！我手抽筋了！""啊！我肚子疼！"可惜两人毕竟年轻，嫩了。平时杀人放火可以，但一遇到搞政治玩阴谋，还是欠经验。两人根本没多想，屁颠屁颠便跑上去扶师父。结果狂暴状态下的左冷禅六亲不认，见人就砍：

寒光一闪，左冷禅长剑一剑从史登达左肩直劈到右腰，跟着剑光带过，狄修已齐胸而断。

汤英鹗一句话，两个最有前途的师侄就变成四段了。汤师叔这是好心酿成的误伤，还是故意给师侄挖了个大坑，已然是永远的谜团。

最后，嵩山派被华山派兼并，新领导岳不群宣布了分管人选：

暂时请汤英鹗汤师兄、陆柏陆师兄，会同左师兄，三位一同主理日常事务。

第一个提到的就是汤英鹗，并且注意这里面没有丁勉。在商场上，排名从来都是重要的。岳不群等于用公开的方式确立嵩山的新秩序：汤英鹗第一，陆柏第二，丁勉靠边站。可怜的狄修、史登达死不瞑目：汤师叔你好坏啊，居然叫我们去扶师父。我们不扶师父，我们墙都不扶，就扶你。

五岳迷思

《笑傲江湖》里，左冷禅自始至终都在干一件大事，就是"统一五岳"，肇建一个联合商业帝国。

他的一切布局筹划、阴谋阳谋，都是围绕"统一五岳"这件事进行的。这简直成了左冷禅的一个执念，一个迷思，不惜一切代价都要达成。江湖上许多腥风血雨，都是因为"统一五岳"这件事而起。最后他自己也合并不成，身败名裂。

掩卷而思，这里面便有了一个大问题：左冷禅到底有没有必要非去统一"五岳"？个人认为，强行统一五岳实在没有必要，是左冷禅的一个大败笔。他最终败亡也就在这件事上。

"五岳"，在小说里是指五岳剑派，即泰山、华山、嵩山、衡山、恒山五个剑派。统一"五岳"是一个名义上很美，但事实上几乎不可行的计划。

先说次要一点的理由：无法管理，光在地理条件上就不现实。

五岳分布在山东、陕西、河南、湖南、山西五个省，之间相距动辄上千里。从华山到泰山，今天开车都要一千六百里；从华山到衡山，开车要两千三百里。

如果是丐帮、天地会这样的帮会组织那也罢了，它们成员众多，动辄成千上万人，人员可以大规模流动。它们还经营了很多副业，便如同今天一家极大的公司，支系发达，有频繁的商贸经营活动作为纽带，还可以进行有效管理。

可是像五岳剑派这样的小规模土著剑派，每一处几十人到百来人不等，分散在相距一两千里的几个山头上，又没有任何经贸活动作为纽带，山头之间是割裂的。以古代的交通和通信条件，重重关山阻隔，如何统一有效管理和辖制？

金庸小说里，这样距离太远、无法有效制约和联络的例子比比皆是。少林派分出过一支西域少林，后来很快式微，渐渐地西域少林连武功都不练了，和总部都没什么往来了。

北宋的无量剑派，分成了北、东、西三个宗。其中北宗从云南迁到山西，四十年后就没联系了，形同陌路。剩下东、西两个宗离心离德，整天内斗。还有清朝的天龙门，分成了南宗和北宗，一个在辽东，一个在南方，后来内斗激烈，互相拆台，谁都管理不了谁。所以说"五岳"合并，光在地理上就不大现实。

其次，比地理上的巨大隔阂更要命的，是"五岳剑派"在精神层面上完全缺乏合并的基础。

五个门派各有各的宗旨，各有各的道统。仅仅以思想信仰而论，五派就有僧有道，有出家有俗家。比如泰山是道家，都是道士；而恒山是佛家，全是尼姑。这怎么强行合并？如果这都能合并，那武当派和峨嵋派也能合并了，青城派和恒山派也能合并了，又怎么不合并？

另外，从道统上说，人家五派是分别创派的，各自都立足武林数百年，各有各的牢固的道统和传承。

所以你才看见，在华山后堂，"掌上布置肃穆，两壁悬着一柄柄长剑，剑鞘黝黑，剑穗陈旧，料想是华山派前代各宗师的佩剑"。这就是道统。

又如泰山派掌门人天门道长口口声声说："泰山派自祖师爷东灵道长创派以来，已三百余年……这三百多年的基业，说甚么也不能自贫道手中断绝。"这些都是道统，是一个门派的精神支柱，是不能轻易摧毁和抹杀的。

这几家门派，除了大家正好都用剑之外，在其他方面完完全全就是独立的门派。所谓"五岳"，不过是一个空头的地理合称，充其量只能充当一下黏合剂，增加一下互相之间的亲近感，很难强行摧毁派别之分。

在某些特定时候，这五家人是可以结盟的，好比说国家之间也会结盟，也会抱团。但结盟是一回事，要大家都把各自大门拆了、灶台拆了，搬到一起来过日子，则是另一回事。左冷禅想无视巨大的地理隔阂，想一举抹杀五派各自的道统传承和精神记忆，可以说千难万难。

对照一下另一部书《倚天屠龙记》里的六大门派或许就更明白了。五岳剑派之间的独立性，并不比《倚天屠龙记》里的昆仑、崆峒、华山、峨嵋等六大门派低多少。六大门派可以结盟，也可以出于共同战略目标的考虑，临时遵奉一两位盟主、军师，一起去讨伐明教，同进同退，但它们之间几乎没有合并的可能，昆仑、崆峒、峨嵋能合并吗？显然不能。也没有哪个狂人会企图统一六大派。那五岳剑派又如何能强行合并？

之前说强行合并五岳"不现实"，再说一下强行合并五岳"不划算"。这一点更加重要。

强并五岳，后果是什么？对内必然面临巨大的阻力和血腥的战争，要付出无比沉重的代价，那倒也罢了，左冷禅本就不恤人命。可对外，还会过早引起少林和武当的警觉和厌恶。

事实正是如此。左冷禅强推合并，步步血战，树敌无数，嵩山明里暗里折损了许多人手不提，关键是还导致少林、武当强烈反感。方证大师和冲虚道长几乎把左冷禅当成了比魔教还要靠前的第一假想敌：

"左盟主……抱负太大，急欲压倒武当、少林两派，未免有些不择手段。"——方证大师

"左冷禅野心极大，要做武林中的第一人。……须得阻止左冷禅，不让他野心得逞，以免江湖之上，遍地血腥。"——冲虚道长

但凡新霸主要崛起，壮大自身实力必须悄然进行，越不动声色越好，对旧霸主则要迷惑温慰，让其越不警觉越好。而"合并五岳"恰好相反，非积年累月流血难以成功，杀得江湖上鸡飞狗跳，闹得自己的一点阴谋无人不知，反而让少林、武当侧目，早早站到对立面来弹压，划算吗？

就算左冷禅运气好一点，以残酷手段暂时弹压了四派，名义上强并成功了，又会如何呢？其他四岳真的会凝聚成一派、亲如一家吗？我看也悬。到时候多半是像之前说的，管理十分困难，五岳仍然是几个实质

上的独立山头。

这一点后来其实已经被证明了。岳不群后来倒是统一了五岳，可结果如何？实际上还是只能维持老样子，原人管原山，大家离心离德，各怀鬼胎：

> （岳不群）朗声说道："……在下只能总领其事。衡山的事务仍请莫大先生主持。恒山事务仍由令狐冲贤弟主持。泰山事务请玉磬、玉音两位道长，再会同天门师兄的门人建除道长，三人共同主持。"

到头来左冷禅、岳不群无不发现，要真正瓦解、摧毁这几个山头，只有一个法子，就是杀。

须当发起一场血腥的、彻底的清洗和屠杀，把其余几个山头的精英和核心战力都诛灭，杀成空壳子，换上自己的人去。两人后来也都是这么做的，干脆把大家全部骗到山洞里，一股脑全弄死。

这不是搞笑吗？你殚精竭虑搞合并，办法却是把其他几岳的人杀光光，换上你自己人去，借壳上市？那么千辛万苦搞合并的目的何在呢？

秦统一六国，为的是土地和人口。江湖争霸却不一样，不能和兼并战争画等号，一个江湖门派也不可能占领什么土地人口。搞并派，要的是"人"，归根结底为的是充实人手、增加武力。

可如今你把对方人都杀光，高端战力都杀光，枉自背负一个江湖恶名，只占来一个空的门派和山头，还要分兵把守，还要牵扯大量精力去管理，图什么？图收景区门票吗？

再打一个比方你就明白这多荒唐了。设想张三丰非要去合并峨嵋派，把灭绝师太、静玄师太、周芷若等都杀光光，杀成空壳子，派宋远桥过去峨嵋主持工作，联合成立一个新的"武当峨嵋派"，试问这于壮大武当有何益处？结果反倒是家里头俞莲舟嫉妒吃醋，那边宋远桥没几年又闹独立，一地鸡毛，图什么呢？峨嵋山有矿？

左冷禅真的是需要一只冰桶冷静冷静。他欲制霸江湖，根本的办法是四个字——做强嵩山，而不是非要强占那几个八竿子打不着的山头。明教席卷天下，并不需要去合并昆仑派，哪怕大家总舵都在昆仑山。少林派领袖群伦，也并不需要去合并伏牛派，哪怕大家都在伏牛山脉。

左冷禅吃了秤砣铁了心，非要合并五岳，他图什么？我看骨子里的动机只有一个：图虚名。或者说好听点，为了一种情结。金庸说过左冷禅是政治人物，但不要以为政治人物的决定都是理性的，其实非理性的因素也很大。越是野心勃勃的人物，往往就越容易掉进执念，陷入非理性的迷思之中。

统一五岳，对他而言已经上升为一种情结。作为一个野心家，他被一个文字上很美、很宏大的吞并计划给绑架了。他本来一直是五岳盟主，估计对这个"盟"字早就腻味了，早就不耐烦了，想拿掉这个"盟"字，直接当主。

而且这种人物往往还有一个特点，就是自大，别人眼中不可能办成的事，他却自信能够办成，就敢不计代价地下手开干。

人皆有迷梦。江湖上，凡人做做迷梦尚可，金山银山，三妻四妾，反正都是瞎想，也实现不了。左冷禅这种角色却不能做迷梦，不能非理性，否则代价就太大了。刘正风满门老小的血，成不忧、玉矶子被撕裂的身躯，华山梁发的头颅，天门道人临死时双眼流出的鲜血，龙泉铸剑谷里死难的许多女尼，江湖上无数有名的无名的人头落地，都是他一个迷思的代价。

看来看去，还是孙猴子这种山大王最好，貌似很有野心，其实最没野心，在自己家立一个竿子"齐天大圣"，自吹自擂一番便满足了。去统一黄风山、莲花山、两界山？猴子会说：吃多啦，图啥啊？

更无一人谋嵩山

《笑傲江湖》里，嵩山派和别的派是不一样的。这个门派有一个特点：高手耆宿固然很多，但无论门派里的内事外事，似乎都绝无分歧与争议。

别的门派多多少少都有些分歧与争议，你主张强硬，我主张柔和，你赞成连横，我支持合纵，不可能一致。在华山，岳不群和岳夫人对经营华山的理念就不一样，岳不群和大弟子的想法也不尽相同，时有争辩。在衡山，掌门人莫大先生和师弟刘正风就不太合拍。就算大事步调一致，小事上也总有不一样的见解与看法，比如莫、刘两个对音乐的理解不一样。

嵩山派这家公司却不然，至少在表面上，你会感觉到它绝无任何分歧，无任何不同意见，只有一个左冷禅在思考，旁人全不思考问题。嵩山有"十三太保"，武功、资历均高，可是这十三个人像一个脑子，一张嘴巴，在门派大事上无任何见解和主张。

左冷禅的市场路线，是以血腥手段吞并五岳。也正为此，嵩山走上了覆亡之路，一路不断屠杀，不断树敌，与衡山、华山、恒山都结下深仇，亦把更强大的少林、武当推向对立面，最终裹挟着其余几岳一起倾覆，死净死绝。

隐患这样大、这样危险的一条市场拓展路线，十三太保有没有规劝过哪怕一下？有没有建议过左冷禅适时地盘点一下、反思一下、调整一下？不知道。但从小说情节看，没有。丁勉、陆柏、费彬、汤英鹗、钟镇、乐厚……只要是出了场的太保，每一个人都表现得踊跃施行，只顾玩命猛干。

你干一个衡山的，我就干一个华山的；你屠刘正风满门，我就强奸岳夫人。你强硬，我就更强硬，争抢着比赛谁更积极，完全看不出他们对"并派"这个宏伟的市场计划有任何思考，直到大家一起完蛋。

疑惑也就正在于此：这潜在的风险，嵩山始终无人察觉吗？连你我都看出来极其危险的路线，太保们能看不出来？这十三个太保可都是人才，久历江湖，见多识广，怎么就没有一个持重的、清醒的？嵩山还有那么多精英弟子，太保之下还有许多的中保、少保、小保、温饱，也没有人出来提醒一声吗？

事实真相恐怕是，这是一种现实选择，他们都不能持重，亦不能思考，无法从嵩山的角度真正去思考一下成败得失。那不符合他们的个人利益。

以太保而论，他们的眼前利益，就是先把太保的位子坐稳、坐住，可能的话再谋求一点发展进步。第十三太保想升十二，第十二想升十一，这是他们眼前最大的现实。所有的中保、少保、小保也是一样。他们的一切言行都必须从这个最现实的利益出发。

而当时，整个嵩山公司已经陷入了好战、求战的狂热拓展情绪中，形成了一种"势拔五岳掩赤城"的氛围。你倘若审慎、冷静，和这股情绪不相一致，那就是胆小怯懦、畏敌怯战，甚至是"屁股坐歪了"，是有不可告人目的的奸徒。唯有强硬再强硬，才能跟得上潮流，才能在门派内的众多竞争者中不落后。反正位子只有这么多，上升通道越往上越窄，你不想当太保，有的是人想当。

于是嵩山上下所有人都要比赛着强硬。小说里，何以每一个嵩山的人出场，不管身份辈分如何，年长的如丁勉、费彬，年轻的如狄修、史登达，都显得如此霸道，出手如此狠辣，好像和每一个别家门派的人都有深仇大恨一样？因为众人都被这股情绪和潮流裹挟着，老一辈的要比狠，小一辈的也要比狠，不狠就难出头，嵩山已经没有了刹车。

于是杀刘正风，杀曲非烟，杀定静，杀天门，药王庙还要杀光华山，杀杀杀杀，能结仇的统统结下深仇，人人口口声声乃是为了嵩山之壮大，反正表现是自己挣了，仇恨和隐患是拉给公司的。至于这样杀下去、仇下去，将会把嵩山带入何地，哪用我管？天塌下来是嵩山的天，关我屁事呢？

我们读历史演义多了，就常常留下一种印象：少数的主战的英雄总是被一群主和的投降分子包围，一腔孤勇，愤对苍天，仿佛这是历史的常态，宗泽、岳飞莫不如此。而事实上在许多时候情况也许正好相反，往往是少数理性、务实的声音被一股狂热的氛围裹挟，主战的极容易政治正确，而主和、主慎的极容易背锅负罪。崇祯之壬午年，慈禧之庚子年，莫不如此。

人人高喊为嵩山，却无一人谋嵩山。初看上去遍地忠臣死士，整日好勇斗狠，然而哪一个是真的死士？当岳不群夺得盟主之位，左冷禅败战眼盲之后，全派上下都不作声，哪有一个死士出现？

甚至，当岳不群最后成了五岳之主，公布了嵩山人员安排，宣布仍然由原人掌管的时候，一众太保还大为欣慰，甚是满意。这恰恰证明他们当初的选择是对的，齐心合力把嵩山的天搞塌了，那又怎样？反正自己的天没有塌，太保、中保、小保，一如既往。

群众演员是靠不住的

金庸小说的江湖上有一种人,叫作群众演员。和今天拍戏的群众演员不一样,他们是另外一种。他们戏路很简单,基本就是两个:

一是让老板爽,比如老板说话,他们就拼命鼓掌;老板表演武功,他们就惨叫一声倒飞十米,吐血倒地,捂着胸口惊呼"老板好强的劈空掌"之类。

二是证明公司决策的正确。比如公司食堂涨价,他们就纷纷涕零说涨得好,才涨五块钱实在太少了,我们大家都不好意思吃饭了,等等。

在金庸的小说《笑傲江湖》里,就有一场很精彩的群众演员的表演。这一段故事,非常深刻,非常有启发,对于今天的职场与商战也有借鉴意义。

这一天,嵩山剑派搞了个大活动,要宣布合并五岳。这是谋划已久的一个活动,嵩山上上下下都非常重视。

活动当天,几千江湖好汉应邀来到嵩山,现场张灯结彩,盛况空前。但是大伙儿很快发现,身边有很多群众演员。

书上说,令狐冲等客人刚刚上了山顶,就看见路边有三个聊天的老大爷,"指指点点",仿佛正热烈讨论着什么。

一个说:哎呀,嵩山的风景真是壮丽。

另一个便说:哎呀,嵩山的山头真是高,你看比少林寺的少室山还高,真正何其了得。

老大爷们一边讨论,一边"大笑起来",爽朗淳朴的笑声飘扬在山道上。

事实上这不是三位老大爷,而是三位老戏骨。我估计,这一天里每个上山来的人,都会碰到这三位,听他们说这几句话。他们会从早说到晚，直到吃晚饭。

他们这几句话的文案水平其实很一般，还有得罪少林寺的嫌疑，也不知道左冷禅亲自把关了没有。

书上还说，这一天的活动里，群众演员们非常卖力，左冷禅不管说什么，都有人"鼓掌喝采，群相附和"。

左冷禅说：今天是我们五岳剑派合并的好日子。台下数百人便齐声叫了起来："是啊，是啊，恭喜，恭喜！"

其实人家其他几派同意合并了吗，你们就恭喜？但群众演员才不管这么多，反正盒饭是嵩山派发的，出场费是嵩山派给的，不管嵩山派说什么，他们都说恭喜。

他们的嗓门还都特别大，比如左冷禅问：关于合并这件事，泰山派的广大同道赞不赞成呀？话音刚落，泰山派里一百多位群众演员立刻轰然答应，而且"震得群山鸣响"："泰山派全派尽数赞同并派，有人妄持异议，泰山全派誓不与之干休。"都学会抢答了。

那么，请了这么多群众演员，有效果吗？当然是有的，比如搞活了气氛，搞大了气势，搞出了威风，等等。并且这类群众演员多半很便宜，大概就两钱银子一天，管饭就好。泰山派那一百多群演，真的每个人都得到很大好处了吗？着实未必，估计好多人的盒饭都没加着个鸡腿。

不过，太喜欢用群众演员，也不是办法，会有一些严重问题。比如演出的效果不好。我总结的群演第一定律就是：群众演员是没有演技的。

在嵩山现场，群演演技之差，连令狐冲等人都看不下去了。有的群演用力过度，敲锣打鼓，演技浮夸；有的回答问题时整齐划一，像是背诵，连文案都一模一样的。

泰山派那一百多个人，在回答左冷禅问题的时候，居然回答得每个字都一样。本来完全可以搞得逼真自然一点的，例如让老人用句谚语，小孩子说几句儿歌之类，结果非搞成集体背诵，相当不负责任。

除此之外，还有更重要的一点：在市场竞争中，群众演员用得多了是会上瘾的，会把导演自己都搞糊涂了，分不清台词和真实客户心态了。

嵩山派本来明明自家是导演，情节、剧本都是自己定的。可是一来二去就上瘾了，每天要是没有群演捧场，发布市场报告没几个群演带头叫好鼓掌，嵩山的人估计都不习惯了。

而且群演太多，还会让嵩山错判了江湖形势。回头来看，左冷禅这么坚决、快速地推进五岳合并，多多少少有被这种假民意、真群演误导的原因。他可能真的以为那么多人支持并派，形势一片大好，嵩山的产品在市场上真的很受拥戴，其实大家都在偷偷比中指。说到底，群演这东西本来是用来糊弄别人的，真要把自己都糊弄了就不好了。

其实，群演不光没有演技，还没有节操。他们在嵩山的最终表现让人十分唏嘘。

当天，现场情节出了个一百八十度大反转，明明是大热门的左冷禅被戳瞎了眼睛，没能当上掌门，而华山的黑马岳不群却一战成名，成了掌门了。

结果呢？来看看书上这一句话：

> 有数百人等着，待岳不群走近，纷纷围拢，大赞他武功高强，为人仁义，处事得体，一片谄谀奉承声中，簇拥着下峰。

真是悲哀。这些围着岳不群谄谀奉承，一窝蜂簇拥着他下峰的人，估计其中不少都是左冷禅请的群众演员，有的可能还是和嵩山合作多年的老戏骨。他们吃的是嵩山的盒饭，喝的是嵩山发的矿泉水，领的是嵩山给的小红包，可是左冷禅一垮，就成了臭狗屎，他们一抹嘴巴，饭粒都没擦掉，就围着岳不群去继续当演员了。

所以说啊，玩群演可以，信群演没前途。你牛你狠的时候，群演永远不会缺；当你衰的时候，群演留也留不住。他们看着你，只是看着一个巨大的鸡腿盒饭而已。

林平之为什么那么恨令狐冲

《笑傲江湖》里，林平之恨令狐冲，恨到匪夷所思的程度。书上说，令狐冲是他"平生最讨厌之人"，恶心榜上排第一位，恨到巴不得"亲手杀了令狐冲这小贼"。

这就很奇怪了。一个人痛恨另一个人，恨到想把他剁成老干妈，总得有个理由。林平之恨余沧海、恨木高峰、恨岳不群，都很好理解，不用多解释。唯独恨令狐冲，找不到一点根据。

令狐冲和他不仅没过节，甚至还有恩情。令狐冲揍过青城弟子，说他们是"青城四兽""屁股向后平沙落雁式"，可说帮他出过气。令狐冲还救过林平之的爹娘，后来又救过他和小师妹，里里外外一直对他不错。你小林子抢了令狐冲女朋友，人家也没把你怎么样，最多自己闷头泡吧，一人饮酒醉。

对这样一个好人，恨从哪儿来的呢？连令狐冲自己都想不明白："我什么时候得罪你了？"

要搞清楚这个问题，得看下林平之生平经历。

金庸给了林平之男一号的标准配置，出身好、颜值好、人品也好，妥妥的三好少年。只看前几章，你会以为他是不折不扣的主角。就好比是选秀节目，导演一直拍着他肩膀，满口鼓励：小伙子好好干，我捧你！

灭门惨案之后，林平之也一直按照一个身负血仇、隐忍坚强的正义少年的路在走，擦掉眼泪，寻访名师，相逢挚爱，勤练武功……他什么都没有做错。结果主角之路走了一半，却发现导演给他开了个大玩笑。

武功死活练不上去，出道以来从来没有打赢过一场架，走到哪儿被虐到哪儿。他吃过的瘪，比别人吃过的盐都多。他踩过的坑，比别人走过的路都多。拿了一个话筒，发现是没声的；说好是核心主位，结果全程被挡脸；主持人答应了要多给台词，结果全场只拿他当笑料；好容易找到机会说句话，又被别人打断：这个问题我们先听听令狐大哥怎么看……

就拿见义勇为这种事来说，林平之跟令狐冲都见义勇为，都曾经勇救过少女。令狐冲救了被调戏的仪琳，林平之救了被调戏的岳灵珊。可是看看各自救人之后的下场。令狐冲被正道大佬们交口称赞，那也罢了，居然还被敌人田伯光称为"好汉子"，非要跟他拜把子，甚至还埋下了跟恒山派交好的伏笔。

反观林平之呢，因为救人，直接全家火葬场，一集都没撑过去就让人灭了门，开启了流亡生涯，被人毒打、泼洗脚水、吐口水，历遍了人世坎坷。两相对比，试问他心情如何？

他其实跟令狐冲有诸多相似之处，都是有胆识，有性格。岳灵珊评价他们俩说："除了侠气，还有一样气，你跟小林子也不相上下……是傲气，你两个都骄傲得紧。"

可最终待遇却迥异。令狐冲一耍侠气傲气，就招人喜欢，江湖大佬都跷大拇指。林平之何尝不曾有侠气？在群玉院，令狐冲被余沧海威胁，是林平之不顾危险，仗义执言，引开余沧海，救了令狐冲。可从来没人说过林平之是好汉子，甚至他连个知心朋友都没有。

在药王庙时，华山派被敌人围攻，眼看要全军覆没。令狐冲站了出来，一剑退群敌，成名天下知。然而没有人记得，在最危难的时刻，林平之也站出来过。武功不高的他，曾抱着舍身成仁的勇气，拾起一根铁杖猛力朝自己额头击落，想以此挽救门派。

他说："一切祸事，都是由我林平之身上而起……我是堂堂华山派门徒，岂能临到危难，便贪生怕死？"舍生取义，何等刚烈，可光芒却又一次被令狐冲掩盖。

事实上，令狐冲固然光鲜夺目，却也承受了许多痛苦、不幸、不公，但从林平之的角度是看不到的。他眼里所看到的就是同人不同命，待遇悬殊到常理都不能解释。

所以他就只能认为，你令狐冲的正直是假正直，你的侠义是假侠义，你的殷勤是假殷勤，你令狐冲绝对不可能是真好人——真好人怎么可能会有好报？你越混越好，越混越滋润，所以答案只能是你也是伪君子，你只是一个装得更像、隐藏更深的坏人而已。

所有具有反社会人格的变态恶人，基本上都有一个相同的作恶理由：这世界太坏了、太黑暗了。他们决不能允许有反例的存在，决不肯承认这世界上还有善良和正义。所以林平之决不肯承认令狐冲是好人。

他恨令狐冲，某种程度上也是恨被令狐冲反衬出来的自己。像是一个变形的人恨上了镜子。令狐冲举手投足间的豁达、侠义、神勇，正是林平之曾努力想要追求的。结果天地不仁，少年侠客梦碎，他活得越来越扭曲，离这个目标越来越远。

一看见令狐冲，他就像看见了自己的初心。他必须在心里彻底推翻这个"偶像"，用污物去涂抹他，把令狐冲贬损得一钱不值，才能得到安宁。

好比两个人说好一起做天使，林平之却失足坠了粪坑，挣扎半天，发现令狐冲仍然片尘不染，还自在地扑腾翅膀，天下焉有是理？所以他令狐冲一定舞弊。又比如他小林子一心想攀登圣洁的雪山，最后却陷进了烂泥潭。于是只好远远对着雪山吐唾沫，说那上面一定有屎。

其实林平之是聪明人，完全分得清好歹。哪怕他后来完全扭曲变态了，脑筋也还是灵光的。倘若他坐下来把前尘旧事认真琢磨琢磨，未必分辨不出令狐冲是好人。你看他其实一直知道师娘是好人。

有一个读者曾给我留言，说得很好：

> 我记得电影《疯狂的石头》里，道哥泡在澡池子里流着泪说了一句：就是没有好人了。
>
> 粗浅地觉得，在一个对社会和人性都失望透顶的人眼里，对方是什么人、做过什么事已经不重要了，你就算不是他的仇人，他也不会多喜欢你。

林平之对岳灵珊说过：你和你爹不同，你更像你娘。

他其实分得清好坏。他只是不想区别对待了。

杨莲亭之功过

在日月神教里，有相当长一段时间，大权由一个叫杨莲亭的人把持。因为教主东方不败不亲教务，专心去搞刺绣工艺，担任总管的杨莲亭就是黑木崖的实际操舵手和掌权人。正像任盈盈所说的："这些年来，教中事务，尽归那姓杨的小子大权独揽了。"

一说杨莲亭，大家就觉得他胡作非为，把教务搞得一团糟，这基本已经是定论。从他的政治对手的评价就能看出来。任盈盈说他"武功既低，又无办事才干"。任我行说他"大权在手，作威作福"。作为死对头的任我行还说，要感谢杨莲亭胡作非为，搞乱了魔教，给自己的复辟创造了大好条件。

这些评价，总体是真实可信的，任我行、任盈盈肯定不是栽赃污蔑。如此看来，杨莲亭实在是个一无是处、没有丝毫贡献和作为的百分百烂人。

可问题是，这些评价和书上的另外一些话，又似乎是矛盾的。比如在恒山，令狐冲被魔教设计伏击，任盈盈便对令狐冲说：

东方不败此人行事阴险毒辣，适才你已亲见。
……
东方不败这当儿也已展开反攻，他……来向你下手，便是一着极厉害的棋子。

请问是谁的手段"阴险毒辣"？又是谁反攻令狐冲，行了"一着极厉害的棋子"？名义上是东方不败。可是尽人皆知，东方不败早已不管事了，唯一主事的就是杨莲亭。换句话说，杨莲亭就等于东方不败，东方不败就等于杨莲亭。

这是否也证明了一件事：杨莲亭其实也是有些手段的，并且还很"阴险毒辣"？杨莲亭也是会展开反攻的，还能下出"极厉害的棋子"？杨莲亭也并不是完全的废物？

所以说杨莲亭此人到底是什么水平，有多少工作能力，是否完全一无可取，还真的可以探讨探讨。

个人看来，杨莲亭除了"胡作非为"之外，也还是抓了三件工作的，可算是正儿八经的工作：

第一件，维持了对正教的紧逼和压制态势。

打击少林、武当、五岳等正教，是魔教一直以来的主营业务。对这个业务，杨总管似乎并没有放松。他揽权的这些年，对正教的压迫感还是很强的。

整部书上，从没听到哪一个正教领袖说过诸如"这几年日子好过了"之类的话。相反地，一讲到魔教，正教中便精神紧张，如临大敌。这是否也可说侧面印证了杨总管的工作成效？

第二件，打击了黑木崖内部的分裂和复辟势力。这也是杨莲亭抓了的一件正事，至少站在他和东方不败的立场上，这是绝对意义上的正事。

魔教内部的分裂和复辟势力是谁？典型代表就是向问天。向问天是一个极难缠的对手，武功既高，又很有资历和威信，是一个很有能力的当权派。杨莲亭对向问天是有所防范的，后来也是拿出了果断措施的，一度把向问天抓了、关了。向问天出场的时候手上是戴了铁链的，这个铁链是谁给他戴上的？当然就是杨莲亭。能抓得了向问天，能关得了向问天，怎么也不能说是废柴。

后来向问天脱困，去解救任我行，甫一下黑木崖，便有大队人马追杀。这反应和处置速度是可以的。任我行被救出黑牢后，十几天内黑木崖便得到了讯息，四名长老立即被派到杭州梅庄的号子里去调查此事，可见魔教的情报系统、应急系统也都正常运转，没有松懈和瘫痪。

当然，杨莲亭的一切措施都落入了被动，招招落后于向问天，未能料敌机先，致使任我行获救，这是实情，他确实没有大才干。但要说他毫无作为、完全草包，那真还不是。

第三件，杨莲亭还主动地策划了一些进击、斩首行动，试图有所作为。

他派人突袭恒山，对令狐冲展开斩首行动，就是极其狠辣的一招，连任盈盈也说这是"一着极厉害的棋子"。事实上这一次突袭差点就大功告成了，不仅险些杀了令狐冲，还险些一起杀了少林方证大师、武当冲虚道长。

倘若这一战成功了，杨莲亭一举灭掉正教三大高手，那可说是魔教多少年来都没有过的辉煌战果，黑木崖怕是真的要"一统江湖"了。到那时候，历史又该怎么评价杨莲亭？还有谁能说他是个草包呢？

还有人说杨莲亭故意搞乱魔教，那更是绝无可能。就好像刘瑾、魏忠贤再为非作歹，也绝非存心想搞乱大明。杨莲亭也是渴望有所作为的。试想，谁愿总被人背地说是娈童、男宠？他岂能不想干出一点成绩来证明自己，表明自己的地位不是睡出来的？

那么，杨莲亭之衮衮恶名，之不招人待见，究竟是源于什么事？他的胡作非为具体为何？到底是哪些事情上胡作非为？回到原文认真一看，你就能发现端倪：

黄钟公："东方教主……宠信奸佞，锄除教中老兄弟。"

任我行："那杨莲亭……作威作福，将教中不少功臣斥革的斥革，害死的害死。"

任盈盈："教里很多兄弟都害在这姓杨的手上，当真该杀。"

以上这些，才是针对杨莲亭的具体指控，它们基本上都集中在一件事情上，那就是迫害教中兄弟。换句话说，就是搞扩大了的、严酷的对内斗争。

这才是他招恨的根本。杨莲亭的本质，乃是佞臣，由贴身依附主子而得势，把持了权柄。这种佞臣往往就逃离不了爱搞斗争、搞迫害的套路。因为他们获得权力的途径往往是超常规的，都是违反正常程序的。

倘若要按常规的途径，杨莲亭就是钻营到死，也不可能升到向问天、童百熊的头上去。他和正常的权力体系天然是抵触的、对立的。

如此一来，为了树立权威、巩固权力，他就要斗争、要杀伐，制造人人自危的气氛，迅速完成威信的累积。某种程度上说，黑木崖上的气氛越是紧张，越是人人担惊受怕，惶惶不可终日，就越有利于杨莲亭。试想，刘瑾、魏忠贤等人不去杀伐，谁人依附于他、畏惧于他呢？

而且佞臣也往往逃不脱要干坏事的命。为什么呢？因为倘若是好事、正事，教主就会派重臣、大臣去干了，何必派佞臣去干呢？既然派到你杨莲亭去干，那么多半这事就是私事、丑事、坏事了。

杨莲亭干的坏事，一小半是自己要干的，一多半大概还是替东方不败干的。比如铲除童百熊这种老骨头，全是杨莲亭自己要干的吗？恐怕未必，怕还是代东方不败执刀的成分大。这种事东方不败不便自己干，也不方便让向问天等重臣干，终究是由杨莲亭这种人干起来方便、顺手。万一哪天小杨跋扈太过，玩过火了，惹众怒了，批评他几句就是，大不了日后换一个杨莲亭，多大点事。

杨莲亭这个角色的原型，很有可能部分来自明朝正德帝的宠臣江彬，江、杨两个人都是孔武有力、倔强悍勇，也同样是和老板的关系好到一起睡觉。江彬这样的角色也是只能去助长正德帝的毛病的，正德帝爱玩，他就怂恿正德帝玩，正德帝好色，他就能把孕妇都送到正德帝的房间里去。这是他的工作。站在杨莲亭的角度上，他也是没有什么选择的，必然只能去逢迎和助长东方不败的毛病，尤其是坏毛病。

江彬是不能规劝正德帝的，那是杨廷和这些人的工作。倘若正德帝要约束自己，要积极上进，为什么不找李东阳、杨廷和呢？倘若不是要干坏事，找你江彬干吗呢？

所以杨莲亭也注定了只能"胡作非为""倒行逆施"。他有才干也好、没才干也好，这个标签终究改不了。对于任盈盈、童百熊等人来说，他这叫祸害本教。但对于他来说，没有别的，一句话，这就是工作。

为什么留着余孽任盈盈

如果看过一点《笑傲江湖》就会发现，东方不败对待任盈盈的方式，让人很费解。

任盈盈是何许人也？是任我行的女儿。任我行又是何许人也？是魔教前任教主。东方不败作为下属，篡位夺权，推翻了任我行，打倒老王成为新王。覆巢之下焉有完卵？任盈盈这等余孽如何能留？好比坦格利安家的龙女，弑君的鹿家和狮子家怎么可能留着不杀？

翻开历史看看，任盈盈不是死不死的问题，是怎么死的问题。

比如汉文帝刘恒，算是宽仁的了，他进京继位，在入主未央宫的当晚，就杀了后少帝刘弘及其四个兄弟。

又如南齐太祖萧道成，也算是宽仁且能干的。他逼十二岁的小皇帝刘准禅位，后来又把刘准杀了。刘准便哭着说，愿生生世世，不再生于帝王家。

这里举的两个例子还都是以宽仁著称的"明君"，还不是暴君，尚且如此。

至于秦二世那样一口气杀死十八个兄弟和十个姐妹的，就不必说了。

东方不败一代枭雄，深明斩草除根的道理，连他的《教主宝训》中都说："对敌须狠，斩草除根，男女老幼，不留一人。"可是抢班夺权之后，为什么能留下任盈盈自由放任十余年？非但留下了，还纵容任盈盈在江湖上呼风唤雨，网罗党羽，当什么劳什子的"圣姑"？

金庸当然比我更谙熟史事，他也知道这个情节反常，所以特意留下了两个解释：

第一个解释是政治上的——东方不败厚待任盈盈，甚至故意对她言听计从，乃是为了掩人耳目，掩盖自己推翻人家老爹、造反篡位的事实——你们瞧，我对小公主都这么好，说明我很尊重、很怀念任我行同志。那些说我谋朝篡位的，都是谣言。大致是这个意思。

这个解释有一定道理，但不是完全说得通。

君王固然会演戏，秀宽仁，但他们的耐心也是很有限的。在权力交接的敏感时期，东方不败固然有可能演那么一下子，善待一下任盈盈，但当大位坐稳了，哪有留着废太子当宝贝，还纵容这个定时炸弹东游西逛、招兵买马的？

之前举过的例子，萧道成也恩遇废帝刘准，约定了一起岁月静好，双方不行君臣之礼，两头大，很给面子吧。可是假惺惺演了一个多月，没忍住，便把十一岁的刘准给喀嚓了。

宋太宗也很恩遇赵德芳、赵德昭，那是他哥哥的儿子，他"烛影斧声"干掉哥哥夺权后，也把侄儿们亲亲抱抱了一阵子。可是三年之后，赵德昭自杀，五年之后，赵德芳病逝，年仅二十三岁。你看帝王的耐心多么有限。

东方不败倘若要演戏，演上个半年一年，礼遇一下任盈盈，过年叫大小姐出来吃个饭，参加个宴会，是有可能的。但这戏一演就十多年，大家压根都忘记任我行是谁了，还这么演下去，就很没有必要了。

而且东方不败对任盈盈还不监视、不约束，放任她在江湖上施恩卖好，网罗人心，今天和少林方丈谈交易，明天和华山余沧谈恋爱，与敌对势力眉来眼去、合纵连横，这更是万万不可能的。

所以金庸这第一个解释，不是完全合理。

至于金庸给出的第二个解释，则是东方不败变了性，太想做女人了，羡慕任盈盈的女儿身，所以一直留着她当吉祥物。

这也不合理。羡慕女儿身、疼爱女子，就非得留着这么一个政治定时炸弹吗？那他怎么又把自己的七个小妾都杀了呢？

再说，东方不败也不是立刻就变了性的，而是有很长一个过程，之前未变性时怎么不解决任盈盈问题呢？

依我看，东方不败如此姑息和纵容这个余沧，关键的原因还是在他个人的性格和心境，以及魔教内部的行事特点上。

先说东方不败个人。他对任我行的感情是很复杂的。

在抢班夺权之前，他时刻担心野心暴露，唯恐被任我行提前收拾了，所以对任我行是恐惧、忌惮、提防占了上风。可等到政变成功的那一刻，东方不败发现自己赢得如此容易，老领导简直毫无防备，一触即溃。此时他才相信任我行对己是恩遇厚待，毫无歹意，自己之前实在是想多了，人家磨刀原来不是杀我，是要杀猪招待我呢。

到这时，感恩、自惭、愧疚等感情就渐渐占了上风。过去任我行对他的种种好处，这时也浮上心头。自己出身寒微，毫无根基，全靠任我行关照，连年提拔，从一个小香主一路提拔成二把手、光明左使，还传给了《葵花宝典》，指定当接班人。

而我呢？居然造了他的反！坐在老领导的办公椅上，东方不败难免会想：唉，老子真不是人。

从他对任我行的处置方式，就可窥见这种负疚心态。无论从什么角度说，任我行都势必不能留着，该第一时间除却。东方不败却不肯杀，冒着养虎为患的风险把他给关了起来，管吃管喝，一关十二年，连武功都没有废掉，岂不正是因为不忍和负疚的心理作怪？

这就是东方不败的性格弱点。这个人颇类似项羽，有恣睢和残暴的一面，也有优柔和敏感的一面，所谓"对敌慈悲对友刁"。他十多年不杀任我行，也没杀任盈盈，大概都是出于这种微妙的补偿心理。

于是他就成了一个枭雄里的笑话。他不是一个枭雄，充其量只是一个衰雄。他最后之被翻盘，之被任我行重新打倒，都因为他只是一个衰雄。

除了以上这一层心理原因外，黑木崖之所以放纵余孽任盈盈，不加约束，我看还有别的原因，大概与当时黑木崖的风气和治理习惯有关系。

像魔教这样一个庞大的公司和市场主体，总的来说是两个系统组成的：一个是直属的总部系统，也就是黑木崖，包括各个内设机构和部门。另一个则是分散的江湖分支系统，包括三教九流的各类武林人士。

东方不败这个人，我感觉是个大企业总部机关型的领导。可能因为提拔太快，早早地就进了黑木崖总部，他的主要工作履历、经验、人脉都在直属机关系统里，导致了他的视野、关注点也都在总舵机关。

这个人当了头之后，由于习惯使然，就可能只爱管机关，管内设机构和部门，管面前的一亩三分地，不大注重管地方、管基层。到后来干脆越玩越小，机关都不管了，只管一个小花园了。

你看当时的日月神教，虽然口号上叫"一统江湖"，但这家公司实际上却是收缩型的，只爱躲在黑木崖上关门搞办公室政治，在总部的一亩三分地里你争我夺。那些什么"紫衣侍者"为代表的内设机关人员非常骄横，目空一切，基层管理严重空心化，江湖上的分支机构根本没人管，也瞧不上。

任盈盈在外面江湖上呼风唤雨、招揽徒众，声势已然很大了，但在东方不败和他黑木崖上的亲随们看来，却觉得任盈盈远离权力中心，沙漠寂寞，无足轻重。

举个有点类似的例子——《倚天屠龙记》里的明教。一把手张无忌、二把手杨逍都是混总部直属机关的。杨逍和几个法王、散人斗来斗去，都是总舵机关里的办公室内斗。这些人对管理基层一没经验，二没兴趣，最后就被朱元璋这种地方区域老总坐了大、翻了盘。

这样就稍微能解释为什么任盈盈一直很安全了。任盈盈跑到下面去混江湖，而没有留在黑木崖争权，所以丝毫不损害东方不败那些亲随佞臣的利益。在他们看来，黑木崖机关里的职级、待遇、岗位才是利益，而管江湖上那些野人是狗屁利益了？蛮荒之地而已。

任盈盈不和他们争职级、争岗位，所以他们和任盈盈和平相处，没有去针对任盈盈、谗毁任盈盈。不然，莲弟一句话，可能十个任盈盈都杀了。

你还可以发现，莲弟们非但常年没有针对、谗毁任盈盈，也长期没有谗毁任我行和向问天。真正危害黑木崖安全的这几大隐患，他们都放过了，而尽去搞办公室内斗了，今天扶你当青龙堂长老，明天扶他当白虎堂长老，招财进宝，大收明珠，不亦乐乎。

后来任我行上台了，一改之前作风，更注重管理江湖层面了，把什么蓝凤凰、祖千秋之类的野人都管了起来。所以任盈盈的处境反不如前，书上说她虽然亲爹掌权了，自己"反无昔时的权柄风光"了。

说到这里，不禁感叹张无忌。如果早早有这个意识，把朱元璋调上光明顶，封他一个"六散人"，后面就什么事都没有了。朱元璋肯定脸上笑嘻嘻，心里暗自骂娘：老子真是没有过去威风了！过去统领十万大军，现在却要给周颠这个龟儿子修打印机了！

最接近友谊的喜欢

金庸曾经笑话台湾武侠作家,说他们写书的套路陈旧,比如每本书里都一定有一个妖女,叫作"桃花屯屯"之类。他自己则写了一个"反妖女",就是蓝凤凰。

出场的时候,蓝凤凰真是像一个风尘妖女。比如她的座船,符号实在有点特别,帆上画点什么不好,偏偏画一只纤纤素足,即女人的脚。等蓝凤凰亮相,更是穿得一身五彩缤纷,果然像一只彩色凤凰,声音也是自带蜜糖属性,又甜又腻,娇柔婉转。

看当时大家对她的态度,几乎所有人都觉得这肯定是个风尘妖女。第一个开骂的是岳夫人:"甚么妖魔鬼怪?"待到自己老公和蓝凤凰聊了几句天,脸色便更难看了,道:"别理睬她。"厌恶之情溢于言表。

岳不群对蓝凤凰的判断也是"淫邪女子",因为她说话娇媚,并且打扮特异,行止奔放,像鲁迅说的,一看见白臂膊就会想到裸体,所以多半是淫邪的。只有令狐冲例外,开口就叫了蓝凤凰两声:"好妹子,乖妹子。"这才是令狐冲的境界:淫不淫邪,和露不露脚没什么关系。

蓝凤凰不但容易给人浮浪印象,而且让人以为她单纯无知,做事莽撞唐突,说白了就是笨。其实这是个误解,作为苗女,她固然天真烂漫,说话很直接,但情商着实甚高。

比如对华山派,她看似行止无禁,直言莽撞,实际上却没有轻易得罪任何人,尤其是同性。从头到尾,蓝凤凰的褒贬调笑无不恰到好处,从没有真正得罪过谁。

对岳夫人,她说的是:"你是岳先生的老婆吗?听说你的剑法很好,是不是?"瞧,"岳先生的老婆",这话似乎很粗鲁,却并不得罪人。"听说你的剑法很好",这甚至明明是褒奖了,言下之意是:我虽然远在苗疆,却也听说过你剑法很好。岳夫人听了至少不会有什么不悦。

对岳灵珊,蓝凤凰也没有得罪。她对小林子是这么说岳灵珊的:"你是怕这美貌姑娘从此不睬你……"瞧,"这美貌姑娘",在男朋友面前被夸美貌,岳灵珊总归是满意的,就凭着这一句,岳灵珊哪怕口头仍然要鄙视蓝凤凰,内心里大概也恨不起来。

最考验情商的,是她后来和任盈盈、令狐冲之间的"三角"关系。任大小姐的心思是很细的,把"冲郎"看得命一样。蓝凤凰采取的策略,是占着"天真苗女"的人设,大大咧咧,光明敞亮,每每抓住机会把话先说透。

在一次对令狐冲示好后,她忽然转头对任盈盈说:"大小姐,你别吃醋,我只当他亲兄弟一般。"注意,说这句话的关键在于要干脆、通透、字正腔圆,而且话要随性而起,张口就来,不能像是思考很久之后才说的。

假如吞吞吐吐,还加很多修饰词,搞不好便会起到做贼心虚的反效果。比如"任姐姐,其实……嗯……我把冲哥当成哥哥一样……"那就完了,任大小姐心里会有一百句问候你:当成哥哥一样?呵呵,你不如说当成爸爸一样算了。

在书上,面对蓝凤凰的主动澄清,任大小姐的回复也很犀利,是"微笑"道:"令狐公子也常向我提到你,说你待他真好。"这话隐含有深意,意思是:我和冲郎之间是没有秘密的,他什么都和我交代,你们那点事我全盘掌握。

蓝凤凰的反应则是"大喜",答道:"那好极啦!我还怕他在你面前不敢提我的名字呢!"这就叫"一萌破百作",既轻轻卸去了敏感问题,又没有贬损身份,颇显得自己在令狐冲处的地位还不低。

蓝凤凰和令狐冲的关系很美好,也特别耐人寻味,比友情多了一层亲昵,比暧昧又多了一层爽亮。蓝凤凰喜欢令狐冲吗?其实是喜欢的。你琢磨琢磨她说令狐冲的这句话:

> 你真好。怪不得，怪不得，这个不把天下男子瞧在眼里的人，对你也会这样好，所以啦……唉……

所谓"不把天下男子瞧在眼里的人"，指的是任盈盈。可她讲这话时，似是也存了"于我心有戚戚焉"的感觉。别忘了蓝凤凰自己也是一个不把天下男子瞧在眼里的人，书上说她从来对任何男子不假辞色，哪个男人要是无礼撩拨她，就会被她毒死。最后蓝凤凰还"唉……"一声叹息，这是少见的，她平时说话快人快语，从没有叹气过，这里却忽而叹息了。

这一声叹息里是什么意思呢？是我见犹怜？相见恨晚？还是既见君子，云胡不喜？或是根本就没有别的意思？只能让人猜测。

还有一次，在少林寺大战时，蓝凤凰中箭遇险，令狐冲去救，蓝凤凰说：

> 你别管我，你……你……自己下山要紧。

非说没有一点喜欢，那定然不是。据说倪匡就撺掇过金庸：让蓝凤凰和令狐冲在一起嘛！

让人唏嘘和感动的是，他们的关系也就仅止于此。两个人就此一直保持了坦坦荡荡的关系。他们是最接近异性之间纯粹友谊的一对，也可以说，二人之间是最接近喜欢的友谊，或者反过来，是最接近友谊的喜欢。

初见面时，她曾叭叭地亲过令狐冲两口，在脸上印了俩红印，但偏偏能亲得这么坦然，亲得让你觉得无关欲望，亲得可进可退，让旁人说不出什么来。换了谁都亲不出这效果。

可自打那次之后，她对令狐冲再没有这样亲热的举动了。她似乎后退了不易察觉的一小步，此后更多的是一直默默守护。令狐冲多次历险，她都在身边护持。令狐冲攻打少林、接任恒山掌门、救门下群尼姑、朝阳峰上对峙任我行,每一役蓝凤凰都在。

"倘若他们敢动你一根毫毛,我少说也毒死他们一百人。"这是蓝凤凰保护令狐冲的宣言。她可以说是他身边的另一柄独孤九剑。

当然,最震惊、最耐人寻味的,还是那一次给令狐冲"换血"。她卷起衣袖和裤管,让一条条水蛭爬满雪白的肌肤,吸食自己的血液,再注入令狐冲的体内,净化他的身体和混乱的真气。这一幕,既惊心动魄,又让人觉得百感交集。

血浓于水,在两人身上还真不是比喻。她的血是真的在他身上奔流,任大小姐吃不吃醋,都改变不了了。

方证大师和定闲师太

《笑傲江湖》里的斗争，非常复杂，就像是一个缠绕不清的大线团。而理清楚这个线团的关键，其实是方证大师。要说清江湖上的这场斗争，关键要看懂方证和少林派。

方证大师是少林的掌门，理论上是正教一边的头头。可他这个正教头头只是个象征性的，连共主都算不上，大致只是个召集人，不是真正的老大。

事实上正教就没有老大。对面魔教教主说他佩服的人，正教这边有两个半——少林一个，方证；华山一个，风清扬；武当半个，冲虚道长。这两个半人都有各自的问题，要么能力有问题，要么性格有问题，都不像老大，因此也就没有老大。

正教和魔教两边斗争起来，你会觉得魔教指挥很统一，效率很高，说干就干。而正教这边一盘散沙，缺乏强有力的指挥，遇事总是要开会。碰到了大事，方证还要回头问："左施主……你说该当如何？"他一个当老大的还要回头问小弟该如何。

也难怪左小弟会起野心，想抢本阵营的老大当。这个世界上本来没有野心，老大弱了，就有了野心。

方证的相对弱势，从五岳剑派合并、争夺掌门人这件事上也可以看出来。作为正教的头脑，他在五岳剑派居然没有靠谱的代理人，还要临时培养一个令狐冲。

五岳的五个山头之中，少林真正的盟友是哪一家呢？是恒山派。定闲师太的恒山，相当于方证大师在五岳的基本盘，是少林的半个代理人。两家的关系非常密切。

举例为证。少林寺关押了任盈盈，定闲、定逸师太为此去少林求情说项，让方证放人，方证大师说放就放了。这关系可非同一般。

双方不只是说得上话那么简单了，肯定是关系密切，彼此高度信任。就连令狐冲事先也料定："多半方证方丈能瞧着二位师太的金面，肯放了盈盈。"

江湖上，就连底层的草根人士也都有一个囫囵的认识——少林派和恒山派是一伙。

> 那姓易的道："是，是！少林派虽不是五岳剑派之一，但我们想和尚、尼姑都是一家人……"
> 定逸师太喝道："胡说！"

这个所谓"姓易的"就是一个底层人物，是一个叫白蛟帮的下九流门派的人，乃是"不成材"的角色。但他极有可能一语道破了天机，"和尚、尼姑都是一家人"。定逸师太骂他"胡说！"疾言厉色，但人家可能恰好胡说对了，少林和恒山就是一伙。

然而，只有恒山，济得甚事？嵩山太强，恒山太弱，充其量只能替方证起到一点点牵制嵩山的作用。而其他几个山头——华山、衡山、泰山，方证都插不进手去，没有自己的代理人选，掺不进沙子。

比如华山。少林和华山的关系非常微妙，值得一说。华山这个门派一直分裂为剑宗和气宗。有理由相信，少林派历史上比较亲近的是剑宗，和风清扬关系尤其好。

"没想到华山风清扬前辈的剑法，居然世上尚有传人。老衲当年曾受过风前辈的大恩。"——少林方生

"老衲接到一位前辈的传书……正是风前辈。""风老前辈有命，自当遵从。"——少林方证

从这许多细节，都看得出少林高层和剑宗的风清扬眉来眼去，很有渊源。不想华山派内讧的结果是剑宗输了，风清扬含恨下野，气宗掌权，大肆肃反，清理门户，血洗剑宗。

少林和华山的关系这一来就微妙了。就好像一个国家打内战，你作为外国势力，一贯和左翼政府军好，眉目传情，结果人家右翼国民军打赢了，你尴尬不尴尬？

岳不群当掌门的仪式上，方证本人便不来，只派人来道贺。

"记得师父当年接任华山派掌门，少林派和武当派的掌门人并未到来，只遣人到贺而已。"——令狐冲

方证不来，尚且可以说是惯例，少林掌门自恃身份，不轻易露面。可后来方证干的事就是明摆着和华山不对付了——岳不群公开驱逐令狐冲，传书江湖，声明和这劣徒切割。方证和尚也是收到了信的。可这和尚也真做得出，马上就要收令狐冲做弟子，连名字都取好了，叫"令狐国冲"。如同京东公司上午高调开除的员工，阿里公司下午就高调聘用，连花名都取好了，你让行业里大伙儿怎么看？

到后来，岳不群大势已成，练了《辟邪剑谱》，一举夺得五岳掌门之位。方证亲自下场示好，露出笼络之意，走到岳不群身边，说悄悄话：

> 方证大师低声道："岳先生……施主身在嵩山，可须小心在意。"
> 岳不群道："是，多谢方丈大师指点。"

岳不群的回答，不冷不热，拒人于千里之外。

方证继续努力，又说：

> "少室山与此相距只咫尺之间，呼应极易。"
> 岳不群深深一揖，道："大师美意，岳某铭感五中。"

你看这一轮尴尬的聊天。岳不群已完全不信任方证：谁都知道你和令狐冲小贼是一伙的，现在又跑到我这里来咬什么耳朵，发什么私信？

除了在华山的失败，少林在泰山、衡山的问题上也有重大失误。

这里只简单说一下衡山。衡山这个门派比较弱小，武力不强，高层

人物都无心江湖争霸，只迷恋玩音乐。有点像是二战里的比利时，夹在各大势力中间，不想出头，想龟缩中立。

可是你的位置摆在那儿，容不得你中立。嵩山要统一五岳，最先选择的就是痛打衡山，和德国要打法国先打比利时如出一辙。

没想到比利时也是个属狒狒的，看起来弱，咬起来凶，明明被揍得鼻青脸肿了，还拼命反咬，白天且战且退，晚上拿着二胡就来摸岗哨、搞破袭。嵩山稀里糊涂就丢掉了一个大高手费彬，等于被灭了一个集团军，大大延缓了前进的脚步。

衡山苦战的关键时刻，方证和尚在哪里？完全失声。倘若少林来几个高手干预一下，敲打一下嵩山，左冷禅这第一口哨不动，后来哪里还敢轻易啃华山、恒山？怎奈方证行动迟缓，毫无作为，只可惜了衡山勇士的一片热血空洒。

后来嵩山步步紧逼，药王庙围歼华山，龙泉谷围歼恒山，少林连自己的基本盘恒山和定闲师太都丢掉了，可说都是方证和尚给惯出来的。

后来魔教势力滔天，任我行笑傲朝阳峰，正教却早已经自相残杀，高手凋零，几要覆亡。这是谁人的过错？左冷禅当然是第一罪魁，而方证作为正教领袖，也有个失职失位之过。

方证还有一项重大失误，是在和魔教的关系上。你注意看书就会发现，方证善待了魔教的圣姑任盈盈。这很有趣。任盈盈明明开罪了少林，甚至杀了少林派的几名弟子，方证却给予了她充分的优待。

关押任盈盈时，少林提供了三个保证：保证人身安全，保证生活待遇，保证通信自由。为什么？这就要从方证大师和魔教的微妙关系说起。

他和魔教，一直有丝丝缕缕的联系。他的亲信师弟方生就和东方不败有"一面之缘"。他和魔教的黄钟公也有交往，甚至可以互通书信。

然而，东方不败后来深居简出，黄钟公也无权无势，隐居遁世，方证大师便缺乏了和黑木崖高层沟通的有效管道。

他寄希望于任盈盈，觉得这是一个管道。一者，任盈盈乃是魔教里的鸽派，不喜扩张，不热衷杀伐，适宜结交。二者，任盈盈是魔教中

"两股势力"都接受的人物,东方不败一边能接受她,任我行一边就不用说了,更能接受她。这样的人物,方证大师当然极为看重,倍加优待。

后来,他甚至把任盈盈给放了。一者是卖令狐冲和定闲师太的人情,二者就是争取任盈盈,把圣姑这张牌捏在手中,将来在魔教面前大有转圜余地。不能说方证大师不是思虑深远、用心良苦。

然而,方证温吞、迟疑的性格,也导致了他的一个老毛病——不肯押宝。

魔教是有内斗的,东方不败和任我行两派争得你死我活。他们一个是当权派,不妨称之为黑木崖派;一个是复辟派,即所谓的西湖党人。方证却迟疑观望,犹豫不决,不知道该支持哪一方。

他可以选择押宝东方不败,剿灭西湖派的任我行、向问天;也可以选择重注任我行,帮助他灭东方不败。可是他啥也没干,捏着牌一直喊"过",不肯出牌。也许,他是想旁观二虎竞食,坐收渔利。然而时间窗口转瞬即逝,他哪边都没争取到。最终结果是东方不败和少林为敌,任我行也和少林为敌。

东方不败固然派人来暗杀,用毒水喷他,任我行上台之后也兵戎相见,掉转兵锋,要灭了少林、武当。短短几年之间,正教的内部形势和外部形势都急剧恶化,家里的狗要咬人,外面的狼也要吃人。

综观方证大师其人,属于有算计、无决断;有心眼、无魄力。私底下小动作不断,关键的大动作却几乎没有。

就像他和任我行比掌,他的"千手如来掌"很花哨,变化倒是繁多,一掌变两掌,两掌变四掌,四掌变八掌,"每一掌击出,甫到中途,已变为好几个方位"。然而变来变去,不能破局,关键时刻缺乏关键手段,有个毛用?

我不是不尊重方证大师,其实他是一个不失可爱的正教高手。此文只是事后诸葛地讨论权谋。如果不是令狐冲的主角光环,方证大师其实早已经输给了左冷禅,也输给了任我行。

人类历史上,这样的局面经常出现——老谋深算的政治家,被一些粗暴的野心家迅速击垮。他们太沉迷于政治，太善于迂回，太喜爱谋划，渐渐地在这种游戏里失去了战斗力。等到最后要逃命的时候，才发现：妈呀，老了，跑不动了。

一只胳膊的拒绝

华山思过崖,是令狐冲和小师妹关系的转折点。一个发现自己不喜欢了,另一个发现自己没机会去喜欢了,青梅竹马的幻梦,就是在这里走向破灭。

在这个转折点里,有一个挺有代表性的事件,不妨管它叫作"裸袖事件",就是令狐冲在情急之下,扯破了小师妹的袖子,使她露出了胳膊。

这个细节虽然小,但很有趣,两个人的关系在这个细节里可以找到答案。爱和欲望,情感和禁忌,许许多多的问题,都在这一个时刻暴露。

当时的情景是这样的:思过崖上,两个人话不投机,岳灵珊甩脸要走,令狐冲着急不放,她这一走可能十天半月都不再来了,于是伸手就抓:

情急之下,伸手便拉住她左手袖子。

袖子被拉住的小师妹是什么反应呢?书上说是:

岳灵珊怒道:"放手!"

然后用力一挣,嗤的一声,衣袖被扯了下来,露出白白的半条手膀。少女突然露出胳膊,下一秒,她的反应是内心完全的流露,毫无掩饰:

又羞又急,只觉一条裸露的手膀无处安放。

其实不是无处安放，是在眼前这个男子面前无处安放。

接着是叫道：

"你……大胆！"

令狐冲赶紧道歉，说小师妹对不起我不是故意的云云。岳灵珊的举动则是：

将右手袖子翻起，罩住左膀，厉声道："你到底要说甚么？"

然后"冷笑"。

注意，"又羞又急"是没有什么信息量的。在那个时代和环境里，任何女孩都难免又羞又急。"无处安放"也未必有什么信息量，袖子断了，衣衫一秒变成了马甲，很丑很窘，自然无处安放。

真正有信息量的，是"厉声道"，以及"冷笑"。这就不是羞涩和窘迫了，而是嫌弃，是厌恶。

这一刹那，裸袖事件的双方，一个人的心智迅速明晰了、醒悟了，而另一个人却没有。醒悟了的那个人是岳灵珊，而仍然糊涂的是令狐冲。

令狐冲不断赔礼、道歉。他对这个事件的认识仍然停留在自己太唐突了，太粗鲁了：小师妹要走，我怎可以伸手去抓？让她胳膊裸露，成何体统？难怪她生气。

可是岳灵珊不然，这个少女瞬间明白了一件事情。那就是她的胳膊抗拒令狐冲。

胳膊抗拒令狐冲，身体也就抗拒令狐冲。

她发怒的，一方面固然是令狐冲的唐突、冒犯，但深层次上更加激怒她的，大概是令狐冲的这个举动和欲望联系到一起了，带有入侵感。

她发现，在这个男人面前忽然露出胳膊，不只是让自己觉得不雅、窘迫，关键是还让自己觉得不舒适、嫌弃、厌恶。

这关乎礼仪和礼节，但是更关乎内心本能。

细看岳灵珊和令狐冲的相处，一直以来都有一条明确的红线。这个红线就是欲望。可以拉手，可以说亲热话，"你死了我就不活了"这种话都可以说，但是绝对不可以涉及两性和欲望，任何的暗示、明示都不能有。哪怕是两个人最要好最甜蜜的时候，这条高压线都一直异常醒目地存在着。

令狐冲一直知道这条线的存在。他非常小心。他是一个爱说"风话"的人，可是对岳灵珊从来不敢说。你看他对任盈盈就特别敢说，什么"捉住了你拜堂"和"你做了夫妻，不知生几个儿子好""我晚上去喂你家的狗儿"等等，大说特说。他知道任盈盈对他没有这条高压线。

可是小师妹不行，这条线时刻通着电。令狐冲必须压抑天性，从来不敢把感情有任何一点的欲望化、肉体化。否则小师妹会翻脸，两个人的关系搞不好就要完蛋。

连说话都不敢，动手就更不敢了。他决不敢有任何稍微涉及身体和欲望的亲密动作。

两个人可以手拉手，在山上的大雪里柔情无限地站了半天，可是——

令狐冲想张臂将她搂入怀中，却是不敢。

青梅竹马十几年，大风雪里牵手站半天，却居然不能搂抱一下。因为这是高压线。一旦实施了，也许就是关系的末日。

华山上，当自己裸露出胳膊，肌肤感觉到山间的寒风之前，岳灵珊其实还是糊涂的。这个少女还不完全笃定自己的选择。

所以你看书上，她前前后后的表现非常反复，一会儿可以和大师兄"柔情无限"，低声叫着大师兄，可以两人手拉手，你望着我我望着你，一动不动看半天，但一转过身，又会梦中叫小林子的名字。

两个男人里，我到底喜欢哪一个？内心固然已经倒向林平之，但在理性上，她还欠一份明确，欠一份笃定。她自己还没搞懂自己。

但当袖子扯破、胳膊露出的那一刻，电光石火之间，我想她忽然明白了一些东西，一些过去她大概从没有想过的东西，那就是发现原来自己居然抗拒、厌恶、抵触这个男人。

这就是为什么一直以来两人之间都有那条红线。这是岳灵珊不自觉地画出的。她不乐意和令狐冲发生任何有关欲望的暗示和交集。就好像冰箱里的剩菜，暂时还舍不得倒，但是一口都不想吃。

在男女之间的关系上，情感上的接受和身体上的接受，哪一个更要紧更关键？不好比较。但总之，如果身体本能地抗拒，而要靠理性去说服，是很难的。胳膊固然不一定能指挥脑子，但脑子有时候也很难指挥胳膊。

岳灵珊是天性冷淡吗？有问题吗？并没有。她对小林子就是完全另一种状态。

后来有一次在夜晚的大车里，她说：小林子，我们就在这里做真正的夫妻。那种对令狐冲的抵触、嫌弃、厌恶，全都没有了，连一旁偷听的任盈盈都承受不了这个尺度，说岳家姑娘好不要脸。其实这不是什么好不要脸，是真正的喜欢，从抽象到具体、从灵魂到人身的喜欢。

试想下，如果小师妹真的和大师兄在一起了，状态多半很拧巴。那将只有两种选择：要么令狐冲继续守着红线，回避亲密关系；要么岳灵珊在理智上说服自己，接受这个大师兄。这会很痛苦，退让的那一方固然会很痛苦，而对方也会因为你的痛苦而痛苦。

我一直有个观点：对于小师妹而言，令狐冲就是小时候的洋娃娃，小时候固然喜欢得不行，天天要在一起，同吃同睡，可是等我长大了，发现洋娃娃还想黏着我，就烦了。直到某一天这洋娃娃居然失心疯了，要强奸我，我就恶心了，一脚踢开。

可惜洋娃娃一直都没明白。

为什么删掉小师妹的一首诗

不少读者都知道,金庸的武侠小说有好几个版本。初一听你可能觉得头大,小说还分版本,怎么这么复杂?其实并不复杂,最原始的一般被叫作"连载版",也就是在报纸上一段段连载的版本。这个版本现在很少看到了,金庸早已修改过几遍了。

在这个最原始版本的《笑傲江湖》里,有这样一段情节——在小师妹岳灵珊死了之后,令狐冲到她闺房里查看遗物,发现墙上挂着一幅字,是一首诗:

星使追还不自由,双童捧上绿琼辀。
九枝灯下朝金殿,三素雪中传玉楼。
凤女颠狂成久别,月娥孀独好同游。
当时若爱韩公子,埋骨成灰恨未休。

这首诗,是小师妹在和林平之结婚前不久亲手抄的,挂在墙上。诗出自唐代大诗人李商隐之手,题目叫《和韩录事送宫人入道》。注意最后两句:"当时若爱韩公子,埋骨成灰恨未休。"

令狐冲文化水平不高,看不懂,就问旁边的任盈盈:什么叫"当时若爱韩公子,埋骨成灰恨未休"?任盈盈答,意思是当年如果爱了韩公子,嫁了他,便不会这样孤单寂寞,抱恨终生了。

这个情节不难懂:小师妹仍然牵记大师兄,心有不甘,并且她和林平之之间大概已经出现问题了,她大约对自己不幸的命运已然有所预感,才抄下这首诗以寄托怀抱。"韩公子"指的就是令狐冲,她后悔当初没选择大师兄。

这段情节本来很巧妙，也很雅致，看得出是金庸精心安排的，诗也选得很具匠心。但是，金庸后来大规模修改了一次小说，改为后来所说的"流行版"，这一段情节被永远删掉了，小师妹的墙上再没有了这首诗。目前大陆读者看得最多的《金庸作品集》里面就没有这一段。

问题就来了，金庸为什么拿掉了小师妹墙上这首诗？

我想大概有两方面原因。第一就是因为小师妹的性格。

一流小说里的人物，说话、做事都必须从自己的习性出发，作者不能随便安排。换句话说，小说人物一旦诞生，就有自己的活动的逻辑，林黛玉不能说薛宝钗的话，孙悟空不能说沙悟净的话。金庸在很多场合也都表达过类似的观点。

小师妹是个会抄诗、喜欢文墨的文艺少女吗？不是。她父亲虽然是书生，但她自己却未承父学，只爱动刀动剑。就像岳不群说的：

> 大姑娘家整日价也是动刀抢剑，甚么女红烹饪可都不会，又有谁家要她这样的野丫头？

平时，小师妹没有表现过半点对于诗歌词赋的兴趣，不甚风雅，日常说话也从来不引经据典。她和林平之恋爱的时候发誓"海枯石烂，两情不渝"，已经算是她说过的大概最文绉绉的话了。她的文化程度和令狐冲应该是接近的，令狐冲固然不知道李商隐，小师妹大约也不知道。估计她房间里笔墨纸砚都没有。

此外，她的性格也是好事任性、略带鲁莽的，说话比较直率，冲到恒山派去骂令狐冲、和恒山一众尼姑吵架等等，都是例证。

既然如此，让她忽然去拿支毛笔，书写一首晚唐诗人李商隐的七律，来婉转地表明心曲，这么文艺而敏感的事情，和小师妹的性情不合。这样的情节安在任盈盈头上可以，甚至强行安在曲非烟、刘菁、定闲师太头上都可以，唯独不适合安在岳灵珊头上。这大概是金庸拿掉这首诗的第一个原因。

除此之外，这首诗的"被消失"还有更要紧的一点，就是和小师妹的真实情感心境不合。

"当时若爱韩公子，埋骨成灰恨未休"，如果金庸真让小师妹把这句诗挂墙上，那就是坐实小师妹后悔了，觉得当初不如跟了大师兄。

可是小师妹真的后悔了吗？没有。她自始至终不觉得自己爱错了林平之，哪怕被弃如敝屣，哪怕被林平之亲手捅了致命一剑，也坚信"平弟他不是真的要杀我"，一直到死。

她死前的状态，是哼着福建山歌，"眼中忽然发出光彩，嘴角边露出微笑，一副心满意足的模样"。这是"当时若爱韩公子"般的悔恨吗？绝不是。对于自己这段感情，她幽怨是有的，自伤是有的，但她绝不后悔爱上小林子。总而言之，"自怜自伤还自怨"，却"不悔情真不悔痴"，才是她的心境。

对于大师兄，她固然感激，也觉得辜负了伊人，但要说代替小林子，那是代替不了的。再多"韩公子"也代替不了小林子。"当时若爱韩公子，埋骨成灰恨未休"，怕只能是令狐冲的一厢情愿，小师妹根本没这个意思。

因此，把李商隐的一首律诗放在小师妹墙上，看似用得精妙妥帖，顺便还能小小地炫耀一把作者的才情和博学，其实却是以辞害意了，违背了人物性格和心境，所以金庸果断删去了。

鲁迅谈写作，说要"竭力将可有可无的字、句、段删去，毫不可惜"。金庸第一次修订小说就是这样，而且是以删为主，注水的打斗、冗余的人物、不必要的情节都大刀阔斧删去，和后来的修改以增加为主完全不同。

其实在金庸小说里，除了岳灵珊，还有很多人物都在墙上挂过诗，赵敏挂过，陆乘风挂过，段正淳挂过。这些诗在最原始的连载版里都有，金庸后来修改小说时也都没有摘，甚至还精心给段正淳、陆乘风等追加了标准，换了更好的一幅。

最初，段正淳在小镜湖竹屋上挂的是"漆点填眸，凤梢侵鬓，天然俊生"，金庸嫌这首词不够好，香艳有余、风骚不足，并且嫌词也不够利落，于是修改时给换了一首北宋张耒的词："含羞倚醉不成歌，纤手掩香罗。"

以上这些人物都有点文青习气，所以抄得诗、挂得诗。岳灵珊却不合适。

今天你去看《笑傲江湖》原著，在岳灵珊的闺房里只能看见小竹笼、石弹子、布玩偶、小木马。"每一样物事，不是令狐冲给她做的，便是当年两人一起玩过的，难为她尽数整整齐齐的收在这里。令狐冲心头一痛，再也忍耐不住，泪水扑簌簌的直掉下来。"

能好好收起大师哥给做的木马、玩偶，这就足够了，已经是小师妹对大师哥最大的温情。用李商隐的另一句话说，便是"此情可待成追忆，只是当时已惘然"。

黑木崖叫我去恒山

上官云，是金庸《笑傲江湖》里的一个人物，是日月神教的一位高手和高层管理人员。

这个人的知名度不高，一般人都不太知道，但却很值得去研究。可以这么说，他几乎是《笑傲江湖》里最能混职场、最善做官的一个人物，少林、武当的比不了，五岳剑派里的人貌似也比不了，都没有他的能耐。读者里有志于职场、仕途的都不妨学习一下上官云。

金庸给上官云的名字就取得好，姓"上官"，暗喻是要做官、升官，"云"就是平步青云，金庸其实已经告诉了我们这个人很有前途。

这个人一出场的起点就是比较高的。他是魔教的白虎堂长老，奉了黑木崖的命令来到恒山，拜山送礼，寻机暗害恒山掌门令狐冲。同行的还有一位叫作青龙堂长老贾布。

来到恒山，先和令狐冲一番客套，大家各自说了一些场面话。这类情节原本没什么好讲的，但就是这一番客套话中，你会发现上官云这个人当真有点东西。

注意，魔教此次出差是两个领导一起带队，即青龙堂长老贾布、白虎堂长老上官云。可见到令狐冲之后，一切的话都让贾布说了，寒暄问候是贾布说的，恭贺令狐冲是贾布说的，送礼是贾布说的，介绍礼品的话也是贾布说的。

简单统计了一下，双方见面寒暄，贾布一共滔滔不绝说了三百二十三个字，口齿便给，能侃会道。而旁边的上官云呢？从头到尾只说了两个字：

正是！

除此之外，紧闭嘴巴，什么也没说。

是上官云口才不好吗？不是的。他的口才其实很好，后来拍起马屁来极溜，偏偏却在此时闭嘴。这就叫作头脑清楚，有水平。

何以见得有水平？首先就是免得喧宾夺主，这是常规原因。他是白虎堂长老，贾布却是青龙堂长老，地位更高。此次来恒山公干，贾布是正使，上官云是副使，隐含的次序不能搞错。现在正使既然滔滔不绝，副使又何必多话？

除了这一常规原因，还有第二个特殊原因，就是这一次到恒山来拜山，给令狐冲送礼，本身就非常敏感。

眼前之人令狐冲是正教中人，正教、魔教不两立，原本就是死敌。更何况此人还有一重特殊身份，乃是大逆贼、大叛徒任我行的死党、臂助、准女婿，那更是死敌之中的死敌。现下你上官云跑到恒山来，和死敌令狐冲又是攀谈，又是送礼，勾肩搭背，亲切热络，这是什么性质？实在太容易让人揣测和曲解。

眼下上官云当然可以理直气壮，说自己乃是奉命而为，和敌人虚与委蛇，不怕讲不清楚，可是等到三年五年甚至十年、二十年之后呢？

万一到时候黑木崖不认账了呢？万一有人借题发挥呢？那时翻起旧账来，说你勾结串通死敌，你还讲得清楚？你说你是奉命而为，谁来证明？难道你还能拉东方教主来证明？反倒是那么多人都看见你上官云给令狐冲送礼攀谈来着！

金庸熟悉古代史。多少历史都已证明，"清白"二字是永远不能自证的，是只能由组织认证的。上官云深知来恒山这趟差事敏感，和"令狐冲"三个字沾边的一切都敏感。上级让我来恒山，我不得不来，但是务必要提着一万个小心来。

所以他到了恒山就不说话，全程木头，和令狐冲不攀谈、不聊天、不拉家常，所有的话都让贾布去说。每少说一句话、一个字，总归就安全稳妥一点。什么是水平？这就是水平。

通常一说到混职场、做官，大家就以为要口才好，能说会道。却不知做官除了要练口才，更要练口拙，少说比多说好，一句话都不说最好。上官云就深谙要口拙。

话归正题。除了以上几个因素之外，上官云的闭口缄默还有一个原因，那就是同事贾布说的话里有漏洞，他在一旁听出来了，这让他愈发不肯接口说话了。

贾布在恒山说了很多话，其中多次提到东方教主、任大小姐等重要敏感人物。他讲的三百二十三个字里六次提到东方教主。这本来很好，多提领导，能显得自己忠诚敬上，念念不忘教主。

但问题是，为了现场办事方便，贾布临场随机发挥，对令狐冲前前后后说了不少和教主有关的题外话。

仅举数例。他怕令狐冲坚决不肯收礼，就杜撰说：带来的这些箱子笼子大多是任大小姐的日常用品，东方教主特意送来的，务必要收。

这全系他临时捏造，虽然目的在于办事，实则大大不妥。东方教主和任大小姐眼下的关系何等敏感，后者的老爸要造前者的反，你平白去杜撰他俩之间的事干什么？何况还是在敌人面前杜撰？哪怕是什么家具日用品之类的小事也不行啊。

此外，他又随口说什么"任大小姐自幼跟东方教主一起长大"。这是何苦来哉？东方教主带着谁长大的你知道了？他老人家带谁一同长大，需要你来揭秘？你怎能编派他老人家的人生经历和成长经历？任大小姐现在是好人还是奸人，黑木崖都没定性呢，万一定性为奸人呢？你意思是东方教主带着一个小叛徒、小奸贼一起长大？

以上贾布说的这些关于教主和任大小姐的话，统统是多余的话，是题外话，尤其在外人、外宾面前八卦老板，最招忌。江湖职场上要做官、要升官，一大原则就是绝不说多余的话，不说题外话。实在万不得已必须要说时，也只说绝对正确的话，或者干脆什么也不说。上官云就什么也不说。

这是需要沉得住气的，哪怕不说话会尴尬，哪怕冷场，哪怕会让人误以为自己愚拙、口才不好，也坚决不说。

最终，恒山之上，双方图穷匕见，战斗爆发，贾布和上官云下场迥异。前者被丢下万丈深渊摔死，后者却改换门庭，投降了令狐冲和任大小姐，毫发未损。

会说话的死了，不说话的活着，而且活得很好。这时候上官云忽然开始说话了，大段大段地说话：任大小姐英明，令狐公子英俊潇洒，向左使神功惊人，我辈十分佩服……估计贾布听到了都会气活过来：嘴挺碎啊，你奶奶的，你不是不说话的吗？

做官当学上官云

之前说了上官云会做官。《笑傲江湖》写的是明代的事，在那个时代混职场、做官，要有二性，一个是奴性，一个是赌性。没有奴性，做不得官；没有赌性，做不得大官。

先说说奴性。上官云一出场，就是魔教的白虎堂长老，挺大的官了，在管理人员里也是高层。这样的人也有奴性？必须有。什么是奴性？就是先把自己的骨头打断，从一团泥巴做起，该服软的时候服软，该转弯的时候转弯。

特别说一下转弯。直线踩油门人人都会，难就难在转弯，尤其是转的时候不能有包袱，不能有条条框框，转弯要稳要快，特别是要能转急弯。上官云的一大本事就是能转急弯。

他本来是东方教主的人，奉命去攻打令狐冲，不想一战而溃。打了败仗怎么办？瞬间就投诚了，转急弯。

任大小姐问：

上官叔叔，今后你是跟我呢，还是跟东方不败？

这是一道送命题，是生死之问。写到这里时，连金庸都替上官云不容易，说"顷刻之间，要他决定背叛东方教主，那可为难至极"。

但是人家上官云不含糊，方向盘一把就转过来了，"当即上前"，把三尸脑神丹吃了。别人是被动吃，他是主动吃，吃完立刻敬礼，脸不红心不跳：任大小姐在上，末将赴汤蹈火万死不辞。你瞧这个弯转的。

有些人在职场上转弯的时候不好意思，思想包袱重，过不了面子关、心态关，转固然也在转，却转得羞羞答答、遮遮掩掩，远不如上官云利索痛快。事实上，每一次转弯都是机会，弯道是可以超车的。上官云投诚的时候前面还有六位长老，可是很快他就升到第一，最得重用，很大程度上就是转弯转得好的缘故。

说了奴性，再说一个赌性。上官云不但有奴性，还有赌性。

通常人们一说到混仕途，就爱说要见风使舵，多留后路，有事别挑头云云。这固然没错。可是见风使舵总有使不下去的时候，职场之中，越往上走，风就越猛烈，总有一些关口是不允许你含糊的，是必然要博的。这时就要有赌性，赌得下手，押得起重注。这便是为什么前文说有奴性就能做官，有赌性才做得大官。

举个例子——韦小宝，为什么做大官？都说是因为他滑头、见风使舵，这是只知其一，不知其二。韦小宝除了圆滑，还有一大特点就是赌性重，博得起，敢下狠注。他爱说的一句话就是：老子这一把骰子掷下去，吃就通吃，赔就通赔，老子赌了！

擒鳌拜，你能见风使舵吗？先旁观康熙和鳌拜打上半小时再决定帮哪一个？不能。康熙不会答应，鳌拜也不会答应。只有赌，输就输光，赚就血赚。上官云就有这个特点，平时谨小慎微，关键时候他倒还真赌得出去。

任我行攻打黑木崖，这就是上官云人生最关键的一把骰子，他豁了出去，勇当开路先锋，黑木崖上诓杨莲亭，斗东方不败，提着脑袋冲锋在前。

有一幕特别惊心动魄：任我行、令狐冲、向问天三大高手围攻东方不败，仍然局势胶着，胜负难分。忽然旁边上官云做了一件事：

拔出单刀，冲上助战，以四敌一。

干什么要冲上去？上官云的武功不够绝顶，冲上去作用有限，甚至可能是送死，他不知道吗？但他还是一瞬间做出了决定，要做豪赌中的豪赌，锵啷啷拔出宝刀，朝着东方不败冲去。此时的他就是天下第一赌徒。

没打几秒，他就付出了豪赌的代价，惨被戳瞎眼睛，成了独眼之人。然而最终他赌赢了，自己这一方胜利了，东方不败身死，他砸下的一切重注都连本带利收了回来。

看书上，当东方不败轰然倒下，胜利者任我行在硝烟中昂然屹立之时，上官云忍住眼睛的剧痛，第一个山呼："恭喜教主，今日诛却大逆。从此我教在教主庇荫之下扬威四海。教主千秋万载，一统江湖！"

他"恭喜"的是任我行，但何尝不是恭喜自己押对了宝，博得大彩？

任我行的反应则是"笑骂：'胡说八道！'"

看，是"笑骂"，而且是骂"胡说八道"。上官云听了一定心花怒放，他居然被教主"笑骂"了，还骂得如此亲昵。注意，君王身侧，什么人才能享受"笑骂"？当然是至亲至近的人、充分信任的人。自己作为一个降将，居然得到了"笑骂"的待遇，难道不是刚才豪赌的功劳？

相比之下，反而是另一位股肱向问天得到的话更显得生分和猜疑。任我行对向问天说的反倒是一句官腔官调的话：

这一役诛奸复位，你实占首功。

听听，你"实占首功"，比起笑骂"胡说八道"来，是不是反而隔阂疑忌得多了？我想此刻，上官云一定很想大声说杨过和小龙女重逢时的台词：

"我好快活！我好快活！"

《易筋经》怎么不传给师弟

《易筋经》是少林派的一门神功，基本上是压箱底的顶级宝贝。一门神功本身没有什么好玩的，好玩的是它的传承规矩。

对于这个规矩，少林掌门人方证大师是这么讲的：

非其人不传，非有缘不传。只传本寺弟子，不传外人。

如此归纳一下的话，《易筋经》的传承规矩就有三条：一、非本寺弟子不传。二、非其人不传。三、非有缘不传。这个规矩很好玩。

这个规矩是不是落在纸上的成文规定呢？并不是。少林派并没有一个《易筋经》的管理和传承办法，更不会打印出来公示。这只是方丈大师的口述，不是什么成文的典章制度。所以它本身就很模糊，灵活性很强。

在这三条规矩里，除了一条"非本寺弟子不传"是硬杠杠之外，其他两条都是模糊的。非其人不传，非有缘不传，什么人算是"其人"？什么人算是"有缘"？都是说不清楚的事。最后方丈说谁有缘就是有缘了。

然后就发生了很有趣的事，正像小说里写的，对于《易筋经》，本来有缘的人，方丈非说无缘；本来无缘的人，方丈非说有缘。

比如方生大师，是方丈的同辈师弟，在本门中武功、威望大概都是顶尖的人物。作为掌门的方证大师也公开称赞师弟说："武功既高，持戒亦复精严，乃是本寺了不起的人物。"

不但武功高、纪律好，而且此人德行也好。方生为人和善，心地慈悲，既不刚愎自用，也不霸道蛮横，乃是很不错的一个人。

可是掌门方证大师就偏说他无缘。理由是什么呢？非常玄，是说他

"天性执着，于'空、无相、无作'这三解脱门的至理，始终未曾参透，了生死这一关，也就勘不破"。所以不能传。

你能说掌门方证大师是找借口吗？也不能说。反正无缘就是了。

又比如令狐冲，明明是无缘的，方证大师非说他有缘。

令狐冲连少林本门弟子都不是，也就是说连最基本的硬杠杠都不满足。怎奈方证大师却说：令狐少侠是有缘人。

既然有缘，你不符合硬杠杠，领导也要给你拔过硬杠杠。方证大师特批，让令狐冲加入少林派，成为少林俗家弟子，这样就符合硬杠杠了。而且大师还提出，为了让令狐冲完全符合学习《易筋经》的条件，还要让令狐冲改名字，根据少林班辈排行改名为"令狐国冲"。

你看这通操作，里里外外一番折腾，又收徒又改名，总而言之就是让令狐冲有缘。

那么，为什么掌门不把《易筋经》给师弟呢？搞不好正是因为这个师弟"武功既高"，又"是本寺了不起的人物"。

这位师弟方生在寺中极有威望，寺中僧人遇到他，"都是远远便避在一旁，向方生合十低首，执礼甚恭"，说明他有威信，很受人尊敬。不学《易筋经》就已经有这等声望、武功，学了那还得了？如何管理辖制呢？

再者，他和方丈老板的关系如何？确实不错，但似乎也不是什么死党。他想要见老板时是这样见的：

方生向屋外的小沙弥道："方生有事求见方丈师兄。"

小沙弥进去禀报了，随即转身出来，合十道："方丈有请。"

并不是推门就进的，一样是要禀报的。小沙弥如果挡驾，他还见不着方丈。死党焉有是理？既然如此那就更不能随便传经了，搞不好传了之后战友都当不成了。

而令狐冲又为什么"有缘"呢？当然是其中有巨大利好，否则岂能轻易把压箱底的《易筋经》拿出？

没有什么资源是不可以做交易的，包括《易筋经》。与其轻与了师弟，不如拿来做关键交易。

令狐冲，可是魔教的圣姑送上来的。此人会独孤九剑，"剑术精绝"，武功奇强，经过背景调查发现他又很干净，而且和魔教的圣姑、华山的风清扬等均是渊源极深。

用《易筋经》恩结令狐冲，救其性命，强其武功，将这一天赐奇才收为徒弟，招致麾下，对内则手下多一得力猛将，对外则凭空多了魔教圣姑乃至华山风清扬这两大隐形同盟。什么叫巨大利好？这才是巨大利好，才是足以让大师拿出《易筋经》的利好。

注意，方丈大师传经的条件是什么？不是令狐冲"加入少林"便罢，而是要加入自己门下，当自己的徒弟，嫡系死党。

少侠若不嫌弃，便属老衲门下，为'国'字辈弟子。

说得清楚，得是我门下的人。须知，方丈生平只收过两名弟子，那都是三十年前的事了。隔了三十年，老人家忽然门户大开，热情无比地要收这么一个关门弟子，还附赠一本《易筋经》，图什么？难道图令狐冲相貌英俊？如非巨大利好，方丈何必这样破例与热心？

对比一下后来魔教任我行的做法。任我行用《吸星大法》的完整补丁版延揽令狐冲，要求他加入魔教，做自己的女婿，这岂非和方证大师用《易筋经》延揽令狐冲做自己的徒弟如出一辙，哪里有什么本质分别？

为了说得再透一点，不妨替方丈分析一下：他的敌人是谁？若说内敌，乃是咄咄逼人的五岳剑派左冷禅。若说外敌，则是充满威胁的魔教当权派扩张势力。这是两个大敌。

除了这两个最大的敌人外，还有很多潜在隐患，比如他知道岳不群已经距离《辟邪剑谱》越来越近了：

> 听说岳先生、岳夫人和华山派群弟子，眼下都在福建。

这是方丈大师对令狐冲说的话，意味深长。对于岳不群的动向，方丈大师一直关注，了如指掌——"眼下都在福建"。

《辟邪剑谱》是否就在福建，他固然并不确定，但岳不群在图谋剑谱，并且已占了先机，大师多半门儿清。

这种局势下，以《易筋经》收下一个嫡系死党令狐冲，武力上压制左冷禅，压制魔教当权派，同时结好魔教的在野派领袖任盈盈、华山风清扬两大势力，多划算的一招棋。

当满江湖都在追逐《辟邪剑谱》时，方证大师如能举手之间收下一个自带独孤九剑的令狐冲，岂非高人一筹？

而把《易筋经》传给师弟呢？固然是增强了本门实力，却可能导致自己位子不稳，到时候本派内部两头大，怎么管理约束？就像任我行把《葵花宝典》传给东方不败，结果如何？

这就是《易筋经》所谓的"只传有缘"。说你有缘，你就有缘，无缘也有缘。说你无缘，你就无缘，有缘也无缘。别问，问就是：哎呀，你天性执着，于"空、无相、无作"这三解脱门的至理未曾参透，了生死这一关也勘不破，真的不适合学习，阿弥陀佛。

有多少小酒店破产

在武侠江湖里，一个普通人，不会武功，想开一家小饭店谋生，要多少本钱呢？这是有行情的。《笑傲江湖》中就提到，在福州城郊开一家店，本钱大概要三十两银子。

当地阔少林平之常去一家小酒店，那里刚刚换了老板，新老板说："这家酒店的老蔡不想干了，三十两银子卖了给小老儿。"三十两银子，约莫一万来块钱人民币，就可以在省城郊区盘下一家店，真不算贵。

林平之手下有一个郑镖师，来酒店吃饭时，还给酒家畅想了一下未来的美妙前景。他说，我们林公子"行侠仗义，挥金如土"，"你这两盘菜倘若炒得合了他少镖头的胃口，你那三十两银子的本钱，不用一两个月便赚回来啦"。

按照他的这个说法，小店小买卖，也是有望过上幸福生活的，因为侠客们"行侠仗义，挥金如土"嘛。

可惜这位郑镖师所描绘的美好画面只存在于想象中。这家酒店当天就关门大吉了。

为何关门呢？因为"行侠仗义，挥金如土"的顾客林公子当天就杀了人，尸横店堂，遍地鲜血。杀了人也罢了，他们还要把尸体埋在人家店里。

同样是那个郑镖师，之前还给店家描绘美好生活的，现在口气立刻就变了：

十天之内，我们要是没听到消息走漏，再送五十两银子来给你做棺材本。你倘若乱嚼舌根，哼哼……再杀你一老一少，也不过是在你菜园子的土底再添两具死尸。

他这所谓的"五十两银子的棺材本",你以为真的好赚吗?被杀的是谁?是青城派掌门的少爷。杀人的人你惹不起,被杀的人你也惹不起。人死在你店里,埋在你店里,等青城派的老爷们找上门来,还不是只有一个死?作为一个小个体户,还有什么别的选择?只有关门跑路。

所以,这家寄托了店主人养老愿望的小店,承担了他晚年所有美好生活梦想的小店,迅速地关门倒闭了,主人血本无还,流落天涯,不知能归老何处。

有些看过《笑傲江湖》原著的人会说:不对吧,那个店主人是武林人士化装扮演的,不是真的老百姓。诚然,幸而不是真百姓。可问题是:倘若那不是武林人士扮演的呢?如果就是过去的那个旧店主老蔡呢?不就只能关门跑路、血本无归吗?

上面说的这一家是福建的小酒店。再来看看另一家,湖南衡阳的回雁楼。

这一天,回雁楼迎来了客人令狐冲。此公算是个正派人物,行为举止理应不会太出格。谁料想转眼之间,店家就遭了灾,令狐冲马上就和田伯光当场抽刀子火并起来。

在打架之前,令狐冲顺手做了一件事:

"……废话少说,这就动手!"他手一掀,将桌子连酒壶、酒碗都掀得飞了出去。

都还没动手,无缘无故地抽风掀桌子砸盘子是做什么呢?砸烂了你又不赔。

江湖上有些比令狐冲形象更好、更正派的人,也照样拿小酒店不当财产。恒山派的定静师太,总是个端庄严肃的,按照你我的想象应该是个绝不会搞打砸的,结果在浙闽交界的廿八铺"仙安客店",她是如何出门的?

> 双掌一起,掌力挥出,砰的一声大响,两扇板门脱臼飞起。她身影晃动,便出了仙安客店。

本来推门就可以出去的,老尼姑偏不,非要把门打飞,显得比较威猛一点。师太你搞过装修吗?知道门是很贵的吗?

更惨的是,就在这个廿八铺里,全部一二百家店铺,不管是仙安客店还是鬼安客店,当天都别想做生意。何以如此?因为嵩山派要和恒山派在这里火并。所有居民被勒令通通关门滚蛋,强制外出旅游去。

书上说,大家只好"呼儿唤娘之声四起""背负包裹,手提箱笼,向南逃去""店小二、厨子都已纷纷夺门而出,唯恐走得慢了一步"。

如果是有司要在这里搞大活动,要清场,那也无话可说,小老百姓有自知之明,晓得自己的定位的。可尔等是打群架,本来就是非法的事,凭什么我们整个镇的店都不能合法开张?退一万步说,我们都已经听话关门了,老尼姑还打飞我门板做什么呢?

当然了,令狐冲、定静尼姑,都还算是好的。他们对小饭馆稍施打砸,毕竟是打斗中顾不得了,而且是单个破坏,不会成片毁灭。怕就怕黑道上的人来了,杀伤力还要强十倍。

在河南,黑道上的群豪有一次组团去少林寺,迎接任大小姐,一帮人活像蝗虫过境,让沿途的餐饮业倒退十年。

> 接连数日,都是将沿途城镇上的饭铺酒店,吃喝得锅镬俱烂,桌椅皆碎。
>
> 群豪酒不醉,饭不饱,恼起上来,自是将一干饭铺酒店打得落花流水。

就是这些人,也都被称作"群豪"了。就是这些吃了人家、喝了人家,还把人家老百姓的饭铺酒店打得落花流水的人,也配被称作"群豪"了。

《笑傲江湖》里，能把小饭馆搞破产，能把生意人搞得家破人亡妻离子散的，还远不止是武林人士。比如盗匪界的人士也是可以的：

> 黄风寨的强人十分厉害，两天之前，刚洗劫了廿八铺东三十里的榕树头，杀了六七十人，烧了一百多间屋子。

官府的人也是可以的：

> 他（吴军官）自称是北京城来的，只住了一晚，服侍他的店小二倒已吃了他三记耳光。好酒好肉叫了不少，也不知给不给房饭钱呢。

在小说里，描写到被迫关门停业的仙安客店的时候，有几句话：

> 店招甚新，门板也洗刷得十分干净，绝不是歇业不做。

它家的招牌是新的。为什么新？或许是因为刚刚开张，又或许是因为老板心疼、加倍爱护。也许就在前一晚，店家小两口还曾满怀憧憬，开心地看着这店招，畅想着今后的好生意。他们也一定很勤快，才会把门板洗得干干净净，希望能迎来更多客人。

每一件桌椅板凳，虽然不奢华，却也都是老板娘费心挑选来的，可尔等随手就砸烂了。两扇门或许便是男主人亲手安的，费工夫不少，定静师太一掌就拍飞了。

平时读武侠，只看见令狐冲这帮人好酷、好帅。我们不会想到店主人王小二带着妻子小孩逃难归来，只见一片狼藉，"锅镬俱烂，桌椅皆碎"，新安的两扇门横躺在街上的泥泞中，将是何心情。今晚孩子上哪里做作业？明天的生活在哪里？那些所谓"行侠仗义，挥金如土"的武林大爷又在哪里？翌日会不会又来搞破坏，摧毁我们辛辛苦苦置办的一切？

那么，到底什么样的人，才有资格在那个江湖里开家小店、摆个小摊呢？且看这一段：

> 定逸……暴怒，伸掌在桌上重重拍落，两只馄饨碗跳将起来，呛啷啷数声，在地下跌得粉碎。

很常见的情节。老尼姑一不开心，又随手把人家小摊小贩的碗打烂了。接下来，意外的事发生了。那个叫何三七的小摊贩"转身向定逸伸出手来，说道：'你打碎了我两只馄饨碗，两只调羹，一共十四文，赔来。'"

定逸的反应，居然是"一笑"，道："小气鬼，连出家人也要讹诈。仪光，赔了给他。"仪光数了十四文，双手奉上。

这个小摊贩何三七吃了豹子胆，怎么有胆量叫武林高手赔钱？定逸师太平时以暴躁著名，怎么居然还笑起来，一个子儿不差地赔给他？答案很简单——"这卖馄饨的老人是浙南雁荡山高手"。

> 天下市巷中卖馄饨的何止千万，但既卖馄饨而又是武林中人，那自是非何三七不可了。

原来人家也会武功，也掌握暴力。所以他的两只碗、两只调羹共十四文钱，师太一个子儿不差地赔了，而且还是笑着赔了。在暴力的世界里，暴力是唯一的通行证。如果谁特别羡慕那样的世界，恨不得加入才好，那么最好先想一想，自己是可怜的王小二，还是会武功的何三七？

倘若你是王小二，不但十四文钱不赔你，还要被人像韦小宝一样反敲一笔："我把你的母亲卖给你，作价一百万两，又将你的父亲卖给你，

391

作价一百万两,再将你的奶奶卖给你,作价一百万两,还把你的外婆卖给你,作价一百万两……你拿钱来!"

桃谷六仙：易怒体质和易哄体质

桃谷六仙某种意义上还挺可爱，是挺幽默的形象，读者也很喜欢他们。但是他们的脾气、性格有个问题，和常人不太一样，概括地说，属于"易怒体质"和"易哄体质"。

什么叫"易怒体质"呢？很好理解，就是指很容易生气，并且生起气来往往反应过大，无法预料，呈现出一种婴儿般的状态。

一般来说，普通人的情绪是可以预料的，对什么样的刺激会做出多大反应，基本上可以预估。走路踩到糖纸，你可能只会皱一下眉头，只有踩到狗屎才会爆个粗口。别人咒骂说丢你老母，你也回说丢你老母，这算正常反应，肯定不会真的非要抓到他母亲去丢一下。

随便举一例——莫大先生，就是一个正常的、健全的人。茶馆里的吃瓜群众胡编乱造，说他武功差、嫉妒师弟云云，他便走上去露了一手武功，一剑削断几只茶杯，斥一句"胡说八道"，也就得了。他绝不会把茶馆也拆了，从此不准路人去喝茶。

可是桃谷六仙对刺激的反应是无法判断的。踩到糖纸、踩到狗屎、踩到钉子，他们可能都是同样的顶格反应。你说一句他们武功差，他们可能就勃然大怒，上来把你撕了，不是指吵架的那种"撕"，而是真的撕，大卸六块那种。

甚至他们还可能把店也拆了，并且警告过路的：谁再进这个店，谁就是和我们六兄弟过不去，也都要撕了。然后天天蹲在路边守，看谁敢进。

金庸小说里面有很多这种"易怒体质"的人，比如桃谷六仙，比如南海鳄神。他们都呈现出这样一种婴儿状态，自控能力差，报复心极重。因此这几位爷都很让人害怕，感觉极难打交道。最可怕之处不是容不得冒犯，而是不管何种程度的冒犯，他们都输出同样的顶格的愤怒。

不过，金庸也告诉我们，"易怒体质"的人往往还同时兼有另外一种体质，就是"易哄体质"，就是特别爱听别人的好话，很好哄，很好骗。你只要搞清楚了他们爱听什么，讲几句没本钱的便宜好话，就能让他们兴高采烈，心花怒放，当你是自己人。

桃谷六仙最爱听的，乃是别人夸他们"武功高强""相貌英俊""是大英雄"。令狐冲随口胡编一句："我师父平时常说，天下大英雄，最厉害的是桃谷六仙……"桃谷六仙便欢喜得不得了，登时"心痒难搔"、兴奋至极，觉得华山派好极了。

> "华山派掌门是个大大的好人哪，咱们可不能动华山的一草一木。"
> "谁要动了华山的一草一木，决计不能和他甘休。"
> "我们很愿意跟你师父交个朋友，这就上华山去罢！"

几句轻飘飘不值一毛钱的假恭维，也就让桃谷六仙欢喜了，就让他们对华山派、岳不群掏心掏肺了，简直比亲兄弟还亲，甚至要为了华山打架拼命，保护华山的一草一木。

相比于被夸武功高强，桃谷六仙尤其爱听人说自己相貌英俊。令狐冲这种精明人很快搞清楚了这一点，经常猛夸桃谷六仙相貌英俊：

> 桃根仙骨格清奇、桃干仙身材魁伟、桃枝仙四肢修长、桃叶仙眉清目秀、桃花仙……这个目如朗星，桃实仙精神饱满……是六位行侠仗义的玉面英雄……这个英俊中年。

围观的江湖群众也都明白，也跟着一起不要本钱地夸：

> "环顾天下英雄……说到相貌，那是谁也比不上桃谷六仙了。""岂

仅俊美而已,简直是风流潇洒。前无古人,后无来者。""潘安退避三舍,宋玉甘拜下风。""武林中从第一到第六的美男子,自当算他们六位。令狐公子最多排到第七。"

桃谷六仙听了,"笑得合不拢嘴",把这帮起哄的群众都当成自己人。

这样的人金庸小说里还有不少。南海鳄神也是这样的,只要你夸他"真是大恶人""你是岳老二,绝对不是岳老三",他就心花怒放,引为知己。换句话说,这类浑人都属于爱踩香蕉皮的,别人扔块香蕉皮,他们就踩着滑走了。

多读金庸便能看出来,一些人之所以会有"易怒体质"和"易哄体质",说到底都是因为缺少自信心。因为缺自信,所以一触即跳,一哄便乐,踩到屎就要炸地球,给朵小红花就要认兄弟。今天恒山有人说自家一句坏话,便怒发冲冠要坚决踏平恒山;明天华山有人说句好话,就要誓死保护华山的一草一木。

读小说就知,像这样的人其实换不来真的尊重。桃谷六仙固然算是挺讨喜的角色,但即便是令狐冲,也没真正有多尊重他们。他们还很容易被精明的人利用,给几句便宜好话,被人灌几句迷魂汤,就给人当枪使。

话说回来,桃谷六仙倒还是不错的,六兄弟毕竟是真的能打,有战斗力。他们独自行走江湖,自己对自己负责,天塌下来自己顶着。

最让人尴尬的是很多低配版本的,自己并不能打的"兆谷六仙""光谷六仙""屁谷六仙",也一般地喜怒无常,今天嚷嚷烧莫大先生的胡琴,明天喊着砸定闲师太的木鱼,实则什么忙也帮不上,徒然只能逞口舌之快,扩大事态,净给门派添乱。回头青城派说一句不要本钱的"六仙好英俊",他们就大乐,踩着香蕉皮就滑走了,说:"青城派真良心,赞!青城是我们真朋友!誓死保卫青城派的一草一木!"

关于——《鹿鼎记》

暇日上山狂逐鹿,凌晨过寺饱看云

——元稹

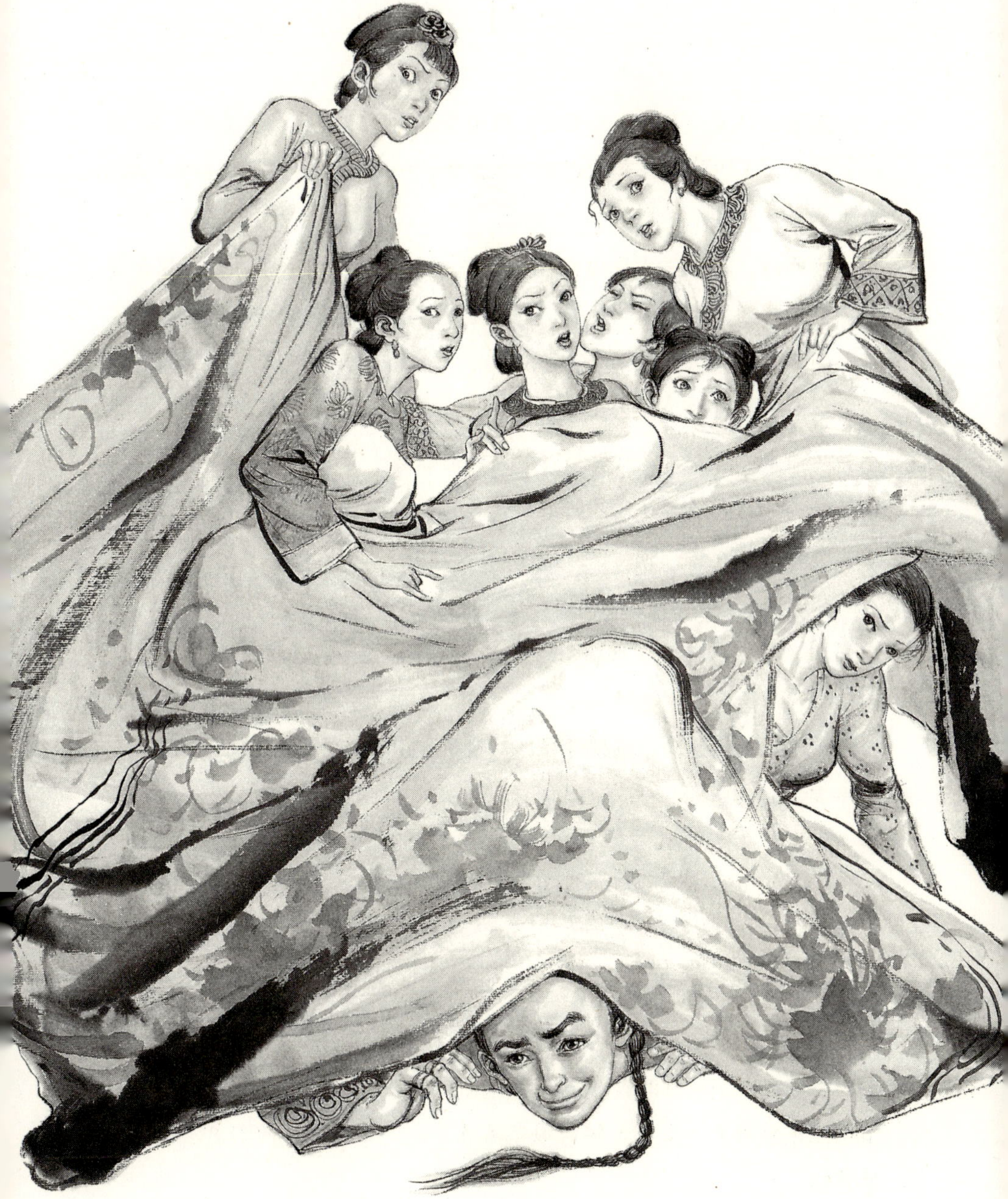

《鹿鼎记》和《红楼梦》

贾宝玉是宝,韦小宝也是宝。贾宝玉是真宝玉,韦小宝是假宝玉。

一个含玉生的,住在大观园,极高贵;一个婊子养的,出自丽春院,极土鳖。

按理说,贾宝玉本来该是仕途经济、飞黄腾达的一条好命,却非要沉湎温柔之乡。韦小宝本来该是烟花柳巷、市井底层的一条烂命,却误打误撞,飞黄腾达,操弄仕途经济。

最后,高贵的、含着玉生的宝玉,反而被抄家了,又出家了,一文不名,赤条条来去无牵挂。另一个低贱的、婊子养的小宝,却趾高气昂,黄马褂、一等鹿鼎公、抚远大将军,人五人六。

所以说,《鹿鼎记》就是反着的《红楼梦》。

这两本书,正好反着的地方还有很多。比如,贾宝玉喜欢女孩子,重视性灵。他听的曲子是《红楼梦》。韦小宝也喜欢女孩子,却专注皮肉,听的曲子是《十八摸》。

但贾宝玉说起来是重视性灵,却经常显出皮肉相,没少干猥琐的事。韦小宝说起来是专注皮肉,一呀摸二呀摸,但偶尔地又忽然升华,有一股子至淫生至情的味道。

贾宝玉人见人爱,被无数女孩子簇拥着,最后却是一场空,湘江水逝,金簪雪埋,那么多的钗,没有一个人陪他终老。韦小宝人见人嫌,在阿珂、方怡的眼里连做备胎都不配,最后却大被同眠,抱得七个美人归。

不过,韦小宝真的得到了吗?贾宝玉又真的失去了吗?小说的最后,韦小宝怅然若失,贾宝玉倒貌似参悟透了,一无挂碍。两本书,仍然是反着的。

两本书还都有同一个梗：怕爹。

贾宝玉有亲爹，韦小宝没亲爹。贾宝玉的爹是个严父，管得严，是一本正经的贾政。韦小宝没亲爹，却也有个严父，管得也严，是一身正气的陈近南。

两个人一个怕老爹查功课，一个怕师父查武功，都是见了爹就躲，像老鼠见了猫。

但这两个爹还是反的：

贾政是忠臣孝子，却没什么真本事，只会清谈，装模作样。这个爹和儿子感情疏离，隔膜很深，基本尿不到一起。

陈近南是一代反贼，却也是一代豪杰，刚开始和韦小宝纯属互相利用，虚与委蛇，到后来却慢慢亲密了，真的产生了父子一样的感情。

忠臣亲爹越看越不像爹，反贼师父倒越来越像爹了。

这两本相反的书，也有相似的地方。

比如写法。《红楼梦》明明写金陵，开篇却一本正经写"姑苏阊门外十里街"。同样地，《鹿鼎记》明明写扬州和北京，开篇却是洋洋洒洒写所谓的"湖州府南浔镇"。

《红楼梦》的开头，大谈和主角八竿子打不着的甄士隐、贾雨村的故事，等第一回都完了，贾宝玉还不知道在哪里。如果你第一次看，还以为主角是甄士隐；再往下看，以为主角是贾雨村；后来搞不好又以为主角是冷子兴。

《鹿鼎记》开头，则大扯什么无关紧要的庄允城、吴之荣的故事，第一章都完了，韦小宝也不知道在什么地方。如果你第一次读，还以为主角是什么吕葆中；再看，又以为主角是陈近南；接着看下去，还以为主角是茅十八。

大宗师写书，才能有这样的底气，从百里千里之外慢悠悠地下笔。不像今天写网络小说，主角前三句不出来，第一章里不得到超能力，就是作死。

两个作者的匠心，还有不少暗合的地方。

比如《红楼梦》，按脂批的算法，到了全书三分之二处，安排宝玉来了一大篇《芙蓉女儿诔》，不惜笔墨，长篇铺陈，献给薄命的晴雯。

《鹿鼎记》全书到了三分之二处，亦安排小宝听了一大首《圆圆曲》，也是不惜笔墨，全文照录，献给薄命的陈圆圆。两个作者简直是约好了的。

这两本书，还有交叉的地方。

你要是看《鹿鼎记》的一些回目词："春辞小院离离影，夜受轻衫漠漠香""金剪无声云委地，宝钗有梦燕依人"……你还以为这是《红楼梦》的回目词。

你还会发现，《红楼梦》里的一些话，用来形容《鹿鼎记》简直无比贴切。反过来也是一样。

例如贾宝玉和林黛玉的相逢，用《鹿鼎记》里的话说，就是"最好交情见面初"。而韦小宝的人生故事，用《红楼梦》的话说，是"烈火烹油，鲜花着锦""乱烘烘你方唱罢我登场，为他人作嫁衣裳"。

《红楼梦》的调子，是所谓"阆苑仙葩，美玉无瑕"，最后才知道，结局是《鹿鼎记》里说的"事到伤心每怕真"。

《鹿鼎记》的调子，是所谓"地振高冈，门朝大海"，吹了一本书的牛，终于才知道是《红楼梦》里说的"满纸荒唐言，一把辛酸泪"。

这两本书，气质完全不一样，但又很相像。

《红楼梦》和《鹿鼎记》，一开始都是在给你讲开心的事、有趣的事、快活的事。一个老是聚会、游园、过节、喝酒、行令，一个老是整蛊、恶搞、泡妞、赌钱、耍滑头。

可是，当这些开心慢慢积叠起来，当这些欢笑声慢慢堆垒起来，不知道为什么就变沉重了，开始萧条起来，苍凉起来，沉郁起来，透出一股巨大的无奈和悲伤。

《红楼梦》到了第七十六回，全书过大半的地方，终于"异兆发悲音"了。冷清的家族夜宴上，人们发现以往快乐、豁达的贾母"堕下泪来"，一股悲凉终于无可阻挡地袭来了。

同样地,《鹿鼎记》到了第三十四回,全书过大半的地方,也终于借天地会好汉的口,唱出了"寒涛东卷,万事付空烟"了。

在大江上的凄凉风雨中,就像贾府人忽然发现贾母哭了一样,韦小宝也忽然发现,平时意气风发的师父陈近南居然"意兴萧索"了,居然"两鬓斑白、神色憔悴"了,而且"老是想到要死"了。

这时,一种巨大的无奈感忽然吞没了你,它充塞天地,每个人都无处藏身。之前一切的欢笑、一切的恶搞,都在加剧着这种悲凉。

之前那些欢笑着的人,那些意气风发的人,不管怎么"地振高冈,门朝大海",怎么"烈火烹油,鲜花着锦",最后都飞鸟各投林,白茫茫一片大地真干净。

好书总是那么相似。没有人教曹雪芹这样写,也没有人教金庸这样写,但他们就是这样写了。所以说,伟大的作品,往往都是复调的。而且往往都是短暂的喜剧,永恒的悲剧。

推翻爱情

金庸本人的情路实在不算太平顺，但他在写爱情上却是第一流。有人说他写女人比男人好、写爱情比友情好，前一句我觉得还可以商榷，后一句我举双手赞同。

看看《倚天屠龙记》就知道，金庸自己说：这本书的重点不是爱情，而是男人间的亲情和友情。然而他实在太会写爱情了，想不喧宾夺主都难。和"亲情""友情"相比，书中的爱情明显深刻得多，也抢眼得多。

在赵敏、纪晓芙、殷素素、黛绮丝等精彩纷呈的爱情表演面前，"亲情"和"友情"显得单薄寡淡。你看书上写谢逊的所谓丧子之痛，我少有地感到金庸居然词拙技穷了，只用一句"谢逊仰天大啸，两颊旁泪珠滚滚而下"含混应付过去，完全是现在多数流行小说的水平。

当然，大师毕竟是大师，金庸在"谢逊丧子"的环节上马失前蹄，但很快在同一本书的另一个悲剧——"杜百当丧子"上找补了回来。这个小故事只有对原著相当熟悉的读者才会知道，淡淡几笔勾勒，却写得让人痛彻心扉，感兴趣的可以找书来读，那才是真的丧子之痛。

但最让人意想不到的是，爱情——这项金庸本来特别拿手、特别出彩的绝技，最后渐渐被他放弃了，就好像令狐冲放弃了剑，胡一刀放弃了刀。到了最后一部书《鹿鼎记》，他已完全不再表现爱情、歌颂爱情了，甚至转而嘲弄爱情、解构爱情。

一个作家，放弃了自己最擅长的母题，这是怎么回事？

起初，金庸也许并不打算当一个写情的圣手。刚写武侠小说时，他的爱情观还逃不出上一个时代侠义小说的藩篱，无非是"儿女情长，英雄气短"八个字。

在这个套路里，英雄人物是必须要胸怀家国天下的，是要书剑江山志在四方的。平日搞一点卿卿我我的事情,是点缀、是增色,但绝不可以把爱情当作人生的头等大事来经营。

他起手的两部书《书剑恩仇录》《碧血剑》,里面的爱情也算热热闹闹、五光十色,但和小说的主线没什么关系,就像是菜肴里的鸡精,多一撮也是吃,少一撮也是吃。

这些小说里的英雄主人公不管多么儿女情长,一旦遇到大事,爱情统统让路。陈家洛甚至连女朋友也可以送人——他一心想说服乾隆皇帝废满兴汉,乾隆提出条件:我喜欢你女朋友。陈家洛一咬牙一跺脚就答应了。

金庸赞成陈家洛这种搞法吗?大概也不赞成。但金庸看不到出路,除了让陈家洛把女朋友交出去,他不知道该怎么写,那时候的他在"江山美人"的老套子里还转不出来。

这就是金庸第一阶段对爱情的认识:英雄身负伟大光荣的使命而来,一路上谈谈情、说说爱,但都不过是人生点缀,就像窗台上的盆景。他们固然可以"盈盈红烛三生约",但转头马上要"霍霍青霜万里行",唯恐让爱情影响了政治正确。

到了第三部书《射雕英雄传》,金庸变了。虽然"铁血丹心"的路子依旧,但不同的是,金庸决定腾出一只手,深入发掘爱情这个伟大的文学母题。

《射雕英雄传》是一部真正的爱情传奇。郭靖和黄蓉的爱情故事,是小说的主线,也是整部书最精彩、最闪光的东西。

为什么这部书如此深入人心?不光是东邪西毒、南帝北丐的宏大江湖设定,尽管那确实让男孩们兴奋,也不光是大漠草原、北国风光的壮阔背景,最能打动我们的东西之一恰恰是郭靖和黄蓉的爱情。

对比金庸之前的小说,你拿掉袁承志和温青青、袁承志和九难的爱情故事,《碧血剑》还是《碧血剑》。但你拿掉郭靖和黄蓉的爱情故事试试?《射雕英雄传》会完全被抽掉筋骨,根本不成其为一本书。

自此以后,金庸开始脱胎换骨,进行着更大胆狂放的尝试:我能不能写一种英雄,把爱情当作人生的最高追求?

我能不能抛开过去的政治正确,让侠义小说围绕爱情展开,把之前的书剑江山、民族大义、家国恩仇都降格成为点缀?

你看《神雕侠侣》,爱情在这本书里就不只是点缀,也不只是主线,而是一种信仰,是一种宗教,是人生的终极追求。标志性的宣言就是那一句"问世间,情是何物,直教生死相许"。

《神雕侠侣》有很多毛病和缺陷,但这个尝试是了不起的,爱情在金庸小说里的浓度和高度都由此达到了峰值。

接下来,金庸尝试写了各种各样的情痴主人公。在爱情这门宗教里,他笔下的信徒队伍不断发展壮大。等到段誉同学出现,中国武侠小说史上出现了在爱情面前姿态最低的主人公。别人在爱情的圣殿下最多是拜倒,段誉则是干脆仆倒。人家让他"磕首千遍,供我驱策",他也甘之如饴,咚咚磕头。

在心仪的女神面前,他可以不要尊严、不要面子,别人打了他爹,姑娘拍手叫好"好一招夜叉探海",换了郭靖是不能忍的,段誉却可以不大有所谓。

从《射雕英雄传》到《天龙八部》,在这一阶段的金庸小说里,爱情是极度美好的,是不能亵渎和嘲笑的,是可以当成人生目标的。爱情的成功往往就是人生的成功,英雄美女们可以放弃一切去追求爱情,我们觉得顺理成章,金庸也写得顺理成章。

金庸还逐渐完成了自己的爱情百科全书。单恋、虐恋、畸恋、忠贞、背叛、不伦……人间爱情的各种范式、各种滋味,他几乎都写了一个遍。

而当我们还沉浸在他的情爱王国中,沉湎于"无人不冤、有情皆孽"的世界不能自拔的时候,金庸却玩了一出"曲终人不见",退出了爱情的阵地。他悄然开始了另一次转变。

或许是他觉得,爱情这东西在自己的小说里横冲直闯得太久了,他决定管束一下它,不让它横行无忌,好腾出空间来给一些别的东西,为小说赋予一些新的意义。

在倒数第二部书《笑傲江湖》里，爱情遇到了一个难以战胜的敌人——自由。

匈牙利诗人裴多菲曾经有一首小诗，在国内影响深远，那就是：

> 生命诚可贵，爱情价更高。
> 若为自由故，二者皆可抛。

而这恰恰就是《笑傲江湖》的主题之一。要爱情，就必须加入魔教；要自由，就必须牺牲爱情。面对这道选择题，令狐冲选择了后者。

> 她（任盈盈）如真要我加盟日月神教，我原非顺她之意不可……可是要我学这些人的样（奴颜谄媚，丧失自由），岂不是枉自为人？

爱情在金庸小说里的浓度降低，不仅仅体现在侠客的人生选择上，也体现在小说的主题和主线上。《笑傲江湖》里的爱情故事，诚然很重要、很精彩，但小说的主题却不是爱情，而是自由；小说的主线不是令狐冲争爱情，而是争自由。

这样的转变金庸还嫌不过瘾，到了最后一部书《鹿鼎记》，他干脆来了一个大反转：爱情被请出了局。

在《鹿鼎记》里，爱情变得可有可无，稀薄得很，非要抠出来上秤，占比可能不到全书的百分之五。韦小宝有七个老婆，谁对韦小宝算是爱情？似乎一个都不靠谱。双儿貌似像一点，但她对韦小宝更多是忠诚，还谈不上爱情；小郡主和曾柔大概像一点，可也很难说。

韦小宝在乎姑娘爱他吗？也不在乎。他从不重视心灵上的占有，只要把人家娶到了就开心满足了。他的心上人翻脸要谋害他，他似乎也不悲恸，也不难过，只是怒骂几句："辣块妈妈，小娘皮要谋杀亲夫。"

甚至于在这本书里，爱情还变成了被解构、被嘲笑的东西。在《鹿鼎记》的江湖上，不信爱情的人是轻盈的、如鱼得水的，追求爱情的人是沉重的、步履维艰的。谁要是一门心思追求爱情，谁就铁定吃瘪。

全书中爱得最痴的一个人，叫作"美刀王"胡逸之，因为爱上了陈圆圆，甘愿跑到人家里去做低等下人，一做就是多年。读者觉得他很痴情，可金庸却把他解构了，安排一帮英雄好汉来笑话他。没有了痴，只剩下痴汉；没有了情，只剩下癔症。这是"情圣"金庸最后留给我们的世界。

对于很多憧憬完美爱情的人来说，《鹿鼎记》会让他们失望，但也许它更像我们的真实世界。比如阿珂一开始喜欢郑克塽，后来无奈跟了韦小宝，最后她也觉得自己的选择挺不错，并且暗自庆幸。这也不叫什么势利，它就是生活。

金庸最后所写的，正是生活的本来面目，那就是爱情往往不是孤立、抽象存在的，它经常伴随着许多比较、权衡、来回的拉锯、琐碎的细节。爱情在生活中的占比也不可能太高，不会像《神雕侠侣》那样超过百分之八十，没那么多你跳我也跳的生死绝恋，每天更多发生的都是韦小宝和阿珂的故事。

总之，金庸创造了一个爱情的宗教，又亲手破灭了它。他的十五部作品连在一起，画出了一个圆拱形的"爱情浓度抛物线"，中间极盛，两头很低，始于点缀，终于虚无。

一个作家，树立丰碑不易，亲手推倒自己树的丰碑更难。从杨过的"情为何物，生死相许"，到韦小宝的"辣块妈妈，谋杀亲夫"，金庸放下了爱情，也等于放下了自己最擅长的重剑，而以草木竹石为剑，去追寻至境。爱情变得平淡了，作家更加伟大了。平淡难写，所以我们更敬佩金庸。真爱难寻，所以我们也更向往爱情。

宫里的刺客

《鹿鼎记》里有个现象非常有意思，就是紫禁城里经常闹刺客，似乎动不动就有人跑去行刺。整本书上，经常看见这样的话：

> 侍卫领班……赔笑道："启禀殿下，宫里今晚闹刺客……"

"闹刺客"，这个"闹"字用得好，说明很常见，仿佛是闹花灯、闹元宵一样，大家见怪不怪了。今天天地会打进来，明天沐王府打进来，后天神龙教打进来，天天都有可能"闹"刺客，给人感觉是刺客多得很。

但假如仔细分析一下《鹿鼎记》里的那些刺客事件，又会有一点不同的发现，似乎情况不是想象的这么简单。

粗略统计了一下，在《鹿鼎记》里，皇宫及各处王府一共闹了大大小小十一拨刺客。一个个罗列出来的话，分别是：鳌拜行刺事件、刺客攻打康亲王府事件、沐王府入宫行刺事件、刺客杀死四名太监事件、董金魁太监杀人并暗放刺客事件、慈宁宫绿衣宫女刺客事件、慈宁宫瘦头陀刺客事件、少林寺独臂尼行刺事件、平西王府刺客事件、"神拳无敌"归辛树行刺事件、多隆遇刺事件。

猛一瞅，确实是世道不太平，形势严峻，反贼极多，大家都要穿着盔甲上班。但细细一看你会发现，十一起刺客事件里，真正完完全全是外敌前来攻打、来搞破坏的其实只有四起，就是天地会攻打康亲王府事件、沐王府入宫行刺事件、独臂尼行刺事件、归辛树行刺事件。换句话说，只有这四起是真的坏分子来行刺。

并且这四起事件其实也各有隐情。沐王府来行刺，为的是栽赃给吴三桂，而乘乱在里面杀侍卫的乃是太后，是自己人在瞎搞。归辛树来行刺，带路的却是宫里的大臣韦小宝，指点刺客去打太妃鸾轿的也是韦小宝，也是自己人在瞎搞。

另外七起刺客事件，要么是虚报的，要么是瞎编的，没有一个真正是外敌作乱。刺客是演的，抓刺客的也是演的，全是戏。

比如第一起所谓鳌拜行刺，官方说法是"鳌拜这厮犯上作乱"，想杀皇上。然则实情不用多解释了，连看过几集清宫剧的小朋友都知道，并非是鳌拜要刺皇上，而是皇上要收拾鳌拜。等于是皇帝当导演，强行要求鳌拜演刺客。

又比如"刺客袭杀四名太监事件"。表面上是这样的：

> 四名侍卫走进屋来，向韦小宝道："桂公公，外边又有刺客，害死了四位公公。"
> ……
> 韦小宝道："……你们这就去禀报多总管罢！"

实际上却是韦小宝和侍卫们合伙谋害了四个太监，分了他们身上的银子，然后大喊抓刺客。这一次是韦小宝当导演，众侍卫当演员，强行要求四个倒霉太监演遇害者。

整部《鹿鼎记》里，数来数去就没几个刺客是真的。比如：

> 张康年悠悠醒转……颤声道："怎……怎……那些刺客……已经走了？"

侍卫张康年真以为有刺客，却不知那刺客是韦小宝谎报的，纯属虚构。

又比如：

> 一名侍卫道："施老六和熊老二殉职身亡，这批刺客当真凶恶之至。"

其实这"凶恶之至"的刺客是太后,是自己人在瞎搞。

还比如:

> 多隆又道:"……幸蒙兄弟赶走刺客……"

对于这个"刺客",多隆深信不疑,却不知道这刺客根本就不存在,是韦小宝背后捅了他一刀,甩锅嫁祸给莫须有的刺客。

一个清宫里,你也谎报"刺客",我也谎报"刺客",所以刺客就显得特别多。所有人都加入了谎报刺客的队伍中,就连康熙、太后、侍卫副总管韦小宝都加入了说谎的队伍,都编造过"有刺客"。人人都编造刺客蒙蔽他人,而人人也都被他人蒙蔽着,最后谁也搞不清楚到底有多少假刺客、多少真刺客。

就好像电影《让子弹飞》里,县长和黄老爷说:你们他妈的天天扮成麻匪来打我们,我们也天天扮成麻匪来打你们,大家都扮麻匪,互相打来打去,搞得老百姓真以为天天闹麻匪。

为什么《鹿鼎记》里大家都不约而同要编造那么多刺客?第一乃是为了甩锅。干了见不得人的事,便都甩给刺客。康熙要干掉鳌拜,就诬赖鳌拜是刺客。韦小宝干掉了太后的人,也统统甩锅给外来的刺客。一旦有责任要推诿,有丑事要遮掩,便需要有背锅的刺客。

第二乃是为了表现忠心。把刺客形容得越多,越厉害,形势越是严峻险恶,就越能显得自己岗位重要、工作任务艰巨,也才能体现自己一心为主、视死如归、赤胆忠心。

所以你会发现,《鹿鼎记》里人人都爱拼命夸张刺客的数量和武功,夸大形势的严峻,几已成为一种习惯和本能。侍卫总管多隆为了拍康亲王的马屁,张口就来:"王爷箭不虚发,亲手射死了二十多名乱党。"事实是王爷只射死了两名刺客,多隆一开口,就把刺客数量夸张了十倍。

又比如韦小宝在宫里保卫太后,说要来一千一万名刺客。且看韦小宝的演技:

韦小宝从侍卫中抢过一把刀来,高高举起,大声道:"今日是咱们尽忠报国,为皇太后、皇太妃拼命的时候,管他来一千一万刺客,大伙儿也要保护太后圣驾!"

书上说,那一刻韦小宝"威风凛凛,指挥若定,忠心耿耿,视死如归",其实他自己比谁都清楚,一共就来了三名刺客,还都迷路了。他却开口便说要来"一千一万刺客",把刺客夸张了三百倍、三千倍。

那一刻,他果然显得特别赤胆忠心。轿子里的太后、太妃听了一定很感动:小宝果然是个忠臣!

这样我们便能得出结论了。首先,《鹿鼎记》里的刺客、坏分子有没有?确实有,干坏事、搞破坏之心不死。其次,刺客有没有那么多?其实也远远没有那么多。

在书上,也有个别真的很忠心的单纯的人,一门心思防刺客、抓刺客。比如有一个普通侍卫,也不知道是叫施老六还是熊老二的,便是这样一个人。

那日晚上,听见宫里闹刺客,他提刀奋勇追杀。先是堵住了一个女刺客,正要与之坚决搏斗,忽然对方说:"我是太后!"此公一听,当场惊呆住手,结果是太后双掌齐出,砰地击在他胸口,将这位兄台打飞出去,落得个筋断骨折,气若游丝。

按理说他该吸取教训了吧?该躺在地上好好反思了吧?可是没多久,他喘息之中,忽地发现宫里的桂公公正在旁边救刺客!

哪怕他脑筋稍微聪明一点点,也知道此刻该闭嘴装死,千万别吭声。可他忠心不已,偏偏要拼尽残余力气,说:"桂……桂公公,这女子是反贼……刺客,救……救她不得……"

结果是桂公公韦小宝"提起匕首,嗤的一刀,插入他胸口"。可怜这位老兄,连姓施还是姓熊都不确定,名字都没留下来。

估计桂公公想的是:兄弟,我还用得着你提醒谁是刺客?你就是个群演,非那么入戏,对着我们导演组指指点点,不戳你戳谁?

康亲王送礼

送礼,是国人为人处世的一大必修技。人不论尊卑,都要送礼。而在《鹿鼎记》里面,就写了各种清代官场和职场上的送礼,很精彩,很值得学习。这里来聊一下其中很妙的一场。

这一场,送礼的人是康亲王,受礼的是韦小宝。乍一看你大概以为搞反了,一个亲王怎么给一个死太监送礼?其实真没搞反。韦小宝,换句话说也就是桂公公,乃是当时冉冉升起的政治新星,皇帝面前的新晋大红人,是能和康熙互道羊驼的交情。皇帝可是刚刚和他一起杀了鳌拜的。试想:老大要害人,不找别人,专门找桂公公一起害,这是何等亲密无间的关系?

所以康亲王审时度势,就打算给桂公公送礼,拉拢一下关系。

这个礼好送吗?答案是:好送又不好送。为什么好送呢?因为当时韦小宝还刚红起来,刚富起来,才出道,心气和眼窝尚浅,尾巴还没翘上天。你这个时候送他点什么,他都更容易瞧得上。在书上,康亲王叫韦小宝一声兄弟,他就很受宠若惊。不像后来大红人当得久了,牛习惯了,吴三桂的儿子给他见面礼,一出手就是四百两金子,韦小宝也只当是充了个电话卡。

但为什么说这个礼又不好送呢?这是康亲王送礼的目的使然。他不是为了花钱办事,而是要增进感情,要和韦小宝把关系搞亲切、搞热络,这个礼要送得润物无声,春风化雨,要送得亲热,不能光是给钱。有时候一给钱味道反而不对了。

康亲王不愧是金庸小说里一个极会交朋友之人。送礼之前,他做的第一件事就是:观察。

须知观察总是没错的,看看对方喜欢什么,是手串党还是普洱党,还是残余的藏獒党势力,再来投其所好。每一个上级、每一个大佬的兴趣都不同,有的爱运动,有的爱静止,有的爱篆刻,有的爱摄影,有的爱望星空,有的爱看风水,看清楚再送,可以避免弄巧成拙。

书中说,康亲王和韦小宝在花园中对酌,"问起韦小宝的嗜好",注意,这就是观察加探问了。王爷可不会随便问你的嗜好,问必有因。

可是韦小宝这货很滑头,他怎么回答的呢?是"我也没什么喜欢的"。自己不说,王爷你看着办。王爷在观察他,他也在观察王爷,在互相都不了解的情况下,韦小宝可以说很谨慎,很狡诈。就好像一个坏实习生,刚进单位跟了一个坏老师,出差到声色场所,两人都绷着,互相观察,谁也不先动。

眼看桂公公不主动接招,康亲王观察不出来,怎么办?他开始凭借经验来推测。书上说,他寻思:"老年人爱钱,中年少年人好色,太监可就不会好色了。这小太监喜欢什么,倒难猜得很。"

他很快有了第一个方案:宝刀宝剑。康亲王心想韦小宝会一些武功,倘若送宝刀宝剑,小男孩一定喜欢。可转瞬间他又在心里迅速否定了这个方案:"在宫中说不定惹出祸来,倒得担上好大干系。"

他此念极对,这就叫考虑周全。送礼,要充分考虑到各种风险,不要把自己陷进去。尤其有一点很关键,不要只顾对方喜欢,还要考虑到对方的老板是不是喜欢。比如你给上司的孩子送游戏机,孩子是喜欢了,可是上司的老婆很可能就不喜欢了,觉得影响孩子学习,你这岂不是花钱买不自在?

同理,给韦小宝递刀子,他是喜欢了,可是他的老板康熙多半就不喜欢了。带着宝刀宝剑在宫里乱晃,这是想干吗?想杀朕?你给我手下人递刀子,什么意思?亲王当得不过瘾了,想当更大的?所以此事万万不可。

接着康亲王很快又有了主意,说道:"桂公公,咱们一见如故。我厩中养得有几匹好马,请你去挑选几匹。"

送马,这是一个好主意。首先是值钱,分量够,年轻人也喜欢。果不其然,下文就说,"韦小宝大喜",正中了他心坎。

其次，这几匹马一送，大家就有了共同话题，以后见面都有的聊：那几匹马怎么样呀？哪匹跑得快？哪匹坐着稳啊？如此一来，双方关系的黏性就加强了。这就比送钱强。送了钱，你总不能去问人家花得怎么样吧？

第三点特别要说的是，送马，在政治上完全正确。大清在马上得天下，特别鼓励和提倡族人不忘本，多熟悉骑射。康亲王作为亲王，给韦小宝赐马，本质固然是送礼拉拢，但往好了说却也是寓意深长，是勉励，是鼓励，是让这位小朋友谙熟弓马，铭记历史，深切体会祖宗白山黑水创业艰难，不忘大清立国之本。这是不是政治非常正确，到哪里都能说得过去？

最后，还有一个细节颇耐人寻味。送马之时，康亲王出了一个小失误，说错了一句话。他吩咐马夫，牵几匹最好的小马出来。韦小宝立刻就不太高兴，笑道："王爷，我身材不高，便爱骑大马。"

明着虽笑，心里却暗啐：你当老子是只能骑小马的小朋友吗？康亲王多机灵，马上就反应过来了，一边"拍腿笑道：是我胡涂，是我胡涂"，一边迅速采取措施弥补。

如何弥补呢？倘若换了是你我，肯定便说：快快换几匹大马！似乎已经算是相当妥当了。可人家康亲王不一样，既然是弥补失误，那就要增加分量，足额弥补。他立刻吩咐："牵我那匹玉花骢出来！"干脆就把自己的坐骑送给了韦小宝。

这就是搞关系的水平。要弥补，那就要加倍；做人情，就把人情做足。而且在这里面还有一个讲究，如果康亲王一上来就给韦小宝送自己的座驾，会有点突兀。毕竟大家初次见面，康亲王是大领导，级别高，韦小宝是下级，级别低，直接就送自己骑的马，显得过于亲热了一点，巴结示好的味道也太浓了，自折了身价，有失大哥身份。

可如果变成大哥说错了话，拍着大腿向兄弟致歉，把座驾顺手给了兄弟，那就很自然了。假如我们再想深一点，再阴谋论几分，说不定这是康亲王故意的，是一种很高超的心理控制技巧——先让韦小宝小小失

413

望一下、小小不悦一回,再转头来赔不是,并给对方以超出预期的补偿。这样一来对方的快感便会翻倍。

比如《水浒传》里,柴进隆重请林冲去家里做客,叫上酒。结果家人先端出一壶酒、一斗白米、十贯钱,把与林冲。这样寒碜的东西拿出来,林冲肯定颇为失望,于是柴进当场就骂:咄!打发叫花子呢?这可是著名的林冲教头,快好酒好肉,杀羊款待!

这心理上的一落一起,林冲会得到加倍的愉悦。柴进还可以打着"赔罪"的因由,更自然地和林冲亲密接触,拉拉扯扯。

有的男生看到这里便大喜:原来还有这些招,我也用到女孩子身上去,让她的心情一起一落。其实这也是想多了,再好的招,也需要人家配合才行。倘若人家不喜欢你的话,连爱好也不会告诉你,告诉了你爱好就等于给了你机会。人家明明喜欢口红得要死,喜欢吃小龙虾得要死,喜欢旅游得要死,但对你,多半也只会从头到尾像韦小宝开始时一样:

"我也没什么喜欢的。呵呵。"

夸人要夸到位

> 欧阳锋道:"这位是桃花岛黄岛主,武功天下第一,艺业并世无双。"
>
> ——《射雕英雄传》

欧阳锋是个很会说话的人。上文这一句话,是他对大金国的赵王完颜洪烈说的,乃是在向王爷介绍黄药师。

在一个很有身份的人面前介绍朋友,一定要介绍到位,不然对方不会重视,朋友也会不高兴。这个很考验说话的水平。

瞧人欧阳锋多会抬举人:武功天下第一、艺业并世无双。其实黄药师的武功很够呛是天下第一,至少欧阳锋自己就不输于他。这就叫作夸人夸得到位。大领导完颜洪烈听到,立刻肃然起敬,不敢怠慢,黄药师自己大概也很满意。

再来看一个例子,韦小宝。此君刚出来混社会的时候,你要在朋友面前抬举他,该怎么抬举呢?你看人茅十八说的就是:"这位小朋友叫作'小白龙',水上功夫,最是了得。"

韦小宝当时一文不名,无拳无勇,半点武功和势力都没有。茅十八却给他生诌了个外号"小白龙",还编造他水性好。何以要说是水性好?因为韦小宝不会武功,行家一看就知道,不好吹。而编造水性好就更不容易被戳穿,总不能大家都去河里泡一下吧?

以上这还只能叫作吹嘘,不能叫作夸人。吹嘘是违背事实的,而夸人是大致要遵循基本事实的。

等到后来,韦小宝在宫里做事,接近了康熙,开始发迹了,终于有了值得夸的地方了,这时该如何当众夸他?

康亲王就举重若轻，当众这样奉承韦小宝："你是皇上身边之人""只怕皇上一天也少不得你"。

这两句话便极其高明，用语平淡，看似不是夸，其实却把韦小宝最牛的地方给夸了。这才叫到位了。

你看了可能觉得：这很容易嘛，不就是把人往死里表扬，给人脸上猛贴金就是了嘛。注意，可不是这么简单的。夸人能一语中的，准确到位，也是需要本事的，是很考验眼界和洞察力的，你必须自己也吃过见过才行，方能迅速捕捉到对方最值得夸奖之处，绝不能舍本逐末，被贫穷或者是低端限制了想象力。

康亲王说韦小宝"是皇上身边之人"，是皇上一天也离不开的人，这就是内行，一句话便捕捉到了韦小宝的最大价值和分量。因为韦小宝最牛的地方，不在于头衔、职位，而正是在于和皇帝走得近，哥俩好。

再听听几乎与此同时，书上一个底层太监怎么夸韦小宝的，对比感受一下：

桂公公今天一升，明儿就和张总管、王总管他们平起平坐，可真了不起！

是不是就显得特别蠢笨，特别没眼力？他以为自己已经用力地给桂公公脸上贴金了，却不知道人家桂公公脸上本来就是铂金，是钻石。你这么强行贴人脸上，人家不好伸手撕，也不好否认，只能尴极而笑。其实人桂公公能稀罕和什么张总管、王总管平起平坐？桂公公和皇上是可以互相骂"你大爷"的交情，你让张总管、王总管也骂皇上一句试试？

夸人却夸不到位，是很尴尬的事。这种事情历史上都经常有的，各行各业都不鲜见。比如诗人中的李白和杜甫。杜甫其实是诚意满满，蛮用力地夸李白：

李侯有佳句，往往似阴铿。

可是李白不一定买账的，搞不好会很尴尬，心想阴铿是谁，李白自己的文学偶像，可是屈原、司马相如、谢朓啊。其实连司马相如他都不大买账。

当然，杜甫也不能说错，只是被历史限制了想象力而已。在当时，他完全没意识到自己和李兄的历史地位会有多高。

所以说，闯荡江湖，不但不能乱骂人，而且还不能乱夸人。倘若你对别人的行业、状况、志趣不了解，那么最好管住嘴巴不要乱夸，只握个手，诚挚地傻笑就好，少去强行给人贴金。

反过来，如果想要让别人又尴尬又憋屈，又气又无话可说，最好的办法就是：用力夸他最微不足道甚至提都不想提的事。

比如：

"这位是桃花岛黄岛主，曾经和全真七子都战过平手的……"

"这位是神雕大侠杨过，曾经是赵志敬真人座下的及门高弟……"

"这位便是有名的孙行者，年纪轻轻就在天宫御马监做过干部的……啊！猴哥，你干吗用棒子打我？啊！啊！"

补锅匠陆高轩

陆高轩是神龙教中的人物，负责的是公关工作。神龙教这家公司很有意思，如今商界也很常见的，它的主营业务已经空心化了，似乎不采药也不卖药了，困守一岛，唯一剩下的就是公关。

你或许以为干公关没意思，前途有限，不如干产品和干市场。这便错了。越是严酷和复杂的市场环境，公关工作就越不能放松。

举一正一反两个例子说明：正面例子是郭靖。正因为有了得力的公关总监黄蓉，为他经营公众形象，大大地帮助了"郭大侠"扬名天下，连郭家的红马和双雕都成了群众喜闻乐见的吉祥物。

反面例子是星宿派。这家公司不可谓不重视公关，一把手亲自抓公关，全体成员群策群力搞公关，但由于没有一位好的公关总监策划统筹，内容建设和技巧创新都很不足，每次搞正面公关总是产生负面效果，企业的公众形象越来越不堪。

所以，在江湖上公关工作不是重要，而是至关重要。

下一个问题就来了：武侠世界里，公关工作的最大挑战是什么？或有人说：最大挑战是市场信不信、用户信不信。这还不够深刻。事实上最大的挑战不是用户信不信，而是自己信不信。道理很简单，如果自己都做不到勤学、多思、笃信，又怎么谈得上深入浅出、培育市场、引导用户？

以金庸小说里的三位公关人才为例进行说明。第一位是勤学、多思、笃信的典型，乃是南海鳄神。

南海鳄神是四大恶人这个团队的"喇叭"和发言人，忠于团队，至死不渝，很大程度上为"四大恶人"扭转了公众形象。读者们逐渐地喜爱上了他，如果没有这位好发言人，"四大恶人"的团队形象和人气要差一大截。

在《天龙八部》里，我们关于四大恶人的背景知识大多来自南海鳄神的大嘴巴普及，包括四人的名称、绰号、宗旨、性格等等，金庸都是借南海鳄神的口说出来的。他是个称职的发言人，不但在四大恶人团队里话最多，嗓门最大，而且发言风格直率诚恳，几乎有问必答，甚至问一答三，绝不搞闪烁其词或无可奉告。

事实上四大恶人更偏重主业——干坏事，并不太重视公关工作，南海鳄神在团队里只排名第三就是明证。但难能可贵的是，鳄神始终尊敬和拥护段老大，搞公关工作出彩而不出位，口口声声"老大的话总是不错的""他武功还是比我强得多"。

最终南海鳄神被老大杀了，死在了自己团队同事手里，这充分说明公关工作是多么难做。

第二位公关人才，是从"笃信"到"不信"的思想动摇的典型，乃是李岩。

李岩是《碧血剑》里闯王李自成团队的公关总监。应该说，在起义军事业的前期，他是有功劳的，特别是制定了那一句著名的营销口号："吃他娘，穿他娘，开了大门迎闯王，闯王来时不纳粮。"

不要小看这一句口号，它为起义军赢得了海量粉丝，吸纳了一大批忠诚的种子用户。可惜到了后期，李岩的思想滑坡了，他的创业热情开始消退，渐渐开始质疑公司的价值观，对团队的信仰开始动摇。

《碧血剑》中说，起义军进北京后，他仅仅因为看到战士们犯了一点错误，比如借住了几间民房，借用了市民一些钱米，和一些姑娘大嫂产生了强迫性恋爱关系等等，他就想不开了，"悲愤不已，只有浩叹"，说了不少牢骚怪话，甚至"气得说不出话来，脸色发白，腾的一声，重重坐在椅中"，用类似的举动宣泄自己的不满情绪。最后李自成当机立断，把李岩清除出团队，把他和他的思想一起扫进了垃圾堆。

李岩总监的深刻教训是，人的思想不会永远先进，领先市场一年容易，领先三年五年就很难。对于你自己宣扬的产品价值和团队理念，不但要信,而且要始终相信,坚持相信,永远相信。像李岩这样先是相信,然后又忽然不信了的,还不如从一开始就不信,免得搞得自己很难过,也搞得大家都很难过。

第三位公关总监,是心里从来都不信的"补锅匠"典型,乃是神龙教的陆高轩老夫子。如果说李岩是从"信"到"不信",那么陆高轩就是一直都不信但一直都装作很信的典型犬儒。

对于神龙教团队的事业,他从来谈不上什么信仰,也谈不上什么忠诚,不过是为了保住自己的位子,揣度着教主的心思,拼命地把"文章做得四平八稳",搞那些缝缝补补的工作。

比如韦小宝胡说有一篇唐代碣文,预言洪教主要仙福永享、寿与天齐。陆高轩明明知道是假的,不但不戳穿谎言,反而顺水推舟,就势伪造了一篇碣文来拍教主的马屁,岂非缝缝补补、欺上瞒下的典型?

后来神龙教里一伙头目造反,和洪教主斗得两败俱伤。在几个造反派里,也是陆高轩最先跳出来答应妥协、搞调和,当"补锅匠",让神龙教这艘到处漏水的大船继续开下去。

陆高轩同志补来补去,最后越补越漏,自己也没落到个好,反而洪教主看见他就来气,某日终于忍无可忍,"一把抓住了陆高轩,喝道:'都是你这反教叛徒从中捣鬼!'"然后重重一掌,打得他"双目突出,气绝而死"。

陆高轩的劣迹,最值得批判和反思。说到底他不是一个战士,只是一个神龙教事业的同路人。等到洪教主自己都混到无路可走了,你这个同路人又能走到哪里去?要知道,市场大潮滚滚,公司此起彼落,一个有前途的团队里最不缺的就是补锅匠。陆高轩最好的选择是停止补来补去,别人说锅上有洞,陆高轩坚决说:哪里有洞?明明可以煮饭。倘若漏了呢?那就是你的米不行。

一群冰糖葫芦小贩的集体死亡

这是《鹿鼎记》里的一个很小很小的小故事：

话说康熙年间的某一天，北京热闹的天桥左近，突然发生了一件很离奇的事，有几个卖冰糖葫芦的突然被查办了。

现场的情形是，二十多个差役忽然"蜂拥而来"，两名捕快带头，手拖铁链，把附近所有卖冰糖葫芦的统统抓去，糖葫芦也都没收了。整个查办的过程效率极高，快如闪电，雷厉风行，但又十分蹊跷。群众都表示很诧异：

"这年头儿，连卖冰糖葫芦也犯了天条啦。"

而那些卖糖葫芦的人，估计也是满脑子懵懂和不解：我怎么卖个糖葫芦都犯事啦？

所有人都感觉到发蒙，是可以理解的。这件事在他们看来确实是各种费解。首先，卖糖葫芦怎么会犯事呢？衙门怎么突然没事干，忽然想到打击一把糖葫芦了？

按照常理，天桥上那些手艺人和做小买卖的，打击谁都不奇怪，大家都可以理解，唯独打击糖葫芦让人费解。

比如打击一下卖艺的，因为他们耍刀弄枪，还收一大帮徒弟，搞不好滋生黑道帮派，制造不安定因素。又如打击一下说书卖唱的，这些人一张嘴巴不关风，只图痛快，整天胡言乱语，散布虚假历史故事和荒谬观念，影响力又大，有事没事打击这么一下，众人也理解。

可是卖冰糖葫芦，招谁惹谁了呢？众百姓甚至以为，卖冰糖葫芦是最无害、最与世无争的，别的买卖都做不下去了冰糖葫芦都会让卖呢。

你要说是食品安全问题吧,隔壁还有卖毛鸡蛋的呢;你要说无证经营吧,天桥左近哪个有证?可别家也不见被打击。

并且往大里说,冰糖葫芦非但不影响安定,反而有利于安定。大伙买几串冰糖葫芦,吃在嘴里甜甜的,哈哈一乐,心情就好了,不顺心的事儿也想开了,不闹事了,岂不是对社会安定有利吗?

所以书上说,附近百姓想破了头也想不出所以然。平时他们是最擅长阴谋论、最能胡扯瞎掰的,可这次愣是被难住了——冰糖葫芦招谁惹谁了?

那么,这次抓捕卖糖葫芦的究竟是怎么一回事呢?其实来由是这样的:

某一日,宫里的假太后要杀韦小宝,将其擒住了。韦小宝情急之下,为图保命,胡说八道,临场编了一套说辞来吓唬太后,自称有一亲信,伴随在五台山老皇爷身边,随时监护自己在宫中的安全。一旦自己出事,老皇爷便会得知讯息,迅速处置太后。

这其实是一套非常幼稚和粗糙的说辞。假太后半信半疑,喝问韦小宝平时怎么和那名亲信接头联络。韦小宝被逼得急了,就胡诌了一句:

> 每隔两个月,奴才到天桥去找一个卖……卖冰糖葫芦的汉子。

韦小宝要给这个线人编一个职业,情急之中不知道编什么好,结巴了一下,顺口说了一个"冰糖葫芦"。于是,就发生了天桥打击冰糖葫芦的事件:

> 太后……将天桥一带所有卖冰糖葫芦的小贩都抓了,自然不分青红皂白,尽数砍了。

真是灾从天降,卖糖葫芦的可谓倒了血霉。倘若韦小宝当时说"天桥卖艺的",那就是耍把式的倒了霉;如果他说"天桥说书的",那就是郭德纲的祖师爷们倒了霉。可他偏偏说出来的是冰糖葫芦。

何其可怜，何其可叹。那些卖糖葫芦的，他们平时固然有无数忧虑，也许担心过收入不高，担心衣食无着，担心孩子吃不饱，但他们大概从来没有担心过安全问题。他们做过最坏的人生打算，但怕从来也没想到过犯官横死，身首异处。

假太后一念之间，因为一个很随机的原因，一个人们眼里最安全的职业就变成了最高风险的职业，一个最人畜无害的细分垂直领域就变成了最倒霉的领域。估计那段时间，本来卖糖葫芦的都在疯狂转行，家里的沙果子、糖浆都要赶快挖坑埋掉。如果你揭发谁是卖糖葫芦的，对方一定和你拼命：你才是卖糖葫芦的，你全家都是卖糖葫芦的。

连带效应之下，天桥上恐怕做近似生意的都要转型，卖冰糖的、卖鸡毛换糖的、卖葫芦丝的怕都不敢做生意了，生怕也跟着陷进去。孩子们也都不敢吹葫芦丝了，家长会一把打掉：小王八蛋你还要不要命？

而且，任凭天桥百姓想破了脑袋，也绝对猜不透这起大血案的原委。因为你从下往上捋，无论如何捋，都只能按常理去猜，是不是因为证照啊，是不是因为卫生啊，等等。可是《鹿鼎记》里，那个世界的很多事情，人家上面动议的时候是不按常理的，是随机的，是不能预测的。清廷之中，足够伤害小小糖葫芦贩子的强大存在太多了，谁吐个茶叶渣都可能把你埋了。

再说深一步，天桥左近的人其实有两种死亡的可能：一种叫常规死，就是你干的事本来就是有风险的，是要打击的，区别只是早打击、晚打击而已；另一种是随机死，按常理不会收拾你，但谁知道呢。

可能是谁的一念之间，或者是一个什么偶发事件，谁的一句话、一次误解，都会把倒霉的糖葫芦贩子们套进了瞄准镜。韦小宝这边扇动翅膀，那边天桥上掀起风暴，一堆卖糖葫芦的就挂了。先把你收拾了，末了自然有人解释官方原因——糖葫芦太甜了让孩子长蛀牙，又或者是，根本不解释原因。

时间永是流逝，街市总会太平，人们终究是需要糖葫芦的，孩子的嘴里终需要点廉价的甜味，大伙的日子还是得过。所以一段时间过后，卖糖葫芦的又会探头探脑地出来，重新走上天桥，包括差役自己也会买糖葫芦吃。

一切都会和打击之前一样，天桥上又恢复了熙熙攘攘，只不过新一代的小贩会跑得更快一点，一看苗头不对，扔了草棍子就溜。而"糖葫芦招谁惹谁"了，则会成为永远的谜团。

金庸会议学

金庸江湖里的侠客，大致是一伙粗人，打架的多，讲理的少，不爱开会。他们决定事情一般靠拳头。我们经常看到这样的情节：一群侠客遇到了争端，哪怕文绉绉地商量半天，到最后还是靠打架解决问题，总会有某个人恼将起来，掣出刀子："多说无益，咱们兵刃上见真章罢！"

但神奇的是，即便是会议文化如此不成熟、会议形式如此粗疏的草莽江湖，居然也遵循一条开会的铁律——会议的重要性和参会人数成反比。换句话说就是，开会的人越多，会议越不重要。

不妨看看金庸小说里那几场真正震动天下、扭转乾坤的会议，无一例外都是小会。而那些所谓的"群雄大会""武林大会"，不管再怎么锣鼓喧天、鞭炮齐鸣，也几乎无一例外都成了过场乃至闹剧。

比如《天龙八部》里，最重要的一场会议是什么？是少林寺里的一场"藏经阁小会"，参加的是萧远山父子、慕容博父子和鸠摩智，共五大高手，再加上一个列席旁听的扫地僧，与会者一共不过六人。

他们的议题又是什么？乃是辽国、吐蕃、西夏、大理、大燕五家瓜分大宋。真可谓天下兴亡大事，历史转折关口，全在几个大腕的一念之间。

在这次小会上，幸亏萧峰独持异议，外加扫地僧同志及时现身，喧宾夺主，阻止了这个瓜分大宋的"慕尼黑阴谋"，否则天下不久便要大乱，眼见要几国交兵，狼烟四起，生灵涂炭了。

又比如《倚天屠龙记》，起关键转折性作用的一次会议，就是张无忌的"病房小会"，明教八名首脑拥立张无忌做教主。这也是一次标准的小会，会议地点是张无忌的病房，与会人员加上张无忌也不过九个，再加上一个端茶倒水的小昭也不过十个人。

开会的过程非常简单：光明左使杨逍先吹风，五散人之一的彭莹玉正式提议，张无忌依礼谦让，众头领一力劝进，最后大家鼓掌通过，时间不过小半个时辰。

人数虽少，时间虽短，但这次"病房小会"的意义之大，怎么说都不过分，武林格局可谓从此大变，明教由此中兴，后来兴兵灭元，终有天下，可说都是从这一次小会而来。

相比上述这些小会，再回头看看那些貌似热闹的"武林大会""英雄大会"，你就会发现它们其实远没有看起来那么重要。

在张无忌就任明教教主的几天时间里，明教一共开了两个会，一个是先前的"病房小会"，一个是几天后的"光明顶大会"。若从形式上说，最终确认张无忌教主地位的应该是在大会上，他和教众约法三章，答应暂摄教主之位。要论规模，当然也是大会远胜小会，"光明顶上烧起熊熊大火""教众欢声雷动""宰杀牛羊，和众人歃血为盟"。但相信没有人会觉得大会比小会重要。所谓"约法三章"，不过乃新教主颁布施政方针、展现侠骨仁风的仪式而已。

江湖上更有一些轰轰烈烈的大会，实则有头无尾，不知所云。比如《神雕侠侣》里的大胜关英雄大会，说是为了选举武林盟主，领导群雄抵抗蒙元。主持者遍邀天下豪杰，堪称盛事。然而会议究竟开成啥样呢？我们只记得陆家庄的肉山酒海、各方势力的狠打乱斗，最后稀里糊涂选了个小龙女当盟主，有名无实，不了了之，再无下文。连小龙女怕都不记得自己当过这个盟主了。

又如《天龙八部》里的聚贤庄大会、少林寺大会，尽数沦为不知所云的愚战恶斗。在少林寺大会上，群雄们兴高采烈，呼朋唤友，点评英雄，自以为参与了一场武林盛事，可知道真正重要的小会正在藏经阁里秘密上演？可知道自己的命运早已形如砝码，被几大高手在天平上拨弄吗？

金庸小说里，开会最多的莫过《鹿鼎记》，也将古代"小会干大事、大会不干事"的特征体现得最明显。除鳌拜、撤三藩、平边患，这等大事拍板,全在小玄子和小桂子的碰头小会上。等最后再发诸朝臣讨论时,看似热火朝天,实则大家不过是抱着康熙和韦小宝编好的剧本背书。

金庸江湖里最幽默和无聊的一场大会,就是所谓的"杀龟大会",天下反清复明的英雄好汉群聚河间府,商讨铲除吴三桂的大计。

会议规模隆重,"黑压压的坐满了人",明朝宗室、云南沐家、台湾郑家、武林豪强等各方势力云集,有的明朝遗老遗少还穿着故国衣冠,极壮声势。会务工作也是相当到位,"牛肉,面饼,酒水,流水价送将上来,群豪欢声大作,大吃大喝"。

可这么重要的大会,产生了什么成果呢?主要成果有两个:一是出了一本《杀吴三桂方案集》,内容五花八门,有的说要凌辱吴三桂几代祖宗,直接换掉他家族基因,让他未生先死;有的说要杀吴三桂全家,留他独活,让他孤单伤心一世而死;有的说要将陈圆圆抓来送到窑子里,让吴三桂真正做活乌龟,郁闷憋屈死。真是不怕做不到,就怕想不到。

二是搞了一个《杀吴三桂小组人员名单》,成立了十八家联合的杀龟同盟,选了郑克塽等十八个"盟主",以及顾炎武、陈近南两个"总军师",可谓是为杀龟提供了强有力的组织保障。

然后呢?然后就没有然后了。我们翻完《鹿鼎记》全书,此后二十三回、五十多万字里,这些方案一条也没有执行,这些组织一点也没有发挥作用,直到最后郑克塽反而一刀杀了陈近南,我们才反应过来:好个无厘头的"杀龟大会",最后"龟"没杀成,盟主杀起总军师来倒是挺利索。

或有人问:难道"杀龟大会"就一无是处吗?不然,好处还是有的,那就是组织者还算比较宽宏大量,好说话,居然并不勉强大家参会和表态。

原著上说,会场的一侧角落里"疏疏落落的站着七八十人",他们"既不愿做盟主,也不愿奉人号令"。会议组织者们"明白这些武林高人的脾性习性,也不勉强"。

亏了这一个"也不勉强"。如果会议组织者冯难敌先生抽出刀子说:今天"杀龟大会"上谁不表态,谁就是缩头乌龟,我们就先把他杀了。那该多恐怖啊。

如何快速识别草包郑克塽

要识别一个男人是草包，有时候蛮不容易的。如果这人来头很大，衣冠楚楚，很符合你对完美男人的想象，这时候要迅速识别出他是不是草包，当真有难度。

非要说的话，这里面有一点窍门。比如在《鹿鼎记》里就有一个这样的草包——台湾郑家的二公子郑克塽。姑且以他为例，看看怎么一分钟识别一个草包。

当然本文所指的是小说里的郑克塽，不是历史上的。那些有眼力见的人，比如独臂神尼九难，只用几句话就快速鉴定出郑克塽是草包了。

且说这一天，九难、韦小宝等人在河间府遇到了郑克塽，当时他"垂头丧气""甚是气恼"。

堂堂一个王爷的儿子，有什么事居然会垂头丧气、十分气恼？是部队打败仗了，还是反清复明的大势不利了？都不是，金庸很快公布了答案，原来是他父亲派他来当代表开"杀龟大会"，到得河北，却没遇到接待的人，他就又愤怒，又沮丧：

父王命我前来主持大会，料想……必定派人在此恭候迎迓，哪知……哼！

下了高速路，出了收费站，居然没有车队迎接和粉丝送花，他就"垂头丧气"了，就"甚是气恼"了。这就是识别草包的第一点：看一个男人为什么事情生气，为什么事情沮丧，可以看出他的斤两。

如果郑克塽是个歌手、演员，对方接待得一团糟影响了工作，为这类事情气恼一下，倒还是可以理解。因为这本身就是工作的一部分。可是你郑克塽不一样,你所要干的是大事,是反清复明。从台湾出差来河间府,千里迢迢,路途中这段时间里可以发生的事情太多了,哪里有那么容易接上头的?

他居然幻想一到了就有人接站,"恭候迎迓",不然就发脾气。发脾气也罢了,居然还"垂头丧气"。对比一下陈近南,人家因为什么事垂头丧气?郑克塽又因为什么事垂头丧气?

当时独臂神尼九难也在场。她大概一眼就看出:这个郑公子,对自己肩上的这份事业的风险和挑战,是完全没有一点点意识的,对反清复明大业的艰难毫无认知。

有趣的是,没过多久,双方幸运地顺利接上了头。对方上门来请,邀郑克塽去吃酒。郑克塽顿时"大喜","急忙出去",而且"兴匆匆的"。几分钟之前还在"垂头丧气""甚是气恼",现在多了一顿酒席,立刻就"大喜"了,就"兴匆匆"的了。所以说男人的大怒和大喜都不要太廉价,让人一眼就看穿了。

更有趣的还在后面。第二天一早,郑克塽开始拙劣表演了:

> 次日一早,郑克塽向九难、阿珂、韦小宝三人大讲筵席中的情形。

作者淡淡一笔,一个急不可耐要吹牛的样子跃然纸上。这里又可以看出一个规律:草包总有自我暴露的冲动。

他对着旁人大讲了一些什么呢?来看一句原文:

> 说道……对他好生相敬,请他坐了首席,不住颂扬郑氏在台湾独竖义旗,抗拒满清。

这就是他早上滔滔不绝"大讲"的内容。三个关键词:"好生相敬""坐了首席""不住颂扬"。这就是他最看重的东西,也是他对一次宴会的唯一的记忆和印象。

注意,这个时候,郑克塽和独臂神尼、阿珂、韦小宝其实并不很熟,互相是并不很了解的。这是识别草包的又一标准:一个男人,如果只会滔滔不绝地吹嘘别人对他的重视程度、接待规格,草包的概率就比较高了。而如果他是对刚认识不久的陌生人吹嘘这些,那草包的概率可以直接乘以三。

另外,书上的一些话也很值得玩味。比如郑克塽说,人家在酒席上褒扬自己,说的都是"不住颂扬郑氏在台湾独竖义旗,抗拒满清"。

金庸遣词用句是非常讲究的。旁人不住夸奖的都是"郑氏",尊重的也是"郑氏",换句话说,不是你郑克塽。人家对你"好生相敬",请你"坐了首席",都是看在郑氏的面子上,这其中一多半又是看在你爷爷郑成功的面子上。

夸奖你的公司,夸奖你的平台,不等于夸奖你本人。如果郑克塽是一个稍微有点上进心的人,是不会只满足于这样的夸奖的。有集体荣誉感没什么不好,但一个常见的事实却是:往往越是平庸的人,越喜欢炫耀公司、炫耀平台,毕竟自己实在没什么好炫耀。

接下来的对话更有趣。独臂神尼忍不住问郑克塽,有哪些人前来赴会。这一问有两层含义:第一,我不耐烦听你吹嘘那些有的没的了,给我说点重要的;第二,我试试你的能力和斤两。

独臂神尼的真实身份,乃是明朝的公主。她此时内心里其实是以一个主子的气魄和口吻来问的。你理解成一场面试都可以。而郑克塽的回答简直让人翻白眼。他道:

　　来的人已经很多,这几天陆续还有得来……

闹了半天,他就记住了一个——人很多。好比你作为行业里龙头企业的代表,去主持一场重大的行业战略会议,各方大佬都到了,结果一场会开下来,一顿饭吃下来,你一个人都没记住,就只记住一个:

人很多。

独臂神尼又细问与会英豪的姓名。这是明显的追问，测试的意味更浓了。她大概实在不信郑公子真的这么蠢。郑克塽的回答再次让人无语欲醉：

> 一起吃酒的有好几百人，为头的几十人一个个来向我父王敬酒，他们自报了门派姓名，一时之间，可也记不起那许多。

于是书上说：神尼就不言语了。不用再言语了。她下的结论是："这位郑公子没什么才干。"草包一枚，已是确定。

神尼阿姨毕竟是有眼力的，几句话就可以识别出男人的真实材料。可是旁边阿珂却识别不出。郑克塽吹嘘的那些话，她听得津津有味，还打心眼里觉得：好牛，好厉害，好有趣！

俗话说，怀才就像怀孕，时间长了才能知道；但是草包却像临盆，一眼就可以分辨出来。一个男人很草包，是会迅速暴露的，尤其草包又话多的那种，几乎没有办法可以遮掩。唯独只有一个例外——草包识别不出草包。

少林寺的心态

金庸小说里,少林寺这个门派有一点是蛮让人佩服的。这里的人有个特点:心态好。

综观金庸的十几部小说,少林派的普通僧众有一个优点:不大容易被旁人的片言只语触怒,也不大容易感觉被集体冒犯。

他们几乎从没说过这样的话:你看不起小僧我,就是看不起我大少林,看不起我们达摩祖师……反正我印象里是极少有。他们一般不太容易这么想。自然,首先是很少有人会看不起少林,看不起达摩祖师。再者,达摩祖师也不稀罕你看得起。

少林派门口,其实日常搞事的人极多,因为名头大,树大招风,隔三岔五总有人来叫阵。金庸好几部书里都说到,每个月跑到少林来讨教的武人数不胜数,真心请教的有,不服气来踢馆的有,存心搞点事情、扔几块砖头博出名的也有。至于远远躲着说几句风凉话的,什么"少林徒有虚名,不过如此"之类的可想而知就更多了,大庙嘛,哪天不挨喷?

少林派的人似乎对这些都比较习惯,既无精力也无兴趣管,平时该念经念经、该练武练武,绝不会一有个把人上门叫阵,马上全寺千百和尚义愤填膺,奔走相告,同仇敌忾,觉得我少林又受辱了,非要举寺反击、扬我寺威不可。

因为出名已经出习惯了,也就自信了。这是个好心态。

相比之下,五岳剑派出名晚,门下弟子就更敏感一些。令狐冲在山洞里偶尔看到一句不知何年何月的老帖子,说五岳剑派徒有虚名、招数可以尽破等,就"勃然大怒",忍不住大骂"无耻鼠辈,大胆狂妄",拿剑去砍山。

除此之外，少林弟子们还有一点心态好的，就是对本门弟子和别派弟子的冲突，也比较看得开。

少林弟子本来数量就多，成分也很复杂。其中有正式僧，有编外僧，有临时工，还有数量众多的俗家弟子。不仅如此，俗家弟子们还开办有各种各样的产业、实体，有大量雇员，笼统地说都算是少林名下。

这么多的徒子徒孙行走江湖，每天难免会和人有摩擦。然而少林派的人心态好，有同门和人冲突了，结个小梁子、发生点小摩擦之类，他们不会一秒认定这是针对我大少林，是有人见不得我少林好，然后又是千百和尚义愤填膺，奔走相告，同仇敌忾，觉得我少林又受辱了。

你看皇宫里有个假太后，怂恿别人用武当派的武功去打海公公的少林派武功，少林众僧也不关心，也不知道，就算知道了也不会满寺嚷嚷：哎呀呀可了不得了，皇宫里发生辱少林事件，咱们少林功夫被武当功夫欺侮了，武当派又恶毒针对咱们。

还有陈友谅、寿南山……这些都是少林俗家弟子，和人打架吃了亏，少林僧们也没觉得这是个大事，是针对我大少林。

比如寿南山，一个《倚天屠龙记》里的角色，和张无忌打架输了，还被张无忌胁迫了去烧火做饭、扫屋洗地，广大僧众会觉得自己也被一起侮辱了，然后经也不念了，木鱼也不敲了，千百人阖寺来骂：看不起寿南山就是看不起达摩祖师？肯定不会。

你和人结梁子，首先是你们两个个体的事，是两个成年人之间的事。再上升一点，也不过是你们团伙的事、行业的事。再往上一百层，才好说得上是门派的事，是佛教的事。

只有发生什么事了少林派弟子们才上心管呢？都是真正事关重大、人命关天的大事。比如都大锦龙门镖局满门被杀，又比如什么俗家弟子辛国梁、易国梓等被杀，门派才管，普通僧人们才义愤填膺一回。

最后，说到少林派的普通僧人们心态好，还有一点：就算和人吵架，也不会老想着掏家底，把什么土特产、风景名胜、风味小吃之类给人看，以自证本寺历史悠久、寺大物博。

基本没见个别小角色无意"侮辱"了少林，僧人们就千百人全伙而出，把七十二绝技也做成卡片发出去，给人见识见识；历代高僧的语录心得也发出去给人见识见识；寺里的著名景点也给人见识见识；还有寺里香积厨的伙食，什么花卷、馒头、米饭、蒸糕也发给人见识见识，希望让对方肃然起敬。否则对方估计一看都蒙了：我们到底是招惹了少林寺，还是招惹了松鹤楼大饭店？

　　什么样的人才会老想掏出祖宗家底儿和土特产给人见识见识呢？金庸写了，就是慕容家这样的，居然随身揣着传国玺、家谱什么的一大套，走到哪儿都带着，上厕所都不方便。一和萧峰家龃龉起来，慕容博就喊：儿啊快拿出来，读读咱们的谱牒，叫这帮没历史的契丹人看咱们爷爷的爷爷叫什么，有多么牛，让他们见识见识！

总舵主来了

不时有人问：总说金庸写小说的水平高，高在哪里？我怎么就看不出来？

这个话题一言难尽。本文就来剖析他小说中的一处小情节，看看他的水平高在哪里。我们也可以跟着学学怎么写故事。这一段情节，是《鹿鼎记》里的一个小故事，大意叫作"总舵主来了"。所谓的总舵主就是陈近南。

金庸写小说写到《鹿鼎记》的时候，技巧已经炉火纯青，就好像武学高手，已经练到从心所欲、无不如意的境界了。

这段小情节是这样的：

有一天，天地会青木堂正在议事，在场的有韦小宝及一众青木堂成员，包括关夫子、李力世等人。突然风波陡起，"忽听得远处蹄声隐隐，有一大群人骑马奔来"。

金庸首先就让你心里打个突。试想下，一群反贼正在开会，商量怎么颠覆康熙王朝，突然听到马蹄声，而且是"一大群人"，你还不立刻一惊？

果然，天地会的人都"同时站起"，李力世低声问："鞑子官兵？"

这一句问话，是金庸有意安排他说的，主要就是进一步迷惑你，带节奏，造氛围，进一步加强你的紧张情绪。

接着，作者顺势写了一堆众人如何布置应战的画面，发暗号的，吹口哨的，调度防卫的，安排保护客人的，运笔如风，气氛如欲窒息，仿佛一场和鞑子的大战就要上演。眼看氛围造得差不多了，金庸突然来了一个大反转：

忽有一人疾冲进厅，大声道："总舵主驾到！"
关安基和李力世齐声道："什么？"

原来不是什么官兵来了，是自家的大老板来了。注意这一句"什么"，也是作者帮你问的，你刚刚遭遇一个大转折，差点被甩出去，当然要问一句："什么？"

来人解释说，当真是总舵主来了。关夫子和李力世这才放心，转惊为喜。你作为读者，这时也才放心，松了口气。

接着，金庸开始大力铺陈，描写大家如何兴奋，对总舵主的到来如何期待，简直是天王巨星要来的架势。但见众人兴冲冲、手忙脚乱地安排迎接，二三百兄弟都排列好队形等候，总之各种渲染。

一分钟之前，气氛还是"惊"，如山雨欲来，现在突然变成"喜"，活像要过年，你的心情也跟着故事一上一下起伏。没错，金庸就是在玩你。

此时，所有读者的注意力都开始集中在这个总舵主身上，人人难免好奇：这位总舵主会是个什么样的人物，让群雄如此隆重迎接，而且人人兴奋异常？

如果只是写天地会自己人很想见总舵主，那还渲染不出陈近南的声势和位望。于是金庸便安排了一个客人——正在此处养伤的江湖闲汉茅十八出场，他听到消息，非要人用担架抬他出来，欲拜见陈近南：

两名大汉抬着担架，抬了茅十八出来……道："久仰陈总舵主大名，当真如雷贯耳，今日得能拜见，就算……就算即刻便死，那……那也是不枉了。"

他说话仍是有气没力，但脸泛红光，极是高兴。

何等期待，何等憧憬，"脸泛红光"，仰慕崇拜之情跃然纸上。这个茅十八正是金庸安排的群众演员，就是负责在这一轮剧情里搞氛围、带节奏的，好让你深刻体会什么叫"为人不识陈近南，就称英雄也枉然"。

势头已经造足，你的情绪又被调动得高高的了，对陈近南无比期待，也无比好奇了。如果是个二流小说家，这时肯定就要写一个英俊无敌的总舵主长啸一声推门而入，如何帅气，如何威武，如何神目如电了。

可是金庸接下来怎么写的呢？

有几骑马终于奔将过来，里面哪个是陈近南？哪个都不是！只听其中一个人说：

"总舵主在前面相候，请李大哥、关夫子几位过去……"

等了半天，人家总舵主根本不来现场，只点名让几个头目去见，汇报工作。这真是高手画龙，只露半爪。想见陈近南？没那么容易！你还不够格！

现场人等顿时一片唉声叹气：

茅十八好生失望，问道："陈总舵主不来了吗？"
对他这句问话，没一人回答得出，各人见不到总舵主，个个垂头丧气。

试想下，就好像一个分公司里，传说集团大领导要来视察，卫生搞好了，横幅挂起来了，群众演员都排练几遍了，汇报表演的儿童的妆都画好了，大家正望眼欲穿，忽然说领导不来了，改成让几个负责人去汇报一下就好。

金庸又把你甩飞一次，把现场的群雄也甩飞一次。刚才的氛围还是"兴奋"，现在突然一秒之间就又变成了沮丧。

再往下看，金庸还在不断地用剧情调动你、玩耍你。

过了良久，有一人骑马驰来传令，点了十三个人的名字，要他们前去会见总舵主。

那十三人大喜,飞身上马,向前疾奔。

这是写茅十八、韦小宝等又被晾到了一边,刚刚燃起的希望又变成了失望。继而:

群豪见这情势,总舵主多半是不会来了,但还是抱着万一希望,站在大门外相候,有的站得久了,便坐了下来。

这是继续渲染广大崇拜者等待偶像的心情,而且故意说"总舵主多半是不会来了",让你泄气。

作为这一段故事的头号群演,茅十八继续带节奏。众人均劝他放弃别等了,或者到屋子里去等,他死活不干。你看他的精彩台词:

韦小宝嘿了一声,心中却道:"哼,他妈的,好大架子,有什么希罕?老子才不想见呢。"

"不!我还是在这里等着。陈总舵主大驾光临,在下不在门外相候,那……那可太也不恭敬了。唉,也不知我茅十八这一生一世,有没福分见他老人家一面。"

韦小宝说的正是一些读者的心里话,那么大架子,好了不起吗?金庸只是安排韦小宝替你说了出来。但另一方面,你内心深处是不是对这个神龙见首不见尾的陈总舵主更多了一点好奇,且又多了一点期待?

紧接着,奇峰突转,柳暗花明,报信的人又来了,宣布:

"总舵主相请茅十八茅爷、韦小宝韦爷两位,劳驾前去相会。"

茅十八一声欢呼,从担架中跳起身来,但"哎唷"一声,又跌在担架之中,叫道:"快去,快去!"

这是最佳群演茅十八的第三拨卖力演出。至于没被点到名的其他人，不消说必定是满脸失望，下次继续努力了。

韦小宝、茅十八出发去见大明星了。一路上，金庸不厌其烦、特别细致地写着天地会在沿途的种种安防布置：

> 一路之上都有三三两两的汉子，或坐或行，巡视把守。为首的使者伸出中指、无名指、小指三根手指往地下一指，把守二人点点头，也伸手做个暗号。韦小宝见这些人所发暗号各各不同，也不知是何用意。又行了十二三里，来到一座庄院之前。

这一路，防备何等周密，安排何等细致，暗号何等专业，更使总舵主显得莫测高深。

终于来到院子里了，总舵主这下总该出来了吧？按照二流小说家的写法，他应该威严地坐在太师椅上，仰天长笑，说欢迎欢迎了吧？可金庸仍然不。到了大厅，又生一变——人家先把茅十八抬了进去，却拦住了韦小宝：

"韦爷请到这里喝杯茶，总舵主想先和茅爷谈谈。"

请你先在外面坐下，给你四碟点心、一碗茶。等着吧你。都到这时候了，金庸仍然要玩你一把。韦小宝在喝茶，于是作为读者的你也只好憋着火，陪着韦小宝在外面喝茶。

终于，等韦小宝足足喝干了一碗茶，吃了点心，才有人出来招呼："总舵主有请韦爷！"我们大家也才终于长吁一口气，跟着韦小宝走进了房间，那个千呼万唤、期待已久的房间。韦小宝看见了什么呢？

金庸此时反倒给出了相当简单的一句话：

房中一个文士打扮的中年书生站起身来,笑容满脸,说道:"请进来!"

之前层层反转,层层渲染,层层铺垫,把这一次见面写得云山雾罩、高深莫测。可等真正写到了正主儿,反而云淡风轻,简简单单,就是一个书生说:请进来。无数人翘首以盼、望眼欲穿的,一路上哨岗密布、严密守卫着的,就是这样一个满脸笑容的书生。

尽管他似乎貌不惊人,可到了这时候,你还敢有半点小瞧这个书生吗?绝对不会了。

这一段故事,只是《鹿鼎记》中很小的一个情节,故事也很简单,但却一波三折,起伏跌宕,每一个角色都有分工,轮流造节奏、带氛围,让你的心情也跟着起起伏伏,一切都在作者掌控之中。这就是一流小说家的调度功夫。

因此还是那句话,对于高手之作,大家往往只会说好,却未必知道好在哪里。有的人还会轻视:很平常嘛!没什么文采嘛!都没有那种很美很炫酷的句子!

就好像韦小宝,在大厅等陈近南的时候,吃了一块点心,顿时很不屑:这个陈总舵主没什么了不起嘛!这点心,还不如老子扬州丽春院的!

建宁公主的一句台词

金庸写小说高明在哪儿？上文说了一处，此文再来讲一处，仅举一句台词作为例子。

《鹿鼎记》里，有一次韦小宝带着七个老婆，在通吃岛上埋葬、祭拜师父陈近南。

失去了恩师慈父，韦小宝着实伤心，见黄土盖住了师父的身子，"忍不住又放声大哭"。其他几个夫人也一齐跪下，在坟前行礼。此时，金庸忽然写了一句建宁公主。她和韦小宝及别的夫人反应都不一样，而是这样的：

> （公主）当下委委屈屈的也跪了下去，心中祝告：
> "反贼啊反贼，我公主殿下拜了你这一拜，你没福消受，到了阴世，只怕要多吃苦头。"

这一句话，是神来之笔，能见出金庸写小说的深厚功力。

有人会说这句话很普通啊，看不出有什么了不起。实则这句话有三个妙处，第一个妙处便是消解过度的悲伤。

书写到这里，过于悲伤了，忠肝义胆的陈近南被黄土掩埋，韦小宝像失去了父亲一样放声大哭，小说的情绪已跌到谷底。

金庸是不会放任小说这样一悲到底的。他要写的是《鹿鼎记》，不是《悲惨世界》。所以他派出公主，在坟前搞笑一把，把浓重的悲伤稍稍消解一些，把这种肃穆和压抑严略微解构一下。所以说这是神来之笔，能看出一位大师把控小说的娴熟本领。

除了这一点，更重要的是第二个妙处——凸显公主的个性和立场。

在小说里，每个人都是独一无二，有自己的个性、视角和立场的。他们说话、做事，都只能从自己的立场出发。能做到这一点才是好小说。

从韦小宝的眼中看师父陈近南，是豪杰、是伟人、是父亲，但那只是你韦小宝的立场和视角。在公主眼里，他就是个反贼。

同样地，在韦小宝甚至我们大多数读者眼里，都觉得陈近南比公主杰出、伟岸。可是在建宁公主眼里，肯定觉得自己比陈近南这个草民高贵一百倍。让她去跪拜陈近南，她自然会有点想法，多半内心不甘不愿。

一个不高明的作者，写起书来就会导致"主角吃掉配角"，让主角的立场掩盖配角的立场。比如祭拜陈近南，倘若金庸也随手一笔：七个夫人也都一起拜下去哭，那就是韦小宝"吃掉"了公主，主角的立场吃掉了配角的。

可是金庸在坟前的一大堆人物中，居然没有忘记公主的独特身份、个别心思，专门给了公主一句"反贼呀反贼"的台词。

她拜陈近南的心情，和老公不一样，"委委屈屈"，心里暗怨：反贼啊反贼，我公主殿下倒了血霉居然来拜你……这十分合情合理。并且作者还巧妙地利用陈近南这个已经死去的人物，衬托了公主这样一个活着的人物，让后者借机发挥，人物形象更加鲜明。

只有大师，才能胸中同时装得下这么多人物，照顾到书中每个人的不同立场，倾听他们的声音，关怀每个人的细微心事，甚至让他们互相借力、互相帮衬。所谓"韩信将兵，多多益善"，作者写书也是一样的，高手写人物才能多多益善。

有时候，人物庞杂到了一定份上，就算是大师也会出现照顾不到、驾驭不了的局面。例如《水浒传》，好汉一扎堆，作者就吃力了，你会发现许多好汉上了梁山后就失掉了面目，没了性格。其实不是没了性格，是作者照顾不到了。他只能顾及宋江、吴用等少数几个人，其他一些配角只能被主角"吃掉"。

比如"一丈青"扈三娘，后来许多行为简直让人觉得不可理喻、不合常理。她全家老小都被梁山杀得精光，却一秒投降梁山，还觉得宋江

"义气深重",没心没肺跟着梁山混。

杀你老母的人,你怎会觉得他"义气深重"?也太过不合常理。问题当然不在扈三娘,而在作者。这除了缘于作者自身的理念、价值观有局限,另一大原因就是他已经力不能及,照顾不到扈三娘的立场和视角了。

注意,我绝不是说金庸的水平就比《水浒传》作者高明。《水浒传》写的年代早、人物多,受的限制也多,出现纰漏很正常,并非代表水平拙劣或名不副实。

我们看现在一些小说和电视剧,总觉得里面人物的行为"怪怪的",做事不可理喻、没心没肺,其实原因也往往就在这里——配角的立场总被主角吃掉,主角的立场又被导演、作者的意志吃掉。所以里面的人物走着走着就打起来了,走着走着就爱上了,莫名其妙就仇恨人,莫名其妙就原谅人,甚至莫名其妙就自杀了。

之前讲了,金庸这句话有三个妙处,第三个妙处大概是:它提醒了我们,公主就是公主,作为草民陈近南,你反对她,她绝不会觉得你"义气深重",安心叩拜,只会视你为反贼。这是不可能妥协的。除非,你能帮她做公主,帮她世世代代做公主,她才会觉得:陈公公义气深重,是个大好人,来,给我摸摸头。

退休之难

在金庸的江湖上,有一件事是特别奢侈的,那就是退休。与此相比,其余难事都不叫难。练成绝世武功未必最难,称霸武林也未必最难,金山银山、三妻四妾之类的世俗追求更不是什么难事,难的是好好地正儿八经退个休。

在金庸江湖里,各路大佬、巨擘有过种种退休的办法,但都各有各的难处,往往退得烂尾或者屁胡了。总结起来一共有三种困境。

第一种是任我行式的退休。他的退休怎么搞烂尾了呢?一句话概括就是:你说要退休,二把手不信。

任我行是日月神教的教主,教中的二把手是东方不败。老任早就多次流露出退意,大概少不了人前人后地喊累、表示不想干了。

对于东方兄弟,他也是一力栽培,提拔到仅次于自己的光明左使的位子上,还把本教压箱底的神功《葵花宝典》都提前传与。这本已够有诚意了,释放的信号也够强烈了,就差当众宣布东方不败是接班人了。

可是架不住人家二把手不信,始终觉得大哥这是在猜疑、试探、测验他的忠诚度,就等着看他尾巴何时翘起来。而且任大小姐一天天长大,聪明伶俐,英气早露,再成长个几年,鬼知道教主会不会传位给闺女?让我当接班人,安抚我的吧?耍傻小子的吧?

结果东方不败狗急跳墙,把心一横,提前帮老大退休了,把人家关到西湖底下的黑牢里颐养天年去。这就属于你要退休,二把手不信,直接提前暴力帮你退休了。这不行。

第二种,乃是张三丰式的退休。这一场退休也是屁胡了的。之前说了任我行的退休是二把手不信,而张三丰的退休是二把手太相信了、太入戏了,结果也得出事。

张三丰退休倒确实是真退，掌门的位子给了大徒弟宋远桥，自己躲进小楼成一统，潜心钻研太极拳去了。本来是挺好的一个交接过程。

且说宋远桥这个人，也是长期极力打造一副恬淡谦冲的人设，在当储君的漫长日子里，他都是隐忍的、克制的。其实他比英国的查尔斯王子还命苦，师父活到一百多岁还精神矍铄，眼看要活活把自己熬死。可宋远桥也从没有表露什么，老老实实地等。

可能是因为等得太久，老张这一交权，宋远桥大概就膨胀了、入戏太深了。放眼一望，师父最喜欢的老五已经死了，最强的老二没有后代，也不爱争权。几个小师弟更不会来争，他们的武功都是自己亲自教的。全公司没了竞争者，他隐隐以为武当派从此姓宋了。

于是他就专擅跋扈起来，估计是各类事情也不汇报了，机要也不送了，这都罢了，最过分的是大肆吹捧和纵容儿子，搞得宋青书像武当小皇帝一般，比第二代师叔们的威风还大。

老张这可就看不下去了。人家老张没有儿子，一向最疼爱的老五也死了，你却拼命捧自己儿子，如何受得了？结果老张走到前台，一掌拍死小皇帝，直接废黜了宋远桥。叫你入戏，叫你吹儿子。

这就是明明已经退休，结果又没忍住，站出来把接班人给收拾了，这也不好。

之前说的两种退休都搞砸了。还有第三种退休，是张无忌这样的，叫作"短信退休"，都不给二把手反应时间，发条短信就退休了，连正常的培养和交接都没有，也是坑人。

张无忌是如何退休的呢？就是心血来潮，修书一封，写了百十个字，突然把位子传给了杨逍，自己屁股一拍跑了，和女朋友画眉毛去了，并且去向不明，是不是出国了都不知道。这可乖乖不得了，毕竟权力交接这种大事还是需要过渡的，过渡时间太长固然不好，可太突然了也不行。

张无忌是明教教主，统领百万大军，抗元事业正如火如荼的时候，你却发条短信就跑了，还真的是完全的裸退，也不垂个帘、当个精神偶像什么的，说走就走，杨逍一点思想准备都没有。

445

正因为张无忌离开得太突然，来不及过渡和铺垫，杨逍仓促上台，面临的局面是高层乏人支持，唱对台戏的倒是不少。地方上的销售经理像朱元璋之流也都纷纷起来造反。杨逍立刻就坍了台，明教一团乱，最后姓了朱。你说张无忌坑人不坑人呢？

这就属于退休没退好，让别人把你的接班人给挤对了、取代了。这也不行。

所以说江湖上想好好退个休极难。你退得太像了，让二把手太入戏，那不行；退得太不像了，二把手不信，狗急跳墙，那也不行；退得太慢了，别人等得太久以致精神扭曲，那不行；退得太快了，别人来不及过渡和布置，仓促接班，结果咣当一下掉坑里，公司也乱了，那也不行。

所谓人生如攀登，上山考验人，下山也考验人。要从权力的顶峰下来，下得平平稳稳、踏踏实实，上上下下都情绪稳定，真的不容易。

金庸小说里大部分人充其量都只能叫退隐，不叫退休。比如风清扬，貌似退下来躲到华山后洞了，但那只是退隐，不叫退休，你老风手上还有权吗你也敢叫退休？还有玄慈、一灯大师、无崖子那样，都是搞了个烂摊子，收拾不了了捂着脸退的，也不能叫好好退了休。

最好的退休，是张无忌能握着杨逍的手，当众说一声"你很好，比我好"，杨逍则眼含热泪说老领导常回来看看，朱元璋、常遇春等则表态说誓死拥护杨逍同志，这才是好的退休。

坏人越来越少，江湖越来越坏

金庸写到最后一部书《鹿鼎记》，其实坏人是越来越少的。我的意思不是总数变少了，而是坏人的比例越来越少。

他早期、中期的作品里往往一半是好人，一半是坏人，主要人物里坏人要占百分之四五十，大家分成两个阵营对垒，打生打死，你咒我先人，我滚你奶奶。

《书剑恩仇录》里，红花会的英雄们是好人，朝廷的鹰犬爪牙们自然就是坏人；《雪山飞狐》里，胡一刀、苗人凤一伙是好人，天龙门、宝树那一伙就是坏人；《射雕英雄传》里，郭靖、洪七公一伙是好人，欧阳锋和完颜洪烈、沙通天、彭连虎一伙是坏人。

这些坏人都是经过了认证的坏人，都有不容分辩的罪名，大的罪名像"卖国求荣""认贼作父"，如裘千仞、杨康；像"滥杀无辜""草菅人命"，如李莫愁、凤天南；小一点的罪名则像"见利忘义""为虎作伥"，如田归农、刘元鹤。总而言之，他们的坏都是确定的，洗不掉抹不去，永远钉在金庸的坏人耻辱柱上。

可是金庸写了十五年武侠小说后，写到最后一部书《鹿鼎记》，你忽然发现一个现象，就是坏人忽然没了。那种经过作者认证的、不容辩驳的坏人很少有了。江湖中大家固然照样打生打死，照样你咒我先人，我滚你奶奶，可是你往往说不上来哪一边、哪一个阵营的人是坏人。

《鹿鼎记》里，清廷和天地会就打生打死。天地会的群雄固然是"好汉"，但清廷里大多数人你说得上是坏人吗？康亲王是坏人吗？多隆是坏人吗？似乎也不是。

韦小宝的结义哥哥索额图，是个大官，贪了好多钱，按理说这是典型的贪赃枉法，应该是不容置疑的坏人，可是你读着书却并不感觉索额图是什么坏人。兵部尚书明珠，尸位素餐，只会拍马屁，按理说也是坏人，但是你读书下来也不感觉他是坏人。

《鹿鼎记》里每一个阵营里的人，无论是清廷的人、台湾郑家的人、云南沐王府的人，还是黑暗面吴三桂平西王府的人、神龙教的人，大都给你感觉不能说是什么"坏人"。神龙教是邪教，本来挺坏的，但是里面大多数人如胖头陀、陆高轩等都不好单纯说是坏人。吴三桂是大汉奸，是板上钉钉的坏人，但他手下的人绝大多数也谈不上是什么坏人。

这些五花八门的角色，有的站在了主角的同一阵营，有的站在了主角的对立面，和韦小宝唱反调，但大都不过是因为各自的身份、角色、际遇不同而已，不过都是屁股决定脑袋，为主子打一份工、尽一份力、谋一个出头，从康亲王到陆高轩莫不如此。

书中仅有几个绝对意义上的大坏人，被金庸认证了的，如吴之荣、风际中等等，剩下的都是灰色的人。金庸之前的书，像《射雕英雄传》，你一眼望去感觉是黑白分明的，对比度很高，赏心悦目。可是到《鹿鼎记》，你一眼望去都是灰色的，和我们现实社会中的情况越来越趋近，熙熙攘攘的都是灰色的人，有人深灰，有人浅灰，有人五十度灰而已。

但是一件吊诡的事也发生了，那就是坏人越来越少，江湖却越来越坏。

《鹿鼎记》的江湖和以前《射雕英雄传》《神雕侠侣》的完全不一样。以前的江湖上坏人横行，但给你的感觉是行侠仗义有希望，英雄好汉大有可为，理想主义的东西很行得通。哪怕是敌军包围了襄阳城，明明知道这座城守不住了，但你不会觉得窒息、绝望，反正这一拨的英雄没了，回头下一拨英雄再拿着屠龙刀、倚天剑驱逐鞑虏恢复中华就是。

可是《鹿鼎记》的江湖完全不一样，让你感觉沉闷、窒息，像是一潭绝望的死水，什么事都干不成，理想主义的东西放在这个江湖上特别可笑。

这个江湖上最大的英雄陈近南，也是最最侠义的代表，忙碌了半辈子，事事受掣肘，一无所获，最终稀里糊涂地死掉。你注意他的死，过去的金庸江湖上的大侠是战死的，而陈近南在《鹿鼎记》里不是战死的，而是溺死的，当然这个"溺死"是一种比喻的说法，他是被这个沉闷的江湖溺死的，他根本就没有空气。

这是怎么回事呢？不是说坏人少了吗，怎么江湖却坏了呢？答案之一就是人虽然不是坏人，但大家却都不由自主地在干坏事、干蠢事、干无意义的事，使得整个江湖都在整体往下败坏。

天地会和沐王府，两边按理说都是好汉。可是他们在干什么蠢事呢？在搞名分之争。他们在激烈地争论"拥唐"还是"拥桂"，也就是说等到将来一旦反清复明成功了，是该立唐王朱聿键的后人做皇帝，还是该立桂王朱由榔的后人做皇帝，双方为此大打出手。两边都认为这个问题至关重要，名不正则言不顺，非要扯清楚不行。

天地会内部，按理说绝大多数也是好人，可是许多"好人"做出来的事让人爱不起来，显得是非不分，脑子糊涂，人云亦云。

天地会宏化堂有一个首领叫舒化龙，起初听到谣言说韦小宝叛师，杀了总舵主，立刻带人来围攻韦小宝，要杀他全家。等到顾炎武出来分辩，说韦小宝没有叛师，留在朝廷里乃是长期潜伏，是"身在曹营心在汉"，立刻就又冲动了，"噗"地当场戳瞎自己眼睛，说是瞎了狗眼。

这些人不但糊涂，还搞道德绑架。就是这个舒化龙，戳瞎了自己左眼，留下右眼，说是要留着这只独眼，好见证韦小宝将来如何干惊天动地的大事，倘若不干，就来挖韦小宝的眼睛抵账。你想想这种道德绑架谁受得了？

天地会其他的兄弟有头脑吗？一样没有，还处处被滑头们诓骗。韦小宝大肆贪污受贿，日进斗金，却对天地会兄弟们说这是在反清复明，说咱们越是败坏清朝的吏治，清朝就越不得人心。天地会的兄弟们深以为然，都觉得韦香主在下一盘大棋。就这么好骗。

再看书上的绝顶高手，"神拳无敌"归辛树夫妇是坏人吗？也不算是。他们反而还都有一点急公好义的念头，想为国家做好事。

可是这两个人信息闭塞，满脑袋糨糊，完全分不清楚到底谁在为国、谁在误国。起先他们被吴三桂诓骗说广东的吴六奇是大汉奸，就风风火火地跑去杀了吴六奇，割了人家脑袋。结果后来又听人说杀错人了，吴六奇是大英雄，于是痛悔不已，又风风火火跑到清宫里去杀康熙，不幸陷入包围，被宫廷卫士活活堆死。

统观《鹿鼎记》这样的江湖，绝大多数人都不是"坏人"，但因为无知、执念、盲从、惯性、短视以及潜规则的绑架，终于成了平庸之坏、平庸之恶。而这无数的平庸之恶千丝万缕地交织起来，就形成了一张大网，把所有人网在里面，成为牢笼。整个《鹿鼎记》的江湖里，理想幻灭，理性难行，侠义为墟，英雄溺毙，瓦釜雷鸣，黄钟毁弃。金庸写到这里因此搁笔，他觉得没有办法写下去了，他无法救赎这样的江湖，就像张无忌最后的动作一样，手一颤，一支笔掉在桌上。

侠客消亡年

一

金庸的最后一部书，是《鹿鼎记》。在这部书里，有一回特别重要，极为特殊，读金庸小说的应该特别注意这一回，就是第三十四回。

《鹿鼎记》全书共五十回，这一回出现在全书大约三分之二处，回目词叫作"一纸兴亡看复鹿，千年灰劫付冥鸿"。《鹿鼎记》全书的回目词，都是金庸从先祖查慎行的《敬业堂诗集》里摘选来的，本回的这两句当然也不例外，都是查慎行的诗句。

这一回的大致情节，是韦小宝从云南出使回来，行至柳江，和师父陈近南、天地会英雄吴六奇等相会，又遇上了大风雨。

众英雄在柳江上冒雨泛舟而歌，很有诗意，可以说是整部书五十回中最有诗意的一回。群雄泛舟的那一幕，天上风雨大作，江中白浪汹涌，一艘小船载着众多豪杰，外加一个胆小如鼠、随时嚷嚷怕被淹死的韦小宝，生角和丑角闹哄哄一堂，好笑之余，又有豪情盖天，气势如虹。

看原文：

此时风势已颇不小，布帆吃饱了风，小船箭也似的向江心驶去。江中浪头大起，小船忽高忽低，江水直溅入舱来。

明明是一艘小船，却"箭也似驶去"，极有气势。

看船上众人的表演，韦小宝和天地会英雄的鲜明对比：

韦小宝枉自外号叫作"小白龙"，却不识水性，他年纪是小的，这时脸色也已吓得雪白……

吴六奇笑道:"韦兄弟,我也不识水性。"韦小宝大奇道:"你不会游水?……那你怎么叫船驶到江心来?"吴六奇笑道:"天下的事情,越是可怕,我越是要去碰它一碰。最多是大浪打翻船,大家都做柳江中的水鬼,那也没甚么大不了……马大哥,咱们话说在前,待会若是翻船,你得先救韦兄弟,第二个再来救我。"马超兴笑道:"好,一言为定。"

韦小宝的胆怯,正衬出吴六奇、马超兴的豪迈洒脱,视生死如同儿戏。这些都是好情节、好文字。

然而所谓的壮志豪情,不是这一回的真调子,只是个幌子,是金庸故意设的幌子,就好像"烈火烹油、鲜花着锦"也不是《红楼梦》的真调子一样。这一回的真调子,是压抑、悲怆、大势已去、壮志难酬。

这一回里,吴六奇在江上唱了一首曲子——《桃花扇》中的《古轮台·走江边》:

走江边,满腔愤恨向谁言?老泪风吹,孤城一片,望救目穿,使尽残兵血战。跳出重围,故国悲恋,谁知歌罢剩空筵。

长江一线,吴头楚尾路三千,尽归别姓,雨翻云变。寒涛东卷,万事付空烟。精魂显,《大招》声逐海天远。

这才是这一回的真调子,是《鹿鼎记》第三十四章的真调子。"寒涛东卷,万事付空烟",是吴六奇的结局,是陈近南的结局,是天地会事业的结局,是《鹿鼎记》的结局。

二

这一回里,处处是谶。首先便是韦小宝出口皆谶。

柳江中的船上,大致就是两拨人在说话,一拨是天地会群雄,一拨是韦小宝。

天地会群雄如陈近南、吴六奇、林兴珠、马超兴等，都是生角，形象正面，白马银枪，他们逸兴遄飞，举手投足都是英雄之气。而韦小宝一人是丑角，滑稽搞笑，胆小怕死，一直胡言乱语、插科打诨、大惊小怪。然而真相却是，群雄说的话，尽是幌子。韦小宝说的话，才是真言。

比如天象要变，大风大雨将至，第一个说出来的就是韦小宝。他说："那边尽是黑云，只怕大雨就来了。"

韦小宝是对环境、对未来最忧心忡忡的人，也是全场对"黑云""大雨"最敏锐的人。好一个"那边尽是黑云"，不但是，而且"尽是"，再联想天地会群雄后来的命运，岂非"尽是黑云"？

吴六奇艺高胆大，提议把船驶到江心，到大风大雨中畅饮说话。韦小宝却怕死，一再说："这艘小船吃不起风，要是翻了，岂不糟糕？"韦小宝这话当然不够体面，英雄好汉岂能怕船翻了？

然而最后究竟是谁对了呢？天地会的船不是翻了吗？吴六奇最后不是身首异处了吗？反清复明的大业最后不正是"吃不起风"，终于倾覆了吗？

再看韦小宝说的那些话："乖乖不得了！""啊哟，不好了！""甚么戏不好唱，却唱这倒霉戏？""你要沉江，小弟恕不奉陪"，可谓句句应验。吴六奇最终蒙冤横死，而韦小宝安然得脱，也正应了"你要沉江，小弟恕不奉陪"。

除了韦小宝的"谶"，这一回里还有陈近南的"老"。

他是大英雄，江湖上声望卓著，所谓"为人不识陈近南，就称英雄也枉然"，什么时候憔悴过？可这一回里，大英雄陈近南忽然现出了老态，就像一位明星仓促间忘了染发，露出了白头来。韦小宝猛地发现，过去那个英姿飒爽的师父苍老了，"两鬓斑白，神色甚是憔悴"。

当时，师徒二人久别重逢，在船舱里进行了一番私密谈话。风雨飘摇中，金庸让陈近南打开了内心，放下了包袱，摘下了他头上大侠士、大英雄的沉重冠冕，露出了他内心的不堪重负和千疮百孔。

用书上的话说，就是"神情郁郁""满怀心事""意兴萧索"。他对自己为之奋斗的事业失去了信心，已然不看好反清复明的前途，对韦小宝说出了一句话：

唉！大业艰难，也不过做到如何便如何罢了。

陈近南居然在徒弟面前说出这样的话来，可见不是大业艰难，简直是大业无望。

韦小宝句句是谶，而陈近南也句句是谶，尤其是说出了一个"死"字：

陈近南走到窗边，抬头望天，轻轻说道："小宝，我听到这消息之后，就算立即死了，心里也欢喜得紧。"韦小宝心想："往日见到师父，他总是精神十足，为甚么这一次老是想到要死？"

金庸让陈近南忽然说出了"死"字，生怕你忽略了它，又让韦小宝提醒你一遍。这是提前埋下了陈近南的结局，也是让陈近南自己提前预言了自己的命运。

那么，陈近南何以意兴萧索？是什么让他觉得大业艰难？书上他有一段话，给出了部分答案：

小宝，你师父毕生奔波，为的就是图谋兴复明室，眼见日子一天天的过去，百姓对前朝渐渐淡忘，鞑子小皇帝施政又很妥善，兴复大业越来越渺茫。

这段话里已经讲了几点原因：

一是日子一天天过去，二是百姓对前朝渐渐淡忘，三是鞑子小皇帝施政又很妥善。总之就是，时间窗口错过，民众无法争取，敌方没有破绽，这三样，哪一项是陈近南可以徒手改变的？

此外，在这一回里还说了第四点原因：己方阵营日趋腐朽和昏聩。

台湾郑氏的首脑人物缺乏才能和眼光，如韦小宝所说，掌权者太妃是"甚么也不懂"，继承者二公子则是"胡涂没用，又怕死""他妈的混账王八蛋"。一个什么也不懂的加上一个混账王八蛋，合力掌控了大局，陈近南拔剑四顾，焉能不意兴萧索？反清复明大业焉能不艰难？

真如李白所谓，"欲渡黄河冰塞川，将登太行雪满山"！

三

在金庸精心设计的这一回里，陈近南的萧索还不只代表他个人，也不只代表天地会。

他的属性是"侠"，是《鹿鼎记》里最大的一名侠客，也是最后一位侠客。同时他也是金庸笔下最后登场的一位传统意义上的侠客。

他武功高强，为人端正，仁义礼智信兼备，是一切"侠"的美好品质的集大成者。而金庸偏偏在这一章里写他意兴萧索、穷途末路，写他的事业走入绝境。陈近南的穷途末路，正宣告了"侠"的穷途末路。

事实上，在这一章里共有三位侠客的告别。除了陈近南、吴六奇，还有一位白衣尼。她也是在这一章留下字条、不知所终的。这一章是侠客的集体谢幕，堪称侠客之终章。

金庸何以对"侠"的前途如此不抱希望？之前陈近南已经说出了部分原因，时代滚滚向前，民众无法争取，在这样的现实面前，侠已经无可能为。

而这一章的后半部分还写了两个情节，更耐人寻味：一个是南怀仁操演新式大炮，并且借康熙之口，介绍了汤若望研究新式天文历法，编制《大清时宪历》的轶事。另一个是韦小宝率领水师炮轰神龙岛。在大炮面前，神龙教被打得瓦解冰消，毫无还手之力。

金庸提醒我们，历史已渐渐迈入近代，现代文明已到了门口，侠客更加尴尬，更加无力了。

要退场，就退得彻底。在写陈近南这最后一尊"侠"的圣像崩塌的时候，金庸眼中当有泪光，但笔下绝无容情。

他把侠的虚弱暴露给你看，少有地披露了他的苍老和衰瑟。之前所有的侠，都绝无苍老感，亦绝无衰败感。郭靖、杨过留给我们的都是壮年鼎盛形象。袁士霄、谢烟客、苗人凤们固然不会衰迈，哪怕张三丰、周伯通等百岁老人也从不曾当真衰迈。即便如风清扬般意兴萧索，也不过隐居遁世尔，只要老人家愿意，偶尔神光一现，伸个小指头，照样能改变格局，拨弄天下。

可到了陈近南，却真真实实让他萧瑟给你看了，无力给你看了，好比少年衰朽美人迟暮，青丝褪去，头皮凸显，老年斑冒出，身形佝偻，步履蹒跚。

格外伤人的，是他浑身带着一种落伍感和过时感，他的事业被时代抛离，他恪守的教条与眼下的世界格格不入。

他像是一个守卫着古老墓园的卫兵，这园子早已经被人淡忘和抛弃了，他荷戟彷徨，无语地值守着，只等着自己有一天倒下，成为这座墓园的最后一个永眠之人，然后和那无数上古英灵一起，被野草和荆棘吞噬，被历史的巨轮碾过，只残余巨大的车辙。

金庸甚至都没有给陈近南一个体面的光彩的死亡。

从前的一切大侠，几乎都有一个配得上自己分量的体面死亡。萧峰之死，六军辟易，英雄挥泪；洪七公和欧阳锋之死，在华山之巅纵声长笑；觉远大师圆寂于野地，却也不乏宁静庄严；丁典毒发毙于荒园，但为爱而死，甘之如饴。

唯独一个陈近南，这个最后的侠客，偏偏让他稀里糊涂地死于宵小之手。

哪怕死于施琅之手，死于冯锡范之手，死于战阵，死于法场，也都算得上一代大侠的归宿。可他却是被郑克塽这种烂人背后一刀，就此了账，不值不当，不明不白。

金庸就是不让你死得辉煌，他要打消你对"侠"的一切残留的幻想，告诉你人被历史碾压的时候就是这样不值不当，无声无息，没有尊严。

金庸自己，也走过了一个漫长的心路历程。

此时的他，心情状态也是和之前写武侠时不一样的。金庸起初写武侠，写百花错拳，写胡家刀法，写东邪西毒，写嘉木立、美竹露、奇石显，写得兴致勃勃，像一个孩子，在光怪陆离的世界里游戏。

史航说过一段话：《神雕侠侣》结尾，黄药师布下二十八宿大阵，天下英雄热热闹闹会战襄阳，但凡像个人样的都聚在一起，那一刻，是金庸作为作者最幸福的时光，是他跟这个世界的蜜月。的确是这样。

那一刻金庸还相信人定胜天的东西，相信"侠"有改变格局的伟力。后面就不是了，而是风骤紧，缥缈峰头云乱。他笔下渐渐多起来的是人性无解，是和历史之轮猝然碰撞时的无力，降龙掌也好，凝血神抓也罢，通通都无力。

终于时间进入1969年，他写《鹿鼎记》，他已无法相信"侠"真能解决什么现实问题了，他大概已得出结论："侠"不能救赎世人，而自得其乐的癫狂世人也根本不需要"侠"的救赎。"侠"其实连自己也救赎不了。金庸伫立在浪漫主义小径的尽头，前方没路，也再不可能返回身，重新去写那些热闹的、乐天的东西，重新去摆一个二十八宿大阵。他只能卸剑，解甲，眼含热泪，拥抱陈近南，和"侠"拱手揖别。

于是，在恰到好处的《鹿鼎记》第三十四章，一场大风大雨里，金庸安排了陈近南萧索的身影，以及一曲《古轮台》，作为侠的谢幕。

过去的一切侠客，阿青、慕容龙城、无崖子、萧峰、虚竹、洪七公、黄药师、阳顶天、张无忌、令狐冲……这一切侠客的身影，最后都重叠化为陈近南的影子，与我们庄严地告别。

[全书完]

六神磊磊

本名王晓磊。知名自媒体人,作家。曾任新华社重庆分社记者,长期从事时政、政法报道。2013年开设专栏"六神磊磊读金庸",文章广受欢迎。在金庸小说已然被众多读者反复解读、诠释的情况下,六神磊磊的金庸解读仍然脱颖而出,以其犀利、独到的视角独树一帜。

著有《给孩子的唐诗课》《六神磊磊读唐诗》《翻墙读唐诗》《你我皆凡人——从金庸武侠里读出的现实江湖》等。

六神磊磊读金庸

产品经理｜来佳音　　书籍设计｜尚燕平　　执行印制｜梁拥军
营销经理｜阮班欢　　技术编辑｜丁占旭　　策划人｜于　桐

图书在版编目（CIP）数据

六神磊磊读金庸 / 六神磊磊著. -- 杭州：浙江文艺出版社，2021.9

ISBN 978-7-5339-6482-5

Ⅰ.①六… Ⅱ.①六… Ⅲ.①金庸（1924-2018）－侠义小说－小说研究 Ⅳ.① I207.425

中国版本图书馆CIP数据核字（2021）第074843号

六神磊磊读金庸

六神磊磊 著

责任编辑　金荣良
产品经理　来佳音
书籍设计　尚燕平
内文插图　李志清

出版发行　浙江文艺出版社
地　　址　杭州市体育场路347号　邮编 310006
网　　址　www.zjwycbs.cn
经　　销　浙江省新华书店集团有限公司
　　　　　果麦文化传媒股份有限公司
印　　刷　河北鹏润印刷有限公司
开　　本　710毫米×1000毫米　1/16
字　　数　410千字
印　　张　29.5
印　　数　1—55,000
版　　次　2021年9月第1版
印　　次　2021年9月第1次印刷
书　　号　ISBN 978-7-5339-6482-5
定　　价　68.00元

版权所有　侵权必究
如发现印装质量问题，影响阅读，请联系021-64386496调换。